紫砂壶 长篇小说书系 之 贰拾

帝王之盾
THE SHIELD OF ROYAL

桃子 著

中国华侨出版社

——大美不作声——
《帝王之盾》代序

崔卓力

接到桃子从日本家里发来的《帝王之盾》的终结稿时，远隔着碧海蓝天，我竟听到了来自桃子心底的一声重重的叹息。十年一剑，终得铸成，思之艰难，令我无限唏嘘。

接着桃子有电话追来，请求我给她这部作品作序。我回她说，我在文学上哪有斤两，还是请学界名家吧。可桃子执拗地说：我不要名家，我要知音。

桃子才华丰盈，人品可圈可点，能和她攀成知音是我的造化。相处几年来，桃子的执拗曾无数次地打败过我，于是，承蒙抬爱，我作为桃子的知音，开始构写这篇代序。

桃子的文学创作，有点猴子窜树的速度，一年出版一部长篇推理小说，还被多家影视公司盯得颇紧。聊起来时她说，这都得益于一次死里逃生的车祸。

　　2002年9月4日,在京郊的高速路上,一辆轿车腾空飞起,打了三个滚儿,翻下了四米高的路基,当桃子满脸血污地从车里爬出来时,手腕上翠绿油润的玉镯已经生生碎为两节。

　　时光和意识停在了那个时刻。接下来的急救包扎,接骨疗伤,状告肇事司机等事宜,桃子始终像个木偶被人牵着熬下来。魂飞魄散了几个月之后,北京海军总院的心理诊疗室里,心力交瘁的桃子开始向医生倾诉:车祸给她带来的极端忧郁已经让她痛不欲生。

　　通过电脑屏幕上两百个问答的测试后,心理医生走上前去,用力板起桃子的双肩,盯视着她的眼睛说:"我非常了解你,从目前的测试结果看,你的智商和才情比车祸以前好多了,目前只有靠你自己挑战你自己了,你自己,懂吗!"桃子扬起一张茫然无措的脸,迟疑地点点头,心想:你这说的是医生的话吗?我都这样了,还懂什么啊?懂!

　　离开了心理医生后,桃子冥想了数日,还真就想出了一种挑战自我的极限方式——写小说,而且要写那种难度极高的推理小说。

　　几年以后,桃子的第一部长篇推理小说《皇粮胡同十九号》出版了,她第一个送书的人就是当年那位心理医生。是她用心理医生的极端方式,成就了一位推理小说作家,而且还是一位讲起故事文采飞扬、杀起人来有板有眼的地道的推理小说作家!

二十年前的桃子只身东渡日本,在留学打工的岁月里和珠宝结下了神秘的情缘。她从一粒粒晶莹润泽的珍珠开始,走进珠宝领域,并在神奇的珠宝世界里领略了众相人生。

"帝王之盾"是桃子在日本东京银座的一场珠宝拍卖会上见到的一颗闪烁着酒红色幽光的红色巨钻。她被安放在一团宝石蓝色的金丝绒中央,奢华而高贵的气质慑人魂魄,无声无息却溢满历史的喧嚣。

桃子呆呆地站在她的面前,回想着她那颠沛于五国皇室、流离于百年沧桑、凝结着珠宝人深重夙愿的传奇历史,心中浩然激荡,一个创作的念头冲向头顶,她低下头向着《帝王之盾》轻轻地相约——请你,走进我的故事吧。

从此,日本上野原町小珠宝店的老板娘桃子就有了重重的心事,当她和丈夫把一颗颗晶莹温润的日本海阿戈亚珍珠串成一条条美丽的项链时,她也在心里串织着《帝王之盾》的故事。期间,她的自传《又见樱花》在中国出版了,她的长篇散文《东瀛无梦》在香港出版了,她的长篇推理小说《皇粮胡同十九号》,她的长篇推理小说《紫姨》在北京出版了,她的长篇报告文学《寻找外婆》在《中国作家》上刊载了,而她的《帝王之盾》却始终没有写完,她甚至觉得她永远也无法对《帝王之盾》做一个了结了。成为桃子的挚友之后,《帝王之盾》也成为我朝朝暮暮思之不得的期待。

终于截稿的《帝王之盾》为我带来了极大

的阅读快感，同时也让我明白了她被桃子艰难孕育了十年才出手的原因。十年间，桃子是在用整个生命来书写《帝王之盾》。作为一个职业珠宝人，她将自己对珠宝的释解，对人生的彻悟，对道义的追索，对良知的叩问，全都写进了这部书中。她想告诉读者的，不仅仅是一件旷世珠宝引发的中日两代珠宝世家的百年争斗，还有珠宝和女人，珠宝和社会，珠宝和历史，珠宝和人生的诸多思索。这些沉重的话题被桃子精细地镶嵌在小说中的每一个人物身上，使得作品的每一个细节都发散出了浓郁的人性之光。

《帝王之盾》的奇特构思会让所有的阅读者惊骇不已：故事开篇是一个被冤死的大清宫女，她将自己不屈的冤魂附在了那颗来自沙皇罗曼诺夫家族的红钻上；从此，深宫不再宁静，豪门恩怨四起，红钻所及之处，必是血泪交流。

当旧京城珠宝商号老板娘在太平间生下遗腹子周羽莲，日本小川家族的杀父小女子终于成为日本珠宝界的巨贾之后，《帝王之盾》作为人类欲望的化身，就像魔咒一样在中日两大珠宝世家的生活中布下巨大的阴影；她跳着叫着"人为财死，鸟为食亡"的亘古咒语，吞噬快乐；积蓄冤仇，消解骨肉亲情，粉碎纯美的爱恋；毁灭良知和道义，酿造了一幕幕人间悲剧。

我曾经问桃子"世间美物众多，为何独爱珠宝？"她坚定地回答我，因为高贵，因为美丽，因为真实——我听了竟有些潸然，极度的赞美是因为极度的缺失，在桃子的心中，珠宝就是

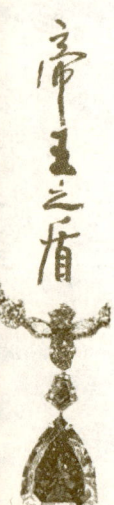

一种物化了的精神理想，要是世间万物都具有了这三点品质，要是能用珠宝的高贵，美丽和真实武装了人类，这个世界该会是多么美好。

人生的过程，就是一团乱七八糟的欲望。在桃子的笔下，一颗凄美硕大的旷世红钻，默默不作声，却能让人欲生欲死，让人相亲相负，让人迷途不归。人类为了追逐财富，可以有战争，可以有背叛，可以有杀戮，可以有阴谋，追逐财富的过程都是疯狂的，实现欲望的努力更是残酷的，但见乾坤朗朗，月转星移，山河犹在，人事全非，最终存留下来的，只有财富本身所象征的精神属性：高贵，美丽，真实。我想，这应该就是《帝王之盾》的故事所演绎的人生主题吧。

目前的中国文坛，拥挤着一拨又一拨靠写字吃饭的人，然而，真的是那种潜下淡薄心去煮字烹词的人却是寥寥。我喜欢桃子的作品，还因为痴迷她的那一手毫无烟火气，却充盈着唐音宋韵的贵族化文字和纵横古今的穿越联想。她为作品设置的人物，非贵即富，她用工笔画的叙事风格，把一个个人物和场景精致地推到你的面前，使你张开手臂就可以开怀拥抱故事中的人物；让你屏心静气就能够聆听作品中物件的声息；让你开口轻声，便能加入小说故事中的每一句对话交流。她以博大而宽厚的胸襟，释说着人间尘世的大悲大喜；她以深刻而温暖的普世情怀，毫不推卸地承载着文化使臣对道义的担当。

桃子是将军的女儿，但身为名门之后的她，生活当中却没有丝毫的贵族气。穿戴不着名牌；

吃喝马马虎虎；一大帮平民朋友；一屋子坛坛罐罐。她妈当年生下她时，剧痛之后的双眼里竟是满窗满院满坡满山盛开的桃花，于是，妈妈对怀里的小女婴轻轻地说："你呀，就叫桃子吧。将来做个桃花一样的小女子。"哪承想，名字是叫下来了，可小女子却没有做成。

桃子做大女人，做得上天入地，永远是天涯孤旅，永远是千里单骑。从充满险恶诡异的印度半岛，到9.11后风声鹤唳草木皆兵的纽约；从牡丹盛开的七朝古都，到大漠孤烟的敦煌石窟。举头登藏北，低身下龙门，卓然独步，钓史弄今，游走江湖，寻古探幽。她在她的精神世界里活得大富大贵，活得美丽优雅，活得大气磅礴，活得成果蔚然。

在我写这篇文章的时候，她又张罗着去甘肃天水朝拜麦积石窟的夜行车票，那个地方有一位长眠者，是她下一部长篇小说的女主人，那是一位生活在北魏时代的女人，一个勇于为王朝献身的伟大的女性。

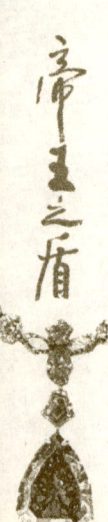

桃子，一个不知疲倦的行者，一个铁肩道义的歌者，一个秉烛自照的思想者，你总是如此地让我期待，让你的读者期待——。

2011年9月12号
书于京郊的中秋之夜

引 子

周羽琏想：啊，"她"还是和原来一样——如同一枚倒置的酒红色的盾……

小川悦子想：不错，是"她"。还是和原来一样——如同一枚倒置的酒红色的盾……

伊万想：我终于亲眼见到"她"了。苦苦寻找了这么多年！真是名副其实——"她"，就如同一枚倒置的酒红色的盾……

也许是因为自九十年代初，日本泡沫经济崩溃后久久无法挣扎出经济低谷的原因，神秘的委托人突然决定放弃"她"了。"她"，出人意料地被送进了东京银座二十一世纪的首届珠宝拍卖会。此刻，一位身着华丽振袖和服、戴着线纱手套的美貌少女，用一只白色丝绒衬底的盒子捧托着"她"，姿容优雅地从参拍客人的座席通道中缓步通过……

也许，"她"携带着几百年来非同平常的人文磁场，一时，会场呈现出了一片寂静……

曾几何时，"她"被配上了一条塔型的项链，由六十克拉的极品白色钻石和粉、蓝、黄三颗超克拉重的色钻相连而成，更加突出了那独特的色泽……

原来如此，"她"，是一种难以用语言形容的"红"：不像火，却令人联想到地狱的冰火；不像血，却令人联想到结冰的热血……

从乌拉尔山脉那倒塌的矿坑中……

从叶卡德林娜女沙皇的金盾上……

从烽火席卷的欧洲大地……

从壁垒森严的东方紫禁城……

从统治者、盗贼、野心家、无数牺牲者的斑斑血迹之中，"她"，正如此从容不迫地走来……

向白发苍苍的伊万走来……
向白发苍苍的小川悦子走来……
向白发苍苍的周羽琏走来……
这颗宿怨重重的命运之星。

就在这个时候,东京几乎是绝无仅有的事故发生了:突然停电。拍卖会场的大厅里,原本为渲染氛围和强化拍品效果的各种灯光统统熄灭了。拍卖师身后的侧面,那幅展示拍品细节的大屏幕彻底消失了彩色的电子图像。

就在人们因为这"意外故障"而发出一片低低的费解之声时,只有周羽琏和小川悦子两个人看到,黑暗的大屏幕上,出现了一片神秘而似曾相识的身影:

一袭清代宫廷的袍服,发冠高耸,钗环晃动,裙裾飘飘……

呵,宫女枝枝的冤魂,从来就没有消失,也没有沉寂。她自始至终地在守望着这颗红色的星辰。

周羽琏无声地冷笑了:这一回,你是斗不过我的。小川悦子,难道你没有看见,"帝王之盾"的中国守护神,她来了吗?!

小川悦子无声地苦笑了:这一次,也许我是斗不过你了。周羽琏,不知你看到没有,你们大陆民族那不屈的幽灵,"她"又出现了。可是,并非为了日本,只是为了自己,今天,我一定要与你一决雌雄!

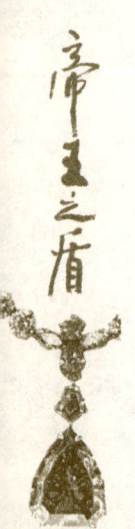

第壹章

北京朝阳区远离闹市的金泉别墅，是个海归人士和外国侨居者相对集中的生活小区。大院里套着小院，业主是根据自己对居住面积的需要，购买下大小不等的宅基地，建起一栋栋造型各异的小洋楼和花园。在温暖的日子里，铁栏杆或木篱笆间，探出了各种颜色的大月季、小蔷薇……

周家的小院占地超过了三亩，算是偏大的一户人家。院里种植着各种春华秋实的低矮果树，空地上的花草随意蔓延、蓬勃生长。乍看上去，像是业主对自家的庭院有些疏于打理。其实只有明眼人知道，这正是"看似无为却有心"的一番创意，主题便是"自然"二字。果木花草之间，有一条从院门直通小楼门口的碎石小路，楼门口留下了一片三百平米见方的草坪。显然，是业主特意考虑到了平日里对阳光的享受。

今天是个好天儿，琳琳照例是一早就跑到潘家园去了。用她自己的话说，是去"淘宝"。

满头银发的周羽琏总说，两个外孙女儿真不知道是怎么生、怎么长的？模样一点儿不像不说，性格也是天差地别的。

琳琳这孩子，跟她那"肠子弯弯绕"的妹妹琅琅相比，是天生的"一根筋儿"！妹妹琅琅就太活分，恨不得一个月换一个男朋友，一个小时出一个馊主意。闹得老外婆想养老都闲不下心来。

周羽琏在午后的阳光中眯缝起了眼睛……

她心中无数次地暗自感慨，幸亏有两个外孙女儿和我在一起啊……恍惚之间，这岁数，都奔着九十去了。衰老，往往是伴随着内心对孤独的惧怕一起到来的。她还记得，小时候爷爷逢人总说：我们家羽儿虽然不足月就跑出了娘胎，天生身子骨比别人家的孩子弱。可却是个鬼神都不敢收留的小人精儿。现在呢，现在周羽琏又是个什么东西呢？

十年前，琅琅拿出了一个体制改革方案，把祖宗家传的琳琅阁硬是给股份化了。一个什么"现代化股份有限公司"的诞生，倒是把周羽琏给解放出来了。从总经理到营业员，从设计师到工匠，人才济济。恨不得个个都认为自己就是琳琅阁的股东，是公司的主人翁。

尽管每个星期各种经营报告、财务报表还是照例往家送，有什么大事小事，还是有人主动跑来"请董事长拿个意见"……可越来越流于形式。倒还不如说，送报表、报告来的公司职员，更喜欢借着机会跑到这花红叶绿的小园子来，跟老太太聊聊天，蹭杯好茶哩。

相比那些文字和数字，周羽琏随着年龄的增加，渐渐地只停留在对图像和实物的关注上了。每年春秋两季的国际珠宝展，琳琅阁即将参加亮相的新首饰，从设计图纸到备选宝石，她会提出参考意见……只能是"参考意见"而已。新人的设计理念，一年比一年更"新"：从小猫、小狗、小耗子，到狮子、老虎、狐狸、象……也就罢了，到后来，连飞机、汽车、人骑摩托……都成了首饰设计的造型。

节节上升的利润额不能让周羽琏这个董事长推翻以琅琅为首的年轻一代的经营理念。毕竟，世界是属于他们的，公司的今天和未来，是属于他们的。琅琅代表董事长发言的时候，自然也就越来越多了。这越发令周羽琏觉得，自己这个什么终身董事长，正在迅速地变成了"聋子的耳朵"——摆设。

周羽琏无奈地叹息过，如今，还要我挂这个名干什么呢？定下心再思量，人嘛，总是会老的。人，可不像珠宝首饰中的精品、名品，越老还越值钱。只有宝石，才是世间最坚挺的物质。宝石本身，就是历史的证言。而一个人，肉身的衰老谁也无法抗拒，随之而来的，便是思想的滞讷、梦境的消失……一个不再做梦的人，就真的老了。

今天的午睡，周羽琏却那么清晰地做了一个梦，一个背景闪耀着红色光芒的梦……

午休起床后，琅琅和芯儿扶周羽琏出来，在院子里喝下午茶，看小笨狗点儿在草地上撒欢儿。

头顶是一片瓦蓝瓦蓝的晴空，身后逆光中的两层小洋楼，仿佛被罩上了海市蜃楼般的七彩光晕……北京的秋天，是美好的季节，是一年中最后一段宜人的日子。

小的时候，周羽琏曾听一位自称名叫"卡南"的印度人，讲过很多世界各地珠宝的传奇和典故。现在，自命作家苗子的小外孙女儿琅琅没事就缠着老外婆，回忆起那些古老传说断断续续的篇章……

杜撰出一套"宝石文化学"的犹太人说，秋天的阳光，如同金子那么宝贵。而黄色的宝石能够吸收阳光的能量，帮助人们度过苦寒阴郁的严冬。为此西方人主张，十一月份应该佩戴金黄色

的托帕斯石。可今天的好太阳好天儿，都无法驱散中午那个红色的怪梦留在周羽琏心里的阴影。她暗暗揣测着，也许，要出什么事情了。就在今天……

果然，院子尽头大门的方向，伊万沿着碎石小路，踏着路面上零星散落的果树叶子，大步走来……一头银白色的天生的卷发，在阳光下就像被镀了一层金色。身影是那么魁梧挺拔，充满着白种人男性特有的力量和快乐。周羽琏想，伊万也奔着八十去了吧？可瞧他走路的那副神气劲儿，最多就像个不满七旬的人嘛！这个老朋友、老情人，起码有大半年没到周家来了。莫非，他便是无事不登三宝殿么？

今天还真的就有事了。伊万就带来了一本东京银座二十一世纪首届珠宝艺术品拍卖会的彩色图录。

伊万喜欢周家这个充满自然风情的花园别墅。只要从海外飞到中国大陆，这里就是他感到安全、舒心的地方。今天，伊万下了飞机，在酒店换好衣服，就匆匆赶到这座京郊高级别墅区中的两层小楼来。

眼前，阳光明媚的私家院落中，养尊处优的老夫人正坐在藤椅上，享受着深秋温暖的阳光。只见她白发苍苍，神情祥和、愉悦，犹存着当年的楚楚风韵。保养极好的面容，皮肤还是那么细腻。真是令人难以想象，周羽琏已经是八十有五的高龄老妇。

周围的草坪已经开始显露出秋色的浅黄。周羽琏宝贝得跟重孙子似的那只小笨狗，正跟阳光下自己的影子过不去，团团在原地打转儿。坐在周羽琏身边的大女孩儿琅琅，比起她的姐姐琳琳来显得略为丰满可人。翘鼻子、薄嘴唇，又圆又大的眼睛，瞳仁是浅褐色的，脸上永远挂着少女般的稚气和快乐。这个欧亚混血的"品种"，自有她独特的风骚魅力。

伊万常想，周羽琏这个女人太神秘。无论是她的人生经历，还是她的性格为人和思维方式，连她那两个待字闺中的老姑娘外孙女儿，也像这混沌浮躁的世界中硕果仅存的极品宝石，纯度极高、色泽极美。显然，只有在她的羽翼呵护之下，孩子们才能够成长得如此健康、聪慧，天性使然。加之她们双双至今名花无主，令外界猜测纷纷，迷惑不解……这里，无疑是一个美丽而又朦胧的东方女儿国。

琳琅阁周家，似乎从古至今都在期待着解开一个巨大的谜团。或者说，她们自己，就是一个巨大谜团的载体？！

步入晚年的周羽琏表现得相当稳重、矜持。其实呢，伊万却早就在外界听说过她年轻时的不少绯闻、轶事，甚至是风流传奇……

伊万不止一次发自内心地恭维女主人说："亲爱的，你好福气！看样子，这两个才貌双全的外孙女，会永远陪伴在你的身边呢。"

每每听到伊万的话，周羽琏便会充满慈祥地望着自己的两个外孙女儿，甩着一口悦耳的京腔调侃地反问道："亲爱的伊万，您这是在恭维我们孤儿寡姥姥的一家子女人吗？"

伊万对女性的审美有着独到的标准，世人大多无从理解，一位优秀女性的晚年，会具有何等内在的美丽。那便是曾经沧海难为水的自信；是放弃了虚荣浮华和猜疑妒忌的博大；是跨越了色相的局限性、征服了春秋轮回的恐惧之后超然物外的大无畏；是因此而孕育成熟的真正的慈悲与温情……多年来，伊万崇拜这位鹤发童颜的东方贵妇人，这就是真正的原因。

琅琅觉得，伊万爷爷有着一身接近纯正的贵族气质。如果不是比自己大了四十来岁，八成，她都会爱上这个有着宽厚胸膛的魁梧男人。白种人男性的身上，似乎有着一种用力量烘托起来的温柔。大多数东方男性，可以表现出对你的殷勤备至、事无巨细的关怀，亦似乎永远无法模仿出某种源自血液的善意和浪漫。

看呀，风度翩翩、魅力四射的老伊万，顺手从小径边上的花坛里小心地摘下一朵夏天最后的玫瑰，然后，姿态优雅地递到年迈的女主人手里。这位白俄贵族后裔依旧保持着古典的绅士风度，毫不做作地轻轻托起周羽琏的一只手，温文尔雅地在她手背上印了一个吻……

琅琅笑了。真是令人百看不厌的一幕，不比莎士比亚的舞台戏剧稍逊风情。

今天，周家雍荣华贵的老太太手上，戴着一颗二十克拉的托帕斯石戒指，象征着金秋灿烂的阳光。伊万的目光很认真地在那块宝石上停留了片刻……琅琅认为，这是一双珠宝收藏家敏感而又多疑的眼睛。

"伊万爷爷！"

琅琅一看到伊万向自己展开了怀抱，就顺势扑过去，趁机把一抹紫色的唇膏留在他银色的鬓角下面。琅琅就喜欢送给帅气的男人这么一片"玫瑰花瓣儿"，活像好莱坞爱情电影里常见的煽

情镜头那样……

芯儿是家政女工，在周家工作快五年了。她对老白俄伊万也怀着特殊的好感。这位长得活像圣诞老人的洋绅士每次到周家来做客，不但肯定会给琳琳、琅琅带来礼物，也不会忘记讨芯儿一个小好。不过，每次都是一双袜子，红的、绿的、厚的、薄的、长的、短的……尽管都是袜子，花色品种绝不重复。不知俄国人送袜子给女仆，是不是有什么传统或典故呢？琅琅始终想不通这个问题。

祖孙俩跟伊万打过招呼以后，请他坐下一起喝茶。伊万把一只扎着天蓝色蝴蝶结的小纸盒递给了琅琅。与此同时他心里在想，这姑娘仿佛是个天经地义就应该得到世间一切好东西的小公主，从没有任何粉饰的客套。

伊万看见，家政女工芯儿正站在一边，等着主人或是客人的吩咐。他这才突然想起，忘了在香港的小"士多"店里，为她买一双粉红颜色的短袜子。

做家政，是个辛苦的工作。俗话说：主人的嘴，佣人的腿。小时候，彼得格勒有伊万的老家，二十多个佣人服侍他们一家六口，整天忙得起早贪黑，马不停蹄一般。如今回想起来，也不知道怎么会有那么多的家务事？伊万依稀还记得幼年时，看到仆人们在院子里清理那些厚重的手织羊毛地毯，用棍子"嘭嘭嘭"地使劲拍打好几个小时，累得气喘吁吁、满头大汗。体态肥胖的厨娘，每天都要在厨房里擦拭堆积如山的餐具。她将一条像浴巾一样又长又大的白毛巾，一头搭在自己的肩上，一头抓在手里。擦呀擦，银质的刀叉在她手中熠熠生辉。

后来，伊万全家要逃亡到外国去之前，母亲在他们姐弟几个的内衣里面缝了好些个小兜兜儿，收藏好那些世代相传的珠宝首饰。至今，伊万还记得那种硬东西咯着皮肤不舒服的感觉。

母亲让服务多年的老仆人们，随意收下家中一些各自喜欢的东西。从伊万出生就一直负责照顾他的那位老女仆，不假思索地收下了二十九双羊毛袜子。其中包括好多双孩子们曾经穿过的小袜子……

发现芯儿一直用殷切的目光注视着自己，伊万只得抱歉地用带着几分洋腔的中国话对她说："对不起啊，芯儿姑娘。我这次忘了给你带礼物。唉，人老了，真是越来越健忘啦！"

芯儿的年龄比琅琅要小六、七岁，总会表现出一脸世故的宽容。伊万常常暗自感慨，这就是穷人家出身的孩子啊！不像琅琅，从小就被人给"惯坏了"。如果自己没有把藏在身后的礼物拿出来，她还会撅着嘴主动询问：伊万爷爷，礼物呢？

果然，芯儿挂在脸上的笑容依旧如故："伊万先生，您以前送给我的袜子一双也没有舍得穿呢。它们都是高级的香港货，每双都那么漂亮，那么有弹力。我以后要把它们全都带回家去，一定要让村里的左邻右舍和亲戚朋友都看一看、摸一摸哩！您一定渴了吧？还是给您拿一杯冰镇啤酒来吗？"

"不，不，今天不要酒精，一点也不要。我有重要的事情向夫人报告呢。芯儿姑娘，请你也给我来一杯茶，中国的绿茶。我听夫人说过，它能够使人保持镇静、保持清醒。"

琅琅还是习惯于喝没有加糖加奶的日本UCC牌咖啡。她的外婆常喝的，总是清香的盖碗中国绿茶。周羽琏记得，自己的祖父，琳琅阁的创始人叫周玉和。他大约是出生在嘉庆年间，一辈子只喝一种饮料，就是中国江南的雨前龙井。

伊万问琅琅："琳琳呢？还是'捡破烂地干活'？"

"'捡破烂'的回来了！"

花园尽头，一个亮朗的声音传来……是琳琳。琅琅闻声不禁纳闷，这琳琳还真经不起念叨！今天，她怎么这么早就结束了跟"垃圾堆"的约会，跑回家来了？

琳琳的腿上，照例是套着一条裤脚挂着毛边儿的牛仔裤，上身一件街头大甩卖时花十块钱抢来的天蓝色T恤衫。琅琅记得，姐姐还曾好意思说那是什么"出口转内销"，冲芯儿臭显摆了一番。琳琳头上那顶皱巴巴的软布便帽更加可笑，把自己弄得活像个女卓别林！琅琅为琳琳这一身行头命名："潘家园套装"。稍稍引人注意的，唯独她鼻梁上架着副COACH牌的太阳镜，还是伊万爷爷在拉斯维加斯买给她的生日礼物。

琳琳的身材偏高，似乎是因为平时就爱出门游荡，显得朝气蓬勃、亭亭玉立。一张亚洲女性标准的鹅蛋型面孔，轮廓线条柔和。细细长长的一双眼睛，覆盖着麦芒般的睫毛，时刻制造出一种朦胧、迷离的效果。下方配着几乎是圆形的小嘴，望之便会令人产生丝丝怀旧的思绪。

周羽琏常对人说，她这个小外孙女儿琅琅呀，活的就是一个"巧"字。那独特的思维方式，使她能够成为老外婆身边从善如流的董事长助理。就好像天下没有她敲不开的铁门，撬不开的锁。琳琳也承认，比起自己来，妹妹琅琅才是个真正的强者。虽然她外表很娇气，眼影涂得无可挑剔……

琳琳自知性格与妹妹大相径庭，天生也就适合做个"打造美丽"的手艺人而已。外婆在董事会建议，琳琳好歹在公司担任个"设计部部长"什么的。递给人家的名片，多少也是个官儿嘛！可就连这么一点领导责任，也被琳琳拒绝了，就给自己保留一个"首席设计师"的头衔。公司里的好多人，甚至不知道她就是董事长的外孙女。

黄金是坚韧的，珍珠是柔润的，色宝是璀璨的，钻石是晶莹的……体现出了世间所有令人倾心的品质。珠宝，对于琳琳来说，远远超出了其经济价值本身。每当她设计制作的一件作品，将被佩戴在一位品位、气质相当的人物身上，就是赔本，她也会感到心满意足。为此，周羽琏不得不让琳琳尽量少去直接介入经营和销售。

对琳琳，周羽琏始终怀着深深的、却无法予以解释的歉意。她常常暗自叹息，一个像自己一样，一生只为一次爱情而心碎的女人，到底有几个呢？琳琳啊，苦就苦在性格太像外祖母了。其实，有幸生在如此难得的太平盛世，自己的外孙女儿又何至于此呢？

琳琳其实已经年满三十九岁了。乍看上去，却也就是三十出头的样子。她是个公认的才女，淡薄功利、做事执著。虽然用琅琅的话说，观念上，有那么点儿"迂腐"。周羽琏也说过，琅琅的做派、打扮，是比琳琳引人注目。琳琳长得可比琅琅漂亮，只是不太会"包装"自己罢了。就好像珠宝首饰中新潮时尚的款式，总是会比收藏在展馆里那些经典之作更受市场注目，是一个道理。

在伊万眼里，琳琳是一个天生丽质、近乎完美的东方女孩子。偶然，他也会想入非非：如果能够晚出生三十年，真想娶琳琳这样的女子为妻。她那双细长而又迷蒙的眼睛，瞳仁的颜色，深得如同夜色下的贝尔加湖水。即便是破旧的牛仔裤、皱皱巴巴的棉T恤衫和旧帽子……他常常感到不解的是，为什么琳琳仿佛一点也不理会自己那美丽的本钱。这样的女孩子，生来就应当是锦衣玉食、宝马香车，石榴裙下公子哥成群啊！可她呢，却那么热衷于一个珠宝匠人的设计和劳作，磨损了自己的纤纤十指，把珠光宝气都献给那些远不比自己更高贵的女人……

琅琅的嘴上总是在"损"琳琳。其实，除了外婆，心里佩服的人只有她这个"一根筋儿"姐姐。不过，令她感到不可救药的是，琳琳真是太不懂什么叫浪漫。不懂得人生最大的智慧，莫过于"忘却"二字。

在日本留学时，琳琳跟一个日本男生经过一场失败的苦恋之后，从此一蹶不振。不过，那个叫什么"宪治"的傻小子也跟她差不多。当外婆坚决反对琳琳和他交往时，一气之下，人家居然干脆失踪了！蒸发啦！因为他爹当时还是个在位的众议院议员，此事惊动了警视厅……一晃快二十年了，那日本傻小子至今是"生不见人、死不见尸"。

就因为这件事，在周家固若金汤的祖孙亲情关系中，出现了一丝无从弥合的裂隙……

琅琅常想，一个女人可以不婚不嫁，却不能不"爱"。三年是爱，三个月是爱，三个小时也是爱。爱过了，你就收获了。哪儿能挂在一棵树上，直到把自己晒成咸鱼干，也不跳回水里呢？！

前几年，琳琅阁周家鹤发童颜的老外婆，还偶而会跟这位满头银色卷发的大收藏家伊万双双抛头露面，相伴一起去参加各国的艺术品和珠宝拍卖会。顺便给无聊小报的花边新闻，时不时地添点酸甜佐料……可自己那死心眼儿的琳琳姐姐呢，年轻轻的，倒跟个小"望门寡"似的，就这么生耗着自个儿。耗掉的，可是一个女人短暂如同白马过隙，珍贵超过稀世珠宝的"女人的青春"啊！

十年前，外婆带着她们姐俩儿从香港回到大陆，创办了琳琅阁的中国分公司，在北京买下了这幢房子。从此，琳琳就跟潘家园旧货市场的破烂谈上了"恋爱"，很快就练出了一口足以乱真的京片子。每个星期天，必去跟来自全国各地的旧货假古董贩子们约会几个钟点。脏哩吧唧、稀奇古怪的玩意儿，捡回满满一屋子……

琳琳也像琅琅一样喜欢外婆的这位"男朋友"，她形容伊万那红扑扑的面孔，一年四季都像圣诞老人一样，令人望之便喜从心来。伊万自嘲地说：在你们这美丽的女儿国中，我是体积最大的一只老宠物而已。我相信，没有任何一个外姓人，能够真正融入周家女性们自己构筑的这个神秘的小世界。

此刻，伊万大声招呼道："琳琳——我的小灰姑娘，看我给

你们的外婆带来了什么?"

琳琳同样不无自豪地回答伊万说:"伊万爷爷,也看看我给您和外婆带来了什么!"

琅琅夸张地捏住鼻子:"迈嘎——又是潘家园的垃圾!"

琅琅的脑袋立刻就被琳琳敲了一下:"比起你那一堆垃圾男朋友,好玩儿多了!"

伊万把话题引向了今天来访的主题。他努力用平静的语调对周羽瑢说:"亲爱的,我终于等到了这一天……多少年了。'她',终于现身了!"

琅琅紧紧靠着表情掩饰不住激动的伊万坐下,接过了他手中那本印刷精美的画册。可马上就被老头儿重新抢回到手里,急促地翻到最后的一页……

一条钻石项链的实物摄影图片,占满了整个版面:正中,悬挂着一颗酒红色的大宝石,形状就像一枚倒置的盾牌。旁边,是四个醒目的日文汉字——帝王之盾。

周羽瑢的心,不禁为之猛然一颤……难道,今天中午那个笼罩着红色光芒的梦,应验了吗?

难道,它真是琳琅阁周家为之生生死死、不依不饶三代人的……帝王之盾?

显然,这颗名叫"帝王之盾"的宝石的传奇,在老收藏家的有生之年,不知被重复了多少次。伊万开始用他那带着几分"欧腔"的汉语,绘声绘色地开始了讲述……

十七世纪,俄罗斯最伟大的女沙皇叶卡德琳娜在执政期间,开拓疆土、发展经济,仅占世界首位的生铁出口量一项,就为她的国库带来了滚滚的财源。同时,她为罗曼诺夫家族增加了无数的艺术珍品,自己也以酷爱收藏名贵珠宝而闻名于世。彼得堡和莫斯科宏伟的宫殿,骄傲地耸立在蓝天下。宫殿里,无处不在的是令人目眩的金碧辉煌……

乌拉尔山脉的金矿和宝石矿山,有着无数劳工为她从事着艰苦的采掘。有一天,一颗巨大的有色钻石原石,出人意料地被发现于一片石榴石的矿脉中。那里,原本从不曾被人们视作为是钻石原石的蕴藏地点。它的横空出世,最先被托在了一个大胡须采矿人粗糙的手掌中……一块色钻的原石,足有四十克拉之重。

立刻,在场的采矿人卷进了一场后果不堪的疯狂争夺。丧失理性的斗殴开始了,汉子们魁梧的身体疯狂地冲撞在一起,支撑坑顶的两根木头柱子被挤倒……塌方了!

石破天惊一般。随之,绝望的惨叫传出了矿洞口,但很快就被土岩坍塌的巨响所淹没……一颗罕见的钻石原石还没有走出大地深处,就已经夺去了七条采矿人的性命。

当时,只有那个大胡须采矿人侥幸死里逃生。他头破血流、满身灰土,活像头大棕熊一般,蠕动着爬出了塌方的矿坑。荒凉矿山的夜色中,这个幸存者握紧拳头,冲天发出了魔鬼一般的咆哮。听不出他是在哭还是在笑。山谷中,令人毛骨悚然的回音,久久不绝于耳……

人们传说,那个死里逃生的大胡须采矿人,事后也没有逃脱死于非命的结局。他因为那颗色钻原石,得到了一笔可观的赏金之后,每天晚上喝得酩酊大醉。不久,就在矿山小镇的酒馆附近,他被人杀死了。

那一天,天刚蒙蒙发亮,目击者看到的是一幕令人毛骨悚然的景象:"大胡须"仰面朝天倒在雪地上,一把冰冷锋利的板斧,斧刃正对鼻梁,直插在他的脑门正中央。他那凝固着黑色血迹的脸上,泛着一缕古怪瘆人的……微笑。

不久后,这颗巨大的色钻原石,辗转被人呈送到彼得堡的夏宫。经过御用首饰工房的匠人耗时好几个月的精心打磨,形状如同一枚士兵的盾牌。精确的重量为十七.四八克拉。

它被伟大的女沙皇叶卡德琳娜亲自命名为"帝王之盾"。并由御前文官以文字形式,载入宫廷史册。然后,被镶嵌在一面金质的盾牌上。作为"护国之宝",曾受到历代沙皇格外的珍视。可是,在十九世纪初的一场火灾中,帝王之盾神秘地失去了踪影!

岁月在熊熊火焰和滚滚烟云的笼罩下,激动不安地流逝而去……帝王之盾,曾经是俄罗斯大帝国鼎盛时代骄傲的象征。翻阅伊万家白俄贵族先人留下的日记,祖辈中确实有人亲眼瞻仰过这颗稀世名钻。

伊万说,十九世纪末,帝王之盾曾经一度显现过消失已久的身影。但并非是在俄国,而是在中国的清朝宫廷!根据对大量历史资料的研究,当时,帝王之盾被黄金镶嵌后变身为一只项链坠。由德意志皇后通过当时的驻华公使夫人,赠送给了那位名闻天下的西太后慈禧……

周羽琏不动声色地和两个外孙女一起，倾听着伊万绘声绘色的讲述……

不错，伊万所讲述的那段历史，是真实的。二十世纪之初，依然年富力强的慈禧太后，曾多次在颐和园接见各国外交使臣的夫人们。隆重而奢靡的宴会上，她总是在众多宫廷命妇、御前女官和太监的簇拥下，仪态万方地接受八方来宾的觐见和祝福。

那天，正是她的五十八岁生日。在贺寿的宴席上，当值大太监朗声传报：德意志帝国驻大清国公使夫人，向皇太后赠送国礼……

慈禧太后身边，站着一位年轻美貌的御前女官。她就是那位后来以英文著书，生动地描绘出了清宫生活秘闻而享誉世界的德宁郡主。这位清朝贵族小姐曾以其出众的才华与聪颖，一度倍受西太后的宠信。当今的文人们，甚至为她冠以"中国女外交家第一人"的美名。

在那天的觐见礼上，正是由德宁郡主趋步上前，笑容可掬地与德国公使夫人寒暄了几句，然后亲手接过一只精美的西洋雕花镂金的首饰盒子。就这样，那只长方形的首饰盒，被德宁郡主小心翼翼地捧到慈禧太后面前。轻轻地打开了盖子……

"刹那间，在场的所有人只看见一束神奇的红光，投射在了老太后威严的面孔上！慈禧竟当众露出了一丝惊喜的微笑……"

这是来自德宁郡主英文版回忆录中的一段故事。真伪早已无从考证。显然，为了这颗帝王之盾，伊万几乎查阅了所有存世的史料，着实是费尽苦心。

琳琳、琅琅这对外婆养大的姐妹，从小就是在伊万爷爷的故事中长大的。他那双蔚蓝色的眼睛，本身就如同神话一般撩动人心。伊万看到，此刻，两个大女孩子已经因为自己的讲述，情不自禁地流露出了满心的好奇。可令他感到隐隐不安的，是她们的老外婆……

周羽琏显得那么无动于衷。只见她面无表情，始终凝视着歪腿坐在草坪上挠痒痒的那只小笨狗。伊万不甘罢休地把身体倾近端坐在藤椅上的老夫人，努力使自己的语气充满深情和感染力：

"亲爱的，多少年来，国际珠宝界大名鼎鼎的周羽琏周老板，就是我的幸运女神。每次珠宝拍卖会，只要有您陪伴在我的身边，我就能够如愿得到哪怕是最抢手的拍品。这次的东京银座二十一世纪首届珠宝拍卖会,伊万请求您,务必再次与我一同前往。千万不要对我说'不'。说什么自己已经隐退多年……要知道,这是老朋友的最后一次请求;要知道,为了这次拍卖会,我甚至向银行抵押了伦敦郊外那栋维多利亚时代的小城堡;要知道,这颗'帝王之盾'将为我的收藏生涯,画上一个辉煌的句号啊!"

显然,伊万这一连三个"要知道",把看似没心没肺的两姐妹都感动了。她们也带着满脸期待,跟着可怜巴巴的老头儿一起,等候着外婆的反应。

临近傍晚那凉意微微的风,吹拂过草坪周围几株正在落叶的梅树和小径旁已见萧条的玫瑰花丛。芯儿送来一块驼色的羊绒披肩,被伊万抢先接在手里,殷勤地为周羽琏裹在身上。换来的,竟还是她那一片凝固般的沉默。伊万故作镇定地重新托起茶碗,细瓷碗盖在震颤的手中,发出了轻微磕碰的响声……

周羽琏的嘴角终于动了,不经意间泛起意味深长的微笑。稍许,她开口了:"这届东京银座的拍卖会,我会去的。"

善良的琳琳、琅琅两姐妹为了如愿以偿的伊万老人,异口同声地发出了一声欢呼:"乌拉!"

"但是,这一次,我会是你的对手。伊万,你的竞拍对手。"

周羽琏话音刚落,琅琅又是一声"迈嘎——",应声一屁股跌坐在椅子里……

那本印刷精美的《拍品图录》,"啪啦——"掉在了地上……

伊万只觉得膝盖一阵发热,茶水泼洒在笔挺的高级毛料西装裤子上……

毕竟多年来,这两个没有父爱母爱的女孩子,得到了伊万老头儿许多关爱的呵护。作为外婆忠实的友人和爱慕者,他在这个家庭中所拥有的感情地位,向来是不同于他人的。可琅琅和琳琳眼睁睁地看着突然变得陌生的外婆,冷漠无情地把脸转到相反的方向,她只打了个简单的手势,让芯儿送自己回房……仿佛,昔日的友情和信赖,瞬间便荡然无存了一般。

如果一颗名叫"帝王之盾"的钻石,就是搅翻咱这个女人国的桃色炸弹,那倒也挺好玩儿的。琅琅早就感到,日子过得有点儿……味同嚼蜡啦!可她认为,总也不能因为这么颗红色的小石头,把咱家唯一的老男友都给气跑了呀?看到老头儿可怜巴巴地缓步离去，孤独的背影正渐渐消失在花园小径的暮色尽头，琅琅于心不忍地呼唤着："伊万爷爷——"

她回头乞求地望着自己那位不近情理的外婆……

伊万只有沮丧万分地独自离去……

今天，怎么会是这样一个令人大失所望、出人意料的结果呢？这位年过八旬的中国女珠宝商，到底打算干什么？难道说，帝王之盾的惊现，也引起了她非同寻常的联想？

就在刚才，因为帝王之盾而引发的突变，更加令伊万感受到了东方人那难以洞穿的心灵世界。

许多年来，伊万和周羽琏做伴，乐此不疲地参加了近百场拍卖会。直觉曾经告诉伊万，周羽琏一直在寻觅着什么。她甚至没有放弃世界各地那些门面简陋的小古董店、跳蚤市场的地摊……伊万却从没有发现，她对企图捕捉的目标有过丝毫的透露。难道说，周羽琏那沉默而漫长的追踪，也和这颗红色的盾形巨钻，有着某种神秘的关联吗？一颗宫廷瑰宝，会与这位老妇人有着怎样的渊源呢？

草坪上的小狗点儿，无缘无故地冲着越发显得昏暗的树丛，嗥叫了起来。琳琳无缘无故地打了个寒噤。仿佛看见有一片陌生的人影，在树丛里一晃而逝……

"有人！谁？"

琅琅也被吓得哆嗦了一下："姐姐你别吓唬人啊，我可胆儿小！"

琳琳再次定睛望去，果然并没有再看见什么。自从今天上午，她照例在周末的潘家园逛游时，发现了那半张令人心有所动的老照片，她就开始感觉到些许令自己无法平静的异样心绪。为此，她比以往早早地回到了家中……

— 第貳章 —

琳琳认为，北京那闻名世界的旧货市场潘家园，是这座古城中最邋遢却最可爱的一个地方。你很难想象，每个周六和周日，在那里流淌过多少财富和垃圾，多少梦想和失落，多少野心和惨败……

据说过去，这一带便是传说中的"鬼街"。热衷于古玩、旧货收藏的北京人，喜欢在这片南城的马路边，跟兜售者们做些或明或暗的交易。于是，渐渐成了气候。当地政府也算是采取了个明智的决策，从原来的打击、取缔、屡禁不止，干脆转变思维方式，使之合法化、市场化、管理化。很快，便发展成了今天中国最大的民间工艺品集散地和旧货交易市场。这个大地摊本身，因为巨大的信息量，相应产生了丰富的艺术价值和文史价值……当然，同样包含着无限的经济内涵。

琳琳早就对任何一家豪华商场失去了兴趣。从东京到北京，从巴黎到香港……其实，它们都是大同小异，千篇一律的。而潘家园的表情，似乎每时每刻变化无穷。许多商品的不可复制性，携带着悠久历史与古老生活的气息，扑面而来。

几百个来自全国各地、四面八方的摊贩，扯着南腔北调在吹嘘、忽悠、讨价还价。从简陋的货架到随意摆在脚头的几块报纸，令人无法猜测从什么地方收集来的各种"宝贝"，名副其实的是堆积如山。潘家园甚至拥有了潘家园独特的词汇：老的。收来的。土里出来的。开个张。亏了，亏了……用琳琳的话说，在周末的潘家园里，天下没有的东西，是没有的——什么都有。而且，假货赝品越多，也许就越有意思。

琅琅则认为，琳琳根本没有必要在这么个大垃圾堆搞收藏。苏富比、佳士得……连外婆都知道去那种地方花钱，至少是没有太大的欺骗性，也是"符合身份"的嘛！可琳琳还是喜欢自己一个人，在乱糟糟的潘家园徘徊……

她的工作对象，永远都是那些无可争议的金银宝石。在检测手段现代化的今天，它们更是具有世界统一的技术指标。大致是不需要对其产生怀疑、苦于判断的。在世界一流的拍卖行，就靠行家告诉你"这东西不错"，你再去花重金买个现成的宝贝。那岂不是"不学而获"么？

总之，珠宝堆里长大的琳琳，很快就成了个地道的潘家园常客。尽管对地摊宝贝的鉴别能力绝算不上高明，只在琅琅那里获得了"垃圾大姐"的雅号。琳琳对此评价完全无所谓，于她而言，真正的意义更多的是那么一个过程——充满了悬念的过程……

她在潘家园，曾经是个特受"欢迎"的买主。开始光顾的那两年，只要她的身影一出现，摊贩们就会发出"大姐来了！"的欢呼。当她把这个情景颇为得意地在饭桌上聊起时，琅琅立刻说："姐姐你一准儿是听错了，人家喊的是'大头来了！'"

连周羽琏都被琅琅逗得差点儿让一口鱼汤给呛着。琳琳却从来也没有生出丝毫离弃潘家园的心思。

周羽琏明白，自己永远无法对大外孙女儿的人生损失予以补偿了。老人常常会锥心般痛楚地想，琳琳徘徊在那个百物杂陈、一片喧闹的旧货市场里，真正的目的无非是"企图忘却"。企图忘却的，是作为一个女人的过去……

这么多年了，周羽琏不知道作为孩子唯一的长辈，自己还能不能有机会，完全解释清楚当初为何"棒打鸳鸯"的真正原因？在那场现代版《罗密欧与朱丽叶》式的悲剧故事中，不仅琳琳是无辜的，就连那个痴情的日本小伙子，也是无辜的。

不错，只有在那片熙熙攘攘、光怪陆离的"破烂儿的海洋"中，琳琳能够暂时忘记过去，也淡化既定的生活现实。加之她的职业，是必须长时间地触摸那些世间最精美、最贵重的金银珠宝，也许，多少产生了审美疲劳。潘家园铺天盖地的"垃圾"，卷着泥土、尘埃和人间烟火的气息，会给她带来精神调剂。

今天早上，琳琳从一走进潘家园就觉得气氛怪怪的，好像会遭遇到些什么意外。她马上在心里警告自己，千万不要被所谓的"第六感"迷惑了眼睛。于是，刻意地放平了心态，向一个熟悉的小地摊走去……

这是个经常摆卖些戏装老剧照、老明信片和古装戏旧头饰的摊子。也不知道摊主的货源，是不是跟一个没落的梨园世家有关？琳琳从一些金属早已经发黑的老头簪、残翠花上，得到过不少设计的灵感和工艺改良的启示。毕竟那是她的专业，苦学苦干了十几年，业内公认她已是个小有名气的珠宝设计师了。

突然，琳琳看到了半张老照片——它发黄了，黯淡了。三寸见方，是一位东方少妇表情矜持的美丽面孔。不知道混在一堆旧画片里的"她"，为什么会用那样陌生而又熟悉的眼神，透过百年时空，意味深长地注视着自己？

琳琳对老照片是有研究的，收集它们有些年头了。从纸张、颜色、人物服饰等等特点判断，她毫不怀疑这半张照片上的人物，至少是在二十世纪的上半叶，把一个珍贵的瞬间留给了自己。刹那，琳琳觉得，自己与老照片上的"她"……似曾相识。

她蹲在地摊旁挑着择着。故意甩着一口油乎乎的京腔，跟二十来岁的小摊贩有一搭、没一搭地耍着贫嘴：

"今儿买卖挺好？"

"哎呦，我从昨儿个到这会儿还没开张呢！小姐……"

"谁是'小姐'？！"

"那……那叫您大姐？"

"叫阿姨。"

"您？阿姨？好，好，阿姨就阿姨。我见阿姨您老人家，好像每个星期天都到这儿来转悠。到底是想淘换点儿啥啊？"

"找点儿个过去的老画片儿、老照片儿呗！我就喜欢琢磨过去那些个老人穿的戴的……嗨，你还有吗？"

"这不都在这儿嘛。阿姨您是干什么工作的？"

"你说呢？"

"唔……演戏的？对了，您是演员。要不，是唱京戏的？猜着了吧？"

"倒挺会捡好听的说呐你！"

"没错，怨不得您老戴着个大墨镜子呢。敢情是个明星，怕让追星族冷不丁儿给认出来吧？"

"还越说越像那么回事儿了！"

"您还真别小瞧咱们这乌泱乌泱的潘家园，什么人没来过啊？各个国家的外交官、洋鬼子游客，喜欢淘换老东西的大学教授、大收藏家……对了，还有那些个拍电影、电视剧的导演、摄影、道具师什么的，也少不了到这儿来转悠转悠。就连美国总统克林顿的媳妇，不都来咱们这儿淘过宝吗？"

"人家那叫'第一夫人'！"

"夫人、太太、老婆、媳妇、屋里的……其实不都他妈一回事儿嘛！对不起您哪漂亮阿姨，不小心说了个脏字儿，埋汰您老人家的耳朵了吧？"

琳琳被小贩儿的油嘴滑舌给逗笑了。她挑出了几张看上去还算中意的旧明信片和老照片后，特地把那张显然被撕掉了另一半的老照片撂在旁边，装出一副满不在乎的样子……这也是淘宝的一计：欲擒故纵。

"说个撮堆儿的价，小老板。"

"撮堆儿"也算是淘宝的一计：浑水摸鱼、混淆视听。让卖家不知道你心里到底是相中了哪一件，便不能够抓住你的欲望，漫天要价。

"漂亮阿姨，您老是我的回头客。以后还指望您多关照呢！就一口价儿……"

小摊贩数了数琳琳挑好的东西，伸出了四根手指头。

琳琳世故地摇摇头："高了。"

"不高不高。您眼毒，挑的尽是我的好片儿。"

"那我再琢磨琢磨吧，回见啦您！"

"哎，哎，小姐……不是，那个……阿、阿姨，别走啊您！这么着吧，好歹给我个本儿，怎么样？"

小摊贩这一次伸出了三根手指。琳琳还是固执地摇摇头，然后伸出了两根手指头……似乎是能够成交了，她故意慢慢腾腾地蹲下，重新拣起刚才搁下的货色。忍不住把那张被撕去了一半的老照片再次拿在手上，端详了起来。就在这时，一股穿堂的怪风，卷着北京潘家园特有的尘土，噗噗地吹来……

一只像鸡爪子一样的手，轻轻地搭在了琳琳的肩上："姑娘，买了吧。这是缘分哩！"

琳琳被吓得浑身一个哆嗦。猛地回眸，是一张距离自己很近的皱皱巴巴、黄里发灰的老太婆的面孔。从那张开的嘴里，露出了所剩无几的牙齿。她的衣衫款式陈旧、色彩黯淡，简直就像潘家园里一件会动的陈年旧货。佝偻的腰身，在琳琳高大丰满的身材对比下，显得更加瘦小。柴火棍一样的臂弯里，挂着几条色彩斑斓的化纤布口袋。

"您……您刚才说什么？"

琳琳迷茫地望着老太婆，结结巴巴地问道。卖老画片的小摊贩可不高兴："她这是叫您买她一个布兜子装东西呢。走吧走吧，人家才不要你的破兜子呢，别这儿搅和我的买卖了您哪！真是……"

老太婆固执地推销着："您看这天儿，八成是要掉点儿（北京土话：下雨）啦。别把姑娘买的东西给淋着……瞧瞧，多好看的画片儿啊，才二十？真值了！"

小摊贩一听更不高兴："二十？您老少说了个零。"

"二百呀？那……那也值了。值、值、值！就是再加俩、仨个零，在咱这潘家园，只要东西稀罕，啥价儿都不离谱不是？"

琳琳注视着老太婆那张说话漏风的瘪嘴，就像受到了一股磁力的吸引："大妈，我可是老来潘家园的啊。以前，我买过您老人家的兜子吗？"

老太婆圆滑地做不置可否状："来，挑个喜欢的色儿。卖给别人五块一条。姑娘就给三块，得嘞！"

就像被一根无形的丝线操纵着一样，琳琳机械地开始掏钱包。正好找到一张五元的零钱："甭找了大妈，就把那条蓝花的给我吧。"

小摊贩有点妒忌了："嘿，今儿个我还没开张呢！"

老太婆世故地送了个顺水人情："那位小哥儿，姑娘心眼儿好。我保你这笔买卖，准成。"

"借老人家吉言，跟漂亮阿姨您交个朋友呗。得，这张半儿拉的，喜欢也饶给您了。怎么样，够意思吧？今儿，亏就亏点儿啦！"

这就是老北京特有的人情味儿了，琳琳还真喜欢这古城庶民的生活氛围呢。她终于开始往外掏钱了。还故意悠悠地吊着那小摊贩的胃口，嘟囔了一句："这潘家园做买卖的，都姓'亏'！"

她格外小心地把那半张残破的旧照片，单独夹进钱包里，暗暗露出心满意足的微笑。无意中一回头，看到身后的小摊贩同样暗暗露出了心满意足的微笑；卖布袋的老太婆，也咧着没有门齿的瘪嘴，露出了心满意足的微笑。

琳琳不愿意继续逗留在潘家园了，尽管计划中要花掉的两千块钱大部分还在兜里。心里老是有种莫名其妙的东西，在隐隐地翻腾着。

像是巧合，回到家里，正好就遇上了好久不见的伊万爷爷和帝王之盾的故事……

晚餐桌上，周羽琏动了几下筷子就放下了。小点儿伏在她的脚边，也用充满疑问和担忧的目光，抬头望着自己的老主人。琅琅小心谨慎地往嘴里送着稀饭，一不小心碰响了汤勺，也不安地抬头偷偷看一眼外婆的表情……饭厅里的空气，出奇地沉闷。

"我要去休息了。"

周羽琏的语气，冷淡得让琳琳、琅琅感觉异乎寻常。只见她独自起身离开了餐桌,点儿摆动着圆圆的小屁股,紧紧跟随在老主人的后面跑出了餐厅……剩下琳琳、琅琅姐妹俩,百思不得其解地面面相视。还是琅琅鼓足勇气,冲着饭厅门口的方向嚷了一句:"今晚是《日落紫禁城》的大结局呢……"

她见外婆还是没有反应,又补充道:"外婆,是我们惹您老人家生气了吗?不吃饭,血糖要是降低了怎么办?"

琳琳在桌子底下踢了琅琅的脚一下,冲着餐桌的左边,撅了一下嘴……她是暗示妹妹,老太太生的是那"玩艺儿"的气——餐桌的左角处,放着伊万今天下午送来的那本"劳什子"东京银座珠宝艺术品拍卖会的图录。果然不一会儿,刚刚陪着外婆回房间的芯儿又返回到餐厅。她用目光示意着两姐妹,然后取走了它……琳琳冲着芯儿的背影嘱咐道,等会给老太太热一杯奶,别忘了加点糖。

等芯儿走远了,她就低声对琅琅说:"吃完饭到我屋里来,我给你看样东西……"

琳琳的房间,充满浓郁的怀旧气氛:有蜡染土布制作的别致灯罩,有瘢痕累累的老榆木家具,有来自民间的布老虎、兔儿爷,形状各异的陶盆、瓷罐、青花老碗……琅琅不太习惯那空气中弥漫着的淡淡土腥气,也觉得琳琳的爱好,不太符合自己追求现代时尚的审美标准。

做姐姐的开始向妹妹展示着白天淘换来的地摊宝贝,琅琅实在是讨厌这些与陌生人和死人有关的东西,就连手指头尖也怕碰上一碰:"我就知道,又是这些肮脏的陈年破烂儿!"

琳琳从自己的皮钱夹子里,小心翼翼地摸出半张发黄的老照片。照片上的东方美少妇身穿衣领高高的素色旗装,领口间,悬挂着一款造型流线优美的金属项圈。项圈的正中间,悬垂着一颗形状奇特的宝石。少妇的背后,很明显地存在着一片形状古怪的阴影……

琅琅不由倒吸了一口气。也顾不得"肮脏"了,将那半张老照片一把抢到手中:"咦,这不是你吗?!什么时候照的?不对呀,这照片可够老的了,还是被撕掉了一半的……要么,是外婆年轻的时候?不对,不对,你长得可跟外婆一点儿都不像。姐姐你说,这个女人,她、她、她,是谁?"

琅琅像触了电一般,猛地撒手扔掉那半张照片:"这东西都

快一百年了吧？真是像死你了，姐姐。简直就是一个模子刻出来的嘛。周琳琳，难道你就……就不觉得有点儿……不吉利吗？"

她的话音刚落，只听楼下传来了瓷器破碎的尖锐声音。两个人都被吓得一哆嗦，更加惶惶不安地互相对视着……还是琳琳先恍悟过来："是外婆屋里的声音。快，咱们去看看！"

姐妹两人走下楼梯，看见芯儿一个人正在放着电视机的小客厅里，津津有味地观看着电视剧《日落紫禁城》。彩色屏幕上，晃动着慈禧太后和清朝宫女们衣装锦绣、发冠高耸的身影，芯儿高一声低一声地正为剧中的情节忘情地抽泣。显然，周围的响动很难引起她的注意了。

琳琳、琅琅并肩向楼下外婆的卧房走去。楼梯和走廊没有开灯，昏暗得令人感到越发惶恐。她们不由像小时候那样，紧紧地拉住了手……突然，什么活物猛地扑到琅琅的脚前。她毫无准备地发出了一声尖叫！原来是小点儿，在离外婆卧房门口不远的走廊上，听见姐妹俩的动静，就高高兴兴地迎了上来。琳琳怕吓着外婆，赶快捂住琅琅的嘴。然后弯腰抱起了小点儿。她们轻轻推开那扇虚掩的门……

只见老外婆一个人背对着房门，壁炉正在燃烧。晃动的火焰，把她的满头银丝镀上了一层光环。在她脚边的地板上，是一堆青花的瓷器碎片……琅琅故作轻松地开始念叨着"岁岁平安，岁岁平安……"一阵钻心的疼痛，使她忍不住又发出了一声尖叫："妈呀！"

琳琳赶紧把妹妹扶到壁炉旁边的沙发里："谁让你老要接什么'地气'，不穿拖鞋就到处跑的！"

她从靠墙的柜子里找出外婆的保健药箱，用镊子为长呼短吁的妹妹拔出了插进脚底的一块小瓷茬子。一颗红珍珠般的血滴子随即冒出，疼得琅琅浑身直打颤。上了药水又贴上创伤胶布……整个抢救琅琅的过程，外婆竟连头都不回。

琅琅终于有些"忍无可忍"了："姐姐你看，外婆一点儿都不心疼我。要是茬子扎了你的脚丫子，她早就老泪纵横了。"

琅琅的调侃，仍然没有把周羽璇的注意力转移过来。金红色的火光，把老人的背影映照得如同一尊雕塑。琅琅索然无趣地把小点儿抱在怀里，盘腿缩进大沙发，悻悻地看着琳琳小心翼翼地收拾着地板上的碎片……

"外婆,这只明青花的玉壶春瓶跟了您一辈子,就这么打碎了,真是太可惜啦……"

琳琳自己的话音未落,就在碎瓷片中捡起了三寸见方的一个小报纸包。那报纸旧得好像一碰就会碎成粉末,古老的竖版繁体字,隐约可见"惊天宝石诈骗案轰动京城"的大字标题。琳琳小心翼翼地打开了小报纸包……

发黄的老相纸上,是一个青年男子的黑白半身像。他五官端正、俊秀,肩胸挺括,身着儒雅的长衫马褂。无独有偶,这也是二十世纪初期的图像记录;无独有偶,在这个"他"的背后,也有一片古怪的阴影;无独有偶,这也是一张被撕去了一半的照片。

"姑娘,买了吧……这是缘分。"上午在潘家园,那个卖布兜子的枯槁老太婆牙齿漏着风的话音,莫名其妙地又回旋在琳琳的耳畔。她拿着瓷片中的发现,猛地冲出门去……

琅琅始终半张着小嘴,注视着姐姐的一举一动。她完全搞不明白了,今天,在这个自己再熟悉不过的家里,到底发生了什么令人匪夷所思的事情?

琳琳三步并作两步地跑回到自己的房间,在台灯下把今天上午得自潘家园地摊的那张半老照片,和外婆保存在明青花瓶子里的半张老照片拼在了一起……刚才,那瞬间的直觉真没有欺骗她——这原本就是天衣无缝的一张照片。

一位美貌少妇的身边,是一位英俊的男子。他们面带满足和幸福,不露齿地微笑着……看得出,这是一对昔日殷实人家的恩爱夫妻。他们的背后,一片古怪阴影在重合的画面上,则呈现出了另一幅完整的图像:明显是个清朝宫装女子的灰暗剪影,梳着高高的二把头"大拉翅",戴着繁琐的钗环头饰……

琳琳为之惊愕万分,呆若木鸡地跌坐在了地板上!

本来已经昏昏欲睡的小点儿卧在琅琅的怀里,又是那样无缘无故地发出了凄厉的嗥叫。与此同时,落地玻璃窗外,平地刮起的一阵旋风,吹倒了草坪上的阳伞,卷着花园里的树叶、枯枝,扑扑打打而来……琅琅被这种阴森的气氛吓得颤颤地叫了一声:"外……婆……"

以往慈祥的外婆,这时仿佛突然变成了一个铁石心肠的假人。置若罔闻,一动不动。琅琅猛地用双手抱起沙发上的大靠

枕,压住了自己的脑袋。

当周羽琏卧室的房门再一次被推开,表情呆滞的琳琳如同一个正在发着梦游症的人,缓步轻轻地向壁炉边走去……她的手里,拿着那张破镜重圆的神秘的老照片。

因为迟迟没有添加木柴,壁炉里的火焰,渐渐低弱了……

仿造西方的古典式壁炉,是琅琅在装修这套别墅住宅时别出心裁的创意。开始,外婆和琳琳都表示反对,但事实证明,它不仅具有装饰性而且相当实用。当它被一团火焰照红的时候,整个房间会充满着一种渗透肌肤的温暖。每年季节一入深秋,周羽琏就会叫芯儿点燃带着松香味道的木柴。如今,这些松木柴火也是奢侈品。专门托人从京郊的农家买来,价钱可比用电或煤气取暖要贵得多了。

周羽琏蓦然将脸转向黑暗的落地玻璃窗,发出了空谷回声般幽深的声音:"呵呵……你回来了——呵呵,呵呵……"

琳琳下意识地朝外婆注目的方向望去——影子,那分明是一个清朝宫女似曾相识的剪影!不错,那张在自己手中刚刚被重合在一起的老照片上,一对男女人物的身后,就是这样一片剪影——"她",发冠高耸,钗环晃动,裙裾飘飘……

― 第叄章 ―

那是民国三年冬天一个生冷生冷的夜晚。北京东四十条琳琅阁少东家的屋里，一尊官窑青花龙纹炭火缸中，炭火正烧得通红。露儿还记得，后来发生的所有事情，都是从那个生冷生冷的晚上开始的。多少年后，她和丈夫小梗只要是一回想起那个生冷生冷的晚上，连肠子都悔青了——

假定小梗当时偷懒，压根儿没有爬起床，跑去开院门；假定小梗开了门，也没有让那个瘦猴子太监进来；假定他对那老阉贼推托，明个儿再来找东家说话；假定那家伙卖给琳琅阁周家的，就不是那块透明的小红石头子儿；假定……

只要发生以上任何的一种"假定"，任凭是个啥妖魔鬼怪附了体的玩意儿，也不会呼啦啦地一气儿坏了那么多的大事，毁了那么些个人呵！露儿就是个陪嫁丫头，她也悟出了这样的道理：大凡稀罕得顶了天的宝贝，肯定都成了精。凡胎肉骨的人间，如何镇得住它们？！

露儿平时总跟人炫耀说，我们小姐在娘家的名字可雅致了，叫"蔡若茵"。三年前，陪着她一起嫁到了周家，一直就没有改了叫"小姐"的口。虽说若茵小姐也穿绸裹缎，却跟其他有钱人家的奶奶、太太和千金们不一样。她一点也不显俗艳，是个远近闻名、四九城百里挑一的美才女。

那个下雪天的晚上，怀着身孕的蔡若茵，因为终于得了肚子里这么个"喜"，灯光下都能看见，她一双丹凤眼里那迷迷蒙蒙的笑意……为了媳妇怀上了孙子，婆婆在圣母娘娘跟前，把天下的好话差不多都说尽了。

那晚临睡前，露儿正和主子一起拉着闲话，一边美滋滋地绣着小花帽。蔡若茵那张笑脸，被炭火光映得红彤彤的，更加好看了。只听一阵敲门声响起，显得又急迫、又小心……

露儿正要抢着去开门，旁边，正在摆弄着一桌子珠翠小物件的少东家周璧元抢先站起身来："我去瞅瞅。"

在露儿眼里，这位东四十条珠翠行琳琅阁的独生儿子，不仅是位相貌清俊、温文尔雅的富家少爷，难得有着一副忠厚、善良的好心肠。露儿看着自家小姐体体贴贴地为丈夫披上件短袄，心里偷偷地直乐。结婚都快三年了，这一对情投意合、相敬如宾的小夫妻，谁看见他们，不心生羡慕哩？

只见少东家刚打开了门，一阵寒风就趁机挤进房里来。好冷的三九天啊，寒风夹带着湿气，像是就要下雪了……

敲门的是小梗。兵荒马乱的岁月里，这个失去了爹娘的孤儿，被亲戚送到琳琅阁学徒时还不满十岁，就随东家姓了"周"。他比少东家小三岁，也算得上是一个屋檐下长大的兄弟了。如今，二十出头的小梗机灵、勤快、善解人意，已经是周家门里贴心贴肺的大伙计。深更半夜敢跑来敲开主人卧房门的，全家除了露儿，也就是他了。

露儿见小梗压低声音说了几句什么，少东家愣了一会子神，便回头对媳妇说："我去去就来，让露儿服侍你早点儿歇着。"

目送着丈夫匆匆走了出去，蔡若茵好奇地撩起窗帘的一角朝外张望着。她看见，璧元随小梗缩着脖子走到大门口，跟一个瘦得干巴巴、冻得直抽抽的人影凑近了嘟囔着啥。一会儿，主仆两人便亲自领着来人，朝四合院的正北屋走去……

露儿把热乎乎的瓷汤婆子塞进被窝儿，让小姐先上床暖和着。人家却执意要等少东家回来，坐在大洋琴台子前按起琴来。露儿听不懂那洋人谱的曲子，就是觉得叮叮咚咚的琴声，挺悦耳挺动听。她知道，蔡若茵出嫁前，就是京城闻名的高雅人物。那一手从小练就的大洋琴按得多好呵，琴声就像能把人心都给溶化了。

夜空里还真是纷纷扬扬地开始落雪花。雪片大大的，像是随着琴声，有数不清的小白蛾子从天上飞下来似的……记得，那是当年的第一场雪。

露儿心里再明白不过了，若茵小姐眼前这有恩有爱的小日子，可是来之不易的。

蔡家老爷生前任职朝廷的驻外使臣，也曾是个深受重用的汉籍官员。那会儿京城里大闹拳乱，一时殃及了许多"亲外"、"涉外"的官宦人家。蔡家自然也未能幸免，经历了一落千丈的变迁……

那天，一帮头上扎着红布巾的鲁莽汉子，闯进了蔡家的大宅门。不由分说，他们动手先砸烂了庭院正当中一口缠枝莲纹样的青花大鱼缸。这又大又笨的老摆件，平时养上几尾名贵的大眼泡金鱼，预兆着吉祥的金玉满堂。一旦房屋失了火，便是救灾的水源了。

也不知是受了谁人背后的指使，这帮鲁莽汉子倒是没有出手

伤害家里人，也没有连砸带抢地洗劫了啥。他们自称是为了什么"灭洋护清"，直奔老爷的书房。但凡有字的书啦、纸呀，一张不落地都搬到院子当中，一把火就全给点燃烧光了！

后来，露儿听太太说，那其中不但有大清官员们与洋人外交上公事往来的文书存底，也包括许多老爷宝贵的字画、善本、私人信札……

一向忠孝厚道的蔡家老爷心里明白，这是因为眼下慈禧太后要利用义和团这帮乌合之众，报复报复洋人对大清国那越发肆无忌惮的欺辱。许多当朝或在野的官宦贵戚都被吓坏了，火烧眉毛地要打理清楚自家以往沾着"洋包儿"的那点屁事。表面上，是这些三天吃香的民间帮会出面，来造蔡家老爷这个"洋务派"的反。实际上，却是某些人急着要把自己卖国求荣的书面证据，赶紧地弄干净罢了。

这历朝历代明面上的打打杀杀，没有一件事情的背后，是没有事情的。

那阵子，就连市井地摊上，都在摆卖寻常百姓人家难得一见的稀罕玩意儿。有闪闪发亮的西洋自鸣钟、装着法兰西香水的透明水晶瓶、举着大铜喇叭的机器戏匣子、刻花玻璃罩子的洋油灯、洋服、洋鞋、洋酒、比手指头还粗的洋烟卷儿……

本来，若茵小姐的父亲回到家乡，就是因为长年在外奔波，积劳成疾，巴望着安度晚年罢了。也亏了他往日里不但从不与人轻易结仇，上上下下地礼尚往来，循规蹈矩。于公于私，人缘还算是过得去的。趁着闹拳乱打上门来的地痞流氓们，谁知道是不是真义和团？看样子，像是听从背后主子的交代，把急着想要处理的东西处理掉，也就罢了手。可蔡家老爷毕竟受了惊吓，急火攻心，从此一病不起。

那年，蔡家出了这么大的事情，若茵小姐却一个人留在东京，跟两个天皇家族的女孩子一起，进修她的钢琴课呢。老爷见国家乱成这样，赶紧捎信叫女儿就留在那边，安心在荷兰人办的东京女学堂接着读书。

后来，朝廷吃了八国联军的大亏，看着洋人的颜色，又不得不自己出面，翻脸不认人地平了那场拳乱。京城百姓们见天儿又奔菜市口看杀头，比赶庙会还要热闹。一时间，那些昨个还威风一时的义和拳们，呼啦啦地洒下一腔腔热血，争先恐后地奔赴了黄泉路。跟着，朝廷恢复了不少官员的官职、俸禄。可随着圆明园的灰飞烟冷，大清朝也从此伤透了元气……

这一天天走着下坡路的国势，也裹着蔡家一晃过了八年。终于，蔡老爷知道自己阳寿不济了，这才打电报叫女儿回家来。

露儿记得可清楚了，那是光绪三十三年的秋天。太太派她和管家老陆一起，到天津塘沽港去接小姐。那是她第一次见到蔡若茵：顺着大洋铁船的扶梯，慢慢走下来的那个姑娘，一身白色的洋服裙子，一双白色的高腰小皮靴，头顶那阔沿的白麻纱帽子上，飘着条水绿色的缎子蝴蝶结……简直就跟从洋画上走下来的美人儿一样，好看极了。

蔡若茵晚了一步，最后也没有赶上给爹爹送终。船在海上走了三十几天，把老父亲最后弥留的时间耽搁了……那年，蔡若茵十六岁，比小丫头露儿大两岁。

蔡夫人原本怀过四胎，可福分太浅，到头来，就只养大了若茵一个女儿。这位世代为官人家的金枝玉叶，总说自己"没那份儿整天算计柴米油盐的闲工夫"。她把钥匙往管家手里一扔，闲时爱涂上几笔跟丈夫驻在外国时学会的西洋水彩画，得空给女儿讲讲诗词格律，以免她忽略了老祖宗的文墨……整天价衣来伸手、饭来张口，是个对家务事睁一只眼、闭一只眼的撒手主妇。

蔡老爷身为朝廷的汉官，几十年为人处事如履薄冰，向来是出了名的敛财无方之官。如今，蔡家一旦失去了顶梁柱和主心骨，随即乱了阵脚。顶梁柱子倒了以后蔡夫人才发现，原来这体体面面几十口人的一个大宅门，从来过的便是那戏文里说的"寅吃卯粮"的日子。老爷一走，断了朝廷的那点俸禄。很快，还真是就连"柴米油盐"都开始犯上了愁。

家道中落，就像和尚脑门儿的虱子——明摆着。蔡府开始靠借贷勉强维持着对外的门面。对里，也有撕不下的情面：蔡家夫妇一向处事随和，家人们大都是勤勤恳恳地跟着一做多少年的。那心性本来就怯弱的蔡夫人，对哪个也开不了"请卷铺盖走人"的口。多亏了从东洋赶回家奔丧的蔡若茵，最终代她娘拿了个"长痛不如短痛"的主意：

小姐让母亲坐在身边的太师椅里，自己开口"伯伯、叔叔、大娘、大妈、姐姐、妹妹"，情深意切而又不容辩驳地说明一番"大难临头各自飞"的道理。到了，除了照顾母亲的一男一女两个佣人，加上服侍自己的露儿这么个贴身小丫头以外，小姐竭尽

所能、合情合理地发下安家费，便打发了从大管家到小杂役的一应二十来口子。

倒是真没落下太多埋怨，都说小姐的话说得合情，事情也办得在理。谁都知道，为了给老家人们发足了最后的盘缠，夫人连首饰盒子里娘家带来的那点陪嫁，都倒空了……大家伙儿依依不舍地跟老东家行礼道别，不摸不顺地离开了蔡家。

自幼随父亲漂洋过海、走南闯北的蔡若茵，虽说十六岁以前大多是在外国生活，日本话和英国话都讲得溜溜儿的，中国话倒也一点没有生疏。她却跟露儿说，那德宁郡主才真叫"天下第一才女"。人家通晓八个国家的洋文呢！

露儿当时听了直吸溜儿：原来，这世界上还有那么些个洋文呐？自个就连中国文都认不全一百个字。啧啧，这铺天盖地八国的洋文，一个人得长多少颗脑袋瓜子，才够用啊？

说起那位德宁郡主的娘家，一座一百七十间房的大宅院，竟在闹拳乱时也被一把火给烧了个精光！当时，他们家老爷还带着家眷儿女在欧罗巴为朝廷效力。这下可好，光绪二十八年回来以后，连落脚的地方都没了。后来，还是借了李鸿章大人一座蜘蛛网封了窗子的老宅，好歹临时安下家。那可不是要比蔡若茵的娘家，栽得还要惨？

德宁郡主家是在籍的满人。是福是祸，露儿不懂。要不是因为蔡老爷是位汉籍，若茵小姐八成也会跟那位"天下第一才女"一样，回国就被召进宫里，去服侍那位天下独尊的西太后了。

外面传说蔡若茵小姐，是个"才貌双全的冷面千金"。这在当时，成了京城公子哥儿们酒后茶余一个不大不小的话题。还有长辈在世时，所有曾经上门的媒人，都被她自己给回了。那些闹拳乱之后官运依旧亨通、家境仍然繁华的人家，倒也不再上门"叨扰"了。

蔡夫人去世，正好就是宣统皇帝逊位后的民国元年。那年，蔡若茵已是虚岁二十的"半儿拉老姑娘"。人家脱去穿了七七四十九天的孝服，连眼睛也不眨一眨，就把坐落在东四四条的蔡府，卖给了第一个来看房的买家。露儿还记得，三天之内，小姐就把那些"铁着脸上门"和"留着情面还没有上门"的所有债主，一举打发了个干干净净。

在那所三进上百间房的院子里，若茵小姐唯一舍不得的，就是父亲生前为她在日本国横滨港买的一架西洋大琴匣子。

堂堂蔡府的千金,废了三姑六婆的媒证,不抬花轿、不吹喇叭,一双天足"咔叽、咔叽",蹬着双高后跟的小白皮靴子,穿着一身白纱裙子,就在东四的天主教堂,和新郎倌并肩站在一个绿眼睛的洋和尚面前,相互给对方戴上个小金镏子。就这样,算是自己把自己许配给了琳琅阁周家。当时,对如此离经叛道的过门仪式,偌大的四九城中,说什么的人都有……

露儿漫无边际的回忆,被蔡若茵戛然而止的琴声中断了。已是添了两回炭的工夫,只见她又撩着窗帘角,朝院子里张望……那天晚上,蔡若茵好像说什么都放心不下这间屋子外面发生的事情。她对露儿嘀嘀咕咕地说,也没有任何缘故,心窝儿里就是不停地打着小鼓。

事后,露儿回想起来,这便是老人们常说的,家里但凡要出啥事,无论好坏,大都会有个"兆头"先冒出来……当时,她却还笑嘻嘻地逗蔡若茵道:"我的小姐呦,俺姥姥说,瘟神最怕下雪天。我看就是要出啥事,八成也是财神爷冷不丁儿跑到你们周家来取暖啦!"

总算看见璧元亲自把那耸肩缩背的来客一直送到大门外以后,还警觉地朝左右张望了两眼,才让小梗上紧了门栓。正北房那厢的灯,却好久都没有熄灭……院子里寒风打着旋儿,雪越下越密了。转眼工夫,就严严实实地铺白了房檐和庭院。

总算把裹着一团寒气的丈夫迎回房门里,蔡若茵满心不踏实地问道:"谁呀,深更半夜的?"

"你猜——"

琳琅阁周家的少东家周璧元是个性情随和的人,总爱那么笑眯眯地悠着。他并不马上回答妻子,直到小两口在暖暖的软缎丝绵被窝儿里拉开了闲话:

"璧元,那来人有点儿像早先跟在赵公公后头的一个小太监。到咱家的铺子来过,给福晋和格格们挑过簪子、耳环什么的是不是?没错儿,就他!长得跟东京上野动物园的猴子似的。"

"少奶奶好记性啊!"

"顶着大西北风的,干嘛来了?别不是又来做那缺德的无本生意吧?这些个发国难财的贼太监……"

"若茵你还别说,咱家这买卖,有时就得把贼当财神爷供着。这不,刚才咱们老爷子,一看见那猴仔儿从怀里摸出来的东西,

手头一张三千两的银票立马儿就递给了人家。咱妈还可怜他穿得单薄，爸的一件半旧呢子坎肩，挺好的英国料子……这不，也让他套在里面穿走啦！"

蔡若茵更好奇了："啥东西值三千两，这么贵？"

周璧元对着媳妇的耳朵，故作神秘地嘀嘀咕咕……

残蜡尽了，屋里一片漆黑。院子里被风吹倒了什么，发出"咣当"一声响动。流浪的夜猫子不知跟哪个旮旯干嚎两声，吓得若茵在丈夫怀里缩成了一团。

那天夜里，入睡后的蔡若茵好端端地被恶梦吓得炸尸般坐了起来，额头渗出一层冷汗。梦里，她依稀看见一个影子：前朝宫女模样的年轻女人，穿着一身看不出颜色的清廷宫装，披头散发地一脸死灰，正向自己的脖颈处，比比划划地伸出了戴着尖利指甲套的手。朦胧中听得清清楚楚，那旗装宫女用从牙根挤出来的声音说的是：那东西，是血。是命……

就在蔡若茵被噩梦惊醒的时候，黑黢黢的胡同深处，一个耸肩缩背、干瘦委琐的身影，正鬼鬼祟祟地沿着墙根疾步奔走着……因为下雪天，四周越发寂静无声了。家家户户，还埋在睡意最浓的时分。

"啊——"一声瘆人的惨叫声，生生惊破了灰蒙蒙的五更天。

天亮以后，起早出来在胡同口扫雪的老汉远远看着，像是有一具"路边倒"。走近再一看，顿时吓得小腿直抖，在积雪上坐了个屁股蹲儿："杀人啦！杀……人啦！"

死人的脖子不知被什么利器撕裂，血液早已凝结成黑块。奇怪的是，那张生得獐头鼠目的嘴脸上，竟泛着古灵精怪的笑容，就跟死前中了邪似的。痉挛般的手指间，还捏着半张银票。

附近的街坊，不少人把手揣在棉衣袖子里，跌跌撞撞地跑来看热闹。有人说，天快亮的时候，好像也听见叫声来着，可这兵荒马乱的年头，谁又敢跑出来看个分晓管闲事哩？爱卖弄小聪明的人发表着高见，说这死鬼的脖子，要么是被什么钝器割断的，要么是被什么畜生给咬断的。

琳琅阁周家的大伙计小梗刚好买了早点往家走，也把这情景看在眼里。忙不迭地紧跑，路上的残雪把他滑倒了。刚买的油条、火烧撒了一地，也顾不得拾起来……

这时候，周家老少正围在饭桌前，喝着热乎乎的鲜豆浆。老夫人嘟囔地埋怨说，小梗怎么买个油条、火烧，半天都不回来哩？八成是跟我这老太婆似的，腿脚也不利索啦！小梗踩着老太太的话音，就跟跟跄跄地冲进门来：

"昨晚儿……来……来过咱家的那……那个……瘦猴太监，被……被人给……"他一边喘气一边对老东家报告，一边用手比划着自己的脖子："这儿……这儿，被啥玩意儿给、给、给刺断啦！血哩呼啦的……"

蔡若茵一听这话，马上捂住嘴犯恶心，眼看着要倒下去。周璧元这人本来就疼媳妇，如今若茵身上还有喜，马上招呼露儿说："快扶你小姐回房歇着去。小梗，快别连说带比划的啦！看吓着老太太……"

老东家周玉和到底是个见过世面的睿智人物，马上告诫儿子和小梗，昨晚那死鬼太监曾上门来跟咱家打过交道的事情，万万不能跟任何人提起。那天上午，老东家照常带着儿子、伙计下门板做生意。也许是雪后的原因，店里清闲得很。早上，附近发生的那桩杀人案，阴影儿似的在他心里绕着不散。周璧元惦记媳妇，不一会儿就跟他爸告假，说要回自己屋里看看。

前后脚的，隔壁开字画店的廖掌柜托着个银水烟袋，到琳琅阁闲坐。一边吸着烟，一边跟老掌柜闲聊。说的也是瘦猴太监那档子奇怪的命案：

"咕噜噜……如今世道动乱，张勋的辫子军拥戴袁世凯，不管不顾地好歹复辟了帝制。那云南的蔡锷，也不是盏省油的灯，瞧这热闹劲儿，且消停不了哩！咕噜噜……当初被遣散出宫的太监，胆儿大的肥死，胆儿小的饿死。今儿个早上，死在咱们胡同口的那头阉驴，手里还捏着半张大面额的银票呢！咕噜噜……有人传得还挺神，说这死鬼曾在太后老佛爷的房里打过杂。哼，看他那个血哩呼啦、呲牙咧嘴的埋汰死法儿，不是报应，是啥哩？咕噜噜……"

都说这珠宝和古董字画的买卖，是"三年不开张，开张吃三年"。跟卖油盐酱醋针头线脑的铺子不一样，就是十天半个月不上一位客，也犯不着惊慌。下午，天还亮晃晃的，周玉和就吩咐小梗上了门板。今儿个，琳琅阁的老东家也无心待客上门了……

果不其然，傍晚时分，有个管着十条这片治安的小矮子巡警

上门，求见琳琅阁当家主事的。小梗着实也跟着心虚，赶紧跑去报告。老东家便吩咐他，先把巡警爷请进堂屋来坐了看茶，让自己入定了一分钟之后，才挂着一脸闲云野鹤般的笑意，出来见客……

"谭大警官，什么风把您这样的贵客吹到寒舍来了？这些日子我就纳了闷，咱十条这片儿，好些日子咋就连个溜门撬锁的偷儿都没动静了？敢情是多亏了您治理有方嘛！说说，您今儿个是公干？还是赏光来跟老夫一起品口薄茶，好把这大雪天儿不开张的闲工夫给打发了呀？"

那巡警爷一边"扑扑"地吹着盖碗里漂浮的茶沫，一边皮笑肉不笑地说："周老板，您过奖。到底是场面上的人物，开口说话就忒中听不是？我还真想隔三差五来府上，跟您讨杯闲茶喝喝的。可俗话说'穷忙、穷忙'，还不说的就是我这号儿人呗！今儿个清早，胡同东口发生的那桩命案，您老人家都听说了？"

姓谭的巡警也不等周老爷子回答，接着自己的问话，自顾自地往下说："在案发现场附近，我刚走访了几户人家。听说，前年见琳琅阁的周老板穿过这件上好英国毛料子的坎肩，还恭维过您老人家呢！"

这时周玉和才看到，矮个子巡警身边那张八仙椅上，搁着件半旧的呢子坎肩，领口还留着酱紫色的血迹。

当时，露儿正坐在隔壁暖阁里，陪着老太太和少奶奶为小娃娃做针线。几个女人都听见了老东家和谭巡警的对话，难免谁都是一阵阵地心里边发毛。

只听那谭巡警接着说道："当了这么多年的差，见的死人多了去了。可那个阉货的死法儿，我还是第一次见识。脖子上的伤口，真看不出是被啥家么什给弄断的……稀罕！古怪！"

姓谭的巡警像是没有认真追究的意思，也没有马上就走的打算，话题却渐渐地就扯远了。他抱怨说，如今的世道不太平，城头变换大王旗，上面走马灯似地换主儿，经常拖欠巡警的差饷。许多弟兄的家里，"眼看着都快揭不开锅盖子，过不去年了"……

周家老爷子嘴上溜溜儿地讲着一点不损对方面子的寒暄词，自自然然地话赶着话，打发小梗到柜上封出十块现大洋，把人高高兴兴地送出了大门。就像是不经意给忘了一样，小矮子谭巡警留下了那件带血的旧坎肩。老东家马上就打发小梗，拿到厨房去塞进了炉灶膛。

蔡若茵却为此跟露儿直叨叨,说这事儿"不吉"、"不祥"、"不对头"……这位少奶奶一进周家门,小梗就看出,她到底不是普通人家的女子。冰雪聪明,可比和自己一块长大的少东家,遇事心里要有数多了。她跟露儿说:真不知道,昨晚儿降临在咱琳琅阁的,到底是一笔飞来横财呢,还是一场飞来横祸?

后来,小梗每当想起少奶奶这不幸一语成谶的话,悔不当初,谁都没有把她心里的预兆认真当回事。要是早早地抛出那颗死鬼阉贼送来的小红石头子,不就啥灾难都没有了么?让小梗后悔莫及的事层出不穷,让他和露儿悔了整整一辈子……

果然,事情并没有因为老东家破费了铛铛响的十块大洋,就全都打理干净了。发了一小笔横财的矮子谭巡警,泡茶馆就吹呼起这桩古怪的命案来:

"我很快就打听清楚了,在咱十条这片儿,那阉贼窜了不止一家。他想大价钱出手那件东西,可你说它是颗火油金刚钻吧,忒大了点儿……啫,听说是就跟我这指甲盖差不离,红不红,紫不紫的,谁也没见过的色儿。那阉贼居然狮子张大口,少了三千两,愣是不卖。前面几家都说是'看不准',谁也没敢收。说真要是买了件大瞎活,竟是块水晶疙瘩、琉璃茬儿啥的,那还不亏老了去?!"

有人应和着说,那可不是!这帮干不了人事的家伙,仗着是从宫里爬出来的,还就他们敢骗、敢吹!周围的人也跟着七嘴八舌地议论开了,说是好些出宫太监、前朝官员、皇亲国戚、遗老遗少们,现在就靠弄虚作假买卖古董珍玩,混一日三餐的嚼咕呢……

"别说,还真有识货的!"

矮子谭巡警说到了得意处,最后,他道出了"琳琅阁"三个字。

常言道,言者无意,闻者有心。旁边的桌子,坐着位耍单儿的茶客。他不声不响地把着茶盏,把那一群闲杂人等的七嘴八舌,统统吸进了耳朵眼里……

― 第肆章 ―

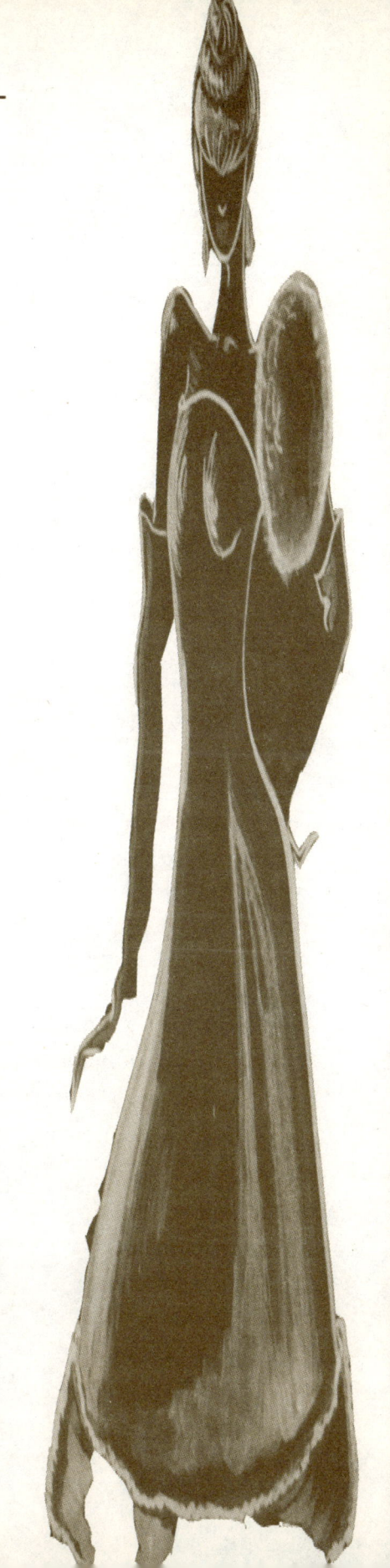

常常一个人坐茶馆的那位长袍马褂的体面绅士，便是多年在中国经营珠宝玉翠的日本商人小川正一夫。

那天，他从茶馆出来，正巧赶上洋车夫大虎在门口等着拉客。趴活儿的几个车夫里，就属大虎生得虎背熊腰、年轻力壮。大虎这人什么都好，就是好喝上那么一口，存不下几个钱。不过他倒是从来没有误过客人的事，岂止是十条一带，就是整个四九城拉车这一行里，也算是十根手指头数得上的"人物"哩！

当时，大虎还只当小川是位体面的中国老爷呢。他闷声不响地坐上车，就让大虎把车直接拉进了七条。一进胡同口没多远，就听到唧唧喳喳一片童声的噪杂……只见一个半大的小姑娘，披头散发站在不远处一座青砖西洋门楼的台阶上，手里握着根又粗又长的黑棒子。又见一个佣人模样的中年妇女，一溜儿小跑紧跟在后面追了出来。她声嘶力竭地呼喊着："小姐，快别介！可使不得啊！太太、少爷快来呀，不得了啦！"

门外，一群半大的孩子跳着脚起哄，不住嘴地齐声骂着脏话。吆喝的竟是什么："东洋鬼子的爹！中国婊子的娘！"

大虎只见那急红了眼睛的小姑娘，被追出门口的女佣人伸手抓住了黑棒子，反倒顺势就抽出了一道明晃晃的白光来……就跟变魔术似的，敢情她拿着的是一把带鞘的日本刀啊！顿时，十几个起哄的孩子全都被骇得一起闭住了嘴，傻呆呆地瞪着一片小黑眼睛。大虎也被这场面给惊吓得脚底下挪不了窝儿了，他只见小姑娘把那比自己的个子短不了多少的日本刀，双手举过了头顶……

一个年纪稍大的中国男孩大叫一声，小日本要杀人啦！快跑啊——起哄骂人的孩子们这才醒过神来，开始四下里抱头鼠窜。年龄小的不小心摔倒了，吓得哇哇大哭。那小姑娘一副誓不罢休的架势，还要继续挥刀追上前去……真把个虎背熊腰的大虎给看得心惊肉跳，热汗都贴在号坎上了。

这时，坐在车上的那位客人，也不催着继续往前走，他就那么跟大虎一起，眼光冷冷地从不远处观望着……

正在这好险好险的关头，一个穿绸裹缎的漂亮太太和一个少爷模样的体面青年闻声赶出门来。女的从后面抱住小姑娘的腰，男的上前夺下了长刀。那漂亮太太用力过猛，竟和小姑娘一块仰面朝天翻倒在台阶上。老女佣抱着刀鞘跌坐在台阶上，一脸煞白地直喘气。这有惊无险的一幕"好戏"，竟看得车上的客人无声地微笑起来，露出了一口雪白整齐的牙齿。

大虎不禁脱口称赞道："好一个小穆桂英！谁家养出了这样的闺女，兴许，比养个把不争气的小子，还能光宗耀祖哩。"

那坐在车上的客人闻言，不经意地打量了大虎那么一眼。八成是看上了他大冷天短布号坎外，露出的膀子鼓着结结实实的疙瘩肉；八成是看上了他二十来岁正当年的那一股憨劲；八成呢，是觉得大虎说出的那两句话，还挺中听……谁知道呢？客人不紧不慢地把车钱递给了大虎，就跟聊天似的，用一口地道的京腔随口问道：

"嗨，你叫什么？"

"本姓肖，名字就一个'虎'。个子大，力气也大呗，认识俺的，没人叫'肖虎'，都叫'大虎'。"

"大虎，从明天开始，你愿不愿意来给我家拉包月？"

"这位老爷，您的话，可当真？"

冷不丁的，大虎有点乐傻了。那客人却已经扭头走人，身后扔下几句话："包吃住，每月四块大洋。明儿一早上胡同里泼过了水，门口若不见你的车和人，算我这话压根儿就没说过。"

大虎高兴得竟忘了道谢。这样的美差，拉洋车的谁不想？他愣愣地望着那位走路腰板挺得笔直的老爷，背影竟消失在了刚才那小姑娘挥刀的西洋门楼里……

打那以后，大虎就天天守望着这与众不同的一家子。日本人和中国人混合着，大人、孩子、夫妻、手足，也上演了一幕幕流血、流泪的人间故事……竟都是为了那么一块"不当吃、不当喝的小红石头子儿"啊！

七条胡同那座体面的西洋门楼四合院，绕过青砖影壁，里面便是一处东洋风景的院落。石灯笼、歪杆松、不知道从哪里弄来的雪白小碎石子铺满了地。

每天，大虎陪着小川正一夫出去做事。这位日本老爷回到家一进院门，总是开口就用地道的日本话大吼一声：喔咿——，表示"我回来了"。最先应声跑出来的，也总是那个曾在大门口独自跟一群孩子叫板儿的小姑娘。

她的大名叫小川悦子。大虎跟其他下人一样，称她"小姐"。和挥着日本刀要拼命的时候可不一样，悦子小姐也会撒娇，用日本话喊着"父亲"，就直扑到正一夫老爷怀里……大虎常想，小

姑娘长得细皮嫩肉的，笑起来，嘴角有俩小窝窝儿，模样真是招人喜欢。还真看不出被逼急了眼，她竟是个敢杀人的主哩！

随着正一夫老爷那粗声大气的"喔咿——"，不紧不慢打起暖帘的，总是那位年轻漂亮的太太。她是老爷十年前在北京纳的妾，悦子的亲生母亲，叫秋媛。那天，跟着她一起从悦子手里夺下日本刀的那位少爷，是已故大夫人所生的儿子小川胜雄。

那天，正一夫正眼也不看太太，只是干巴巴地问了一声："胜雄呢？"

秋媛忙不迭地赶紧回答："在自己的房里用功呢。"

正一夫每每问到儿子胜雄，从来不是有气，就是有事。胜雄少爷似乎也明白，自己不过是父亲跟死去的中国老妾二十四年前生下的儿子——多余、碍眼的一个儿子罢了。

那天在大门口，胜雄跟秋媛一起，把悦子手上的刀夺了下来……真是好险！为此胜雄常想，妹妹的小模样，长得越来越像她妈。心呢，却越长越像她爹。胜雄和悦子兄妹俩的这位日本亲爹，从来是把女儿视为掌上明珠，却从来也不满意这个前妻留下的大儿子。说话的口气，总是凶巴巴、恶狠狠的：

"他会用什么功？叫他马上到我书房里来！"

"哈咿——"

秋媛忍着一肚子的不情愿，尽量顺从地用仅能对付的几句日语，答应着老家伙。她没有支使下人前去，而是亲自移步"莲花"，顺着走廊前去……

她比小川胜雄也就大个五、六岁，旗袍紧裹着的，还是那样一副小蛮腰，就跟从来没有生过孩子的黄花大闺女一样。一扭一扭地走到胜雄的房外，柔柔地招呼了一声。趁着"儿子"出门口挨近了自己时，轻轻在他手上攥了一下："听话，别跟老头子较劲儿。他说什么，你就听着呗！"

那只手又软又暖，是这个家里唯有的一丝人情味……胜雄的心头不禁一热，无声地点点头。顺从地跟在小妈的身后，拖拉着脚步，向正一夫的书房走去。

"老爷，胜雄君来了。"

纸裱木格门被秋媛轻轻拉开，她尽量细声细气地通报正一夫。在秋媛的眼里，正一夫的儿子胜雄，整天都闷闷不乐地装着一肚子的孤独心事。也真难为他了，在榻榻米上面对着自己的亲爹，还必须行日本人的跪礼，用古板的日语毕恭毕敬地道一声

"父亲大人好"。秋媛说什么都弄不明白,这日本男人见到外人总是点头哈腰的,怎么专跟自己家里人那么横呢?

正一夫的书房里,两面墙壁的红木架子,堆满了线装书籍和字画轴。正北面的墙壁挂着一幅书法横幅,写着三个狂草大字"樱之刃"。下面,发亮的紫檀木刀架上,横陈着那把带鞘的日本长刀。

只见男主人在榻榻米上盘腿端坐着,已经换上了一身宽大的和式青色棉布对襟袍子。在大多人的眼中,小川正一夫是个相貌堂堂的男人。他个子不高却很结实,那张国字型的面孔,可说是"天庭饱满、地阁方圆"。嘴角平时总是那么严肃地抿着,透露着几分东洋铁血男子的固执和倔强。

在秋媛看来,胜雄长得可一点也不像自己那相貌堂堂的日本老子。他鼻子、眉毛压根儿没有展开,都挤在一堆了。肩膀太窄、个子也太瘦小。只是那双眼睛,好像总在伤心,总在做着孤孤单单的梦……只有秋媛知道,这是个心里很苦的大男孩子。跟她,就像一根藤上的两只苦瓜。

秋媛突然发现,今儿个老爷还真是难得,脸上居然露出几分笑意来。他对儿子开口说话,也变得和和气气的:"好了,胜雄,你就不必正坐(指跪姿)了。放松些嘛!"

儿子却偏不给老子面子,存心找别扭似的,跪在原处没动窝儿。秋媛只好在背后扯了扯胜雄的衣襟。可人家就是一动不动地僵跪在原处。正一夫老爷一准有啥高兴的事要说,竟没有计较:"最近,日语的学习抓得很紧嘛!我说过,现在你可以放松一些喔……"

那个做儿子的,用白眼翻了老子一下,既不放松,也不答话。

"胜雄,我希望你明年初和我一道回日本,参加皇室即将在京都御所举行的立太子大礼。"

老爷硬着头皮继续往下说,做儿子的,表情还是没有反应。这情景,让秋媛在一旁实在看不过眼了,连忙帮腔说:"快,胜雄君,还不快谢过父亲大人?"

小川家连做下人的都知道,这爷俩儿之间,多少年来一直都是别别扭扭的。此刻,做儿子的仍是不买账,一脸冷冰冰地梗着脖颈子不出声。秋媛纳闷了,在家里一向横鼻子竖眼的正一夫,今儿个还就是不跟这犟小子计较。他仍旧是和颜悦色地问道:

"跟琳琅阁的少东家璧元君，你们不是老同窗吗？怎么，最近也没有来往走动？"

不问还罢了，听到这两句话的胜雄少爷，脸上的模样就更难看了。好像谁逼着他喝了一碗黄连水，鼻子、眉毛挤成了一团。当爹的终于也失去了耐性，他把女佣人宋妈刚刚端来的一杯热茶，泼向这个横竖不买账的儿子……秋媛是早有准备的，挺身上前挡在胜雄少爷的前面，赶紧用袖子遮住了自己的脸，可还是被烫得尖叫起来！

那憋了半天不吭声的倔儿子被激怒了。他伸手扶起秋媛，恶狠狠地，总算对他的日本老子开了尊口："除了来这一手，你还会什么？！"

那天，本来好好的一场父子对面，就这么不欢而散。

胜雄小心翼翼地扶着秋媛退出书房，身后，传来了正一夫用日本话发出来的咆哮。门外，世故老成的女佣人宋妈赶紧叫悦子重新端了一杯茶，送进老爷的书房。

大虎还记得，那年，小川悦子到年底就满十岁了。对全家上下人见人怕的正一夫老爷，秋媛常说，悦子就像是"清凉油"。一进屋，小姑娘就蹦到父亲的膝盖上，拿起桌上一封和纸的信笺，开始结结巴巴地用日语念了起来……

果然，做父亲的马上就转怒为喜了："喔，看我的小悦子多么聪明，能读得懂祖父这样潦草的日文。你知道，这封信写的是什么意思吗？"

念是会念了，悦子其实并没弄懂信上写的是什么意思。傻呼呼地抬头看着父亲的脸……对这个小女儿，正一夫总是特别有耐心的，从来不会像对她的哥哥胜雄那样："悦子你看，从这里开始……信上写的是'望你努力为此次即将到来的皇家盛典，准备一份贵重并富有特色的礼物，以表小川家族长期以来深蒙宫内省关照的感激之情……'"

悦子伸出小手指点着信纸："噢多桑（日语'父亲'的发音），这个姓'宫'叫'内省'的人，是谁呀？"

"'宫内省'嘛，就是天皇的管家。可那不是一个人，而是一班管事的人，足有好几千呢。宫里小到衣食住行、大到婚葬嫁娶，宫内省都得管。咱们小川家族，长期得到宫内省送来的订单，为皇后殿下、女亲王、太子妃和亲王妃殿下们，设计、打造

'坎扎西'和各种珠宝首饰。要记住,小川家族并不是一般的买卖人家。我们的悦子小姐,也是东京的名门闺秀。将来,是要回日本去见大世面、做大事情的。"

"什么是'坎扎西'?"

"'坎扎西'的北京话就叫'簪子'。你妈妈不是也喜欢在她的发纂上,插些珊瑚、珍珠和点翠的簪子,身体一动就摇摇晃晃的,很好看么?日本女人也一样喜欢戴头饰。这本来就是古代从中国传来的,被日本人把它演变成了自己独特的民族工艺。传统的'坎扎西',贵重的材料有玳瑁、象牙,也有珍珠和珊瑚……最近几年,富有人家的女子们也开始追求翡翠和各种外国输入的宝石。我们在本土新兴的首饰市场上,总是独占鳌头的。能够配戴着小川家的首饰出阁的'花嫁',可是公认很体面的呦!"

"我懂我懂,'花嫁',就是日本的新娘子。"

"等我的小悦子长大了,我要让你穿上京都最华丽的真丝刺绣婚礼和服,你戴的大宝石,将来自北京的紫禁城,法国的罗浮宫……悦子将来会成为全东京、全日本最体面的花嫁。"

"可是,妈妈说我是她身上掉下来的肉,是个中国人呀!"

"不,你是我的女儿,是我此生唯一的无价之宝。悦子要永远记住,你是一个日本人。"

"为什么我一定要是日本人呢?胡同里的小孩子,都不愿意和我玩儿呢!"

"我们大和民族,是坚强不屈的优等民族。我们历来崇尚强者,甚至尊重能够战胜自己的对手。打架撕破了衣服,我给你买新的,流了血也不流泪。悦子,长大以后,你这个日本姑娘,一定要干出一番出人头地的大事业来。让那些欺负过你的人,睁开眼睛好好地看一看!"

"到那时,日本的爷爷奶奶,他们也会喜欢我吗?"

"为什么不呢?"

"妈妈说,前年你带胜雄哥哥回东京,日本的爷爷就没有让他进家门。"

"那是因为你哥哥他没有出息。无论是日本还是中国,无论是小川家族,还是现在胡同里的左邻右舍,对待一个成功者,自然就会另眼相看。悦子,这就是一个金子打造的人生道理。懂吗?"

小姑娘总是在用自己的小脑袋瓜，拼命琢磨着父亲讲的话。尽管那些个大道理对于一个十岁的孩子来说，还真是忒难懂了一些。大虎每每瞧见正一夫老爷和悦子小姐爷儿俩，亲亲热热偎在一起说话的情景，心里就会生出对这个小姑娘说不出的怜惜。他知道，在这个世界上，正一夫老爷是唯一一个真正疼爱过小川悦子的人。

周羽琏是在成年以后，通过对日本小川家族的历史调研，了解到正一夫少年时在出生的家里，曾经是个不被父母待见的"生性愚钝"的次子。年纪轻轻地怀着满肚子的委屈，一个人来到这片国门刚刚被洋枪洋炮轰开不久的古老大陆。他用父亲资助他创业的有限资金，在北京挂起了一块叫"小川商事"的招牌。

小川家族是江户初期开始兴业的殷实商户，专做发梳、发簪、腰带扣之类的和式珠宝饰品。在那个时代，无论是婚嫁庆典还是平时早晚，日本女性都少不了用这些林林总总的小东西来装扮自己。便宜的，可以把一根朱漆筷子别在脑后；贵重的，象牙、玳瑁、珊瑚、金银……满头满身的，那价钱就没顶了。

从明治中期开始，小川正一夫因为偶然结识了周羽琏的祖父、琳琅阁的创始人周玉和，巨大的商机成就了他——中国曾经那么地富有而奢靡。单是大清国遗老遗少们把玩在手里的翡翠扳指，在十九世纪末二十世纪初那短短的一、二十年间，至少有上十万只，骨碌碌地滚到大海那边，变成了东瀛女人们的发饰和服饰。也许可以说，东京小川家曾是掀起"时尚潮流"的首领。连日本皇族的后、妃、王女们，也无法抵御这来自中国的"碧绿色的诱惑"：在漆黑乌亮的发冠上，一支翡翠簪子，几颗翡翠珠珠……点缀出的，真是韵味无限的娇媚、雅致。

小川正一夫曾经写过一部发行量很少的自传，书名是《北京放浪记》。他对古老的中国发出了这样的感慨：自己竟与这样一个奇特的民族打了半辈子的交道……这是一个能够用自己五千年厚重的历史沉淀，去淹没并同化一切异域文明的国度。

他还写道，富甲天下而又博大精深的中国，除了翡翠，还有无数的奇珍瑰宝。她太富有了，也太无所谓了。紫禁城的红墙脚下边，衣衫褴褛的乞丐伸出的黑手上，兴许都会是一只价值连城的玛瑙碗！祖宗们呕心沥血积攒下的细软家当，转眼之间就被溶化在了烟榻、赌场、茶馆、青楼、戏园子的醉生梦死之中……

令欧罗巴的商人们又惊又喜且匪夷所思的是：这个不可一世的东方帝国，她的国民竟是个那么容易沉溺于感官享受的庞大群体。对那种令中国人甚至不惜出卖灵魂的毒药鸦片，正一夫说，自己绝对是"丁点儿不沾"的。但是，制作工艺极尽华美、价同珠宝的大烟具，则展示出了"大唐工匠们的鬼斧神工"，充分证实了一个文化古国无处不在的艺术功力。

他得意洋洋地提及，自己曾经重金购买到一套极品——象牙做杆、黄金细工镶饰的烟枪，点缀着珍珠、翡翠、土耳其石和碧玺的小烟灯、小烟盅⋯⋯做工"要多讲究有多讲究！"千里迢迢，亲自送给了天皇的一个侄子，讨好他那五花八门的收藏嗜好。于是，这套象征着一个民族自甘堕落的吸毒工具，马上就被誉为是"精美绝伦的中国珠宝艺术品之杰作"，大大地养了日本华族男女们的眼。

小川正一夫承认，是中国令自己成功了。他不但不放弃中国任何一件物质的宝藏，也从不拒绝中国的美色和美食。而且，以实力和业绩，他恢复了自己在小川家族中举足轻重的地位。仅仅经过琳琅阁和小川商事之间的通道，起码有几千件质地上好的翡翠扳指，从女真征服者们曾经"力挽弯弓射大雕"的护指环，化作了"化妆镜前迷人的扶桑春色"⋯⋯

人们提及中国的宝石，大多首先想到的就是翡翠。其实，在自大汉张骞开通了那条"改变了世界历史的丝绸之路"时开始，全世界的奇珍异宝，就源源不断地涌进了这片"曾经立志海纳百川"的东方大陆。正一夫还断言，早于千年之前，来自古印度、东欧、锡兰、地中海等地的钻石、红宝石、蓝宝石、祖母绿、猫儿眼、血红珊瑚⋯⋯不胜枚举的珠宝，就已经走进了中国皇族、贵胄、大地主和大商贾们的生活。早年，大清二品大员官帽上的"蓝顶子"，就是产自锡兰古国的蓝宝石⋯⋯

正一夫还不惜笔墨地描述了亲身经历：一条来自故宫的祖母绿宝石项链，据说自元朝开始，曾经为历代得宠的皇后和太后所珍爱。当他将这条极品绿宝石项链托在手掌中时，立刻就为自己的"囊中羞涩"，几乎要流出眼泪来。产自哥伦比亚的祖母绿宝石那"莹莹的浓绿，简直就是摄人魂魄！"这是令正一夫第一次感受到比上乘翡翠更加具有震撼力的"对绿色的体验"。

正一夫还证言说，曾在"位于北京东四十条的琳琅阁珠翠行"周老板的手上，亲眼看见过一对重量超过三十克拉的红宝石

耳环。据说，这是光绪皇帝的宠妾珍妃娘娘生前的珍爱之物。白金包镶，其红，艳如鸽血。很是符合那位不乏野心的年轻王妃热情、外向的天性。

坊间传说，珍妃进宫以后，因深受皇帝宠爱，受赏的奇珍异宝即使不能说"不计其数"，亦应是大大多于其他后妃的。可因为参与支持变法和宫中主战派的政治图谋，她被西太后打入冷宫。景仁宫很久空无居主，也许正是那个时期，便有太监或宫女将最易掖藏的珠宝等物，偷盗出了高高的大红宫墙。

当正一夫表示愿以重金购买这对红宝石耳环，恳请"割爱"时，琳琅阁的老板婉言拒绝道："这是要送给我家未来儿媳的聘礼，恕不能从命。"自然，价钱免谈。正一夫只能是望"红"兴叹了……正一夫引用以上史料，证明对于珠宝，中国人曾经什么好东西都有、都懂、都见识过。

周羽琏一生中曾无数次地感慨：与琳琅阁周家一样，这个小川正一夫和他的妻妾儿女们，为了一块名叫"帝王之盾"的红色钻石，在将近一个世纪的风雨岁月中，付出了鲜血淋淋的代价，结下了生生死死的宿怨。中、日两个珠宝世家，同样都没有逃脱一场神秘而漫长的诅咒。一切，正是起始于那个雪花飘飘、呵气如兰的古城冬夜……

─第伍章─

夜深人静了。透过窗户，胜雄的卧室里浮动着一片黯淡的月色。这间房子是他自己布置的，家具和摆设都是西洋舶来品。墙上贴着好莱坞女星的海报剧照……那可是不容易弄到手的稀罕东西呢。他无眠地望着窗外歪脖子松树婆娑的剪影，眼前，总晃动着一个女孩子的面影……

法国人创办的圣心堂，是北京的贵族女校。在那所学校的门口，会走出一位鹤立鸡群般美丽的姑娘：刘海齐眉，鹅蛋型的脸上那双弯而细长的眼睛，不笑也似在笑。藏青色的西式连衣裙校服，喇叭裙裾在线条圆润的小腿下摆动……少女时代的蔡若茵，琳琅阁今日的少奶奶。眼前摆脱不掉的，更有父亲表情粗暴的脸。他一次次对自己那跪在榻榻米上姿色已衰、畏畏缩缩的生母，抛出了手中滚烫的茶杯……这一切，曾使小川胜雄在多少个孤独的夜晚，辗转难眠，久久无法释怀。

朦胧之中，一只雪白的纤纤素手伸过来，轻轻地抚摩着胜雄的额头。他哆嗦了一下，睁开眼睛……秋媛身披一件日本特有的猩红色浴衣，散着头发，无声地站在床前，恍同一个妩媚的女鬼。

"谢谢你胜雄，今天当着你父亲的面……护着我。"

"是我应该谢谢你。今天当着你丈夫的面……护着我。"

相交的目光，相怜的心，都在无声地颤栗。看到女人的身体在薄薄一层丝绸下面瑟瑟发起抖来，他终于掀开了被子的一角……席梦思床上，这对疾风暴雨后的男女怀着"共同犯罪"后的亢奋和不安，紧紧相偎在一起。

"胜雄，你真不恨我挤兑走了你娘？"

"不是你，也会是别人。再说，保不住今后，轮到另一个女人把你也挤兑走呢！"

"你为什么还不成亲？"

"京城里好人家的姑娘，谁愿意嫁给我这么个'串秧儿的日本种'？"

"我知道你的心……"

"你知道什么？"

"你读书的时候，就看上了大清派驻日本国使臣蔡家的千金小姐，对不对？"

"你还知道什么？"

"我还知道，大清朝没了，那蔡小姐的爹当年又是个清官，家道中落后是她自己拿主意，下嫁给了琳琅阁的贵公子，你的同窗好友周璧元，对不对？"

"你还知道什么？"

"我还知道，你父亲曾经托有脸面的人到蔡家，替你提过亲。"

"真有这回事儿？"

"可惜啊，被人家客客气气地给回了。那若茵姑娘，果然是打小就跟她老子闯过世界的新派人物。人家不吹喇叭不抬轿的，就和琳琅阁的周公子两人，做起了远近闻名的恩爱夫妻……"

"秋媛，别说了行不行！"

"好，好，不说了还不行，小川少爷。"

第二天，胜雄在自己书房的桌上，看见了一只精致的皮盒子。打开来，是一台新式的双镜头德意志造莱卡牌照相机。

秋媛姗姗地偎上前来说："你父亲说，这是送给你的二十三岁生日礼物。刚托人从欧罗巴带回来的呢！"

"黄鼠狼给鸡拜年吧？"

胜雄还是满脸的不屑，但忍不住伸手打开了那相机的盒盖……

"胜雄，别把你爹尽往恶里想，他不过是想和琳琅阁做笔买卖。让你尽快去找那位老同窗周公子叙叙旧、摸摸底儿罢了。"

"还'摸摸底儿罢了'，老奸巨滑！"

这件礼物，还是给酷爱摄影的胜雄带来了惊喜和快乐。他开始兴致勃勃地摆弄起相机来，可说明书上满纸的洋文，让他挠头不已……

第二天，小川父子一同上门造访了琳琅阁。

仅仅相距三条胡同而已，周家的门，他们已经半年多没有走动了。胜雄随身带来了崭新的莱卡照相机——他需要一个和蔡若茵发生语言交流的借口。正一夫操着一口地道的京腔，照例是坐在前院的堂屋，向老东家请教着玉翠、珠宝的成色。说是想托琳琅阁再淘换些能做和服腰带扣子的材料……

胜雄在后面的那进院子，受到老同窗周璧元由衷的热情迎接。他对周璧元说，想请少奶奶帮着看看这架照相机的说明书。因为"有好些单词，自己怎么也弄不明白"。

性情温良厚道的周璧元把这位老同学直接请进自己的书斋，

露儿很快就把自家的小姐扶了出来。蔡若茵大大方方地与这位不请自来的老朋友，用流利的日语打着招呼。胜雄顿时就愣了：比起少女时代来，眼前的蔡若茵，那微微凸显的肚子，倒令她显出一派成熟的柔美来。

璧元毫无戒心地调侃胜雄和若茵道："怎么，你们俩倒像是不认识啦！"

胜雄一怔，连忙拱手施礼："嫂……嫂夫人，恭喜您了。"

蔡若茵爽朗地笑道："胜雄君千万别见外，还像过去一样就叫我'若茵'的好。你是璧元的老同学嘛！"

周璧元也附和妻子道："就是，就是。还记得咱仨瞒着大人，偷偷去逛颐和园的事吧？吃过了炒肝儿又去吃油茶，兜儿里就没了买门票进园子的钱。一块儿翻墙头儿，胜雄还摔了个'狗啃泥'来着？"

胜雄终于被周璧元的回忆，带出一脸轻松的笑容。一反在家时的沉闷寡言，他跟周璧元和蔡若茵夫妇一起，口若悬河地忆起旧来："怎么不记得？那天，进了园子没多久，你们俩就没影儿了。丢下我一个人山上山下地到处瞎找。结果，傍晚才看见你们站在桥上，两人的鼻尖儿都快碰到鼻尖儿啦。你们是早就把我给扔到昆明湖里去了！不过，那一幅剪影可真美啊，后悔当时没带着照相机，把那百年不遇的画面给'咔叽'下来。题名就叫个'玉带桥上的罗密欧与朱丽叶'。"

他们仿佛又回到无忧无虑的过去，一同兴致勃勃地摆弄起胜雄的新式照相机来……

在前面的堂屋里，小川正一夫从琳琅阁的存货中，选了十几件成色上好的戒面和扳指。只字不提别的，只是频频对货色和价格都深表满意。跟往常一样，搁下银票的正一夫便起身向周玉和告辞："改天再专程来拜访周先生。"

日本人从不会称一般的交往对象作"先生"。这个称呼在他们看来，是个顶高顶重的尊称了。老东家周玉和还记得，当年小川正一夫刚刚开始在北京学做珠宝生意，靠的是胜雄亲妈的引见。遥想当年，这个日本年轻人还真是尊师勤学。二十多年下来，如今，也算得上是个撑起一方天地的行里人了。他倒是还没有改了恭恭敬敬仍旧叫"先生"的口……做成了生意的周玉和自然是心满意足起来。在旁伺候的大伙计小梗说，少东家小两口和胜雄少爷在后院，正玩得高兴。周玉和便对正一夫笑眯眯地说："让年轻人自个找乐子去吧。"

"犬子在府上打搅了。"正一夫随口客套了一句，便自己先提上小货包，坐上了他家车夫大虎拉的洋车。

目送着车子跑得没影了，周玉和才若有所思地转身回到店里。这日本人今儿个跟琳琅阁做的生意数额不算小，还是真痛快。看那样子每件东西都可心可意，倒像是担心周家不愿意卖似的，赶紧地就往袖子外面掏银票……

伙计小梗跟在身后感慨道："东家您瞧这日本人，那打扮，那做派，那坐在洋车上的架势……乍看，真比咱北京人还北京人哩！"

周玉和轻轻地摇摇头，没有搭话。心里说，面儿上头怎么拾掇，骨子里还不是个"东洋货"？！

后花园里，周璧元和蔡若茵小两口跟胜雄一起，架起新式的照相机匣子，兴致勃勃地互相照了一张又一张。周璧元还嫌不过瘾，非叫媳妇去穿上那件新做的旗袍再照几张。蔡若茵先是推说"现在自己的腰身不好看"。最终拗不过丈夫，就说"只许照个上半身"，便真的进屋去换衣服。

不一会儿，钻在黑布罩子下面的胜雄从画面倒置的镜头里看见，一位胸脯高耸、秀发覆额的美女，身穿一袭墨绿色的丝绒长袍，在年轻丫头的扶持下，正向镜头款款走近……胜雄的心，又一次为这个梦牵魂系多年的女人，微微颤抖起来。

照了两张之后，胜雄表示有点遗憾，说："嫂夫人这件新衣服真漂亮。要是再戴上一款般配的首饰，就如同锦上添花了。"

正玩在兴头上的周璧元，因此动了念头。他打发露儿到前面去，看看老爷子和老太太在干啥？伶俐的露儿"哎"了一声，很快就跑了个来回。说是"老爷到铺子里去了，老太太在暖阁正跟老黑猫一堆儿打盹呢！"

听了露儿的报告，璧元打手势让她跟着自己，一溜儿小跑，主仆二人直奔老东家夫妇住的前院而去了。

露儿跟在周璧元背后，蹑手蹑脚钻进老爷和老太太的卧房门。那些又笨又沉的雕花红木家具，大白天的，也让人觉得屋子里尽是黑影。周璧元让露儿先在外面放风，自己盯着床头一个上锁的红木小炕柜子发起愁来……突然，一只大得像头小虎崽般的

黑猫，从高处直向他怀里窜来，把个"做贼心虚"的少东家，惊得满脸刷白！

"你、你这畜生，不是正跟老太太在暖阁打盹儿呢吗？"

露儿听到少东家的一声惊叫，回过头来"吃吃"直笑。她自告奋勇要把钥匙从老太太的衣襟上摘来。但条件是，待会儿也得"给露儿留个影儿"，日后好寄给乡下的姥姥看看。周璧元开锁心切，自然是一口答应下来。这丫头多机灵啊，怨不得老太太常说，只有她，才配给周家那冰雪聪明的少奶奶当丫头呢！她就像只小耗子溜进了暖阁，可一幅多少有些让她纳闷的景象出现在眼前：刚才那只吓了少东家一跳的大黑猫，怎么依然是偎在老太太的怀里打呼噜呢？

周家的后院里，虽然已是冬尽春来、日照暖人的时节，蔡若茵似乎还是因为与胜雄的独处，感到有些不自在。她哆嗦了一下，说了声"有点冷"，就想回到房间里去。胜雄却为这难得的机会感到庆幸："若茵小姐请留步。"一反往常的怯懦和腼腆，他果断地挡住了蔡若茵的去路。顺手把自己的呢子西装上衣脱下来，小心翼翼地披在她的肩上……

蔡若茵却不知所措、进退两难了："胜雄君……谢谢你。"她用的是日语的敬语，显然是刻意地拉开自己与小川胜雄的距离。不料，只听对方开门见山，提出了一个显然是困扰他内心许久的问题："若茵小姐，我父亲曾经托人到蔡府，为我向你的父母提过一次亲。此事当真？"

面对这突如其来的质疑，蔡若茵愕然了，一时无言以对。小川胜雄则理所当然地认为，这就是她默认了出嫁前的那桩旧事。"是因为周璧元长得比我英俊？还是因为……难道连你，连你也嫌弃我是个'串秧儿的日本种？'"

蔡若茵本是个善解人意的女孩子。对方这过于率直而又饱含苦楚的提问，真的让她感到为难了："胜雄君，你怎么能这样想？我和璧元，不都是你的好朋友么？"

小川胜雄只觉得心头涌起一股又酸又涩的激流。冲动地伸出双手，抓住了蔡若茵的肩膀……与这个女孩子的失之交臂，无疑是他青春岁月中最刻骨铭心的挫折。特别是当他最近又听秋媛说，父亲曾经托人为他到蔡家去提过亲以后……

蔡若茵用力也没有挣脱开来胜雄的手。她在他那双因为愤恨和委屈而炯炯发亮的目光注视下，身体软软地向后倒去……正在这时，一只目光阴险的大黑猫，就仿佛从地底下钻出来一般。一声嘶叫，冷不丁扑到胜雄的脚下，把他吓得魂飞魄散！也把他从非理性的状态中惊醒过来，赶紧把虚弱的蔡若茵扶在刚才照相用的太师椅里坐下。

正在这时，只见露儿和周璧元藏藏掖掖地夹着一个扁扁的盒子，回到后院来。显然，一向做事循规蹈矩的周璧元因为刚才一场小小的冒险，兴奋得气喘吁吁。天性温厚的他，完全没有注意到妻子表情微妙的变化……

胜雄为了掩饰自己刚才的失态，假装调整镜头的焦距，慌忙间钻进了照相机的黑布罩子。等他深呼吸两口，镇定下自己的情绪，重新钻出黑布罩子时，只见一只做工精良的紫檀木盒子，正被周璧元小心翼翼地捧在妻子面前，轻轻地打开了……璧元、胜雄和露儿都看见，一束红色的光芒，刹那间照亮了蔡若茵苍白的脸！

就在这时，一股怪风不知从何处而生，直刮得天旋地转，飞沙走石一般——照相机的木质三脚架倒了，一只花盆从台子上摔下来，打得粉碎……这风，刮得几个年轻人遮住头脸，躲避不及。此时此刻，只有蔡若茵一个人隐约看见，那风沙迷蒙处，有个似曾相识的人影，仿佛在居高临下地注视着自己手里那只打开的盒子。"她"发冠高耸、钗环晃动、裙裾飘飘……

当天傍晚，小川正一夫在院子里带着悦子练习剑道。他和女儿两人都是一身雪白的棉布和尚服，外面套着厚实的皮制护胸，下身是肥腿裤子，手中操持的是训练专用的木刀。小悦子练得很投入，一招一式，仿佛都带着对"敌人"的仇恨，额头上渗出了细密的汗珠。忽然，正一夫用眼睛的余光发现，胜雄提溜着照相机和三脚架，灰头土脸地溜进家门。也不打一声招呼，正要匆匆钻回自己的房间……

中国有俗话说，跑得了和尚，跑不了寺（事）。胜雄被正一夫大喝一声，吼到了书房里。做儿子的表情沮丧不堪，双膝着地，乖乖地"正坐"在了东洋老子的面前。

正一夫尽量用亲切的语气问道："怎么样，和琳琅阁的少东家夫妇，玩得很高兴吗？"

胜雄闷闷地"唔"了一声，回答得模棱两可。

"没有看见那件东西？"

"唔……"胜雄的回答还是模棱两可。

"'唔'是什么意思？你到底看见没有？"

正一夫声色俱厉了。他向来不喜欢儿子一贯的抵触，更不喜欢他粘粘糊糊的那份窝囊劲。

胜雄终于结结巴巴地说："没有，我……我什么也没有看见。"

正一夫隐忍着内心的急躁："那就找机会，再去一趟。"

胜雄却梗着脖子，发出了一声小动物般的哀号："我……我再也不愿意到周家去了！"

正一夫这回真是忍无可忍了："你还算是个男子汉吗？为了一个朋友的女人，连创立事业的机会都不要了！"

胜雄居然也冲着老子反口咆哮起来："正因为我还想做个男子汉，才不想再去充当……馅饼中间的那块肉馅儿。想看见什么玩意儿，您自己去吧！"

正一夫的手，又本能地伸向面前的茶杯……就在这个时候，秋媛领着小悦子拉开了门："对不起，打搅了。悦子非常想让父亲大人看看她用日语作的诗。"

她一边把女儿往正一夫的怀里推，一边拼命地使眼色，示意胜雄赶快溜出去……

深夜，小小的暗房里红光迷蒙。只有这咫尺方圆，是属于小川胜雄一个人的天地。每当他把一张像纸扔进显影水盘，心情就如同是把一个期待，郑重地托付给了神——不知那黑白两色所构成的图案，将回报给自己一个怎样的结局，成功的？失败的？完美的？可笑的？就仿佛是在等待正向现实中走来的小小梦境……

他小心翼翼地冲洗着白天和琳琅阁少东家夫妇一起拍摄的相片，目不转睛地注视着显影水中相纸上的变化。怀着丝丝酸涩，他久久凝视着定影液水盘中一张张蔡若茵矜持、美丽的面影。当最后一张相纸上渐渐显现出了影像，胜雄有些不敢相信自己的眼睛了——蔡若茵身着一袭深色的立领旗袍，身旁站着全套长衫马褂的周璧元，两人的嘴角泛起令人妒忌的幸福笑容。

蔡若茵的胸前，挂着一条那天他在周家后院绝对不曾见过的首饰：一只金属项圈的正中间，垂着一颗硕大的结晶体。看不出是什么颜色，形状如同一枚倒置的盾。

胜雄对这张照片，毫无印象。红光中，他用最快的速度从定影液中提出湿漉漉的照片，跑到外屋的明亮处，仔细地端详起来。正在百思不得其解时，从后面伸出一只大手，夺走了照片——是父亲正一夫。一切，都变得不容辩解了……

胜雄的视线还没有完全适应屋外的自然光，就觉得自己被一双铁钳般的大手牢牢地抓住了前衣襟。紧接着，只听气吞山河的一声怒吼"哈嗨——"暴君老子正一夫就以一个标准、漂亮的空手道动作，把儿子重重地放倒在地！胜雄毫无招架之功，仰面朝天地躺着，屁股被摔得生痛，脑子却依旧裹在一团迷雾之中……

下午的情景仍历历在目：周家后院怪风骤起，蔡若茵根本没有来得及拿出那只紫檀木首饰盒里的东西啊！到底是在什么时候，她戴上了这条令人眼生的宝石项链呢？难道，这就是父亲正一夫所梦寐以求的那件清宫旧藏、稀世珍宝么？愣了片刻，胜雄想起了什么，顾不得难忍的疼痛，一手捂着屁股，再次一头扎进暗室。他担心那片神秘显现的影像，又会同样神秘地失去踪迹。简直就是刻不容缓、手忙脚乱。他重新找到了那张刚刚被老头子抢走了照片的玻璃底版……

入夜，秋媛就像个鬼魂一样，又轻手轻脚地溜进了胜雄的房间。见胜雄正拿着什么东西，半倚在枕头上发呆，便自己钻进了被窝儿，伸手抢出他手里的一张照片……

马上，女人夸张地尖声赞叹道："哎呀呀，果然是天造地设的一对。看这小两口儿郎才女貌的，般配得很嘛！"

一见胜雄并没被自己的挑衅所激怒，秋媛觉得有点无趣。就在这时，她倒突然被自己看到的东西吓住了："胜雄你看你看，这相片上，怎么后面还有一个……一个人影儿啊？"

胜雄赶紧把照片凑到床头被点亮的一盏台灯下，也和秋媛一样，他发现就在周家少奶奶蔡若茵的背后，有个清朝宫女清晰的剪影，头上梳着满人高高的二把头……

秋媛温存地用手臂把发呆的胜雄揽到怀里："来，我的大少爷，别着凉了。过来，听我给你说个故事……"

胜雄意识朦胧地被这个柔若无骨的年长女人搂在胸前，任凭那不紧不慢的温声细语，在耳畔如同空谷流水似地潺潺淌过……

"胜雄你是知道的，我被你爸爸娶进家门以前，也曾是八大胡同红极一时的人物呢。当时，一个前朝的小贝子，还跟正一夫为我争执过一番。那小贝子因为赎金没有凑够，我就是不情愿，

还是由老鸨子妈妈做主，赎身给了你爸爸。这件事儿，当时不是还被街谈巷议，传播得沸沸扬扬的么？那小贝子闲着的时候跟我唠嗑，说是西太后老佛爷曾经丢了一颗带色儿的大金刚钻。为了追查那件宝贝的下落，还冤死了一个宫女。打那以后，颐和园里就开始闹鬼。就连权倾朝纲的李大总管，都被吓出过一身疹子来……"

　　胜雄听出了故事的脉络，猛地打断秋媛的话："你……你说什么？什么'带色的大金刚钻？'什么'冤死的宫女？'"

　　秋媛爱怜地伸手抚摸着大男孩硬生生的头发，接着说："我是看到你给周家少奶奶照的这张相片，才想起小贝子跟我说过的那段闲话儿。我想，他无非是要告诉我，千万碰不得来头太大的玩意儿。历朝历代，那些经过了多少大人物之手的东西，要么附着灵性，要么哏着杀气。咱们凡胎肉骨的庶民百姓，大都是镇不住它们的……

　　"我听了那小贝子的话，当即就把一只通体翠绿的镯子，执意退回给了他本人。那物件儿，还真就是小贝子偷他额娘的东西。听说，原本也是宫里头的赏赐。小贝子兴许是想气气我，转手就把镯子给了一个叫'秋芳'的姑娘。果不然没出一个月，秋芳姑娘就被人勒死在后院里，戴在腕子上的那只翠镯子，碎成了三截。凶手呢，压根儿就没处查去。谁让我们那'艳秋楼'，本来就是个三教九流进出、混混儿争风吃醋的埋汰所在。就是出了人命，又能查谁去啊？"

　　胜雄紧追不舍地问她："那小贝子就没有跟你描述过，慈禧太后丢了的那颗带色儿的金刚钻，是个啥样儿的东西？"

　　秋媛努力搜索着记忆："好像说是指甲盖儿大小，通体发红，被挂在挺粗的金项圈上当坠子，稀罕得很。原是德意志皇后的一件国礼啥的……对，八成就跟这相片上周家少奶奶戴的首饰，样子差不离儿吧？"

　　胜雄正听得入神，忽然觉查出门外有响动。本来就心虚的这一对乱了纲常伦理的男女，登时被吓得拥作一团。被子捂住了头，四只脚丫子倒露在了外面。稍后，秋媛轻手轻脚地下床，把门打开一条缝。月光幽幽的庭院里，静悄悄的并没有一丝动静。只是在门边上，她捡到一只小小的粉红软缎拖鞋……

　　又过了不一会，外面就传来一片骚乱。只听宋妈那大嗓门一个劲地在叫："小姐，使不得啊……太太，快来、快来啊！小姐又拿老爷的刀了,太太……老爷……"

秋媛闻声无奈,只好让胜雄待在屋里先别出去,自己衣衫不整地循声奔向正一夫的书房……眼前的景象,顿时把她吓呆了:悦子又挥起那把日本刀,正没头没脑地一通乱舞,已经把她日本亲爹的书房,折腾得一塌糊涂了。这孩子也不知道是睡是醒,迷蒙着一双发红的眼睛,披头散发,嘴里"咿咿呀呀"的,又是中国话,又是日本话的。只见一个穿着漂亮和服的日本人形,被悦子一刀就削掉了脑袋!做得那么精致、逼真的娃娃头,在榻榻米上也是披头散发地骨碌碌直滚。秋媛也和宋妈、大虎一干下人同样,被这情景惊吓得目瞪口呆。手足无措地站在书斋门外,根本就无法接近她。

悦子的小脚上,蹬着一只粉红色的软缎拖鞋……

这时,正一夫出现在门口。他不慌不忙地慢慢接近了正发着癫狂的悦子,轻手轻脚地从后面,冷不丁夺下了她手里寒光闪闪的长刀。然后,他慈爱地把女儿抱在怀里,轻轻地抚摸着,柔声地抚慰着……那父女情深的场面,十分令人动情。一个闪念,在秋媛的心头冷冰冰地掠过——正一夫啊,你什么时候也这样温存地对待过我?!

正一夫当众狠狠地瞪了秋媛一眼,抱起悦子走出书房。下人们这才余悸未消地长舒出一口气来。宋妈又是一屁股坐在地上,捂着心口开始唠叨:"晚上临睡前人还好好的呀,让我给讲了段儿猪八戒背媳妇,你说这癔症,咋说发就发呢?"

下人们开始在秋媛太太的注视下,动手收拾老爷一塌糊涂的书房。他们低声议论说,这幸亏是悦子小姐闹脾气。换了谁,把老爷的东西糟踢成这个样子,他那脑袋还不得跟这东洋小人儿似的,"骨碌"到地上去吗?秋媛的手,把刚才在胜雄房间门口捡到的那只粉红色软缎小拖鞋,攥得紧紧的……

第陆章

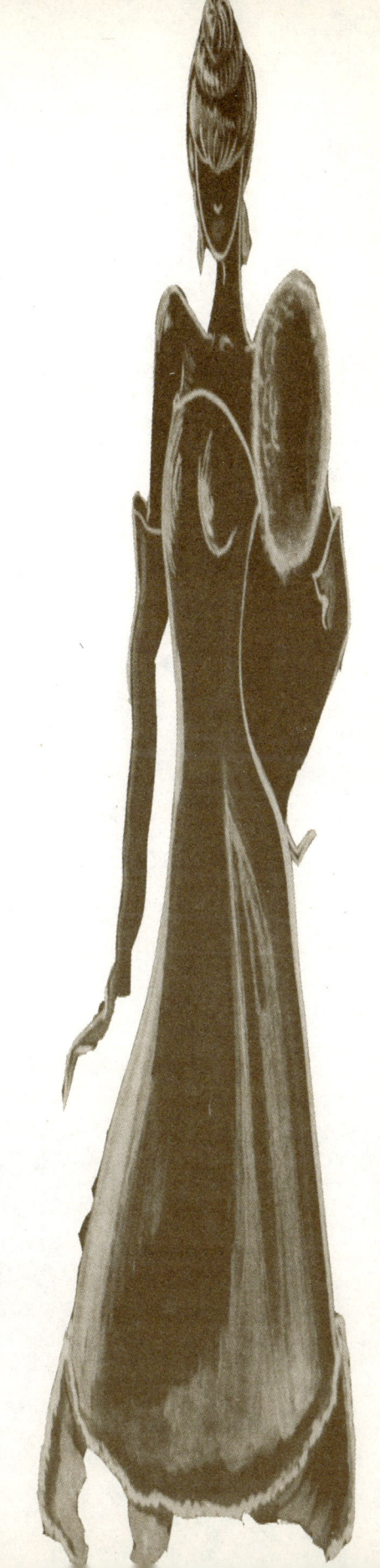

第一部

琳琅阁的大伙计小梗把一位气宇不凡的客人迎进了店里。来人马车轰隆地，还带着两个便衣马弁。他长袍马褂、大腹便便，腰板却挺得笔直。一举一动刚劲利落，一看便知是有着军旅经历的男人。隔壁的店家和围观的闲人们议论纷纷，猜测那八成是新华门里边使唤的人。

来人果然不加遮掩，开门见山地对老东家周玉和说，自己正是来"为里边的大姨太来寻摸一样东西的"。

老东家周玉和忙不迭地招呼小伙计为客人看座、上茶。自己垂首立在一旁，做毕恭毕敬、洗耳恭听状。

那来人说话很是单刀直入："听说，当年西太后老佛爷的一件西洋金刚钻首饰，流落在了民间。周老板，政府眼下确实正在满世界地追查宫里的被盗物品。不过，您大可不必担心噢——琳琅阁，是京城里口碑极佳的珠翠行。连在洋人那里，不也是颇有商誉的嘛！只是那件东西若真有了眉目，价钱好说。咱们可是讲定了，千万不能先让给了不相干的人呦！"

老东家怕是其中有险，便转弯抹角地推说，最近自己身子骨不爽利，生意上的事情都是交给了犬子打理。等问清楚了，一定尽快给大人回话。他没有忘记，让小梗赶紧用锦盒装了几件精致的点翠银首饰，恭恭敬敬地请来人顺便捎给园子里的太太、小姐们戴着玩玩儿。还谦卑地补充说，主子们要是看着不喜欢，就随意赏了下人罢。这才诚惶诚恐地将那位贵客，亲自躬身送出店门去……

那天上午，偏巧周璧元到前门外大街的天全茶馆去品茶。他一人先找了个清静的角落坐下，本来是约了位以前一起在同文馆学洋文的同窗，却不知人家因何爽了约。这位珠宝店的少东家天生就是个性情随和的人，遇上这样的事也不气不恼。他叫跑堂的小二哥为自己沏了一壶上好的雨前，还要了甜、咸两样小点心，反倒为"偷得浮生半日闲"暗暗地窃喜。

上午刚过，早晨提笼架鸟的纨绔们大多将要离去，茶馆里的宾客，陆续换上了一拨中午前来就着茶香谈生意、拉纤儿的体面买卖人。对面桌子，一位年龄相仿的俊美公子哥，吸引了周璧元的目光。其人是时下典型的富家公子打扮，头戴马聚源，身穿瑞蚨祥，脚蹬内联升……却没有丝毫的俗气、矫饰。生得眉目清秀，举止文雅潇洒。

那美公子正对一位领口和肩袖紫貂皮镶边的年长茶客，甩着一口怪好听的京片子，悠悠地吟诵起一首时下流传甚广的《京都竹枝词》来："小帽长衫着体新，纷纷街巷步芳尘。闲来三五茶坊坐，半是曾登仕途人。"

美公子那份儒雅清流，引得周璧元对他生出了先入为主的好感。当目光无意中相交的时候，彼此便无意识地颔首微微一笑，以示敬仰之意。没想到美公子主动走上前来，对周璧元打恭施礼道："这位便是大名鼎鼎的琳琅阁周少东家吧？早已耳闻您和夫人伉俪和谐，生意做得有声有色，颇受洋人圈子的欢迎。今日终得相见，果然是一表人才、名不虚传啊！"

周璧元连忙起身拱手回礼，谦逊地答道："坊间传闻也未免言过其实了。不过是内人先父过去在朝奉公时的几位老熟人儿，平日里对小店多有关照罢了。请问阁下是……"

来人自称"小姓韩"，接着便自我调侃道，因为也算得上是京城一个"并不入流的票友"，上台客串过两回《八仙过海》，便被圈儿里的朋友戏称作了"韩湘子"。"韩湘子"像是并不喜欢多说自己的背景由来。对茶馆墙上的几幅淑女画挂轴，表现得谈兴十足："周老板您看……"

韩公子刚一开口，便被周璧元打断了："韩公子您看，我好不容易也'闲来三五茶坊坐'，偷得半天儿的闲暇，躲开了那金钱货物的经商场所。您大可不必在这种消磨时光的轻松雅舍，仍然称我作老板了吧！以后，就请直呼在下'璧元'如何？"

"好，好，甚好。那就唤您一声'璧元兄'如何？"

"韩湘子"见那周璧元含笑默许了，便接着将谈兴发挥下去："若说画仕女，我还是欣赏费丹旭的功力。淡雅柔弱、神态逼真，加之着色讲究。璧元兄您请看，这幅'黛玉葬花图'可不是把个林妹妹眉眼间的孤独、悲戚，描绘得入木三分了么？"

两人边喝边谈，话题渐渐转到了袁世凯身上。"韩湘子"显然对冒天下之大不韪而贸然称帝的"那个老头子"，表情既不十分恭敬，也不愿意多加评议。与周璧元款款道来的，却是袁家四姨太的悲惨身世：

袁老头子当年在高丽驻军，娶了朝鲜名门贵族的独生女儿金氏。便连同两个如花似玉的陪嫁丫头一起带回了中国。其实那时，老袁在中国早已经有了正、侧两房太太。金氏和自己的父母事前竟完全被蒙在鼓里！如此，便种下了悲剧的种子。金氏的娘

家父母知情后，懊悔莫及。不久后，竟为此一桩被欺骗的姻缘悲愤交集，双双命赴黄泉。金氏自远嫁到中国后，从此再也没有回过故乡，再也没有见过娘家的任何一位亲人。

因为袁老头儿还硬要占有两个颇有姿色的陪嫁丫头，原本金枝玉叶的金氏因为年纪比娘家两个陪嫁丫头还小，到头来，三姑六婆、明媒正娶的她，竟被排在如今这"四姨太"的位置上……

"韩湘子"对周璧元描绘着那位红颜薄命的四姨太："就像大观园中孤苦伶仃、自悲自怜的林黛玉一样，她天生丽质，秀发如漆、长及脚踝，弹得绝好的一手古琴。但从此郁郁寡欢、且变得性情暴躁、乖戾。袁老头子也许是怀有几分愧疚，平时衣食住行上格外迁就些不说，对她也比其他几房太太更客气。最近，眼看着她要过千秋寿辰了，说是国家局势还不安定，不便宴宾客、唱堂会，为她热热闹闹地做寿，却有心要送一件能压箱子底儿的东西，留个念想。"

到这时，"韩湘子"的话终于切入了正题。原本那清亮清亮的嗓音压低了八度："不过是茶馆里的闲人闲话罢了，最近我听说，有件西太后老佛爷用过的金项圈，上面吊着颗指甲盖儿大小的红色金刚钻。原是德意志皇后奉送的国礼，现在流失在民间市面上，还有劳璧元兄留点儿心呢。"

周璧元闻言，心里骤然忐忑不安起来。"韩湘子"迅速将一张小名片样的东西，直接塞进了他的袖筒。转而又高声说道："在下恭候璧元兄屈尊到寒舍品茶。我可是刚托人从武夷山搞来几两御贡的大红袍呦！"

周璧元连忙做恭恭敬敬状欠身寒暄："不敢不敢，如此不可轻得的御贡珍品，哪里是我一介草民能消受得起的呢？"

那"韩湘子"越发是话里藏话地答道："这天下的不可轻得之物，当然应为不可小视之人所用嘛！"

当天晚上，周家老少聚在一处，闭门汇总着几天来发生的事情，认真权衡起利弊出路来。

一家之主周玉和满腹忧虑道："看这样子，风声已经走漏出去了。虽说东西是花钱买的，可来路毕竟是摆不到桌面上的。"

周璧元习惯了遇到棘手的事情，便不假思索地请向以"老谋深算"而闻名业内的父亲拿主意："那爹的意思是……"

老东家沉吟半晌，只是一声无可奈何的叹息："八成，这的确不是件容得久留之物啊!"

老夫人插了两句话:"我早就说了嘛,沾过那个死鬼太监的手,就不是个吉利东西!"

蔡若茵马上态度鲜明地迎合着婆婆:"妈说得极是,当然越快脱手的越好。"

周玉和看着儿子那张线条柔和的面孔,好一会才说:"今儿个你出门去会友以后,来咱家说话的那位,明摆着就是当今洪宪皇帝身边奉差的人。原本就是宫里出来的东西,若是能翻个本,赶紧地送回宫里去,倒也就省得人人都惦记它了。"

璧元赶紧把今天在天全茶馆遇见"韩湘子"的事,从头到尾对父亲描述了一遍。

老东家闻言,眼睛一亮:"璧元呵,我看最近两天,你就冒昧去品品人家的御贡大红袍如何?"

周玉和揣测,看样子,儿子邂逅的那位"韩湘子",亦是颇有来头的。八成他与那位高丽嫁来的袁四姨太,搭着啥非同一般的连连儿。这条独木桥也许具能够帮琳琅阁,顺顺当当、神不知鬼不觉地把那件惹祸的宝贝,送回它原本应该落脚的去处。如若是这笔生意做得好、做得巧,那就不仅仅是"翻个本儿"的赚头了。

说来说去,这生意人,就是生意人。重利,近乎生命的本能。

蔡若茵一直坐在婆婆身边,静听着公公和丈夫说话。良久,她眨巴着细长好看的一双眼睛,看似漫不经心地开了口:"不过,我想在这件事儿里,可是藏着一个忌讳。"

"忌讳,啥忌讳?"

"这'大',是人物;那'四',也是人物呵!"

周家老、少两个东家,立刻就明白了蔡若茵这事关重大的提示。老东家开始捻胡须,少东家开始拂脑勺……

只听儿媳妇不经意似地,又跟老太太拉出了一段闲话米:"妈,还记得么,上个月咱们到瑞蚨祥去挑料子。那块紫红色金线皮球花儿的织锦缎,就剩下了刚够给您老人家扯一件褂子的将将六尺半……"

"可不是嘛,那是谁家的格格来着,瞧我这脑子……她也抓着那块料子不放,紧着在身上比试。"

"不就是前朝庆王爷家的六格格嘛,我偷偷跟妈说,咱们

不跟她争了。可瑞蚨祥的那个大伙计既怕放走了咱们,又不想让老王爷家的人觉得尴尬。"

看得出,老太太对这桩小过节,颇为耿耿于怀。她应着媳妇提的醒,撇着嘴说:"可不,这四九城中谁都知道,那庆王爷府其实早就是风干的葫芦——带响却空了心的。赊着瑞蚨祥好几百两银子还不上,人家早就不想再往里面傻填了。"

渐渐地,周璧元似乎听出了老太太和媳妇的对话里,隐藏着什么启示。他追问道:"那瑞蚨祥的大伙计,后来咋办呢?"

蔡若茵却拿着、吊着,含笑不语。做妈的看见儿子那副巴巴乞求的表情,有点"兴灾乐祸"地笑了:"看我这媳妇机灵的!你们这爷儿俩啊,两碗糨糊脑子加起来,也派不上她一个心眼儿的用场。赶明儿,我就指望孙子振兴家业、耀祖光宗了。这会儿,快去给圣母娘娘好好烧几炷高香。露儿,过来扶我一把……"

当天晚上,周璧元追着媳妇,又是换拖鞋,又是递手巾的,不加掩饰地大献殷勤。一见连自己的活儿都被少东家给抢着做了,露儿忍不住笑了起来。心里倒有点儿可怜他,便快嘴快舌地说出了蔡若茵"吊着"不说的来龙去脉:

"少东家,想不明白了是吧?当时,瑞蚨祥那个大伙计好一通花说柳说,还吹乎这是啥以前专门为婉容娘娘'御织'的花样儿……把那块料子的价钱,抬得离了谱。自然,是我们小姐和老太太先说太贵,不要了。庆王爷家的六格格就驴下坡,和我们前后脚一块出了店门。当晚,瑞蚨祥的那位大伙计就亲自把料子给送到家里来了。算的还是个布头儿的七折价呢,把咱们老太太给乐得,都合不拢嘴啦!"

璧元恍然大悟,抱住蔡若茵就"香"了一下:"怨不得人家都说,我配不上自己的媳妇呢。不服不行呀!"

蔡若茵接着给丈夫提醒说:"那东西,可千万不能轻易拿出手去。你先照着实物描个带彩的画样儿下来,让人家看准了再说后面的话。"

"对、对,多亏夫人的及时提醒。我这就到爹那儿把东西拿来,马上就动手描画样儿。"

见丈夫兴冲冲地跑出门去以后,蔡若茵欲言又止,心事重重地弹奏着钢琴。悠悠的琴声,在夜色的庭院里回荡……自从这件

"宝贝"进了周家的门,她总觉得心里边不踏实。转眼工夫,周璧元果然又把那只紫檀木盒子拿回来,一心想借着晚上的空闲,就把这件宝石首饰赶紧描下来。在妻子那行云流水般的琴声中,他再次怀着几分发自本能的神圣感,轻轻地打开了紫檀木盒的盒盖……

门外,又是莫名其妙的一股怪风席卷,不知吹翻了什么杂物,大黑猫在看不见的角落里发出了凄厉的嗥叫。蔡若茵吓得马上和衣钻进被窝儿,打摆子似地浑身发起抖来……

屋里的电灯忽悠了几下,黑了。璧元嘟囔着:"又是停电,烦人!"

露儿赶紧摸索着找洋火点蜡。就在这个时候,蔡若茵的视线,就像被无形的力量牵引到了窗户上——还是那个似曾相识的前朝宫女的剪影,清晰地印在发白的窗纸上:发冠高耸,钗环晃动,裙裾飘飘……

琳琅阁是光绪初年开张的珠翠行。早年,周羽琏的爷爷周玉和单身从河北涿州乡下跑到京城,是从珠市口一个没啥名气的小珠翠行学徒混出来的。外面传说,周玉和的看家本领,就是一双看珠宝、挑翠钻的"毒眼"。

周玉和发家的第一桶银子,是一只白金镶着金刚钻和红、兰宝石的西洋手镯子。当初,就是从宫里面流出来的物件。这只镯子原本是大名鼎鼎的红顶商人胡雪岩家的收藏,抄没了胡家的豪宅,杭州知府特地把这件珠宝首饰送进宫里来。为加官晋爵,孝敬了兰心蕙质、能歌善舞的皇上宠妾丽妃。那阵子,送进宫里的好东西太多。兴许这件西洋首饰,一时就并未入了女主子的法眼。

至于那紫禁城太监的大军里头,还有几个涿州的乡党……这样的故事,都是老套路了。那年头,奴才骗主子、太监偷皇上,早已是路人皆知的楼台月色。关于当年琳琅阁起家的传闻,虽说不止一个版本,有一点是可以肯定的,那就是,周玉和凭借着勤学苦练出的一双"毒眼",捡了两次大漏儿,便为自己独立门户、大展宏图,凑足了本钱。

不能不提的往事还在后面:就是那只西洋宝石白金镯子,一朝通过红墙根的耗子洞,辗转落入了周玉和的囊中,没过多久,就被一个法兰西珠宝商给重金收走了。虽说是年轻的周玉和赚得钵满盆满，可当钱货交割、铁板定钉地把这桩买卖做完了，洋人才说出了真相：

这是件拿破仑一世皇帝当年送给约瑟芬皇后的礼物。镯子里圈的几个洋字码，分明为欧罗巴的头号大人物，留下了昔日的历史证言。周玉和从太监乡党手里拿货，卖给那深目高鼻洋客商的转手所得，不过是这件宝石首饰实际价值的十分之一不足而已。

周玉和贵在他与京师里其他老珠翠商人的悟性不同。正是因为类似的经验教训，他不但懂得国人特别青睐的玉翠、玛瑙、珊瑚、珍珠之类，对来自海外的红宝、蓝宝、祖母绿、金刚钻、猫儿眼、蛋白石……都曾不遗余力地刻苦钻研，终成京城珠宝行的业内权威。

起家的本钱虽说搬不上桌面，琳琅阁在东四十条独立挂牌以后，却是以货真价实、童叟无欺为本。凭着良心买进卖出，还格外晓得善待手艺人们。能够随时为客人专门打造、翻新修理各种金银珠宝首饰。直到多少年后，他的孙女儿周羽琏接班做了琳琅阁的女当家，那些技艺世代家传的能工巧匠，大都还在继续与周家来往。从爷爷到孙子，打了三代人的交道。中国的首饰匠人，过去大都在家庭作坊里做活儿。从熔化金银、雕刻打磨、到拉丝镶嵌……十八般武艺，用的不过就是区区几件原始简单的小工具和伤痕累累的双手。

看准了鸦片战争后的国门洞开，洋人的生意，被周玉和率先列入了拓展事业的方向。琳琅阁打造出的珠宝首饰，不单是为本国各种年龄的女客们爱不释手，也令西洋金发碧眼的贵妇，东洋笑不露齿的淑女叹为观止。客人的需要五花八门，开山的老东家周玉和当年定下的规矩就是，永远不说一个"不"字和一个"没"字：什么"做不了"、"修不好"、"没有货"……这都是不能在琳琅阁里听得到的字眼。兢兢业业的惨淡经营，招牌终于被换上了一位状元公的亲笔题字。

虽然闹起了八国联军，也一度被洋兵烧了铺面，但珠宝这东西，恰恰就是战乱中最好裹挟藏匿的家财，周家果真是没有受到伤筋动骨的损失。恰恰相反，琳琅阁一向就没有少赚过响当当的大洋钱。特别是那些个洋女人，一窝儿蜂似地看上了中国的簪子、翠花、耳环、镯子，还有那些满族贵妇怪诞的指甲套子……从闹戊戌变法以前，就疯了般地从中国往海外走货。

周玉和从不隐晦自己为识时务者，他是早就看好了京城里这条洋商路。眼看着洋鬼子们是越打越强，越聚越多，他送儿子上的是新学。不但让他在教会开办的同文馆学了两年英文，还专门请来白皮肤、大鼻子的洋先生上门补过课。坎坎坷坷地熬到改朝换代，周璧元总算也为人称道地开始担起家族生意的大梁。

周家的独生子周璧元生得一表人才，文质彬彬。作为一个男孩子，虽说性格显得柔弱了些，却温厚得深受客人的喜爱和同行的称道。每当这个"北京大男孩儿"穿着一身纤尘不染的绸纺长衫，笑容腼腆地站在柜台前，用多少还有点夹生的英语应酬着八方来客们时，真就是特别容易打动了那些洋女人们的心。

不久后，就像是从天上掉下来的仙女，周家分文不花，娶进了一房才貌双全的媳妇。没落官宦家的千金蔡若茵，令琳琅阁在洋人们的心中，更增添了几成高贵的本钱。毕竟这位少奶奶，是一位前朝知名外交使臣的独女。在洋人眼里，官家小姐进了商家的门，可说不上是什么"下嫁"。人家国家的传统观念，从来也不轻商。

周羽琏的母亲蔡若茵风度举止落落大方，说着一口几乎无异于洋人的英语和日语。没用多少时间，她就为琳琅阁建立了至关重要的客户网群。有道是"做生意，做的就是人"。熟客带来生客，生客养成了熟客……年轻好胜的小两口儿，很快就撑起了一番新气象，令同业们难免羡慕不已。手头有了好东西正在寻摸销路的人，自然也就更愿意首选琳琅阁，送货上门……

少东家小两口的相敬如宾、恩爱平等，也成了街谈巷议的话题。没有三姑六婆保媒、父母包办，他们是"自由"出来的一对鸳鸯。

早年间，河北涿州那穷乡僻壤，也来了西洋的传教士，建了座小教堂。周玉和少年时，是跟着村里大人们稀里糊涂一起入的教。这西方的宗教信仰顺延到儿子，无须拘泥当地的许多旧礼数，也是自然而然的事情。蔡若茵的娘家祖上则是咸丰年间的天主教徒。这种宗教信仰上的多元现象，在清代的中国，甚至包括官僚阶层、贵胄世家，也是不足为奇的。

周家和蔡家都是从上一辈开始，便因着宗教信仰，恪守着"一夫一妻"的准则。对于蔡若茵这种自幼便受到西方人文思潮深刻影响的新女性来说，这无疑是大于生命本身的起码伦理准则。蔡府的千金当初的选择，其中包括周家是在同治末年间就接受了洗礼的天主教徒。琳琅阁的继承人周璧元，也许正是唯一能

够给予她理想生存环境的中国男人了。

　　琳琅阁的老东家夫妇也想得开，按照新娘子的意愿，在教堂里举办了从头到脚一身白的洋式婚礼。如今，"喜"在怀抱，全家的幸福感亦可想而知。这本是一个动荡世道中最温馨的角落。正如露儿后来无数次地对周羽琏叹息："你爹妈本该亲自带着你，兴许还要给你生几个弟弟妹妹呢。一大家子亲亲热热地，过上一世多么富足、美满的日子啊！可是……"

　　露儿要说的，就从一九一五年那个雪花飘飘的冬夜开始，就从那个干瘦委琐、耸肩缩背的身影闪进周家大门开始，一切突然化作一场漫长的恶梦、怪梦。打周羽琏出生之前，一直延续到她的女儿出生之后……

　　溜走的日子，就像一天天地聚集在周家少奶奶越隆越高的肚子上。洋大夫说，怀孕的女人要尽量多晒太阳，免得身体会缺什么"盖"。露儿特意让蔡若茵穿暖和了，在阳光一片和煦的院子里，陪着她绣着小虎头鞋。偷偷瞥一眼，只见她那双弯弯的眼睛里，聚满了一个小母亲的笑意。很多年后，露儿还会在梦里看见那个大难临头之前的艳阳天……

　　少东家兴冲冲地领着胜雄少爷走进院子："若茵快看，胜雄把上次拍的相片都洗印出来了！"

　　听到若茵小姐又用什么"骂死"、"呆死"的日语，对一起到来的老朋友客客气气地打招呼。周璧元半带责备地笑道："看你，胜雄又不是外人，何必要像跟洋人打交道那样，见面就是一堆东洋话扔过来呢？"

　　露儿看得出，那位胜雄少爷的表情有点酸溜溜的："嫂夫人就是成心要跟我生分！"

　　蔡若茵似乎是为了弥补自己刚才的"生分"，便招呼露儿说："去把我屋里那套英国瓷拿出来，咱们请贵客喝茶。人家给咱们拍了照，还搭上洗印相片，谢还来不及呢不是？"

　　露儿知道，少东家这人最厚道了，对谁从来也不存戒心。听到自己媳妇这样吩咐丫头，这才满意地笑起来："还是胜雄君比我有人缘。前天，英吉利领事的夫人刚送来一包红茶，还没让我沾过嘴唇儿哩！"

　　蔡若茵随口接茬说："洋人还不也是无利不起早，要不是求着你给她淘换点儿稀罕东西，才这么……"

"什么稀罕东西，也值得买家这么巴结？"

听到胜雄这么冷不丁地一问，周璧元马上有嘴无心地答道："嗨，还不是那件慈禧老……"

蔡若茵赶紧就把话头岔开去说："慈禧老佛爷当年用过的旧指甲套子呗！那些欧罗巴的使节夫人也不知道怎么的了，一窝风似的，都稀罕起那古怪不适用的玩意儿来。"

胜雄分明听出，蔡若茵存心掐断了丈夫的话头。尽管他还是装着没事一般，心里却不太受用。蔡若茵又是何等冰雪聪明的女子，哪能看不出来？她面不改色地接着侃谈下去："说起慈禧老佛爷，我倒是想起一件趣事儿来，还是德宁郡主当年跟我说的呢……"

她见两个男人巴巴地望着自己，越发得意起来："那年，咸丰爷带着后宫一行人跑八国联军，逃到了承德的皇家避暑山庄。我的外祖父曾经奉公述职，进过那座康熙大帝破土建造，之后历经了雍正、乾隆几朝盛世的皇家园林。他老人家留下的文稿描写那个园子是'环山怀抱之中，足有八百亩之阔。碧色掩映，雕梁画栋、亭台水榭，七十二处景观，堪称美不胜收。就是在其中盘桓几日，也是看不尽的……'

"那时候，老佛爷虽然还年轻，已经开始为皇上在国事上分忧。为了重新赢得洋人们的谅解，她经常在那座夏宫中接待各国使节的家眷，送给她们做礼物的，就有热河地区出产的一种黑山玉镯子。这种玉石说不上特别珍贵，价钱远在新疆和田羊脂玉和南洋翡翠之下。但质地还算密实，颜色不但有漂青、水绿，或绿中出黑和黑中透绿……打磨出来，倒也别有韵致。老佛爷按照好事成双的说法，一次就送一对镯子。那些洋夫人为了表示敬意，大多会马上就戴在手腕上。而且，是一边儿戴一只……"

讲到这儿，蔡若茵故意停下来，看两个男人还没有反应，便启齿微笑了。急得他们跟小孩儿听故事似的紧催着问："那一边儿戴一只，后来又怎么了？"

"戴一只的，是镯子。两只手腕上各套一个环，那可不就是铐子吗？"

两个男人这才恍然大悟，"嘿嘿"傻笑了起来。

又听蔡若茵款款地接着表述："这就是老佛爷让洋人'出洋相'的故事了。偏偏这些个被出了洋相的洋夫人们，还在避暑山庄留下了铁证如山的合影相片。从此，便令这出洋相的典故，在

帝王之盾

中国流芳千古啦！"

亏得蔡若茵这一番离题千里的讲述，宾主间的气氛重又融洽起来。心情一转的胜雄凑趣说："快来看看你们二位的'铁证如山'、'流芳千古'吧！"

他殷勤地把那天拍摄的相片，一张张地拿给周家的小两口儿看。蔡若茵高兴起来，连声夸奖胜雄的摄影技术大大见长。露儿也乐得顾不上去泡茶了，围着胜雄少爷团团地直转圈：

"小姐您说，这洋人虽不懂怎么戴咱中国女人的手镯子，可人家发明的小机器该有多聪明啊！竟能一眨眼的工夫，就把人影儿都留在小纸片上。清楚、逼真得都跟那镜子照出来的一样。"

"所以，日本人管相片叫'写真'呢。"

蔡若茵亲自动手为胜雄沏茶。午后的阳光下，英国茶透明的色泽，竟像极了那块盾形钻石神秘的暗红色……尽管前几天照相的时候，在檀木首饰盒子被打开的瞬间，蔡若茵仅仅就看到了一眼，还是若有所思地愣起神来。

妻子临近分娩了，璧元也是越发小心谨慎。他见妻子愣着神便赶紧询问："若茵你身子不舒坦？"

蔡若茵回过神来，连忙故意打岔道："没啥没啥，我是想起昨天收到了一张请柬，还没跟你说呢。露儿，去我梳妆台上，把那个天蓝色的大信封拿来……"

露儿伶俐地"哎"了一声，转眼就奔了个来回。她拿来的，是一张精美的洋式烫金请柬。上面用古典花体英文字写着邀请。

周璧元指着上面的英文签名问妻子："德宁？这不就是你常提起的那位前朝的御前女官德宁郡主么？"

"正是她。我没想到，郡主突然回国来为父母扫墓上坟。临走前，特意为亲朋故友在她下榻的六国饭店，举办一个小型的舞会。"

胜雄马上表现得格外激动："如果我没有记错的话，德宁郡主的哥哥，曾是首任大清皇室的专职摄影师，大名鼎鼎呵！至今那些珍贵的宫廷生活照片，大都出自她的兄长之手。我一直十分钦佩这位在欧罗巴学成的大师呢。没想到，若茵跟德宁郡主这等名门中人也有交往，真是太……太幸运了。"

蔡若茵不以为然地笑道："家父曾经与德宁郡主的父亲同朝为官罢了。她和兄妹们少年时，大部分时间是在欧罗巴生活。而家父则常年在日本国担任驻外使节。郡主比我年长，家族间来往，我不过是当小妹的份儿。没想到，她还记得我这当年的'小胖丫'。"

"胖丫？你小时候是个胖丫头吗？"

璧元和胜雄都被逗乐了……

蔡若茵马上流露出一脸的羞愧："岂止是过去？现在不又成了个名副其实的'胖丫'？还怎么跳得动华尔兹啊！"

胜雄却执意地鼓励她，语气充满了热情："四九城的人可是都说，琳琅阁周家的少奶奶是个新派人物。身上有喜在洋人看来，也不是啥见不得人的寒碜事情嘛。"

周璧元也表示赞同："胜雄君说得也是。郡主的一番盛情好意，可是万万不能推却的。"

蔡若茵本来就特别想去见见德宁郡主，一颗玩儿心不禁也在蠢蠢欲动。她喃喃道："我何尝不愿去，今后要想再与旧友相见，怕也是很难了。德宁郡主在慈禧太后身边，曾经深受器重。听说，就是因为太后为她赐婚的事情，迫使她从速嫁给了现在的美国丈夫。一晃十来年了，真是人世沧桑，恍同隔世呵！可我都多少年没跳舞了，真不知道现在的自己，会不会让人家觉得都变成个老村姑了。"

胜雄连声安慰她说："怎么会呢？现在的蔡若茵，正可谓是'牡丹怒放时'。璧元兄，我可是用照相机镜头在评价嫂夫人的啊，你看那天我拍的片子，时下的二八妙龄们，怎么能够与她这般成熟富贵的风韵同日而语呢？"

璧元被胜雄的夸夸其谈给弄得晕晕乎乎了。蔡若茵则觉得，今天的小川胜雄与往常相比，话说得太多，辞藻也太过"恭维"了些……

只听胜雄继续鼓动周璧元说："至少要让若茵穿的戴的，艳压群芳。琳琅阁可是京城大名鼎鼎的珠宝行哦，镇店的首饰往少奶奶的身上那么一戴——在场的洋人还不都看在眼里？将来，免不了是要争先恐后地自动找上门来，送钱呀！"

周璧元想起了什么，一拍脑勺："啊，差点儿忘了，我正好那天晚上有个要紧的约定。不能陪着若茵去赴晚会了。"

胜雄闻言，竟大包大揽起来："只要璧元兄放心，我就去充当一回护驾随从。保证负责亲自把嫂夫人送到六国饭店，不是还可以给两位久别重逢的昔日贵族姐妹花，拍上几张值得留作念想的相片么？"

蔡若茵心里越发感到诧异，自己过去怎么就没有发现，眼前这个因为内心自卑，一向人前不善辞令的小川胜雄，今天却变得如此口若悬河了呢？

周璧元也被这位老朋友前所未有的热情怂恿给打动了："好你个胜雄，不愧是日本小川商事天生的接班人啊。平时，只见你玩物丧志一般地混日子，今儿个瞧你这满脑子的生意经，士别三日，当刮目相视嘛！"

蔡若茵话中有话地调侃道："俗话说，大智若愚，大诈似忠。说真的，璧元你的脑袋瓜子，还不及胜雄君的半儿拉好使呢。我这话不错吧，露儿？"

只见璧元笑了，胜雄也笑了。不但是蔡若茵，就连露儿都看得出，两个男人那"笑"的味道，却有些个不一样。

善解人意而又从善如流的蔡若茵转念又想：小川胜雄虽是似乎暗藏着什么个人的心计，主要还是想陪在自己的身边，趁这个千载难逢的机会，去见识一番德宁郡主身边的高尚社交圈子吧？北京的上层社会，对他从来也没有予以接纳。他的出身背景太不受人待见了。璧元这个老同窗其实很可怜、很孤独。除了兜里不缺钱之外，什么都没有。如果连我们两口子也不待见他，他还能到哪儿去寻找每个年轻人都需要的友情呢？

当天夜晚，周璧元就笑眯眯地看着若茵在露儿的帮助下，开始了试衣服"大战"：中式的、西式的，长的、短的、宽的、紧的、花的、素的、深的、浅的……

做丈夫的在旁不由得感叹："这女人啊，真是做一辈子的衣服，缺一辈子的穿戴。"

蔡若茵把自己的首饰匣子倒了个底朝天，也是戴上绿的，摘下黄的……总也没有一件合适、可心的。周璧元也不知什么时候，默默出了门……

不一会儿的工夫，他回来了。那只紫檀木盒子，再次被他捧到了妻子面前，盖子慢慢地打开来……

就和前几天在院儿里跟胜雄一同照相时那样，又是一片神秘的光泽，霎时映红了蔡若茵的脸庞。她甚至能够感觉到，隐隐约约的一股温热……与此同时，房间里的灯光全部熄灭了。只有蔡若茵的脸上，还反射着那片红色的光影。露儿吓得一声尖叫！蔡若茵似乎是被一种惯性推动着，把视线又转向门窗的方向——她不知道丈夫和露儿两人看见没有，发白的窗户上，又出现了那个来去无声的清朝宫女的剪影：发冠高耸、钗环晃动、裙裾飘飘……

这下，蔡若茵算是彻底地明白了：万万不能再碰这块红色的金刚钻了。

─第柒章─

六国饭店的大门外，蔡若茵的华贵和美丽，吸引了来往进出许多中外客人惊艳的目光。被门童扶下马车的她，一件深红色天鹅绒的落地晚礼服，折子打在丰满的胸部下面，正好巧妙地掩饰住了隆起的腹部；外面裹着宽大的紫貂皮披肩，头发高高地盘在头顶。一对水滴形的红宝石耳环，在灯光下熠熠闪光……

胜雄扛着一大堆照相器材，却万分沮丧地被拦在外面。门童拒绝他的理由，是德宁郡主的私人聚会，谢绝任何新闻采访。他竟没有对不讲情面的小门童发脾气。他知道，这就是自己的"命"罢了。生来，总是会被渴望接近、渴望拥有的机会所拒绝……

胜雄的穿戴不俗，门童猜想，他是哪家小报的记者，倒也没有像对待叫化子似地往远处撵他。刚才，当蔡若茵在不得不独自走进酒店大门之前，曾用充满由衷歉意的眼光望着他。他掩饰着内心的失望，用轻松的口气说："别累着自己，高高兴兴地去玩儿吧。我在这儿等着你，若茵。"

蔡若茵已经走进了大门，又特意停下脚步回眸对胜雄温柔地微笑，像是默许了他的等待。为此，胜雄的心中突然涌起了一种"等待的幸福"……

六国饭店最气派的大套房里，鲜花、葡萄酒、自助式西餐冷食……水晶吊灯照耀下，室内西洋小乐队演奏着施特劳斯的小夜曲，柔美的旋律在大厅里回荡。

已过中年的德宁郡主风度翩翩、仪态万方，正在与中、外朋友谈笑风声。当看见蔡若茵双手捧着一个小小的礼品锦盒，径直朝自己走来，郡主的脸上露出了惊喜。众目睽睽之下，她向蔡若茵伸展开浑圆的双臂，把当年的小朋友拥进怀抱："喔，我的小妹妹、小胖丫，见到你真好！"

这一切，伴随着小夜曲温婉、优美的旋律，使蔡若茵不禁激动得哽咽了起来……

德宁郡主把流泪的朋友更紧地拥在怀里："亲爱的，令尊大人仙逝、府上多有变迁的事情，我都听说了。不过，现在的你，显得很美丽，也很成熟。这说明，你靠自己的力量坚强地生存下来了，这比什么都令姐姐欣慰。"

蔡若茵努力使自己的心绪镇定下来："谢谢您，德宁姐姐。真对不起，我失态了。此情此景，您让我想起了……过去的美好时光。"

德宁郡主将蔡若茵介绍给身边的几位客人，然后便引导她一起来到客厅一个比较安静的角落，两人并排相依而坐。当打开了被"胖丫"双手奉上的那只锦盒，她立刻就发出了毫不做作的惊叹："真美！唔，似曾相识燕归来……这很像是老佛爷当年爱戴的一对簪子啊。"

蔡若茵幽默地回答："正是。它被我丈夫从民间收回来时，已经只剩下一支，品相也有些残破了。是他亲自找来质地相近的翠料和珍珠，重新制作配成了这另一支，还命匠人修复了真的那支。确切地说，这对老佛爷的金簪，有一半以上是……赝品。"

德宁郡主显然对这件礼物由衷地喜欢："胖丫小妹的心意，却是百分之百的真品。但你今晚，还必须再送给我一件礼物。"

蔡若茵感到有些迷惑不解了……

"过去，你的钢琴就弹得很好。希望你为我和我的朋友们，弹奏一支施特劳斯的《皇帝圆舞曲》。让我们一起，高高兴兴地回忆……过去的美好时光。"

蔡若茵难道能够拒绝这样的要求吗？她褪下肩头的皮草，然后被德宁郡主亲自引导到乐队旁边的一架三角钢琴前。她上身挺直坐定，然后深呼吸。在心里告诉自己，这是为了郡主，也是为了自己那原本应有却丧失殆尽的生活……哪怕，仅仅是一时半刻的幻影呢？气势堂皇的《皇帝圆舞曲》，从蔡若茵的手指下流淌而出。她渐渐开始投入其中，享受着演奏的快乐。琴声在宽大的空间绕梁回响，带动着懂得这支乐曲的人们旋转起来。

一曲终了，人们为她热情地鼓起掌来。毫不掩饰得意洋洋的德宁郡主，仔细地打量着回到座位上的蔡若茵。她把目光从蔡若茵的红宝石耳环，移动到空空的颈项上……

蔡若茵心领神会地打趣道："主子，我想我知道您在寻找什么。看来，一颗稀世美钻的故事已经飘洋过海，传到了您顺风千里的耳朵。"

就在这时，突然停电了。整个大客厅陷入一片黑暗，正在兴致勃勃跳舞的中外来宾们不由发出了"嗡嗡"的抱怨声。只有那支西洋小乐队，依旧忠于职守地继续着他们的演奏……

在北京，突然停电还不就是家常便饭？只见酒店的服务生们很快鱼贯而入，把托在银烛台上的粗大蜡烛，井然有序地安置在客厅的各个角落。演奏虽然并未停止，但多少感到扫兴的客人，

不久纷纷与女主人用德语、英语、法语、意大利语、西班牙语和日语告辞。德宁郡主从送别的客厅门口，如释重负地回到蔡若茵的身边。

"这样更好。我更喜欢蜡烛的光芒和一对一的交谈。听说了吗，在美国，我一直执笔从文。把清朝宫廷中女性生活的真实情景用英文告知世人的，我当之无愧是第一人吧？"

"如雷贯耳。不但早有所闻，而且还有幸拜读了德宁姐姐的英文版大作。"

"但我也有难以落笔的故事，被长久地埋藏在心底，成为终生难忘的苦涩记忆呵！"

在微微摇动的蜡烛光下，德宁郡主的款款叙述，在蔡若茵的心中留下了无尽的回响……

光绪二十八年，德宁的父亲携全家从欧罗巴归国后不久，她就奉西太后的懿旨入宫，很快成为深受重用的御前女官。进宫后，德宁侍从于慈禧，几乎不离左右。照顾饮食起居、梳妆打扮，陪同参加一应外交活动，担任通译、每天为她选读外国新闻……外界却鲜有人知，她还曾经担负过老佛爷珠宝首饰的库管之职。

"天啊——"

德宁闭上眼睛，至今还能看见那三千盒美轮美奂的珠宝翠钻……整整三千盒啊！慈禧太后曾经自豪地声称，自己是"世界上拥有珠宝首饰最多的女人"。

德宁仿佛又看见了那雍容、威严的国母仪容，太监大总管李莲英总是在竭尽恭顺地站在她的身后，宫女们在德宁的指挥下，走马灯一般地把一盒又一盒的首饰，端到老太后面前，任由她随心挑选。琳琅满目的珠翠玉钻，巧夺天工的金丝银缕……

在慈禧信任不多的侍从中，有一位名叫"枝枝"的年长宫女。她自幼便在太后身边，忠心耿耿，深受信赖。这位性格耿直而自尊的女性，进宫前受过良好的家教，能够为临睡前的太后朗读史书、诗卷。太后曾几次提议为她赐婚，送她出宫，都因被她婉拒而作罢。却因为从不巴结那位权倾朝野的李大总管，被怀恨在心。每每看到老佛爷跟枝枝有说有笑地在一起下棋玩牌，他的目光中就会流露出隐隐的嫉恨。枝枝遭到报复的一天，终于降临了……

西太后实际上是一位十分在意外交礼数,注重宫廷形象的女国君。无论是哪一位外国使臣或异邦友人赠送给她的珠宝首饰、服装面料之类,她都会尽量在有机会再次接见他们时,刻意地穿戴起来,以示敬意。

有将近十天,德宁抱病休假。她的部分职责,便由宫女枝枝暂时代理。因为德国公使夫人将到颐和园接受太后的召见,慈禧特地指定,当天要配戴那条德国皇后不久前作为国礼赠送的钻石首饰。德宁清楚地记得:一块重达近二十克拉的盾形红钻,被巧妙地坠挂在一只金项圈的正中。那是一件名副其实的稀世国宝。可是,当头饰和宫服经过精心打理的西太后,笑盈盈地等着枝枝亲手把那只雕花镏金的西洋首饰盒捧到面前打开来,里面竟是空空如也!

慈禧太后脸上的笑容,顿然全无——偏偏就是这件等着急用的红色金刚钻首饰,怎么就莫名其妙地不翼而飞了?德宁完全能够想象得出,当时李莲英站在老太后的旁边,那张总爱煽风点火的阉人嘴脸,正不为人注目地露出了兴灾乐祸的窃笑……

针对这一红色金刚钻失窃事件,首当其冲的,自然是临时代德宁司职的宫女枝枝。李莲英平时与德宁不甚和睦,太后也是知道的。但那时的他,却貌似公正地跟太后说什么"德宁格格当值的时候,从来也没有发生这样的过失嘛!"太后终于"命李总管亲自追查此事"。

正直、美丽的大宫女枝枝是被屈打成招的。她被折磨得披头散发、遍体鳞伤,从此离开了太后的寝宫乐寿堂。尽管太后念及她多年的忠诚侍奉,免她一死,赶到了洗衣局去。这个生来自尊自重的姑娘,却失去了背着"盗贼"的罪名,继续生存下去的力量。秋夜的昆明湖,月色如银,映照出玉带桥玲珑如雕的剪影。就在这茫茫清辉下,一股血柱冲天喷射而出——枝枝宫女居然用一把剪刀,扎断了自己的颈动脉!昆明湖中溅起满池血波……

当德宁假满回宫,一切全都结束了。显然,刚烈的枝枝宫女对人世的放弃,除了肉体的苦不堪言,亦饱含着对无情皇家彻底的绝望。当她还是个花蕾一般的少女,就进宫侍奉慈禧了。八国联军攻入北京时,她是紧随在太后和皇帝身边狼狈出逃,历经苦难亦毫不言悔的为数极少几个宫女之一。

蔡若茵知道,德宁郡主在她讲述清朝后宫生活的著作中,不但对慈禧太后没有丝毫"妖魔化"的描写,字里行间,甚至流露

出了温情的思念。但是，在六国饭店风雨之夜这个神秘的故事里，她真实地披露出了内心深刻的悲哀：

"我站在慈禧太后身边，抑制不住痛心的抽泣……我用颤抖不已的手展开了一方血染的白绢，上面只有两行凄美的诗句——南枝向暖北枝寒，一夜春风却两般。

"想必是枝枝在弥留之际，用尽了最后的一息……太后当时亦为之动容，亲下懿旨厚葬了枝枝。但随着那颗红色巨钻的神秘失踪和枝枝的惨死，颐和园似乎也从此失去了宁静——从执着灯笼巡夜的太监、晚上当值的宫女，到亲自为太后奉送夜宵的李总管，甚至入睡后又被恶梦惊醒的太后本人都曾惊恐地看见，一个脖颈上鲜血淋漓的宫妆幽灵在四处徘徊。'她'仿佛总在不甘善罢地四处寻找着什么……

"外界只传说，我与老佛爷不辞而别，仅仅是因为要逃避接受赐婚的命运。其实，枝枝宫女之死，也同样促成了我做出离开颐和园的决择。"

光绪三十一年，德宁郡主终于褪去一身满装，与自己金发碧眼的美籍夫婿一同，在天津港匆匆登上了即将远航的邮轮。船舷边，那一方血染的白绢被海风吹走了，卷向水天一线的远方……

不知道从什么时候开始，德宁郡主的客厅里，只剩下了蔡若茵一个人。滚滚蜡泪已经堆积到了最后，烛光正在一盏接一盏地熄灭。天边，闪电和雷声正匆匆赶来，一场夜的暴风雨随之降临。隐约之间，蔡若茵仿佛听见，一个女子凄凄切切的哭声。哭声如此悲哀无助，像是从被风吹得半开的窗外传入，又似乎是贴地飘到了身边……她双手捧着一只纸包的盒子，一个人默默走在六国饭店铺着金棕色地毯的幽暗走廊上。耳边，盘旋着德宁郡主最后的殷殷叮嘱：

"这是太后命我烧掉的西洋首饰盒。我记得非常清楚，那颗名为'帝王之盾'的红钻原来就是装在这里面，由德意志驻华公使夫人代表他们的皇后，送给了慈禧。我也不知道自己为什么没有烧掉它。也许，冥冥之中预感到有一天，我会把它作为纪念送给你，亲爱的小胖丫，让我们忘记那个早已空无一物的王朝吧。她，岂不是如同这只仅仅装着一场春秋无情、落花无奈的空盒子吗？"

迷离的风夹带着雨水，把门童们都刮得躲进了门洞。平时车水马龙的饭店前广场一带，早已是客断人稀。只有胜雄一个人竖起衣领，努力地保护着他的宝贝照相设备，缩着脖子打着哆嗦，默默地等待着蔡若茵……

─第捌章─

就在蔡若茵与德宁郡主重逢在六国饭店的同一个风雨之夜，周璧元按照与"韩湘子"约定的时间和地点，从西侧门走进了袁世凯占据在中南海里森严的家。

长长的回廊上，一个戎装侍卫打着灯笼走在前面。穿过花木稀疏、曲径通幽的皇家花园，周璧元听到了如泣如诉的古琴声。那抚琴人就像是用一颗寂寞而绝望的心，在弹拨指下根根颤抖的琴弦……

果然，不远处的一座凉亭里，周璧元看见了抚琴人的身影：双肩略显单薄消瘦，一头乌黑的秀发，直直地垂在背后。抚琴人的对面，正襟危坐着一位已近老年的魁梧绅士。他一身宽松舒适的米色长袍，生得浓眉大眼，五官端正，唇上蓄着富于男子气概的八字胡须。令人望之肃然起敬的，是绅士那充满睿智的目光和不易被人察觉的凝重神情。

魁梧绅士与纤弱抚琴人之间，炉中线香正青烟渺渺。亭子四周，一片瑟瑟的凉风细雨，让人联想到的是动荡不安的世事。绅士突然起身，默默离座而去。雨帘中，留下了他显得苍老、孤独、略嫌疲惫的宽大背影。他的身后，凄清的古琴声依旧流水般地送来……

灯影晃动，回廊尽头出现了两个少女的身影。周璧元猜想，也许这便是外界传说中被"父皇"视作掌上明珠的女儿们了。她们在长廊间无忧无虑地奔跑、追逐打闹。浅色的丝绸衣裙柔柔地飘动，卷着银铃般的笑声。偏偏就是那少女的笑声，在思绪深深的皇家庭园里，平添着更加透心的惶惑。两个少女视而不见地从周璧元和引路侍卫的身边轻盈地跑过，消失在庭园深处……

周璧元被领进一间陈设雅致的小花厅，走进个瓜子脸的丫环，举止恭恭敬敬地为他端来了官窑细瓷的盖碗茶。她认真地看了一眼周璧元随身带来的小绸布包袱，然后无声地退出了房间。

不久，一个步态东倒西歪的年轻公子，一路哼着《霸王别姬》的段子，摇头晃脑地沿着长廊走来："神姿妙舞，仙态云足，半点凡尘全无。彩袖霞飞酒香处，乱了华庭锦树，花影学醉步……"

连平日里对京剧并不那么上心的周璧元也听得出，来人虽是做泥醉状，却唱得字正腔圆。若非练过一番童子功，定是很难达到如此水平的一介"票友"。

刚刚把周璧元引到小花厅的侍卫正好与那公子迎面相遇，马上恭恭敬敬地让在一旁。侍卫低头小声地报告说:"按您的吩咐,客人在西边小花厅里候着呢。"

果然,此人便是那日在天全茶馆跟周璧元有约在先的"韩湘子"——袁家二公子。这位人称"强记博闻、过目不忘"的神童,是短命洪宪王朝中皇位争夺战的牺牲品。外界传说,他的哥哥袁大少扬言,如果袁老爷子真要"传位给老二",就非杀掉他不可!深得父亲喜爱的袁二公子为了保命求全,情愿做出一副不求上进、自甘潦倒的模样、过着声色犬马的生活……

袁二公子一进小花厅,对周璧元就跟老朋友相见一样,亲切地上前拱手打招呼,一点"二皇子"的架子也不摆。倒是弄得周璧元惶恐不安,躬身告罪不已。一反刚才的醉相,袁二公子口齿清晰地命人重新沏茶。指定是"我存着的那包武夷大红袍"。接着,他特意吩咐瓜子脸的丫环:"去请四太太过来,赏光品一口我这儿的新茶。"

周璧元见屋子里清静了,便开始措辞谨慎地报告说:"殿下吩咐我淘换的东西,还真有门儿了。我特意先描了个画样儿,与实物一般的大小和颜色。请殿下先过过目,看看这件东西,对不对?"

"不忙不忙。还是请四太太她老人家亲自过一过目的好。"

"璧元斗胆请教殿下,这位'四太太',是否就是那日在天全茶馆提到的高丽名门出身的金夫人呢?"

袁二公子露出了自嘲的笑容:"您就别再一口一个'殿下'地称呼我了。万一被底下的人添油加醋地往我哥耳朵里一送,八成又有我的小鞋儿穿了。其实我么,从小就被父亲做主,过继给了不曾生育的大姨太。外头知道的人可不多,这位四姨太金氏,才是俺的'亲额娘'呢!"

"在下请教二爷,怎样称呼令尊大人,才不失礼数呢?"

"叫'四姨太',要么叫'金大小姐'……嗨,随便儿吧您呐!"

眼前这位袁二皇子在京城里,是出了名的才华横溢、风流倜傥。加上放浪形骸、调皮捣蛋,也曾被誉为"民国四大公子"之首。眼前,见他又学着满洲八旗子弟的口气胡调侃,周璧元的心境倒是放松了些许。可他,未免也"无形"得太可爱了一点儿!

"二爷您倒是说得轻松,那怎么是我们这等庶民臣子胆敢随便放肆不恭的称呼呢?若放在大清朝,如此不守礼制,是要掉脑

袋的。"

袁二公子满不在乎地摆摆袖子："那就简单点儿，叫声'夫人'呗。"

"如今是开国大吉的洪宪元年。这立后封妃的仪式，皇上怎么就迟迟拖着不办？"

"你是装傻，还是真傻啊，我的周大公子？老爷子连自己屁股底下那把龙椅，还没压瓷实呢……"

"怎么跟客人说话呢？！"

一个女人威严的声音打断了两个年轻人的闲谈。周璧元闻声回眸，只见一位令人惊艳的华服中年贵妇，身体笔直地站在门口。在两个年轻贴身侍女的陪伴下，她那显得格外苍白的脸庞，透着一股说不出的寒意。最为使人过目难忘的，果真是那一头乌黑如漆的秀发。

周璧元赶紧起身，靠边上让了一步，深深行了一个鞠躬大礼："庶民小辈周璧元，给夫人请安。"

袁二公子也赶紧上前，亲自扶他母亲坐了上座。接着，他又打起哈哈来："庶民才好。俗话说，皇家无亲情。我再加上一句，皇家无太平。否则，我如何会这么晚约璧元兄过来说话呢？"

"文儿，当心你那张嘴。若是让你父亲听见这些混帐话，看不把它给撕了！"

周璧元听见了一个母亲对儿子的斥责，多少感受到了冰雪般冷艳的鲜族贵妇身上那本能的人间情爱。他毕竟是商家之后，事前把应有的礼数都想到了。连声致意道"晚辈不成敬意"，诚惶诚恐地把带来的那个小绸布包，双手奉送到四姨太的面前。忐忑地注视着她用又白又尖的手指，不紧不慢地打开小包。里面，是一只扁扁方方的首饰盒子……

冷艳贵妇的嘴角，露出一撇矜持的笑意："好精致的东西。让周公子破费了！"

周璧元努力使紧张的心情镇定下来，小心翼翼地说："家父经营珠宝行，常能够收买到昔日皇族贵戚们流失在民间的东西。老人念旧，总要请工匠仔细地修复一番。"

袁二公子也上前欣赏了一眼："真是虎死皮在，连这修复过的东西，也仍然不失那盛世的精神气儿啊！"

宾主间正说着话，突然，屋里的电灯灭了，顿时一片漆黑。呼啦啦地从外面闯进几个精壮的男人来，嘴里喊着"有刺客"、"有盗贼"之类的瞎话，不分青红皂白，抡起棍子就是一通乱打！

黑暗中，周璧元一头钻到身边的八仙桌底下，可背后还是挨了重重的两棍子，简直是疼痛入髓。他听见袁二公子在拼命地嘶声嚎叫："夫人在这儿，住手！别打！别打啊……哎呦！"

可冲进来的人就像是早就准备好了回话："胡说！这黑更儿半夜的，夫人不可能在这儿跟外头进来的野男人瞎混……""要真是啥'正经事情'，干嘛不在白天里见客？竟敢在门禁以后躲在这么僻静的地方……""打！把这帮伤风败俗的狗男女先打趴下，再抓起来审……"

黑暗中，刚才那个给周璧元上过茶的瓜子脸丫环，趁乱拿走了桌子上的首饰盒子。她三步并作两步地往院子的另一边跑，心里扑腾腾地打着如意小算盘：大姨太说了，只要办好了这件事情，就让自己离开四姨太，到她的房里去伺候。大姨太可不像四姨太，平日里刻薄死个人。动不动就无缘无故地惩罚、毒打下人，性子恶得就连老爷也不敢招惹她。中南海里没有一个丫鬟、仆人，愿意去服侍她的。

瓜子脸气喘吁吁地跑进一个浓荫掩映的小套院。进门就把刚刚偷到手的那只锦缎盒子，双手递给了一位穿金戴银的富态贵妇——袁大姨太。瓜子脸上随之透出了马到成功的得意之色来……

袁大姨太已经在不远处这间堆放着家记账簿的屋子里，等了大半个时辰。这是个青楼出身、精明到家的女人。当年袁世凯走着麦城，不离不弃、倾力相助的便只有她。袁世凯一朝时来运转，娶进门来的第一位姨太太，就是这位出身卑微的红颜知己。坊间对她的评价便是"中南海里的王熙凤"。多年来，袁府中真正的后宫之主非她莫属，掌控着上下几百口子的衣食住行、升迁赏罚。

大姨太迫不及待地接过瓜子脸丫头递上的首饰匣子，脸上露出了一丝笑容："你还真能个儿！行，干得不错。那琳琅阁狮子开大口，不就是一块金刚钻吗，啧啧啧……跟皇上，居然也敢要四十万！"

可打开首饰盒的盖子一看，里面根本没有啥红色的金刚钻项圈。不过就是乾隆朝宫中女眷们爱用的一对流苏簪子，做工精细的黄金花丝，镶嵌着几片红珊瑚、几颗小东珠而已。

一看大姨太由喜转了怒的脸色儿，瓜子脸登时就变成了小苦瓜。性格泼辣的大姨太，出手就重重地抽了这丫头一个耳光：

"真笨！也不看清楚了再过来报信儿。去，趁着乱呼，从哪儿拿的，就扔回哪儿去。让他们哥儿几个也赶紧地都回自己屋吧，有什么事儿，我兜着。"

瓜子脸捂着火辣辣的腮帮子，强压着满肚子的晦气，一溜儿小跑地赶紧往西边小花厅跑。还没到门口，就听到里面鬼哭狼嚎的，还夹杂着几个侍女尖尖的哭喊声。这下，连她也被吓坏了。浑身哆嗦着，赶紧趁黑把那首饰盒子扔回了屋里……

黑暗中，周璧元只听离自己不远的贵妇悲声呻吟着。她像是抱住了袁二公子："儿啊，这不是有人……冲着你来的吧？"

"妈，八成还是为了那颗金刚钻。听说，我娘……大姨太也盯上它啦……可爹却指定要赏给您……"

袁二公子不顾一切地企图用身体保护着母亲，他的话没说完，只听四姨太一声惨叫——那声音凄厉得撕心裂肺，把打人打得正在兴头上的凶手，也吓得瞬间停住了手脚。

正在西花厅这出悲剧上演的时候，那个曾经到琳琅阁为袁大姨太要过东西的威武管家，跌跌撞撞地一路哭喊着。他如丧考妣般直奔正匆匆走在长廊上的大姨太一行——

"……皇上……刚才签了逊位书啦啊——"

风声雨声骤然加剧了，中南海水面翻动起滚滚的墨色波浪。周璧元的身上沾着血迹，在长得仿佛永无尽头的黑暗回廊上拼命跑着、跑着……

他也不知自己是不是在梦境中，看到了袁世凯书房的灯光。很清晰、很真实：当时，那位被后人或称"雄"、或称"贼"的历史老人，正目光炯炯地注视着窗外的风雨和摇动在风雨中的满园花木。但周璧元确实是又一次看见了袁世凯最疼爱的那两个女儿，她们依旧是穿着浅色的丝绸衣裙，脸上戴着民间过节闹社火的鬼神面具，竟还是那样无忧无虑地打闹着，追逐着，思绪深深的皇家庭院中，抛撒下她们银铃般的嬉笑声……

短命的洪宪王朝寿终正寝多年之后，有民间史家曾经这样描述：袁世凯那位出身朝鲜名门贵族的姨太太金氏，性格乖张、暴戾。平日，对待家中的下人们挑剔、苛刻，无端地惩罚、打骂，尽人皆知。袁世凯却对她格外地宽纵、善待。大姨太因为利害冲突，生生地打残了她的一条腿。

― 第玖章 ―

多少年后露儿都还记得，那天后半夜里，少东家浑身透湿地倒在自家门口。一张脸又青又白，还沾着血迹。他是被小梗从大门口背回屋里来的。

后来，每当提起那天晚上发生在中南海的事，周璧元总是反反复复地说，那廊子可真长呵，长得就像没个尽头。自己跌跌撞撞地逃呀，逃呀，还以为永远也逃不回家了呢……

经历了中南海那一场噩梦，周璧元病倒在床上。蔡若茵挺着个肚子，整日亲自端汤送水地照顾他。这天，露儿跑进来传话说，胜雄少爷跟他的日本老爹来探望少东家了。胜雄少爷想进来跟少东家说说话，也不知道方便不方便？周璧元半支撑起身子，吩咐露儿赶紧回话，没什么不方便，快请人家进来。

转眼，大包提、小包拽的胜雄就来到床头，嘘寒问暖了一番。接着，他吞吞吐吐的，像是有话不方便说似的。蔡若茵立刻便看出来了，借口自己到后面去亲自做两样点心。她拖着老重的身子走出门前，偷偷给露儿使了个眼色……

露儿心里明白着呢，小姐是怕少东家耳朵根子软，被人家的什么"好话"说动了心。中南海那档子事，着实是把周家上下都给折腾怕了。露儿闪身就躲进了帘子后面，为小姐盯着两个小爷们儿的动静。隔着帘子缝她看见，那位胜雄少爷一边说着，一边拿出一张照片来……

"我是怕嫂夫人吓着，对肚子里的孩子不好。你看……"

"咱们没……没有拍过这张照片啊！这宝石项圈，我记得当时并没有来得及给若茵戴上，不就刮起了一股邪风，把咱们都给吹回了屋子，后来就再也没有接着拍照了。还有这后面的人影儿，不会是你的底版出了什么岔子吧？"

露儿只见少东家接过照片一看，吓得脸色发白。他本来就在病中，见到这令人匪夷所思的画面，连说话都结巴了。胜雄对他摇摇头，指着照片上蔡若茵脖子上的项圈，再指指那片神秘的宫装人影：

"那是老爷子刚刚托人从德意志给我买的照相机，就跟德宁郡主的哥哥用的机子是一个牌子。我这还是最新的机型。再说，其他的片子都没有出这样的毛病嘛！你看，这两样东西都够古怪的，看着就让人心里边儿不舒服。"

"是啊，我们这种人家，看来是不宜久留它的啊……"

露儿听到少东家随之发出了深深的叹息。接着，她就听到那位胜雄少爷将话题一转："我倒有个主意，璧元兄就只当是个闲话儿。家父最近手头宽松，正在给东京一个大户人家，寻摸一件小姐出阁能够带到婆家的东西。要不然，我跟老爷子说说去。只要东西对头，价钱也合适，干脆早点儿送佛上西天吧！"

露儿没有听见少东家马上搭话，只听见了他还是唉声叹气，好像是真有些个动了心。两个男人正要接着商量什么，一见蔡若茵端着盛了两样小糕饼的青花碟子走进屋来，胜雄赶紧将那张照片塞回到衣服兜里……

车夫大虎在小川家的院子里，特别喜欢在院里一边擦车，一边瞅着悦子小姐在正一夫老爷的指点下练刀。她手握真刀，一次次地用力挥臂去劈断扎得紧梆梆的稻草把。这闺女天性要强，失败再重来，就像带着发自身心内里的一股子狠劲儿。大虎知道，要想一刀劈断这小腿粗的稻草把，就要又快又猛，这对大老爷们儿来说也非数日之功。当悦子终于能够把稻草把齐刷刷地拦腰劈断时，老爷只是赞许地默默点头。却看得膀大腰圆的车夫"咝咝"地直吸溜儿。

大虎还记得，那天正一夫老爷难得心情挺好。在秋媛太太的亲自侍奉下，他跟胜雄少爷坐在院子的回廊上，把盏对饮。看得出，秋媛太太对他们爷俩儿的和睦相处，也是格外地珍惜。一会儿执壶为他们添酒，一会儿又颠颠跑到厨房端下酒小菜……

正一夫望着院子里几盆正在艳艳怒放的芍药花，举起盛满东洋清酒的小杯："我们父子难得像两个男人一样，面对面地喝喝酒，聊聊天。平时，秋媛总是责备我对你太过严厉了。希望胜雄君多加谅解喔！"

胜雄因为自己在家从不得宠的处境，被父亲这一番肺腑之言说得不禁眼圈发红……

"胜雄，日本男人懂得，要为达到自己的目标，不顾一切地去奋斗、去抗争，哪怕最终落得个粉身碎骨的下场。你如果真的喜欢琳琅阁的少奶奶，就要有勇有谋地去创造机会嘛！人生，就是这么回事——只要能把自己推到意志和梦想的富士山之巅，根本不要去管别人怎么想。"

大虎没有完全理解正一夫老爷说的话，只是纳闷这日本当爹的，怎么能挑唆自己的儿子去抢朋友的媳妇呢？他们难道就不懂这样做人，在中国可是犯了"朋友妻不可欺"的大忌?！

胜雄闷头喝着酒，对他那位日本亲爹的话，一时半会并没有反应。大虎接着想，这位公子好歹还是半个中国人。看样子，他也不知道该怎样作答。从来，因为亲娘死得早，胜雄少爷恨自己这个家。可又没有摆脱这个家的本事……真是穷人有穷人的难处，富人有富人的苦衷呵！

正一夫把一叠纸币放在儿子面前："这次你干得不错，请继续努力吧。周壁元夫妇既然都喜欢跟你一起玩照相机，你就陪着他们多玩玩。久而久之，精诚所至，金石为开。最终鹿死谁手，现在，不是还很难说嘛。"

胜雄借着半醉的酒力，结结巴巴地斗胆开口反问他爹："父亲大人，这……这'鹿死谁手'，到底是指您的金刚钻？还是我……我的女人？"

正一夫竟一点不为儿子率直的提问生气，反而发出响亮的笑声："酒还真是个好东西啊，看来，男人不喝酒，就不能成为一个有男人气的男人。我喜欢你的单刀直入，这才像我的儿子。好，我也单刀直入地回答你——为了我的金刚钻，也为了你的女人。来，咱们父子干了这一杯！"

夜晚的后花园，老核桃树浓浓的阴影下，古老的井台，寂寞的石桌、石凳和自由蔓延生长的花草，仿佛都在发出轻轻的梦呓。小川胜雄一个人坐在昏暗的古井旁，仍然在苦苦地思索着。手里，拿着那张不可思议的神秘照片。秋媛又似幽灵一般地飘然而至，从后面抓住了他的肩膀。

"看样子，这位琳琅阁的少奶奶，真让你把魂儿都弄丢了！"

秋媛发出了酸溜溜的一串浪笑。胜雄烦躁地甩开女人十指尖尖的手："你少跟我再来这一套，回你自己丈夫那儿去吧，我的小娘！"

"记住我的话，胜雄。你们爷俩儿，早晚都会毁在一颗石头子儿上。那是个诅咒，索命的诅咒。哈哈……"

秋媛用不胜忧怨的目光，望着核桃树阴影下薄情的情人。她那冰一般的预言，留下缥缈不散的余音。最后，仿佛落进了无底的古井……

小川胜雄从来也不敢小视这个青楼女子。她是圣女与娼妇的混合物，有着比自己这个读书人高得多的心智和灵性。但他不想在她这口"井"里继续深陷下去了。理性告诉他，结果不但会害了自己,也将彻底地毁掉她。其实,胜雄与秋媛两个人心里都明白,他们所背叛的、所挑战的,是一个何等强大的对手。

秋媛早就习惯了这种被男人拿起、放下,随意当作玩物的处境。唯有对胜雄,却是另当别论。嫁给了他的日本父亲,是自己这种下贱女人的命——苦命罢了。可在这个家里遇见他,便是自己的一场劫数了……

秋媛想过无数遍了,床上那套把式,一学就会;床下那张笑脸,一装就像。男人才叫可怜呢,大多是被傍着他们活命的啥子"正经女人",哄了一辈子、骗了一世罢了。男人,看上去顶天立地,其实,就像是纸糊的小船。他们根本就不能承受任何一个痴情女子那份真情的分量。而自己这种红尘中的女人,却是万不能对男人动真情的。结果不是那男人要被你压垮压碎,就是你自己终会栽进万劫不复的地狱。

胜雄绝不是一个幸运的贵公子。秋媛早就听说,胜雄的亲娘年轻时,容貌可一点儿也不比自己逊色,八大胡同的诨名叫"紫牡丹"。她原本是个大户人家的女儿,都怨改朝换代生逢乱世,家境出了变故才沦落红尘。否则,那样一个琴棋书画、貌美如花的千金小姐,不该是锦衣玉食、无忧无虑的侯门中人么?

传说紫牡丹当年出场见客,经常穿着大多数姐妹回避不及的紫裙子。那寡寡落落的颜色,反而令她艳压群芳。她还有一绝,就是学外国话特别快。英吉利国的话、德意志国的话、法兰西国的话、还有东洋话……常说常用的句子,她都能对付个大概其。洋人嫖客指名指得最多的,自然少不了是她。她呀,错就错在对小川正一夫这个独自跑到中国闯天下的日本小子,动了真情……

听说,年轻的正一夫聪明过人,跑到中国来一年多的时间,就学得了一口八九不离十的京片子。一来二往的,胜雄母亲自己为自己赎身,从青楼跑出来,嫁给了这个当时不名一文的日本男人。她比正一夫年长整整五岁。到底是东洋人,当年一点也不避讳,就把紫牡丹摆在明媒正娶的夫人座位上。

如今的秋媛,每每看到胜雄这个八大胡同老前辈留下的骨肉,心里就酸酸的。他比自己也小不了几岁,冷了热了地,对他自然就多了几分关怀。每到这时,男孩子的眼眶里泪珠就会打转儿……秋媛知道,他那是想起了自己薄命的母亲呵!

当年,卖春场上红得发紫的紫牡丹,只要有客人提出为她买首饰,就指定是"非琳琅阁的东西不要"。正是紫牡丹把琳琅阁

这么好的生意关系，接给了想在北京做生意却两眼一摸黑的小川正一夫。也许正是为了这么个情分，琳琅阁的老东家周玉和，始终没有忘记这些根底里的往事。他嘱咐过自己的儿子，不要歧视同班同学里那个叫"胜雄"的半儿拉小日本，要善待他。不管怎么说，小川商事的红火，也同样为琳琅阁带来了不可小视的商机。那些通过琳琅阁走出国门的珠宝翡翠、金银首饰，多亏了小川商事开拓的东洋市场。图财牟利，毕竟是商人的本性和本分。琳琅阁也不例外，只不过是念记着几分故人的旧情分罢了。

听说紫牡丹生下了胜雄的几年后，就得了一种女人家的毛病，不再能够跟正一夫同房。渐渐地，她被自己的男人冷落了。年幼的胜雄还不懂事，他也曾努力想成为一个乖巧的儿子，希望这样便能够保住母亲在家庭中的地位。可他对父亲唯唯诺诺的结果，到底也没有挽救得了母亲那委屈的命运。

紫牡丹的骨子里，毕竟还保留着大小姐的孤傲心性。加上病得整日整夜哼哼唧唧，最后连下人都露出了冷脸。一天比一天的，汤也不暖、粥也不热了。就在那段日子里，秋媛姗姗走进了小川家的西洋门楼。一见到丈夫那粉面桃花的新宠，胜雄他娘也不管人家是一番好心过来嘘寒问暖，抓着什么就把什么劈头盖脸地甩过去，吓得秋媛也不敢进她的屋了。终于有一天，胜雄的亲生母亲，还是投井寻了短见。就葬身在后院这口核桃树荫下的老井里……

那时的小川正一夫已是商机滚滚、财源广进，成为京城里出人头地的东洋珠宝商人。说句公平的话，他对胜雄的母亲，并非没有恋情和感激留在心里。他真心想跟第一个中国女人留给自己的儿子，关系更亲近一些，努力做个知心有爱的好父亲。可也不知道紫牡丹生前对胜雄说过什么，正一夫就是想为儿子做些啥，好像全都太晚了。父子之间，就这样越来越僵。用秋媛的话说，如今，这爷儿俩成了"一个屋檐儿下住着的两个仇人"。

秋媛也有恨，恨自个不得不在这个日本人的身子底下苟且偷生。正一夫每次要过了，发泄完了，就会一把将女人推到床下，命令她马上滚出去！秋媛愤愤地想：就是在窑子里卖身，那间接客的屋子总还是属于妓女的。哪儿能说是有客人让她们"滚出去"的理？老娘还就他妈的要让这个老混蛋，戴上顶大绿帽子不可！

在胜雄那里，就是另一种滋味了。像是怕弄痛了女人似的，做完了男女的那种事之后,他把脸贴在秋嫒的胸口,像受了委屈的小娃娃一样呜呜地直哭。哭得女人的乳沟都快化作一条小河了。每次,每次,把秋嫒的心都哭化了,哭碎了……

琳琅阁的少奶奶她是不知道,小川胜雄这半拉儿小日本,虽然看上去不才、不俊、不出众的。其实,他是这世上对女人最温存的好男人啊。

小川胜雄立刻就意识到,自己刚才的言行,深深刺伤了秋嫒的心。秋嫒,当然也是自己愤懑人生的牺牲品。尽管在这个暴君的宫殿里,他们彼此也有相怜和相惜,也有相依与相慰。秋嫒却知道,自己甚至无法成为那位周家少奶奶的代用品。在胜雄的心里,蔡若茵就是女神。

当胜雄长大了,开始拥有了一个男人的冲动力量,他就开始了身为一个弱者的报复。他深知自己的容貌和性格,从来都不讨人喜欢。在畸形的境况中长大,大概,也只能是个畸形的人。母亲投井自尽以后,胜雄就发誓:要在一言一行上与父亲作对!血缘,又常常使他觉得,自己几乎是因为一种动物恋巢的本能,继续活在这个日本男子汉的阴影下——因为亲情间的仇恨,也因为亲情间的屈服……

胜雄承认,自己一生只有一个朋友,就是琳琅阁的公子周璧元。可不幸的是,偏偏他会和自己爱上了同一个姑娘。无论长相、身材还是风度,自己天生什么都不是对手。也因为自己那尴尬、咯涩的出身……到头来,吞咽孤独和不幸的,难道不还是他小川胜雄吗?

在胜雄的眼中,蔡若茵始终是个完美之至的女性。就像善良的周璧元一样,从来也没有用歧视的目光看待过自己。她和两个男孩子在一起的时候,直呼周璧元名字,却用日语叫自己"胜雄哥哥"。那甜甜的音色,使人永远无法彻底舍弃而远去,也永远无法真正去伸手索取。他只能始终待在"哥哥"的位置上,眼睁睁地目送着他们两人,迈步走进了幸福的殿堂。

胜雄知道,秋嫒这样的女人,对生活的要求是那么微不足道,仅仅是一时三刻"人道的温存"罢了。尽管没有读过什么书,苦难而复杂的阅历令她的智商,决不低于任何大户人家的千金。刚才,她预言那块"石头子儿的诅咒",一定包含着极高的悟性和先知。今天,胜雄是为了父亲下达的命令,去说服病中的

周璧元"尽早放弃那块给人感觉不太吉利的金刚钻"。其实内心无法抑制的,是对蔡若茵的隐隐担忧。自从秋媛讲述了那个关于慈禧老佛爷丢失过一块宝石的故事,他便产生了隐隐的不安;自从亲手洗出了手中这张令人匪夷所思的古怪照片,他便越发预感到了莫测的不祥。

　　一人合抱的那株老核桃树,谁都说不出它的年龄。人人都相信它是核桃树,可从来没有见它结过核桃。硕大的叶片悄无声息地飘落在胜雄的周围,他的脑海中,闪过了"人生一世,草木一秋"这悲凉的成语……

―第拾章―

琳琅阁迎进了两位摩登的年轻客人。一看就知道，他们是富家的公子小姐。男的西装革履，英俊潇洒；女的卷发柔柔，穿金戴银。一进店门，专捡贵重的东西看。喜欢的，大大方方地连价也不讨。店里从伙计到客人，都不禁为之侧目而视。不到一个时辰就挑选了好几件珠宝首饰，当场支付了一千多两银票后，还差一百来两。

那潇洒公子对周璧元说："劳驾把东西都包装好。打发个靠得住的小伙计，跟我们一起回趟六国饭店，把没有交够的银票拿回来。您看可好？"

趁着伙计们在外面包装东西，周璧元赶紧吩咐小梗在里面的小间，为两位豪客沏了上好的雨前龙井。刚才他就听见，这对年轻的大豪客那轻松随意的对话中，也时不时加杂着几句发音地道的洋文单词。便猜想也许他们和自己一样，是上过几天洋学堂的新潮人物。因为生来衣食无愁，举止谈吐不含丝毫的紧张和谦卑。还真不像是有些个暴发户，往外掏钱时都会忍不住得意地往四下瞟上两眼，看是不是有人瞧见自己"掏钱啦"。这在周璧元的心里，又平添了几分信任和好感。

他斗胆一问，两位豪客果然是新婚燕尔。男方是东北的豪门世家子弟，姓关；女方则是天津大买办家的千金。此番几个大城市转悠了一圈，要花掉双方家里给他们置办新居的大把银两。

关公子端起冒着茶香的盖碗，跟周璧元有一搭没一搭地聊开了："时局动荡，战乱不断。中国的事情，眼下谁也看不好。我们还想找几件不占地方的好东西，平时是个念想、急时也能派上用场。"

周璧元的心蠕动起来，他努力面不改色地应酬道："虽说小店财力单薄，但毕竟算得上是京城同业中的老字号。地面儿上的人缘么，也还是有些的。如蒙不嫌，在下一定尽心尽力，为关公子和夫人设法淘换几件像样的东西。只是斗胆请问两位，打算在京城逗留几日呢？"

"最多还有十天吧。等代表家父应酬了刘总督家老太爷的七十寿辰，也就该回家去干点正经事情了。不劳动者不得食嘛，是不是？"

"关公子若说到这个'食'字，有句老话不是'民以食为天'么？依我的理解，这个'天'字，也应当理解为是人当以'天上饮食'为乐。"

"天上饮食？不错不错，这话说得挺有意思。"

"我倒是知道一位前朝皇宫御膳房的厨子，在史家胡同自家的院儿里腾出了几间厢房。每天就开两桌，招待的都是知根知底儿的常客。"

看样子，眼前这位关公子，确是锦衣玉食之乡养育出来的人物。一听周璧元说到"天上饮食"，眼睛便为之发亮。马上流露出了一脸的兴致，竖起耳朵听周璧元继续摆活：

"俗话说，'酒香不怕巷子深'。一般情形，最少得提前五天打招呼才约得下一桌席。家父跟老板是同乡，两位若肯赏光，就由我来尽一回地主之谊如何？"

关公子连连摆手："那怎么成？有周老板仙人指路，我们这外地的乡巴佬儿，便感激不尽了。"

"关公子真是过谦了。我是想，两位一直住在六国饭店，八成这些日子，不是鸿宾楼、全聚德大鱼大肉大鸭子地应酬，就是在饭店里的西餐厅对付。恐怕，也有些厌倦了。"

"周老板您可真是善解人意啊，我呀，早就想回娘家，吃奶妈烙的千层葱油小饼子了。"

一听娇滴滴的关夫人也终于忍不住开口插话了，周璧元流露出了几分受宠若惊来："那就正好，我请二位品尝一回京城地道的皇族家常菜，岂不也是个雅兴？"

关夫人欢欢喜喜地拍起她那戴着颗大祖母绿戒指的小白手："我喜欢，达令。恭敬不如从命，我们就静候周老板发'诶兹——'（英语"信号"的意思）吧！"

周璧元把一双贵客送到店门口时，早有一部气派不凡的福特牌轿车停在路边。戴着雪白线纱手套的司机，正打开车门恭候着呢。

琳琅阁大伙计小梗搭着两位豪客的车，很快来到了六国饭店。当走进了关公子夫妇的豪华大套间时，里面的景象，顿时便令他瞠目结舌了：法兰西的活眼洋娃娃，俄罗斯的上等皮草大衣、成匹的苏杭丝绸、小人儿报时的珐琅彩西洋自鸣钟、景德镇官窑瓷器……真可谓古今中外、天上地下，应有尽有了。

小梗当即收下了余款的银票，还从和和气气的关夫人手里，接过了整整五块银元的小费！这等气派，可真让琳琅阁的大伙计开了眼了。回到店里，他除了把银票如数交到柜上，还主动把小费也放在少东家面前，自然是绘声绘色地一番描述。周璧元让小

梗把小费自己收好，仔细询问、仔细倾听，脸上便露出了笑意……

两天后，史家胡同深处一所两进四合院里，一色的水磨青砖铺地。院中几乎没有任何杂物，只摆着八只酱色釉子的陶制大鱼缸，尊尊直径都足有两尺。里面，姿色各异、大而鲜活的金鱼正游弋在清水中。走进院子的客人，很自然就会被吸引到这些大鱼缸边，周璧元与那关公子夫妇也不例外。三人正在"啧啧"称赞时，一位鹤发童颜的老者手托一柄银胎景泰蓝水烟壶从屋里踱出，黑缎子瓜皮帽后面，依然冥顽不化地拖着一条白色的小辫儿。

"晚辈璧元给姚师傅请安。"

周璧元赶紧上前，单膝一弯、右手触地，向老者恭恭敬敬地行了个过时的前朝大礼。那位浑身上下时髦到家的关夫人，立刻就被这情景，逗得忍不住发出了"咯咯咯"的笑声来。被周璧元尊称做姚师傅的老者，马上将两束犀利的目光，扫向表现轻佻的女人。只有站在周璧元身后的小梗发现，关夫人不由自主地浑身颤抖了一下，脸上的笑容也僵住了，半咧着的嘴角，好一会都没有合上。

姚师傅听周璧元介绍了关公子夫妇的几句话，见怪不怪地又速速换上了一脸慈祥的微笑："你们谁能说说，我家这几尾小金鱼儿，稀罕在哪儿？"

周璧元和关公子夫妇便做探头探脑状，开始认真地注视着几株碧绿水草间的斑斓金鱼。关公子先开口道："家父闲时也爱养几尾小鱼玩玩儿。记得他还吟过苏东坡咏鱼的诗。什么'我识南屏金鲫鱼'，'金鲫池边不见君'……"

听到关公子文绉绉地起了个话头，周璧元也不失时机地赶紧恭维老主人道："老北京人谁不知道，小贩儿们夏天用担子挑俩竹筐，筐里摞在一起的小鱼缸盛满清水，水里游着几条小红草鱼。串着胡同地吆喝'买——大小呃小金鱼儿来呀哎……'，那才叫'小金鱼儿'哩！姚师傅您老养的大金鱼，色泽美艳，尾柄粗壮，尾鳍对称，伸展自如，游姿飘逸……看上去，真是颇有宫廷贵气呢。"

姚师傅点点头："就是周公子这'宫廷'二字，说到点子上了。几位贵客可听说过北京的'金鱼徐'？"

关公子赶紧答道："京城大名鼎鼎的'金鱼徐'，家父倒是偶有提及。还曾讲过关于'金鱼徐'的故事呢。说是乾隆皇帝下江南巡游回京，一天，一位梁姓太监陪着他在御花园散步，踱到放生池边时，看见水中一群红鱼。乾隆爷若有所思地回忆说，'朕南巡之时，曾在济南见过红鱼，体美色艳，惹人喜爱。'皇上之言正中梁太监下怀，他立马跪地启奏，'回万岁爷话，正巧奴才有个姨亲姓徐，是济南府养鱼第一能手。何不下旨把他传进京来，专为皇上养宫鱼。'乾隆皇帝一时高兴，当即下旨'速速办来'。于是，济南府养金鱼的徐家老少卷起铺盖，从此搬进了北京城。"

关公子说到这里，不知是有意还是无意，就此打住了讲述。姚师傅捋着下巴上的一缕山羊胡须，追问道："后来呢？"

"后来……"

一见这位年轻的生客还真的说不出下文了，姚师傅便乐得卖弄，摇头晃脑地接着说道："徐家进了京，便将大本营扎在了前门外金银池东岸的牟家井。金银池一带的坑塘多、泉眼的水质也好，徐家挖掘了大大小小近百个鱼坑、鱼塘饲养金鱼。'金银池'那地方，也渐渐被四九城的老人们改口叫成了'金鱼池'。徐家的先祖进宫后还真亮出了绝活，把鱼养得多样多姿、五彩艳丽。乾隆皇帝龙心大悦，连称是'国之宝也'。御封徐家为'金鱼徐'。从此，徐家几代人每年农历正月二十三以后就去交宫鱼，都会得到皇帝的赏赐。那宫鱼须是条条鲜活、漂亮，用红头绳串系着鱼背鳍，又绝对不能损坏。宫内养鱼的容器，主要是江西景德镇官窑烧制的大瓷盆，后来是柏木制成的大木海……"

"啊，我明白了！原来，姚师傅这缸里养的，就是'金鱼徐'当年专为宫里养的金鱼吧？"

众人只听一个又尖又亮的女声，打断了姚师傅的话。又是急于卖弄小聪明的那位关夫人。内心自喻"大清遗老遗少"的姚师傅，因此获得了几分虚荣的满足。他乐得合不拢嘴了：

"这位少夫人有悟性。自从三年前宣统爷宣布逊位，随之遣散了太监、宫女。养宫鱼上百年的徐家，皇粮也算是吃到头儿啦。不过，凭着天下第一的'鱼儿活'，现如今，照样是少不了民国的达官贵人、暴发户们，会专程到金鱼池去买徐家的金鱼。还有人花钱请来金鱼徐的子弟，管理自家园子里的鱼缸、鱼池呢。几位贵客还真别小看了寒舍这几缸鱼，瞅瞅，那通体乌黑

的，就是'墨龙睛'；脑袋顶着大花的，叫'橘瓣狮子头'……"

关公子果然也是真懂得些"鱼经"的，他趁着老主人的兴致，跟着指指点点道："那几尾应该就是人见人爱的'鹤顶红'；最边上那口缸里游的，叫'喜鹊花龙睛球'；还有这口缸里的，家父也养了几尾，是叫'十二块红龙睛'，对不？"

"不错不错，那浑身银点子的'紫珍珠鳞'，老夫可是花了五十两银子才弄来一对。咱中国人的老祖宗养金鱼，讲究可是大了去了。说起来，一点儿也不比烹调膳食的学问简单。隔三差五的，徐家嫡长孙徐世英都会顺路过来，看看我这几缸宫鱼呢！"

"真是'旧时王谢堂前燕，飞入寻常百姓家'呵！"

关公子感慨地吟诵出了刘禹锡《乌衣巷》中的诗句，引来几分末世的悲凉，浮现在姚师傅布满岁月沧桑的脸庞上……

"你呀，咱们这不是正高高兴兴地跟老人家聊着鱼么，怎么偏偏要提那什么'燕'呢？再说了，堂堂的大御厨姚师傅，终究是当过皇差的人，如何可以就说是'寻常百姓家'呢？"

"不提喽，不提喽，往事就不要再提喽！看不出，这位夫人虽然年轻，还有一番善解人意之心哩。如今，几条小金鱼儿，也不过就是'寻常百姓家'图个年年有余的吉利罢了。各位，还是请移尊步，进屋用茶吧。"

听了关夫人的话，主人姚师傅这才借话说话，赶紧招呼客人入席，准备就餐。

布置得古香古色的京城家居式小单间里，桌上的四荤四素八样凉菜、四鲜四干八样果子，已经用景德镇上好的青花玲珑细瓷盛着，小碟小碗地摆了一桌子，显得既丰富又素雅。

关公子问周璧元："这位姚师傅年事已高，难道还亲自下厨掌勺吗？"

"自然是要靠徒弟动手，他在旁边指点而已。不过，听说有几味调料，姚师傅是要背着人眼亲手调制好后，再拿到灶台上的。那就是所谓'宫廷秘方'啦！"

听周璧元如此揭秘，关公子又感叹说："无非是提防着教会了徒弟饿死师傅呗！咱中国人就是这么点儿德行，宁可把好东西带到棺材里，也不肯传给外姓人。"

不料这话引得关夫人也大发议论："我看，咱们这个老大帝国积弱积贫的原因，不外乎是国人的头脑迂腐到了不可救药的地步。怨谁都不如先怨自己！与其是坐等门外的强盗唱着强盗的哲学，冠冕堂皇地把老祖宗留下的家业抢走。哼，依我看，真还不如中国人自己抢了自己，落个肥水不流外人田哩！"

"瞧你瞧你，越扯越扯远了吧？"

虽然关公子适时地打断了关夫人随心所欲的宏论，周璧元仍是打心眼里不改对这小两口的好感。刚才，关公子与主人姚师傅在一起赏鱼时，他的谈吐还真不失儒雅、渊博，显然是书香渊源好人家之后。那关夫人虽为一介女流，表现出了时下新潮人物旗帜鲜明的新观念来。这一切，与周璧元和蔡若茵平日里背着长辈，谈古论今、针砭时势的看法颇为相似。只是站在一旁的伙计小梗，对那位时髦千金的锋芒毕露，心里隐隐生出些不以为然来……

第一道主菜被端上来以后，周璧元殷勤地请两位客人趁热品尝味道。他自己本也是个爱吃、懂吃的富商子弟，对美食，也似对珠宝翠钻一样，从小就不乏见识："这先上素菜的目的是为了什么呢？就是不令食客们立刻就被油腻打住了胃口。"

关夫人品尝过后发出了赞叹："清鲜滑爽，柔嫩兼备，果然是清淡甘美。这是……"

周璧元心中不免得意："这是京城一道著名的官府家常素菜，叫做'丝雨孤云'。"

关公子也兴致勃勃地问道："好雅致的一个菜名。怕是非选择特别精致上乘的材料不成吧？"

周璧元赶忙回答说："不怕两位贵人笑话，这道'丝雨孤云'的材料，无非就是绿豆粉丝、水发香菇、大白菜芯儿、冬笋、胡萝卜和豌豆苗儿罢了。"

又一道热菜被端上了桌，周璧元抢在上菜伙计的前面卖弄说："这一道的菜名是'一卵孵双凤'。两位贵客新婚燕尔，为的是图个吉祥如意罢了。"

关夫人翘着漂亮的兰花指，用调羹往小嘴里送了一口："这又是什么讲究东西炖的汤？味道真是好浓郁、好鲜美啊！"

周璧元见自己的客人还真不是饭桌上的"老土"，便越发得意起来："这便是袁世凯大总统格外喜爱的一道孔府佳肴。所用材料也不过就是西瓜、雏鸡和野鸡的肉糜、加上冬菇、鲜姜丝等等罢了。只是烹制过程有些麻烦，要将小西瓜切去上盖，刮去表面的硬瓜皮，挖出瓜瓤，再放进各种荤素材料和盐酒佐料，重新

盖好瓜皮盖子时，要用竹签别好了，再用文火慢慢地蒸……"

"果然是皇城的贵族饮食，依仗着出神入化的烹饪，便做出了这等化腐朽为神奇的绝品啊！"

关夫人由衷地感慨，很令东道主满意。周璧元期待的，正是这样的效果："听到夫人这般褒奖，璧元觉得，今天的客，也算是请得物有所值。上个月，袁二公子嚷嚷着要给我压惊、赔罪，就是选在这里请我小斟。店家因为断了专用的房城小西瓜，还没有吃上它的口福呢！"

"您说的那位，可是大名鼎鼎的'民国四公子'之一洪宪二皇子？"

周璧元面对关公子好奇的提问，简洁地回答："正是。"接着又道，"堂堂大总统府上的袁二公子，居然会屈尊给琳琅阁的小东家压惊、赔罪？关公子听着像不像是我在说书，编出一段市井美谈？"

关公子意味深长地微笑了："俗话说，山不在高，有仙则灵。琳琅阁在这京城中是何等地神通广大、长袖善舞，我们也是听说过一、二的。"

当时关公子这几句恭维，让小梗事后想起来，才明白了其中那绵里藏针的暗示……

关夫人津津有味地喝尽了小碗里的鸡汤，大大方方地又给自己盛了一碗。她撇撇薄薄的小嘴说："听说这位袁二公子，哪点儿都不像他们家老爷子。唯独这宿娼、票戏、喝花酒，却是名副其实的'青出于蓝而胜于蓝'呢！"

周璧元摆摆手说："那是人们只知其一不知其二罢了。这位袁二公子多才多艺、聪颖过人，幼年便深得父亲的赏识。从权势贵胄到三教九流，他仁义豪爽，广结人缘。二位恐怕没拜见过他酒后的书法吧？很是潇洒奔放，大气磅礴，颇有东坡兼米芾的几分神韵呢！"

关公子乘势追问："不知道这位袁二公子，可否赏脸御赐一幅墨宝？润笔费么，我们当然是不便失礼于直截了当，还要请周公子从中婉转地……"

周璧元胸有成竹地大包大揽道："区区小事一桩，何劳您提什么'润笔'呢？我一介庶民而已，能与这位袁二公子成为朋友，就是因为他从来也没有将自己视作是皇族贵胄，是平易近人、极好交往的一位风流人物。"

关公子露出喜悦之色:"若是真能如愿以偿,那就是托您的洪福,我们不虚此行喽!"

周璧元这才小心翼翼地转移了话题:"两位是贵人嘛,'洪福'哪里仅仅如此呢?比如说,前天讲到要为关夫人寻摸些压箱子底儿的好东西,眼下果然就有了。"

关公子露出了将信将疑的笑容:"真的?周老板您可别瞧着我们年幼无知,逗着玩儿啊!"

周璧元连忙否认:"岂敢岂敢。瞎子也能看得出,二位都是见过东西的人。当初,人家是托我送进新华门,让袁四姨太看过货的。要不是因为正巧袁世凯宣布逊位,这东西,如今兴许就压着人家袁二爷生母的箱子底儿了。"

关氏夫妇的眼睛,开始炯炯发光了。

"不过么……"周璧元还是故意卖了一个关子,"拿着东西的人家也是想着多一事不如少一事。今天先带来幅尺寸、颜色基本照实物描绘的图样儿。"

周璧元适时、得体地拿出绘制精美的首饰图样来。比先前丢在新华门里的那一幅,显然,他更加多下了一番描绘的功夫。关夫人抢先接过去,马上就提出了一个还挺内行的疑问:"中间的红宝石吊坠子,倒是还真不小呢。只是这颜色,好像不够红呀?"

周璧元努力使自己的解释从容不迫,表现出行家的说服力来。他知道,此刻自己面对的,也许就是不容错过的真正买家了:"这并不是一般的红宝石,也就是洋人叫做'露璧'的红色刚玉。而是一块极为少见的……红色金刚钻。"

关公子面带狐疑地,特意用英语确认道:"这么大!真是'达亚蒙多'(英语:钻石)?"

周璧元点头肯定地也用英语回答:"对,正是'卡拉达亚蒙多'(英语:有色钻石)。"

关公子夫妇一起发出惊叹:"迈嘎——这么大!卖家开的,怕是个……天价吧?"

周璧元一边亲自动手为客人盛汤、布菜,一边不慌不忙地劝道:"二位一定要尝尝姚家的小砂锅鸭子。这可是当年慈禧老佛爷每天必不可少的一道佳肴哦!小砂锅连盖儿埋在谷壳子燃红的文火里,煨上十几个小时,鸭肉一到嘴里就化了……"

接着,周璧元故意用漫谈的语气继续说:"就像这桌菜一样,若论东西本身,再贵也有个价。世间有些个宝贝,论的却是一番

经历、一番来头儿。比如说，大英皇室那颗代代相传的宝石'黑太子'……想必两位要比我有见识的。二百多年里，这颗红钻见证了四个皇族的兴衰，留下了正史和野史的许多文字记载，堪称是件凝聚了天地灵气的宝中之宝了。据说，最近盯上它的，除了欧罗巴几个大国的驻华使节夫人，还有日本天皇家族的御用珠宝供应商。掌着这东西的主人，八国联军打进北京后，偏偏被洋兵烧了自家的铺面房子。缺钱归缺钱，心想老祖宗留下的稀罕东西，还是愿意它好歹留在国人的手里。"

关公子深深点头，表示心领神会："请周老板直说，但凡我们能够承担得起。"

"多少钱？"

好像是怕隔墙有耳，关夫人这"多少钱"三个字，还是特地用了英语。

周璧元也故意压低了声音，用英语回答："卖家开的价是……四十三万。"

那关夫人倒吸一口冷气："呦，还真是个天价呵！"

周璧元尽量把屋里显得有些紧张的气氛，重新松弛下来："俗话说，漫天要价，就地还钱。那边儿这么要着，咱这边儿，还可以'还'他一口儿不是？"

"那就拜托琳琅阁出面，再求对方让我们一些。您若能做个中介，货主那边儿，我们也就无须直接打交道了。"

听到关公子语气郑重的委托，周璧元仿佛是咽下了第一颗定心丸。他连忙合掌道："对方正好也是这个意思。最简单的老规矩，一手交钱，一手交货。择个双方都方便的日子，一旦您这儿凑齐了银票，我便负责让对方备好东西，亲自给二位送上门去。即便是看到的实物不尽人意，咱们也还是那句老话，'买卖不成仁义在'罢了。"

"琳琅阁的少东家，果然是位京城里口碑极好的人物。这番话说得，我们心里也没有那么重的负担了。"

不知为什么，小梗总是在悄悄地观察着那位眉毛弯弯的关夫人。发现她不失时机地又给周璧元抛去一个热忱的笑眼……

关公子开始担忧起来："只是这么大一笔款项，光是凑，不也得费几天的工夫么？"

"听说大帅最近在北京养病。咱请他老人家也帮忙周转一下，看行不行？"

周璧元只见那关姓夫妇俩把头凑近了，认认真真地商量起凑借银票、周转资金的事情。他和站在身后伺候的小梗，暗暗交换了一个欣喜的目光。这时，店里的伙计端上一条大草鱼来，鱼尾还在微微摆动，鱼嘴还在一张一合……

看得关夫人尖声道出一句调侃来："伙计，你家这道菜的菜名，该不是叫做'茹毛饮血'吧？"

"小的回夫人话，这道菜原本不是宫里的菜谱，而是我家主人跟做南北货生意的谭老板家大姨太学来的。至今还没有个上得台面的菜名呢，只是品过这道菜的客人，随意称它作'谭家草鱼'而已。还请各位贵客趁热先品一箸……"

周璧元稍稍谦让，只见那关姓夫妇二人将筷子头一个伸向了鱼鳃下，一个直捣柔软的鱼腹……

又是关夫人先声夺人："真鲜、真嫩啊！简直太美味了。"

关公子也情不自禁地连声叫绝："这鱼，也就是普通的草鱼罢了。鱼肉明明是熟了，却像活着一样鲜软松滑。不知道是怎么烹制的？真不愧是京城佳肴中的一绝啊！"

周璧元示意上菜的伙计，解释这鱼的来历："只能用密云山区活水中的野生草鱼，大小要选一斤半上下的最好。活着开膛宰杀后，趁着鱼还没有死透，用纱布垫着双手分别抓住头尾，在撇去浮油的一大锅浓鸡汤中来回地涮……就这样，直到把鱼身完全涮熟。然后再将事前调好佐料的勾芡羹汁浇在鱼身上。就这样，虽然鱼头、鱼尾仍然看似生鲜，鱼身的肉却熟了。这鱼头、鱼尾并不会被扔掉，还要用砂锅盛了高汤，加两块南豆腐回锅炖煮。一鱼两吃，又是别一种风味。"

也许是受到客人好奇心的鼓舞，那伙计连说带比划的，表演出来回涮鱼的动作，就像正站在沸腾的高汤锅边一样。

"很好很好……"关公子连连点头称道，筷子一直都没有停下来。

周璧元想起的，却是听姚师傅讲过的一个故事：说是海盗劫了载客的船，知道其中一定有家境殷实者临时换上破旧的衣衫，混在家境贫穷的乘客中间。强盗头子派自己人也化装成乘客，然后便假装表示优抚人质，请被劫持的所有乘客吃饭。那席间，定会端上一条大鱼来。混在人群中的几个强盗暗暗观察，席间举起筷子就去夹鱼身厚肉的人，饭后便能够得到释放。而那个别举起筷子便冲着鱼头、鱼眼、鱼尾、鱼肚子而去的，穿戴再破烂、外

表再寒酸,也是要被海盗留作"肉票"。不得不给家里写信,遭勒索重金后方能赎人活命……

穷人吃鱼,大都先冲着肉质厚实的鱼身中段而去。并不知道有钱人吃鱼,讲究的是鱼头部分为上,其次便是被北方人俗称"滑水"的鱼腹、鱼尾……那依附在骨头周围的所谓"活肉",才是真好吃。眼前,这对关姓夫妇的言行举止,点点滴滴都符合那与生俱来的一个"贵"字。这令周璧元再次对这双几近是从天而降的吉星,内心充满着兴奋的期待。

正在这时,又停电了。虽然那不过是家常便饭一般常有的供电故障,对周璧元来说,实在不是个好兆头。他不由自主地浑身打了一个冷颤。店家的伙计进来点蜡添灯。在摇曳不定的光线下,这情景,还是让周璧元回忆起中南海里那个鬼哭狼嚎的风雨之夜……

酒足饭饱,宾主间一番道谢和谦让之后,说说笑笑地往屋门外走。关太太突然又是一声尖叫!原来,门框上一只硕大无比的蜘蛛,已经结起一片网封在门上了。关公子赶紧亲自动手,带着又紧张又厌恶的表情,狠狠扫掉那片蜘蛛网。

小梗嘟囔着上前帮忙:"这蜘蛛也忒神了!饭前进门时还没个影儿呢,一顿饭的工夫,就能结下这么大一片网子。这年头儿,真什么邪乎事儿都有……"

周璧元赶紧制止自己的伙计闭上那"乌鸦嘴",再不敢当着客人的面说出什么不吉不利的话来。可就是这么一片蜘蛛网,好像真的扫了客人原来的好兴致。宾主双方匆匆寒暄告别,各自搭乘着饭庄给备下的车,分手而去。

蔡若茵一边给即将出世的孩子缝着小娃娃衣裤,一边和露儿扯着闲话。她不自主地打了个冷颤,一看外头,敢情是又要下雨了。

露儿赶紧去拿了条披肩裹在她的肩上:"小姐,我这就去厨房给你烫碗红糖藕粉羹来,多放点儿姜沫,祛祛身上的湿气。"

露儿话音没落,那机灵的身影已经消失了。蔡若茵看了两回钟,觉得露儿早该回来了。等她总算端着冒气的小盖碗回到屋里来,便笑嗔道:"自家的院儿里,遇上鬼打墙了不成?这么老半天转悠不回来……"

"不是遇上了'鬼打墙',是看见了'鬼'进门。"

"呸呸呸!编啥'鬼进门'的瞎话儿,露儿你可别吓唬我啊!"

见露儿还真露出一脸的神秘来，蔡若茵佯作不高兴了。露儿赶紧安慰自己这最近格外需要小心翼翼的主人："看小姐您胆儿小的。是胜雄少爷的日本老爹来了，正在堂屋里跟咱们家老爷子说话儿呢。"

蔡若茵也感到诧异了："这个时辰？"

"我也觉得蹊跷，就蹲在窗户底下偷听了一耳朵。"

"露儿你都听见什么了？"

"好像是说日本国皇帝的什么'太子大婚'，还说'西太后的金刚钻项链坠子，价钱好商量'什么的……"

"露儿，我想还真是让你说对了。"

"小姐，你小时候跟娘家老爷在日本国，住的年头儿可不短。你说，咱大清国的皇帝都被革命军给'革'没了，那日本国咋还拥着他们的老皇帝，就不兴变动变动呢？"

"你知道么，日本的天皇，两千年就没有换过血。"

"真的呀？听说书的讲老话儿，咱们中国的皇帝姓周、姓李、姓赵、姓刘……两百多年前开始，还姓了老满的啥'爱新觉罗'。换得有多勤哪！"

"日本人天生性子还特倔，要么就是抱着个死理儿几辈子都不放；要么就是凡事喜欢打破砂锅问到底；要么就是不达目的誓不罢休的……什么好东西要是真让他们给惦记上了，还真怕是有麻烦呢！"

蔡若茵有口无心地跟露儿聊着。其实，在那樱花之国度过的童年和少年，自己比谁都喜爱那里独特的民俗、温暖的人情。在那片令她依依不舍的土地上，有亲密的儿时小伙伴，慈祥的师长和善良的房东一家……在本质上，他们与故乡的百姓没有太大的区别。露儿也不是没有一点见识，毕竟生活在皇城脚下，她平日里道听途说的，也知道不少世间发生的事情：

"小姐，我听说，光绪二十年咱们大清国跟小日本打海战，本来也是能打赢的。可本应拨给水师造船、铸炮的银子，被移去修了孝敬老太后的山水园子。兵船上炮弹十有八、九炸不响，原来里面装的竟是沙土……真有这事儿？"

"真有。你猜猜看，就在咱们跟东洋人打仗那会儿，慈禧太后一天的御膳，是多少两银子？"

"一天的'雨伞'？太后老佛爷一天就要换一把雨伞？"

"御膳，就是皇上家的饭菜伙食。"

帝王之盾

"让我想想……咱家比起四九城里拉车、送水、做小买卖的人家，当然算是吃得讲究。顿顿山珍海味说不上，却是断不了有肉、有蛋，也常常有鱼的。个把月下来，东家主子们花在厨房里的钱，少说得有个小十两银子。就算是慈禧老佛爷千金贵体，需要好生补养着，一天花上个三、五两银子买菜，该是讲究得不得了吧？"

"露儿你呀，撑破了胆也就给那位西太后算出了'一天三、五两银子'的伙食账。那你再帮我算一笔账，一百两银子，能买多少石米？"

露儿开始扒拉着自己的手指头，算来算去终于算出，十两银子，能买足足一千二百斤的大米。她得意地晃着脑袋说："咱家老少上下连粗带细的，一个月也就是二百来斤粮食尽够了。啧啧，一千二百斤，够七、八口子一大家人，吃个小半年不止了。"

"十两银子是一千二百斤米。那一百两银子，就是一万两千斤。对不对？"

露儿不吭声了。自己这辈子也从没有经手过一百两银子的账。一万二千斤的米袋子，摞起来有多大一堆？她都难以在脑海中画出个轮廓来。

"一百两银子——就是慈禧太后一天的菜钱！国家连年战乱，大敌当前，她一个人一天光是'吃'，这一项开支就比乾隆爷当朝的繁华盛世，每天还要高出四十两银子！"

"'太后一席宴，百姓十年粮'……怪不得我在天桥听说书的先生唱过这么两句话呢。敢情，还真是这么回事儿哩！"

露儿恍悟，呆呆地连手里的针线都停了下来："那小姐你在日本国住了那么些年，他们国家的皇帝，一天的那个……'御膳'，是多少两银子？"

"国家太平，风调雨顺的年景，天皇家当然要比百姓人家吃穿奢侈许多。但就是在跟咱们中国打那场'日清战争'时，明治天皇带头节衣缩食，严格规定自己一天就吃一个这么大的饭团子，用海紫菜皮儿包着。"

蔡若茵用手比划着一个拳头大小的饭团的样子。

"你骗人！小姐就会骗露儿好玩儿呢，谁信天下还有这么亏待自己的皇帝呀？"

"对，就是骗你玩儿呢！"

蔡若茵明白了。别说露儿，全天下四万万中国人，宁可相信也能够接受，自己的皇太后一天吃掉价值一万二千斤粮食的银子，却绝对不会相信，外国会有一天只允许自己吃一个拳头大饭团子的皇帝。

蔡若茵开始有一搭、没一搭地讲故事给露儿听。她说，经历了明治维新的扶桑小岛国，他们那依然住在皇宫里的天皇，与被推翻的中国皇帝，早已经发生本质的区别。明治天皇横下一条心实现了维新，"脱亚入欧"的国策，一举就将自己的历史向前推进了几百年不止。

许多人其实不知道，那小东洋的天皇，还是亚洲第一个穿着西洋礼服出场面的皇帝呢。一夜之间，连天皇后宫的女眷和御前女官们，也被迫哆哆嗦嗦地穿上了那种束腰、袒胸的西洋"大蓬蓬裙子"。为此还发生过贻笑大方的事件：那种里面用鲸鱼骨架支起来的空心裙子，是不适宜匍匐下跪磕头行礼的。服装变了，传统的礼数却没有来得及改变。于是，众目睽睽之下，就出现了女官们一下跪磕头，屁股后面便春光乍泄的一幕。

就是从那时开始，人家做好了打败"祖师爷"、"老大哥"的准备。一旦强大起来的小东洋，将来便有可能成为咱中国最大的克星……

蔡若茵还对露儿讲起日本国了不起的一项改良：明治天皇在全国立法，推行义务教育法。他让所有学校的教书先生，都终生吃上了皇粮。让所有胆敢不送孩子去上学的父母，都去蹲大牢……故事讲到这里，露儿又表示不理解了：

"小姐你又说笑话了。一个国家如果连种庄稼、掏大粪的，统统都读书识了字，那路边上代人写状子、念家书的先生，不就没饭吃了？再说了，那岂不是人跟人也就没有了贵贱之分？种庄稼的，就不会再安心种庄稼；掏大粪的，也不会再甘愿掏大粪。还不人人都想去中举、考状元当官做爷不是？露儿要是也跟小姐一样能识文断字了……"

"就不会给我家做丫头了，对不对？"

"反正……露儿说不定也能有个好前程，做个新学堂的女先生哩！"

"露儿就是现在开始读书认字，也不晚呀！只要你有这番志气，我来教你不就得了？"

"小姐你又逗我玩儿了。生在啥人家，就要认命做啥人。小时候我姥姥常说，命里只合三升米，走遍天下不满斗。露儿早就

不做那'人上人'的美梦了。命里能跟小姐这么又善心、又聪明的主子有缘，就是天大的福气啦！"

蔡若茵也相信，露儿说的是肺腑之言。她突然产生了一种需要有所托付的预感……

"露儿，我也相信咱们姐妹是今生有缘的。我想，今晚趁着璧元不在，我要让你答应我一件事……"

看到蔡若茵突然一脸的严肃庄重，露儿不由得紧张起来。

"露儿你别紧张。我是说'万一'，只不过是万一罢了，我要是有个……"

"小姐咋净找不靠谱的说词，逗露儿玩儿呢？"

"这会儿我是认真的，露儿。我婆婆不是也说，女人生孩子，便是'儿奔生、娘奔死'的一道坎儿么？万一我要是有个……不测，我的孩子，可就要拜托你，把她……"

"呸呸呸呸呸！"

露儿真的有点恼了。若茵小姐今儿个晚上是中什么邪了吧？可一看她那若有所思的认真表情，只好听她把心里话说完——

"生逢乱世，我的孩子不求荣华富贵，只求平安健康；不求出人头地，只求自食其力；不求精忠报国，只求洁身自好；不求信神拜佛，只求与人为善。露儿，不管你现在是听懂了还是没听懂，就是死记硬背，也要把我这几句话牢牢记住了啊！"

很多年后，露儿每每回想起蔡若茵对自己这么个陪嫁丫头的一番托付，心里仍然是又痛又暖，百感交集。随着时间的流逝，随着后来周羽琏的成长，她渐渐体味到小姐当年的这"四求四不求"，竟没有一句话是多余的。她们主仆俩这些日子，背着婆婆给孩子做的小鞋，从出生到六岁，一双比一双大一点儿，花花绿绿的，好看极了。有的鞋头上站着小蝴蝶，有的鞋帮上绕着小葫芦、牵牛花……露儿明白小姐的心思：绝对不能让闺女的那双小脚丫子，在中国这块黄土地上受到一点委屈。她是要迈开一双健康的天足，走出自己的通天大道呢！

小梗陪着周璧元回到家里。一见丈夫的脸色不太好，蔡若茵赶紧扶着他坐下，打发露儿到厨房再去端一碗红糖藕粉羹来。

璧元连忙摆手说："不要，不要，什么也吃不下了。"

蔡若茵有点纳闷："小梗，今儿个跟关公子和夫人谈得还好？"

小梗赶忙回话："我觉着挺好的呀！人家那边儿说，这几天就准备出银票来呢。"

蔡若茵还是有些忧心忡忡。自打那天晚上在中南海里出了事，璧元就没有真正恢复过元气来。入夜，小两口双双平躺在床上，四只眼睛一起直瞪瞪地望着屋顶。与往常那没完没了的说说笑笑不同，听着外面的一片风声雨声，久久无语。做妻子的心里藏着隐隐的不安，却努力温存地拥着丈夫……

"今年夏天的雨水可是真多。璧元你看，这天就跟捅漏了似的，下得没完没了的。"

"老人们都说，乱世多风雨。就盼望咱们的儿子出生以后，世道能够一天天地奔着太平年月走。"

"璧元啊，你说的都是我的心里话。不过我怎么就觉着，肚子里这孩子不是个儿子，一准儿是个闺女呢？"

"可别当着咱妈说这话，老人家的想法儿旧。其实，我还更喜欢闺女呢。"

"明天你看看我和露儿偷偷缝的花袄、花裤、小花鞋儿，小丫头的东西可鲜艳讨喜呢！我啊，还就希望她将来能够长成像德宁郡主那样的巾帼女性！"

"咱们闺女只要像你，我就心满意足了。"

"别嘴甜了，哪个中国男人的骨子里，不看重儿子呀？"

"今儿个，我在史家胡同姚师傅的院子里看鱼来着。那老爷子，到现在还留着根小辫儿舍不得剪。他那几缸大金鱼，养得还真欢实、真好看。赶明儿，咱们也买几条'金鱼徐'的鱼儿回家来养。我还偏要专挑那种大红的，就为招个闺女来跟咱们做伴儿。"

一声霹雳在院子里炸响了，风雨声中，仿佛传出一个女人悠远的笑声……只有蔡若茵一个人听到了这个声音，她猛地用被子捂上脑袋。

"璧元，那颗红色儿的金刚钻，说什么也得快点脱手啊！要不然，老祖宗兴许一直就跟咱们这么不依不饶地纠缠着；八成，连咱们不久就要出生的孩子，也会不得安生呵！"

周璧元赶紧安慰着神经质的妻子："快了快了，咱们很快就能'送佛上天'了。好媳妇，你就把心搁在肚子里吧……"

── 第拾壹章 ──

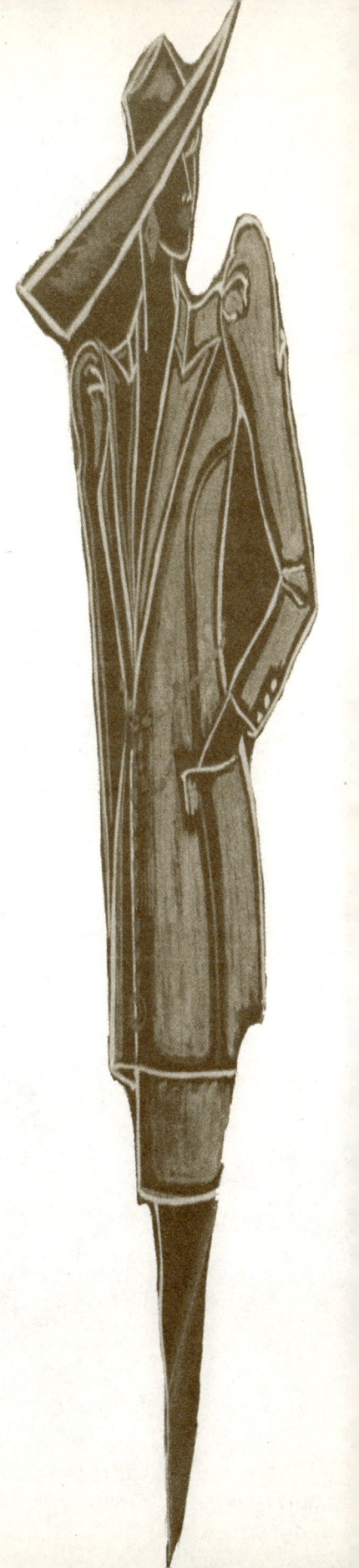

午夜时分,秋嫒发现正一夫老爷竟亲自跑去开门,放进两个鬼鬼祟祟的黑衣男人,直奔他的书房。人影幢幢,印在裱纸门窗上。她猜想,准有一桩不可告人的事,正在谋划之中。踩着双棉布袜子,悄悄地贴近木地板走廊上纸裱的门口……外面哗啦啦的大雨声,令她什么也听不清楚。透过门缝,隐约只看见一个黑衣男人的后颈子上,有一道紫红色的刀疤。

小川胜雄也在雨中离开了后花园。风雨越来越密集地摧打着老核桃树稀疏的枝叶,顺着灰色的房檐瓦,流淌下一排水帘子。他怀着凄苦的心情,又深情地看了一眼那雨中斑驳的古井台。很久没有到这里来,看看母亲结束生命的地方了……

当他在床上仰面而卧,又想到被自己冷落了的秋嫒,好多天她都没有再溜到自己的卧房里来了。伴着雨声,胜雄独自凝视着蔡若茵的一张张黑白照片,过去的时光从眼前依稀掠过。下雨天,总是令人怀旧的时刻。

青少年时代的小川胜雄和周璧元,经常是穿着一模一样的学生制服。璧元长着高高的个子,五官端正俊秀;胜雄却生得又矮又矬,塌鼻子、小眼睛,其貌不扬。他们经常相伴等待在教会女校的门口,期待着看到少女时代的蔡若茵。

每当她跟自己的女同学们说说笑笑地走出校门,那鹤立鸡群的高雅和美丽,牢牢地吸引着两个男孩子的眼睛。少女登上黄包车,总要大大方方地回眸,扫视两个目光痴痴的男孩子。最终呢,还是会把视线停留在周璧元身上……不久,他们三个人成了朋友。在颐和园波光滢滢的昆明湖畔,在巧夺天工的玉带桥上,他们的风筝曾经一起在古城瓦蓝的天空中飞翔……

沉浸在苦涩回忆中的胜雄当时并不知道,此时此刻,就在这风雨潇潇的院子里,一桩伤天害理的阴谋正在隔壁密锣紧鼓的策划之中。这是一场毁灭生命也粉碎了青春之梦的弥天大祸。

小梗觉得,等待的日子实在有点难熬。虽然,琳琅阁一家人的表面上还是平平常常的,少东家每天还是带着几个伙计洒扫台阶、打理柜台生意。老东家依旧满面笑容,跟隔壁字画店捧着水烟袋过来串门的廖掌柜,有一搭没一搭地聊着市面的景气。老太太和露儿呢,还是摸索着女人家那永无止境的针线活计。只有少奶奶指头下叮叮咚咚的琴声,像是泄露出了人心中那隐隐约约的不安……

这天，下了门板以后店里照旧很清静。小梗有事没事地就朝店门口外张望一下。

"小梗，今儿是初几了？哎我说，你老往外头张望什么呢？想娶媳妇了不是？"

小梗心想，明明是少东家你自己也沉不住气了，怎么还来调侃我呢？

"少东家，您可是第三次问我了。今儿个初七，自打那天您在史家胡同请客，已经过去整整六天了。"

周璧元有点儿不好意思地咧嘴笑了笑，像是在自我安慰："这么大一笔钱，别说关公子了，当时不是连袁世凯的姨太太，也即刻就被吓着了不是？"

"可不是么少东家。再说了，毕竟咱这四九城，也不是关公子他们自家的地界儿呀！"

主仆俩嘴上说着，还是忍不住冲着店门外的大街伸头探脑。突然，仿佛云开雾散一般，那辆车身厚重、令人眼熟的黑色福特牌轿车，朝着琳琅阁徐徐开来……

汽车在周璧元和所有伙计的殷切注视下，缓缓驶到琳琅阁店门前，停了下来。戴雪白线手套的司机恭恭敬敬地把一封信，递到少东家的手上。竭力抑制住迫不及待的心情，周璧元不慌不忙地抽出里面的宣纸信瓤。只见是笔锋很洒脱的四个毛笔字：让您久等。

蔡若茵欢快的钢琴声，像是在为随车前往六国饭店的丈夫壮行。多少天来，她的脸上也终于出现了一片晴朗。交易成功的希望，似乎在熬人的等待中，真正出现在了琳琅阁周家的上空。

小梗随少东家一起，夹带着个小布包裹坐进了汽车。当车子开到前门大街附近，周璧元特让司机把车停下来，走进京城老字号的点心铺子稻香村。小梗是和周璧元一起长大的伙计，了解少东家的为人。他所表现出的那份周全的世故，多半是出自于他热情、和善的性情本身。

车子停在六国饭店门口后，周璧元下车时特意亲自夹着那只方布包。紧紧尾随在后的小梗，手里提着点心盒子。当饭店的大门霍然眼前，周璧元的心头，忽然掠过一个热呼呼的念头：这笔生意一旦做成了，将是自己和若茵人生中的一个大手笔。今后，就是一个可以讲给孩子们的故事呢！我周璧元必须亲自完成这笔生意，这是送给妻子和即将出生的宝宝的一份贺礼……

露儿拿着只绣花绷子，笑嘻嘻进屋来找小姐看看花样。她一推门，就被眼前的情景给吓呆了：两个蒙面大汉已经闯进了少东家小两口的房间，正往坐在钢琴前的小姐头上套黑布呢！还没由得露儿出声，她的后脑勺就挨了重重的一掌，被打晕在门槛边。

尽管蔡若茵自知，现在肚子已经大得说生就会生了，还是徒劳地拼命挣扎。她预感到这一劫生死攸关，却连想开口哀求对方的机会都没有了。很快，她感觉得到两个壮汉骨节又硬又粗的大手，把自己抬进了停在后院小门外一辆带篷子的马车。车身很快就摇晃起来……

不知道为什么，强盗们事先想得还挺"周到"，居然特地为她这大腹便便的"肉票"，在硬梆梆的车厢板上铺了厚厚的两床棉被。听着耳畔马蹄子发出了急促的"踏踏"声，蔡若茵惊恐得泪流满面。

不知过了多久，她头上蒙着黑布头套，连同身下的棉被一起，被抬进一间冷飕飕的房子，布带子将她绑在床板上。终于，她被取下了头上的黑布套子。定睛一看，这是一间年久失修的老房子。屋顶上，秫秸杆子露出了破破烂烂的糊顶纸。恐怖、孤独交织着，使她痛苦地发出沉重的呼吸。努力着想把堵在嘴里的毛巾吐出来……

周璧元轻轻敲着六国饭店豪华套间厚重的橡木门。开门的，是身穿宽松西式晨袍的关公子。他老朋友一般亲切地请琳琅阁的主仆二人走进了客房。呈现在周璧元眼前的，果然还是小梗那天描述过的情景：房间里满满当当地，几乎堆满了天下的好东西……

关公子怀着歉意对周璧元说："内人这两天偶感风寒，卧在床上休息呢。就不同您拘礼了，周老板里边请——"

关公子引着周璧元走进里间，其实就是与客厅仅仅一道金丝绒帘子相隔的卧室。宽大的双人席梦思床上，关夫人正拥着软缎被子半卧着。那张可人的小脸，的确显得有几分憔悴。一个模样整齐、面无表情的中年女仆，正在房间的角落处照料着一只小炭炉。砂罐中咕嘟嘟沸腾的中药，使一缕带着药香味的蒸汽弥漫在空间。

周璧元连忙告罪道："夫人贵体欠安，此时此刻前来打扰，真是太有失礼数了。"

这位关夫人果然是个开朗的新潮人物："这有什么的，倒是应该谢谢周老板，为了我们委托的事情，这么尽心尽力呢！"

周璧元把带来的布包双手奉送到关夫人面前。包袱皮被那涂着蔻丹的小手动作优雅地层层打开，露出里面那只德宁郡主送给蔡若茵的西洋雕花鎏金首饰盒子。随着不由自主的一声惊叹："啊——"，首饰盒盖子被关夫人轻轻地打开来……一片红光，霎时映照在那张五官娇媚的脸庞上！

小梗心头不由得一颤。他无意中看见，连那女人的瞳仁，都反射出了两颗诡异的红星星……

露儿强忍着后脑的生痛，挣扎起身来。她在自己身边捡到一封信。想必，就是那两个恶人留下的。时间一刻也不容耽搁——小姐她，可是快生的人了！

好不容易歪歪斜斜地捱到了前院，见老东家正和小川商事的日本老板悠闲地坐着说话。露儿因为害怕和疼痛，调门都颤个不住："老……老爷……小姐……被……被蒙脸的恶人……掳走了……"

话没说完，她的两眼一片漆黑，攥着绑匪留下的信封，就扑倒在地了。

蔡若茵感觉很不舒服。她知道，肚子里的孩子也很不舒服。不像以往那样轻轻地在腹中蠕动，而是拳打脚踢的，似乎急于要冲出孕育自己的温床，渴望跟母亲一道，并肩闯出眼前的黑暗陷阱。

她只有在心里不停地乞求：千万不能在这个时候、在这种地方出生啊，我的宝贝。你必须出生在教会医院雪白的产床上，身边站着医术高明的欧罗巴妇科大夫，由那些轻手轻脚的修女护士，为你做人生的第一次神圣沐浴。你应该被包进带着蕾丝花边的细棉纱褓裸中，外面还裹着我和露儿为你缝制的丝棉小斗篷，大红杭缎上，绣满了五颜六色的蝴蝶……你是属于那样一个世界的。第一次睁开生命的眼睛，看到的就是微笑和温情，是太平和美好。无论你是男孩子还是女孩子，德宁郡主给你起了个名字，叫"羽"。她祈愿你将来能够自由自在地展翅高飞。加上老周家延续到你这辈的一个"琏"字，你响亮的名字将是——周羽琏。

蔡若茵竭尽全力挣松了绑在身上的布带，努力翻转身来，利

紫砂壶

用头顶墙上的一颗钉子，钩出了嘴里的毛巾，随之发出了声嘶力竭的惨叫……

　　周璧元和小梗被关公子请进了套间里的另一扇房门。看上去，这里被临时充作了书房。一色西式的硬木桌、椅和靠墙一只厚重的大柜子，布置得简洁实用。书桌上随意放着装文件用的卷宗和几份报纸，有中文的，也有洋文的。还有一架西洋手摇唱机，高举着黄铜大喇叭。

　　周璧元对关公子伸出四根手指，示意就是"四十万"这么一个整数。他带着几分歉意说："只能谈到这一步了。"

　　关公子用手轻轻握住周璧元伸出的手，豁达地微笑道："省一点儿就是一点儿，让周老板费心了。"

　　那靠墙而立的大柜子上，挂着一把铜质的南京锁。关公子用钥匙打开厚厚的柜门，从里面拿出了一只长约一尺、宽约七寸的外国造金属小箱子。谨慎小心地打开暗锁后，从里面取出了一大叠显然是临时凑足的银票。

　　小梗一边熟练地打着随身带来的算盘，一边登记着过手的银票，交接进行得很顺利。三人正在忙着，听到有人小心翼翼地敲门……

　　关公子只好自己去开门。门口站着个饭店的年轻服务生，模样长得挺秀气。关公子挺不耐烦地问："有什么事儿？"

　　服务生细声细气地回答说："刘总督的大公子求见。"

　　关公子打发他说："没看我正忙着呢吗？告诉刘公子，改日我专程到府上拜访就是了。"

　　服务生应声走了。关公子马上回到书房的桌子边，继续清点银票。过了不到一支烟的工夫，那个服务生又来敲门了。还是那么细声细气地报告说："刘公子说，真有急事。只要耽误您不一会儿的工夫，他还在下面的大堂里候着您呢。"

　　"真是的，你说烦人不烦人呐？对不起，周老板，我去去就来。您有什么需要，尽管吩咐。波役（英语"男孩儿"、"伙计"），你问问客人是喝咖啡，还是喝茶？给我好生伺候着！"

　　关公子不高兴地一边嘟囔，还没有忘记一边吩咐着服务生。然后，他不紧不慢地打开那大红木柜子的柜门；然后，将清点了一半的全部银票，重新放回了那只外国造的金属小箱子；然后，连同那只雕花鎏金的西洋首饰盒一起，上下摞好；然后，当着周璧元和伙计小梗的面，小心翼翼地用刚才那把铜质的南京锁，全部锁进了靠墙的红木大立柜里；然后，他挂着一脸无奈的表情，再次告罪后才走出套间的房门。

那个秀秀气气的服务生不但轻手轻脚地端来了茶点，还特地把放在桌角的大喇叭西洋留声机，一下一下地用摇把转动起来……木纹唱片嘎叽嘎叽地，传出一个女高音尖亮的唱腔，那是一曲不知所云的意大利歌剧经典选段。

反正是等待的闲暇时，周璧元随意翻看了一会桌上的报纸后，又跟小梗提起，今天原本想去金鱼池，给少奶奶买几条颜色喜庆的大金鱼来。小梗却打了个岔，唠叨起周璧元完全不曾注意到的几个小事来：

"那天，少东家给姚师傅行了个满族晚辈的单膝跪礼，不是关夫人就嘻嘻哈哈地笑来着？我看到，姚师傅当时瞪了她一眼，竟然就把她吓得浑身哆嗦……"

"小梗你想说什么？"

"还有，你没发现这两口子虽然都是新派人物，却也好像挺迷信的。那天在史家胡同吃完饭，出来就看到房门口结起一片蜘蛛网。两人的脸色儿忽地就变了，好像饭桌上的好兴致，也都没影儿了……"

"小梗，你到底想跟我说什么呢？"

"少东家，您一准是没有注意到，刚才我看见那个正在给关夫人熬药的女佣，一双手生得就跟水洗的小葱白似的，根本就不像是个干惯了粗活的下人……"

"小梗，我说你想跟我说什么，就别再旁敲侧击的了，行不？"

"唉，少东家，其实我也不知道想跟您说什么。只是觉得，觉得这桩赚头十足的买卖，它是不是……来得太容易了点儿？"

周璧元笑着拍拍小梗的肩膀。却不知道是想安抚自己的伙计，还是给自己撑足了底气……

琳琅阁老东家周玉和当着小川正一夫的面，拆开了信封……那脸，霎时惨白。他跺着脚发出一串悲鸣：

"赎金整整四十万……都是那颗金刚钻……它惹的祸啊！"

"周先生，您老千万别着急。既然如此，赶快先想办法救人才是。"

见周玉和急得在屋里直转，小川正一夫赶忙上前，亲手扶着他重新坐下。不知哪个快嘴的伙计惊动了老太太，她跌跌撞撞地扑进门来，号啕大哭："媳妇马上就要生了，老爷子，这可是咱周家的两条人命啊！"

周玉和一声令下："快给我找车，去六国饭店！"

正一夫立刻吩咐："叫大虎，赶紧的……"

大虎知道周家出了大事，使出全身的力气拉着琳琅阁的老东家，拼命地在马路上奔跑。他这是为了人命关天，其实，也是为了周家少奶奶的那个陪嫁丫头。谁都不知道，大虎一直存着这么点私心。第一次陪正一夫老爷到琳琅阁，第一眼看见露儿，他的心里就是"咯噔"一下子！后来，送正一夫老爷去琳琅阁的次数多了，但凡露儿看见他，总是那么和和善善地过来招呼这个憨头憨脑的车夫："大哥，辛苦了。里面凉快儿，进来歇歇。"；"大哥，外头冷，快到厨房里喝碗热水"……

刚才，大虎亲眼看见露儿为了自己的主子，急得都晕过去了，可真是让人心痛！这是个好姑娘，对非亲非故的东家尚且如此，更何况对自家的亲人呢？就是为了她，大虎发誓也要拼上一身的力气。可又不无几分自卑地想到，我大虎除了这一身力气，还有啥哩？！他只听到自己粗重的喘气儿声，"呼呼"地在胸口里发出闷响……

小梗真不知道那黑胶木盘里唱歌的洋女人，咋就能有那么长的一口气？嗓门"嗷嗷"的又高又尖，简直把人的耳朵都快震聋了。好歹等"她"吆喝完了，小梗只见少东家看了看怀表，就开始在屋里转悠。也不知道时间过了多久，周璧元看怀表的次数，也越来越密。可多少碍着关夫人带病在外面躺着，主仆俩几次交流着目光，犹豫着，总不便擅自走出那间小书房去。

终于，小梗耐不住性子，斗胆轻轻地推开了门……呈现在面前的景象，让他和少东家两人惊讶得简直以为是在做梦了——刚才那满满当当的一间屋子，竟然除了几样酒店原配的笨重家具，什么都不见了。就连刚才被关公子顺手放在茶几上的那盒稻香村点心都不见了，真是空空如也！

小梗轻轻叫了一声"关太太"，没有人应声。他在前，周璧元在后，他们蹑手蹑脚走过去……当小心翼翼地撩起了那厚厚的绒布帘子一看，刚才躺着关夫人的地方，也已是人去床空。那只放在角落上的小炭炉子还在，火焰熄灭了，孤零零地搁着依旧温热的药罐子……

在六国饭店门前，大虎扶着老东家一起，跌跌撞撞往大堂里闯。不小心把进出的洋人撞了，也顾不得道歉。刚进大堂，他就见周家少东家和琳琅阁的大伙计小梗，也跌跌撞撞地从里面跑到大堂来……琳琅阁的一老一少终于面对面地站定后，竟都是满面煞白、张口结舌！

"老东家您别急别急，少东家和我亲眼看见，那关公子把咱们的东西和他自家的银票，一起好好地锁进了柜子。赶紧叫饭店管事儿的，打开柜子看看再说……"

还是小梗结结巴巴地，一个劲安慰着两位东家。他把老东家先扶到大堂的沙发里坐下，托大虎帮忙照看着，拉起少东家跑到服务台前慌慌张张地询问："住在那二楼大套间的关公子夫妇，到哪里去了？"

饭店负责住客登记的服务领班，把留宿客人的大登记册子翻开查看。答复说：本饭店并没有什么"关姓夫妇"下榻。租下大套房的客人，男女一共是四位，登记的名字是"唐智珠夫人"。大套房隔壁的一个单间小客房，也是他们这班人一起租下的。只是，半个钟头前，大箱子小笼的，人家已经结账退房走人了。

服务领班还说，这几位客人虽然面生，并不是六国的常客。住在这里的十来天，进进出出也挺讲排场，还用过几次饭店租金最贵的福特牌轿车呢。

穿着黑西服、脖子上跟女人一样系着个蝴蝶结的客房大管事，总算提来了哗啦啦作响的一大串钥匙。脸上还盖不住几分的不耐烦。他领着周家主仆一起，打开了冒名"关公子夫妇"的那群男女用过的大套间房门……

小梗和周璧元直奔里间，请大管事赶紧找人拿家伙，把那靠墙的大红木柜子门上的南京锁"咔啦咔啦"地撬开来……柜子里，空无一物！一个一尺见方的圆洞，穿过靠墙的底板。被凿穿的柜子和墙壁，正好通到隔壁的小客房。这下，包括这位不耐烦的客房大管事在内，全体人呆若木鸡！过了好一阵子，才嚷嚷出"赶紧报官！"的话来……

周璧元重新回到楼下大堂，这才听说少奶奶被绑架的事情，当即晕倒在地。

就在这时，有个花花公子打扮的男子，迈着闲散的步子走进了饭店的大堂。他鼻子上架副墨晶镜子，中式长衫的外面，不伦不类地罩着一件没系扣子的西装外套。身边挎着个涂脂抹粉、花枝招展的年轻女人。光泽闪耀的碧蓝色缎子旗袍，裹着细细的水蛇腰。

此人，便是那位短命洪宪王朝的遗少袁二公子。他刚进饭店，就觉得里面乱哄哄的。客人和"波役"都在三五成群地议论什么，一位服务领班也一脸慌张地正忙着摇电话……

袁二公子本来懒得搭理身边的闲事，只打算赶紧包间客房，去和美人儿舒服舒服。又见一伙人正从里往外抬人，那被抻胳膊拽腿抬在中间的，竟是琳琅阁的周璧元公子！等那个客房领班放下报官的电话，袁二公子揪住他，这才听说了饭店里刚刚发生的事情。摘下墨晶镜子，将客人登记簿子扯过来看了一眼，便从牙缝儿间挤出了"嘿嘿"几声冷笑：

"哼，南边来的小拆白党'蜘蛛帮'，犯事竟犯到我的地盘上。嘿嘿嘿，'唐智珠夫人'，还真是个想象力蛮不错的名字嘛——蜘蛛者，猎手也。还是个有胆有识、敢以小吃大的猎手哩！"

一个黑衣小绑匪端着一碗米粥，走进那间黑乎乎的旧民房……

这次，头儿对他再三交代过的，这张"肉票"，价钱可不低。只是雇主绝不容许出了差池，必须保证"全须全发"地交人。事成后，才能拿到余下的大半银子。小绑匪上前，用手轻轻推了推那位一身绫罗绸缎的女人。见她没有纹丝儿的动静，顿时慌了神。他扔掉手里的粥碗，一头扎出房门去，嘴里大叫着："头儿，不好啦！那女人……没、没、没气儿了！"

大着肚子的女人很快被两个绑匪手忙脚乱地重新抬上马车，身下还是小心地垫着棉被。暮色中，一路颠簸着送往附近的一家小医院……

天还挺凉快的，大小两个绑匪的脑门，渗出了豆大的汗珠子来。他们终于来到门口有个红十字标志的医院门口，连着棉被一起放下沉甸甸的女人后，转身上车打马就逃。身后传来了洋女人尖尖的声音，像是在呼叫着"停车！""回来！"

一看头目后脖颈上那块大疤拉都涨成紫色，小绑匪就知道，这回他们俩捅下大娄子了——被放在医院台阶上的漂亮女人,当时已是面无人色、气若游丝。合着连她肚子里的娃娃,两条人命八成都悬了……

北京南城边缘地段的这所医院,是梵蒂冈天主教会所属的驻华慈善机构之一。院长是个年过四十的意大利人,中国名字叫"罗彬"。他刚要入睡,就被值班护士叫了起来。一边披衣往诊室赶,罗彬一边想,平日里如果不是有头有脸的要紧病人,这些不但专业经验丰富且谙熟中国人情世故的老护士,自己能应付就应付了。

罗彬上前端详了一眼,带着临盆身孕的女病人,已经进入了深昏迷的垂危状态。忽然觉得,怎么有点面熟呢?很快,罗彬想起来:不久前,德宁郡主在六国饭店举办的舞会上,她不就是那位穿着深红色晚礼服裙子,演奏了一支钢琴圆舞曲的中国少妇吗?那天晚上的她,举止从容不迫,气质超凡脱俗。用罗彬的话来形容,通体焕发着"东方的儒雅"和"西方的潇洒",给罗彬留下的印象颇深。当时,罗彬还特意请德宁郡主为自己做了介绍,吻过她大大方方伸出的那只柔软的手……

罗彬在中国负责这家教会医院,已经快四年了。可他不得不承认,自己对这个光怪陆离的国度仍然是懵懵懂懂,一无所知。如此富有而高雅的京城珠宝商家的少夫人,如何就突然落到了这般狼狈不堪的境地?他马上亲自指挥医生、护士全力进行抢救,同时命人设法去通知琳琅阁的家人……

小川正一夫端坐在琳琅阁周家的厅堂里,静候着"预料之中"的结局。他在心里对自己说:引用你们中国人的一句古话,这就叫做"敬酒不吃吃罚酒"。可脑海中,又涌起一团无法自圆其说的茫然。经验连同直觉都告诉他,任何时候,你既有可能出乎意料地梦想成真,也会出乎意料地鸡飞蛋打。这个老大帝国中盘根错节的古都,是世界上最诡秘的城池,世代盘踞着一群最不可捉摸的居民。

掌灯已经个把时辰,周家父子被伙计和车夫护送回家来……他们当然无法马上凑到这笔巨大的现银——整整四十万啊!

正一夫发现,老东家的胸膛里粗重的呼吸,简直就与他即将六旬的年龄不符。到底是历经三朝的人物啊,他那无言的愤怒,恰恰来自厚重的生命根基。到了这样的时刻,也就看出年少的那个底气不足了。少东家周璧元四肢瘫软，意识不清。正一夫毫不怀疑，小家伙已经被临头大祸摧毁了身心。他紧绷着嘴角，努力不让那一丝忍俊不禁的笑意流露出来。从容不迫地从袖子里，掏出了四张十万元的银票和一张一千元的银票：

"周老先生，这是我原本准备与贵行洽谈一笔生意的款子。既然眼下赎人要紧，就请先拿去应急吧。正好还有一张小额的，也请一起带去，兴许还需要打点、打点那些个绑票的强盗。"

周玉和怒目圆睁了。就从小川正一夫这"雪里送炭的善举"背后，他毋庸置疑地闻到了狼子野心散发出来的腥膻的味道。四十万巨款一旦到手的强盗，为什么还需要小钱的打点？真是自相矛盾、匪夷所思的"周到"！

谁都没有时间和心情，去提及刚刚在六国饭店发生的那桩诈骗案；谁也没有想出在这间屋子里，此刻还有比少奶奶被绑票更加重大的事件了。正因为如此，一无所知的小川正一夫，主动地拿出了那几张巨额银票。

他毫不怀疑，对周玉和这样的中国商人，根本就不需要那么一纸借据。完全可以想象，就是砸锅卖铁、倾家荡产，琳琅阁也会不遗余力地来报答自己。何况，不过就是一颗没有温度的金刚钻呢？正一夫甚至认为，自己是很有良心和商德的。并没有乘人之危，故意提高价格嘛！当初，你们琳琅阁跟袁世凯家开价四十万，那我就给你们四十万零一千元。

就在这"胜利之光"开始照耀小川正一夫的天灵盖时，一个小信差大汗淋淋地跑来送口信：一位"长得很像是琳琅阁少夫人"的孕妇，刚刚被不明身份的两个男人，扔在了南城的协沧医院。现在已经生命垂危！如果情况吻合，务请家人速速前来……

正一夫只觉得，简直是五雷轰顶！到底了什么差池？是不是因为蔡若茵的身体，真的发生了意外？难道，那两个小绑匪还没有拿到赎金，就撒手不干了么？难道，半路里杀出了个"程咬金"不成？

就在这琳琅阁堂屋里短暂的彷徨时刻，大虎自作主张，一个人偷偷跑回到了七条……这个外表憨厚的车夫本能地意识到，周家少奶奶蔡若茵被人绑票的事情，应该告诉她和少东家的好朋友胜雄少爷。

在正一夫眼中，儿子也和琳琅阁那位已经瘫软如泥的少爷一样，是个永远少不更事的蠢家伙。瞧他那匆匆奔来的一门心思，无非就是为了拯救一个自己痴情的女子罢了。

这时,倒是平时蔫头巴脑、玩物丧志的胜雄反应最快。看也不看他亲爹一眼就发了话:"周世伯,我陪璧元兄一起去医院。您老在家里等信儿。大虎,赶紧的吧!"

小川正一夫眼睁睁地看着,胜雄努力搀扶着神智恍惚的周家公子,一起坐上了洋车。那黄昏中匆匆离去的背影,令他在不禁暗暗叹息:也许,倒是自己平时小看了胜雄内心的主见。真不能小窥这一个"情"字,在中国男人心中的分量。无论自己这个做父亲的,一相情愿地付出多大的力量,在北京城出生、长大的儿子,与大和武士"舍与忍"的崇高境界,想必是永远无缘了……

— 第拾貳章 —

力大过人的车夫大虎，拉起两个少爷就开始全力奔跑。夜色中，初秋的凉风卷着落叶和垃圾，在昏暗的路面上打着转。胜雄把身心交瘁的周璧元搂在臂弯里，感觉得到他的身体，就像路边那风中的槐树枝子一样，衰弱得瑟瑟发抖……

朦胧中，蔡若茵闻到了来苏水刺鼻的味道，察觉到身边晃动着惨白的人影，听见一个男人用带着洋腔的中国话，连声呼唤着"夫人、夫人"。一切，都悬浮在云里雾中，那么地可有可无，那么地与己无关……分明又听见那个呼唤着自己的男人，充满绝望地用英语说："天主要带走她了……我已经无能为力了……"

他还说了一些与天主和天国有关的话，令蔡若茵感到深深的欣慰。走，意味着离去，也意味着回归。直到此时此刻，她清晰地想到，自己并非像被关在破屋子时那样，强烈地渴望着肉体的生存……

她开始用心声对腹中的孩子说：不能相见的女儿啊，你将独自搏击人生。一定要把我没有活尽的岁月，添加在自己的生命中。答应妈妈，无论艰难坎坷、甜酸苦辣，你都要活得长长的、长长的……上天自会安排我们母女重逢的时辰。到了"那一年"的盂兰盆节，昆明湖的玉带桥畔，让纸扎的莲花水旱河灯引领着你，径直来到我的身边吧。我的宝贝……

头顶的天花板，正在眼前化作星光灿烂的夜空。蔡若茵看见那个名叫"枝枝"的前朝宫女，她发冠高耸，钗环晃动，裙裾飘飘，像是足蹬着花盆底鞋，以满族女性特有的优雅步态，无声地从门口的逆光处，款款地走到自己的床前。自己与"她"彼此默默地对视着，彼此是那样地心照不宣。就像是一对已经相识很久、很久的老朋友一样。

蔡若茵无声地对"她"说：无论发生什么，请你照顾我的女儿。"她"用一个微笑，做出了最终的承诺。一只幻觉般半透明的手，轻轻合上了蔡若茵疲劳的眼帘。那最后一缕轻柔、湿润的温暖，就像母亲放在女儿额前的手掌……

蔡若茵的遗容，令医生和护士们惊愕不已：面带淡淡的笑容，平静温婉，虽死犹生。这奇特的遗容在罗彬院长的心头，激起了悲情的感动：职业使然，自己已经无法记住，曾经多少次遗憾地面对着死者。只有这位怀着婴孩凄惨离去的中国少妇，是他平生所见到过的最美的亡灵。仿同那天她在德宁郡主舞会上的演奏。琴声中，分明包含着那支《皇帝圆舞曲》原本并不具备的古老东方的骄傲、坦荡与大义凛然。

在罗彬眼中，终于仓皇赶到医院的琳琅阁少东家，形象非常俊雅。尽管他显得那么疲惫、那么绝望，却可以在心里描绘出，他和自己那位才貌双全的妻子，曾经过着何等优裕、恩爱的生活。也许，那曾经是一个动乱国度中小小的伊甸园。可不知来自何方的一股恶势力，摧毁了与他们有关的宝贵的一切……罗彬怜悯地望着那位狼狈不堪的中国少爷，一身质地极好的银灰色丝绸长衫，已经被弄得皱皱巴巴、一塌糊涂了。他突然感到有些费解了：这是主的公平？还是不公平？

罗彬尽量地用明了易懂的英语措辞，对琳琅阁少东家和他的伙伴，简要地讲述了抢救的经过。他本能地认为，也许使用异邦的语言，就能够把这过于浓厚的悲伤淡化一些。毕竟，对方所失去的，是两条亲爱的生命。他将不能不面对的冷酷现实是，妻子那怀着身孕的遗体，已经被送到了医院最偏僻的一个角落——太平间。

神智慌乱的周璧元，竟一字不漏地完全听懂了这位洋院长缓慢的英语。他也用英语准确回答说："我明白了。谢谢您，谢谢您所做的全部。"

周璧元在朦胧中意识到，也许，这是自己最后一次如此理性地与人对话了。然后，他就不再顾及旁人的视线，瘫软地躺倒在了医院走廊的长椅上……呵，累极了！生命就像被抽掉了灵魂的一具空壳。可就在几个小时之前，自己居然还在为一块冰凉的红色小石头子儿心急如焚、汗流如注。与此时此刻痛失殆尽的一切相比，那所谓"价值连城的皇家珍宝"，难道还有分文的价值么？现在，全都悟透了。悟透了，可也晚了。完了……

模糊的视线中，周璧元看到胜雄的脸离自己很近。正在不停地呼喊着什么。他觉得很恶心，挥手在面前摇动了一下，真想破例大吼一声，滚开，你这个杂种！也许是因为从来就很少遇到令他愤怒的事情，周璧元没有用粗话骂过人。有生以来他相信，就是天塌下来，总会有老谋深算的父亲顶着。他一直都生活得那么随意、那么顺利。可自从亲手将那颗魔鬼送来的"帝王之盾"迎进了家门，一切都变得不可理喻、无从把握了。

周璧元不知道自己是不是真的骂出了声？紧接着他就意识到：我不应该骂你，胜雄君你有什么错呢？从今以后，我去死，

· 142 ·

你去活……接着为"活着"去忙忙碌碌吧！我要睡一会儿了，今天从早忙到晚，我累极了。梦里，马上就能看见我的若茵、我的孩子了……

小川胜雄没有听懂刚才洋院长与周璧元之间简短的英文对话。现在，无论怎样用力摇晃躺倒在长椅上的周璧元，看到的，都是一双目光发直的眼睛。他的嘴唇在蠕动，却听不到一点声音。他只好请求那位表情充满关切的洋院长，给周公子用些能够使之振奋起来的药物。让这位被不幸击倒的丈夫，至少能够支撑过一个难熬的夜晚。

罗彬不置可否地轻轻摇了摇头，那双瞳仁浅蓝色的眼睛里，含着不应当闪现在执业医师眼中的泪光。

当听见洋院长开始用英语吩咐自己身边的护士，这使胜雄受到了鼓舞。他吩咐大虎照顾少东家，片刻之后，一位白衣白帽的年长护士，就递给他一盏已经点燃的洋油马灯。按照她指点的方向，胜雄独自朝医院后花园深处的一方灯光走去……

蔡若茵，这个小川胜雄深爱至今的女孩子，她是这个世界上最善良、最美丽的姑娘。可今天，她到底发生了什么呢？病倒了？早产了？还是……胜雄只是特别想独自一人去与她相会。想在她感到最孤苦的时刻，能够立刻为她做些什么。可是，在这桩离奇的"绑架案"背后，是否存在着一只与我们小川家相互牵连的黑手？早就有着一丝丝难以言状的阴暗的预感，在他的心底浮动。

通往后院的水门汀小道，宽窄正好仅够滚过一辆担架车。路面年久失修的一道道裂缝，挤满了寸土必争的野草。小道两边，低矮的梅花树丛下，飞舞着无数只闪烁着绿色鬼火般的萤火虫，空气里弥漫着薄薄的残香。夜风徐来，簌簌作响的植物们仿佛在幽幽地述说着谜一般的冤情。胜雄的胸膛里，溢满了浓重的哀伤和疑惑。他意识恍惚的走着、走着……

面前，一扇涂着黑漆的宽大房门被人打开了。随之，一股福尔马林的阴冷气息，扑面而来……这里是协沧医院的太平间。

胜雄毫无准备地发出了几乎震破肺叶的一声惊叫！眼前，出现了一张来自地狱的狰狞面孔——从额顶直到衣领下的胸部，所有的表层皮肤已经不复存在，就像一团被拧皱的破毛巾。从两个并不容易被发现的小洞中，若隐若现地闪动着人类的目光……一张曾经被严重烧伤的脸。

胜雄忽然明白了：他，是个太平间的看守人。这样的一张脸，是不必惧怕任何鬼怪和幽灵的。显然，他习惯了人们用这种形式跟自己打招呼，耐心地等待胜雄恢复了镇静，才不动声色地做了一个"请进"的简单手势。胜雄只觉得背后的衬衣片刻间已被冷汗湿透了，脑海中闪过了跟着魔鬼走进鬼门关的幻觉……太平间入口的地方，站着一尊三尺左右的白色大理石圣母塑像。她那慈悲而忧伤的姿态，在胜雄心中输入了几分安全感——地狱里，应该是不会有圣母存在的。

无论这是多么出乎预料的结果，胜雄还是在阴暗的灯光下，立刻辨认出了蔡若茵。尽管至少还有将近十具失去了灵魂的肉体，暂时滞留在这里，只有她那圆圆隆起的腹部，依旧怀抱着没有来得及被送到人间的孩子。泪水，模糊了胜雄的视线。

他颤抖着双手轻轻掀起盖在若茵脸上的白布……又是一个令人无比震惊的形象呈现在眼前：她在微笑！尽管就像照片那样，她的五官是凝滞不动的，却和生前一样的端庄美丽、含情脉脉。胜雄不禁地在心里发问：若茵呵，临终前你到底看见了什么？想到了什么呢？你竟然……还在微笑?！

这个姑娘从来也不知道，自己曾是多么地多么地爱她。甚至爱她那挺着肚子的模样——温馨、幽默，充满着女性成熟动人的韵致。只需片刻，胜雄就接受了亡灵这熟悉的笑颜。他为她轻轻地撩起鬓角一缕凌乱的头发，然后伸出手去，怀着几近是一种神圣的情怀，开始抚摸她隆起的腹部……胜雄对自己说：这是唯一的，也是最后的爱的记忆。尽管随她同去的小生命与我没有血缘关系，可我有这个权利，像一个丈夫那样……这无价而又渺小的最后的权利。

若茵那已经完全失去了体温的肌肤，将一股无情的寒意通过手指尖，迅速传导到了胜雄的心房。就在十分短暂的一瞬间，他似乎感觉到了极其轻微的搏动……这是不可能的！仅仅是因为思念和紧张，我难免产生了错觉而已——胜雄这样说服了自己。

就这样，作为死者的家族代表，胜雄在确认尸体身份的簿子上，签写了自己的名字。他思绪混乱无序地离开太平间，顺着原路往回走去……

痛苦得近乎麻木的胜雄几乎是本能地想到，明天，还要陪着周璧元来把若茵领回家去。从此，自己跟那位幸运的琳琅阁少东

家，算是扯平了。尽管此刻的想法，就像刚才所置身的太平间那么阴暗，可毕竟这是一个男人天赋的性情吧？胜雄在如此原谅自己的同时，也更加悲哀地想到，青春的岁月，已经随着一个美丽女人的香消玉殒而曲终梦尽。他会比以前更加珍惜与周璧元之间单纯的友情了。从此，和他拥有着的生存目的——找到残害若茵母子的凶手，报仇雪恨！

突然，一只痉挛的手从后面抓住了胜雄的肩膀。他不禁浑身一颤，猛地回转头来——竟又是那张仿佛来自地狱的面孔！尽管刚才已经领略过他的狰狞，胜雄仍然再一次为之恐惧得浑身发抖，鸡皮疙瘩炸起！

那张没有形状可言的肉坨子上，是加倍令人惊心动魄的表情：从一个空洞的小出口里，正发出"嘶嘶"不止的声音，一只真皮不复存在的手，鸡爪子般死死抠着胜雄的肩头不放，隔着衣服都让人感到一阵阵生痛。就这样，胜雄不由自主地就被那因为莫名的紧张而格外强大、执著的力量，拉回到太平间的停尸房里⋯⋯

昏黄的灯光照耀下，令人无法置信的情景，千真万确地呈现在胜雄的眼前：蔡若茵刚才还高高隆起的腹部，已经变得平扁了。滴滴答答的血水，一股小溪般正从冰冷的停尸台流淌到地上⋯⋯胜雄的脑海霎时一片空白，好不容易才发出了结结巴巴的声音："那是什么？她怎么还会⋯⋯还会⋯⋯流血？"

太平间看守人伸出了枯骨般簌簌抖动的手臂，示意胜雄注意那血水已经积成了黑乎乎一片的停尸台底下⋯⋯随即，他便发出了根本不属于人类的一声嗥叫，猛地转身奔逃而出！扔下胜雄一个人在昏暗的光线中，竭力把眼睛瞪得滚圆。终于，他看到了血泊中一个蠕动不止的物体⋯⋯

从若茵那早已已经冰冷的身体中，顽强地诞生了一个体积小得不可思议的婴儿。那形状完整的细小四肢，没有具体意义地舞动着⋯⋯一个女孩子。

胜雄相信眼前发生的一切，将是自己平生亲眼所见的最离奇的情景了。他只觉得喉咙发干，像个失去了声带的哑巴，再也没有发出惊呼的力量。仅存的，只有近乎于动物保护幼崽的本能。他用一双颤抖的手，把"她"轻轻捧起的同时，从一张如果不注意就看不见的小嘴巴里，"噗"地喷出了一口带血的羊水。随即，这张小嘴有模有样地张得圆圆地，发出了尖亮的啼哭声⋯⋯

逃到门外的看守人就像被哭声施了定身术一般，呆立在原地。显然，这响彻太平间的呐喊，以新生命特有的倔强和真实，感动了地狱的更夫。当他再次返回停尸房里时，哆哆嗦嗦地递给胜雄一块干燥的盖尸布。

就这样，一个不知怎样被斩断了联结母体脐带的婴儿，带着无限的谜团，执意闯进了这一小块活人留给死者的冰冷黑暗的等待空间……

大虎眼睁睁地看着那穿着白衣服的洋小姐，把老粗的针头"噗嗤"一下，扎进了琳琅阁少东家细皮嫩肉的胳膊。就跟变魔术似的，过了一阵子，周家少爷就捂着胸口慢慢坐起来。只是那眼神无光，还是直瞪瞪的。就在这时，大虎和所有在场的人都呆住了：只见胜雄少爷脸色铁青，怀里抱着个白布小包袱卷儿，正发出小猫一样"呜呜"的叫唤声。他默不作声地走到周家少爷身边，把那小包袱卷儿捧到面前……

在大虎眼中，往日风度翩翩的周家少爷，此刻就像个木偶似的，硬梆梆地把手伸了出去，接了过来。可突然他又松开了手，把那小包袱卷儿给掉在地板上啦！小包袱卷儿八成是给摔恼了，人家"哇——"的一声尖叫，把周围的洋大夫和戴白三角帽子的小姐们，都给吓了一大跳。

那么一个英俊、聪明、人见人夸的周家少爷，呆呆地愣在原地看着自己脚边的小包袱卷儿。像是怀着满肚子的纳闷儿？一转眼，他的脸变了。冲着房顶，发出怪吓人的哈哈大笑。笑呀、笑呀，边笑边摇头。然后，东歪西晃地，撒腿就跑出了医院大门。大虎只见胜雄少爷也带着哭腔，破锣嗓子喊着"璧元、璧元"，追到了外面的大黑天大黑地去……

剩下一个傻乎乎的车夫，根本就不知道咋办才好？他看着脚跟前的地板上，那小包袱卷儿直动弹，露出比鹅蛋大不了多少的一张小人脸儿来。大虎这个单身汉老大粗，有生以来第一次抱起那么个软乎乎的小包袱卷儿。真是，怎么软乎乎的呢？简直都让人担心稍不留神，就给抱化在怀里了！他仿佛被这柔软的新生命征服了意志，双膝一软，跪在木地板上：

"大夫，救救这孩子！"

紫砂壶 ·146·

― 第拾叁章 ―

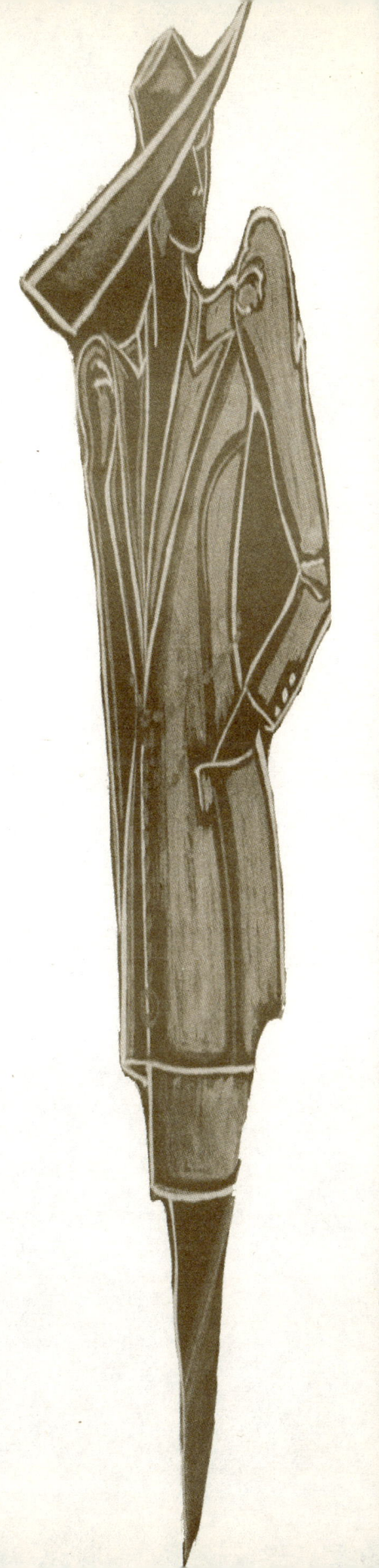

车夫大虎看到，自从琳琅阁的少奶奶死在那场不明不白的绑票案里，胜雄少爷整整两天把自己一个人关在屋子里面。谁也不知道在他失魂落魄、满身污垢地回家后，亲自为他送饭、更衣的秋媛太太，都跟他悄悄说了些什么？谁也不知道他一个人都在闷头琢磨些什么？

等他胡须拉碴地重新打开房门时，眼神已经变得像个生人一样，冷冰冰的。全家上下眼睁睁地看着他，亲手砸碎了自己的宝贝照相机器，把好多印着人影的相片，一张接一张地撕了。碎纸片在厨房后边扔了一大堆……大虎心痛地想，那里边儿，还有少爷以前给自己照的好些相片呢！胜雄曾经让他在阳光下鼓起胸脯、胳膊上的肉疙瘩，嘴里还直夸这年轻力壮的车夫，"身子板儿练得真棒！"那张"北方男子汉的脸，真帅气！"

正一夫老爷命令，谁也不许拦着胜雄少爷。他自己也冷着脸，不闻不问。然后，全体家人又目送着少爷一言不发、两手空空地走出了家门，连头也没回一下……秋媛知道大虎在京城里认识一大帮子拉车的，偷偷塞过一把"吃酒的小钱"。让他留点心眼儿，出去四处打听打听胜雄少爷的下落。几天后，大虎听人说，好像是在京郊西山的一座小寺院，遇见个很像小川少爷的人。看那样子，已经是削发为僧了。

大虎和所有下人嘴上不说，却谁都看得出来，胜雄少爷这一走，秋媛太太也就像变了个人似的，再也打不起居家过日子的精神了。只见她常常独自坐在厨房后的角落里发呆，望着胜雄少爷留下的那堆碎纸片……那里面，自然是少不了有他过去为老爷、太太和悦子小姐留的影。至少，就是在这么个别别扭扭的家里，胜雄少爷也有过自己的骨肉亲情啊。

大虎实在不好理解的是，这么个生来不愁吃穿的贵公子，突然把什么都砸了、撕了、扔了，好好的日子都不过了……难道，就是为了那么一个哥们儿的媳妇么？

胜雄出走一个多月以后，有一天，悦子小姐又说了一句没遮没拦的"疯话"，算是把这个家给毁了……

下人们都知道，悦子这孩子虽说任性，却很少跟自己的亲娘撒娇。开始，她娇声娇气地缠着秋媛，晚上睡觉来陪陪自己。可她母亲不仅脸上一点笑模样都没有，连看都不看闺女一眼。就这么僵了好一会儿，大虎看见小姑娘咬着红红的小嘴唇，咬牙切齿地冒出了一句要命的刻薄话来……那是一句让大老爷们儿也不敢轻易出口的刻薄话。

当时，除了大虎之外，不止一个下人都听见了那句话。可只能是装聋作哑，谁也不敢搭茬儿。大家用眼角偷偷瞄着，只见秋媛的脸由红变白、由白变青。接着，那一双好看的杏核眼，变得就跟后院那口古井一样，空空洞洞地直瞪着自己的闺女……

秋媛一声不吭地回到自己的房间，死死地扣上了房门。到天黑的时候，宋妈知道她不想出来吃饭总是情有可原的，就擅自撒了个谎对老爷说，太太身上不舒服，到厨房熬了点儿稀的，给端到她屋里去。反锁着的门半天叫不开，这才有点慌了神。赶紧喊大虎过来，使劲地从外面把门撞开了……秋媛太太在自己的房间里，蹬翻了一张红木凳子，已经悬梁自尽了！

当大虎手忙脚乱地把太太颈上那条崭新的裹脚布解下来，身子平放到地上时，她连一点热气都没有。看上去，人都走了起码有个把时辰了。大虎知道，平日里简单记个柴米油盐的流水账，秋媛太太勉强能够对付，并不会正儿八经地读书写字。突然就寻了短见，连一句囫囵话也没有留下。死时，紧紧攥在手里的，是一只粉红色的软缎绣花小拖鞋。攥得太紧太紧了，也就只好这样让她攥着，盖棺下了葬。

事后，包括宋妈在内，再碎嘴子的下人也没一个敢在正一夫老爷面前，重复一遍悦子小姐对她母亲说过的最后那一句话……

周家花钱悬赏寻找走失的儿子，无论是死是活，都是一万块。接到过许多件认领无名尸体的通知，可几个月过去了，却是老太太不堪伤心绝望，撒手人寰。琳琅阁的生意，自然是在短短的时间里便一落千丈。周玉和毕竟是经历过动乱世事的，比起自己那个待人善性、厚道，可不堪重击的儿子来，老爷子称得上是个铁打的汉子了。

他亲口对露儿说："咱老周家这个从地狱门槛儿捡回来的孙女儿，既然是一个连鬼神也不敢收留的小人儿，那她就是一个能让所有魑魅魍魉退避三舍的精灵！她定是天主在冥冥之中留给琳琅阁的一个期盼，一个对过去的追究，一个对明天的铨释。"

老人坚信，这个奇迹般出生在太平间的女孩子，一定身负着上苍的重大使命。那便是，他琳琅阁周家命不该绝。周玉和对天主发誓：他要为了这个天赐的孙女儿，好好地活下去。活到她撑起周家的门户；活到她为人妻、为人母；活到她终有一天，把仇

人送上刀山火海！

为此，露儿也常想，虽说羽儿是个可怜儿见的女娃娃，肯定如同戏文中讴歌的，中国自古便有花木兰、穆桂英……更何况，这孩子的母亲，待自己情同姐妹的若茵小姐，曾是京城千里万里挑一的出色人物。她更相信，在羽儿的身上，继承着父精母血的全部智慧和高贵。

周玉和的那颗心，反倒变得坚强而充实了。一桩家破人亡的天降大祸以后，这老头儿能够硬硬朗朗地活下来，所有伙计和仆人都能够在周家继续留下来，也多亏了这个粉团似的囡囡。在这个小生命的身上，从出生到长大，背负着三倍于他人的寄托：露儿要把对若茵小姐的百般思念，寄托在她的身上；小梗要把他对少东家的愧疚和情分，寄托在她的身上；她的祖父自然更是把她视作了天上的日月、命中的命……

这个名叫"周羽琏"的小姑娘，生来就不得不肩负着大人们太多、太重的期待。露儿嘴上从来不敢说，却是永远都在揣测：这到底是她的福气呢？还是她前世欠下的孽债？

就在周璧元的千金出生四个多月后的一天，双井胡同一幢深宅大院里，袁二公子召集势力通天盖地的青帮老少们，煞有介事地开了一次帮会。近百个五大三粗、黑须横肉的青邦喽罗们，团团围在一个相貌举止文质彬彬的白衣文人帮主周围。那情景，简直就像是个《西游记》中魔幻的宫廷。古人云"世事难测，人生如梦"，"三十年河东，四十年河西"……谁能料到，堂堂的洪宪二皇子，转眼间便落得了跻身黑道、坐镇帮会的怪诞境地？！

当年绰号"韩湘子"的他，依旧是带着半脸俏皮、半脸讥讽的笑容，面对着世态炎凉，命运跌宕。现任京城青帮帮主的袁二公子脚前，正跪着两个失魂落魄的男人。他们已被五花大绑着，手指粗的麻绳子，把脖子和手腕子都勒紫了。正是那天闯进琳琅阁周宅，绑了少奶奶蔡若茵的黑衣人。

其中，后脖颈上有道酱红色疤痕的小头目，早已经紧张得面如土色了："二爷，小的们要是早知道，那琳琅阁的周大公子跟您有交情，就是吞了豹子胆，也不敢接下那单日本人的买卖啊！再说，小的们事先怎么也没有想到，周家少奶奶竟会……"

周围的汉子们个个虎视眈眈，频频观察着袁二公子的表情。显然，只要帮主一声令下，这俩浑身直哆嗦的混蛋，转眼就能变成几块肉饼无疑。时下当朝的这位文人帮主,向来厌恶嗜血的场面。就连杀鸡宰鸭子,都让他觉得惨不忍睹。只见他慢悠悠地托起一只心爱的洪宪官窑粉彩盖碗,还是用喜怒不形于色的阴嗖嗖的语气发问:"将功赎罪,乐意吗?"

跪在脚下的大小两个犯了帮规大忌的家伙,忙不迭地应声道"愿意愿意愿意",吓得汗水都沤馊了黑布褂子。猜都猜得出,他们心里打小鼓似地直揣磨,这位以聪明才智超群而闻名天下的"文人帮主",会给他们出个啥难题哩?

"先把那几个跑到咱四九城来扰人兹事的蜘蛛帮,马上给我找到。你们有十天的时间。去吧去吧,帮里的规矩,心里明镜儿似的不是?"

袁二公子比在座的任何人都清楚,不足十人的拆白党蜘蛛帮,其实是一支不可小视的队伍。每个成员几乎都出身于因为改朝换代而破落的名门世家,受过文化教育,其中还有人在国外混过留洋一年半载的出身。怀着对当下世道的极端敌视,他们以玩世不恭的人生态度,随心所欲而又精心策划过几起出神入化的诈骗好戏。也和自己一样,不到万不得已,他们中的大多数人是推崇"智胜"而不堪血腥的。为首的,就是自称"唐智珠"的中年女人,和她那江湖中传说貌美如花的女儿。

据说,前朝遗老遗少的腐朽、无能,令"唐智珠"十分不齿。她本人的父亲,亦曾是大清总理衙门中追随过李鸿章大人的一位重臣。

青帮帮主袁二爷发了这话还不到十天的一个晚上,日本珠宝商小川正一夫便接到了一封密信。信上简单地说,有人愿意出让那颗"老佛爷的红色金刚钻坠子"。如果有意,十二月初十晚上十二点,听到小铜铃铛的几声响,就打开后门,在后花园的古井边一手交钱,一手交货。信上还声明说,过了这个村,就没有这个店。如果听见了铜铃铛的声音迟迟不开后门,那就当什么都没有发生过,一切从此作罢。

短信的落款,是个蜘蛛模样的图章印子:小小的,圆圆的,殷红殷红的。正一夫竟在瞬间,产生了对"花容月貌"这个美丽字眼的联想。他沉默不语地烧掉了信纸。有些费解写信的人怎么就连小川宅的后院有一口古井,都打探得如此一清二楚?失而复得的惊喜,交织着重重的疑云迷雾,一起在他的心里涌动起来……

　　发生在六国饭店那桩轰动一时的珠宝诈骗案，作为一大奇闻，被多家报纸连续报道了好几天，早已是家喻户晓。这胆大包天的卖家，可就是那一时声名大噪，至今逍遥法外的蜘蛛帮呢？

　　在中国，再通本土民情的外国人，也还是有着太多吃不透的事情。

　　本来，正一夫完全可以再花钱，请来那天受雇于自己，绑琳琅阁少奶奶"肉票"的两个小流氓前来保护自己。可因为人质的意外死亡，正一夫冲着那个脖子上有疤的小头目大发雷霆，痛骂他违反了事前"保证不能出人命"的君子协定，坚决拒付事成之后的一大部分银票。而后，在剑拔弩张的火药味中，双方不欢而散。

　　也就是这场毫无戒备的争吵，让秋媛那个小女人隔墙听去了原委。她生前当着女儿悦子的面，说了一句只有夫妻之间可以意会的话："老爷，您记着，中国有句老话说'头顶三尺有神明'。"也许还是她，把绑架周家少奶奶的真相，告诉了自己那太过儿女情长的愚蠢的儿子。事情就是这样，一步步地滑向了不堪救药的境地——胜雄愤然出走，秋媛绝情自尽……

　　正一夫从来没有像现在这样，强烈地感受到孑然无助。一股苍凉的孤独感，不由在这个意志刚强的日本男人的胸中泛起……为什么就没有人理解自己多年的忍辱负重呢？哼，什么妻妾？什么儿子？那两个狗男女都是背叛者！是永远也喂不熟的狼！可是，尽管曾经只是那样一个同床异梦的女人，一个满肚子怨恨的儿子，当他们都从这个家中消失的时候，院子显得空落寂寥了，失去了主妇的厨房和餐桌，也都没有了生活的暖意。

　　他想，只要得到了那颗几乎让自己苦恋到吐血的"帝王之盾"……是的，他已经查清了这颗神秘宝石的历史渊源。只要得到了它，自己便立即带着悦子，渡海回归东瀛故里，安度晚年去。中国的日子，过够了。早就应该结束了……

　　宅子里，失去了精明女主人的仆役们，一个比一个变得慵懒、散漫。没过多久，起夜的厨娘满院子、满胡同地散布说，亲眼看见了秋媛太太的鬼魂！说什么"一身水青色的衣裙，头发披在脸上，身体轻悠悠的，在老爷的窗户底下走来走去……"

　　本来，中国的老百姓就迷信。认为但凡上吊自杀的人，因为死得极不平静，魂魄便会化作一种叫"吊死鬼"的幽灵。不但不肯轻易散去，甚至会把无冤无仇的人拉去垫背，才能够在阴间变得心平气和些。于是乎，包括老女仆宋妈在内，几个年龄较大的下人因为恐惧吊死鬼作祟，先后辞工离去。宋妈的走，彻底夺去了小悦子生活中最后一点情感的依托。

女儿变得一点都不快乐了。她经常在深夜发出嚎啕，弄得满院子上下不得安生。有两次，大半夜的癔症发作起来，她倒拖着正一夫那把沉重的日本刀，在走廊上光着脚来回奔跑。跑到她母亲上吊的房间里，又跑到她哥哥的卧房门口，仿佛是在寻找砍杀目标。悦子日益恶化的病态，自然使宅邸里惶恐悒郁的气氛更加浓郁。谁都知道，这纤纤少女已经能够很出色地用那把日本刀，一口气劈断四、五根稻草把子了。那草把子都是扎得硬梆梆的，足有碗口粗。她手里提着把锋利铮亮的真家伙，迷迷糊糊的，谁瞧着不胆颤心惊啊？

只有车夫大虎始终如一地为老爷拉车、打杂，尽心尽力地照顾失去平静的女儿……正一夫心头骤然一亮——对啊，自己还有一个大虎。这个中国车夫似乎天性单纯、知恩图报。他魁梧的体魄，至少也是一种力量的象征……

正一夫请大虎和自己喝掉了一瓶一八八六年法国波尔多庄园的红葡萄酒。尽管他知道，与其请大虎品尝如此名贵的洋酒，还不如赏给他一坛子辛辣的廉价老白干。那血一般深浓的红色，令大虎十分惊讶。他喝不惯那酸不溜几的味道，却对着灯光，久久地欣赏着玻璃高脚杯里透明的液体。几天以后发生的一切，令大虎从此相信了，世间凡事都是有预兆的——正一夫老爷那瓶洋酒血一般的颜色，就是一桩血案的预兆。

当时，大虎天真地对正一夫说："这酒的色儿，可真好看！老爷，咱就是喝不惯这一口，瞧着也怪稀罕的。您有什么要吩咐的事儿尽管吩咐。您对我大虎，不薄。"

借助酒情，正一夫第一次对这个大字不识半筐的车夫，讲述了日本那并不如意的童年和少年，在中国孤军奋战的岁月；讲述了两个中国女人给他带来的甜酸苦辣，喜怒哀乐……

阴历十二月初十，就是交易的日子了。夜色降临，一片凄清的月色，洒满了入冬后苍凉的小川宅后院。

当年，小川正一夫的第一位中国妻子，那位一腔真情的紫牡丹和他这东洋夫君同甘共苦，跟着周玉和学做珠宝生意。终于，

紫砂壶

他们开始有了盈利，有了积蓄。当他们考虑是否买下七条这座西洋门楼的四合院时，后院那口古井和老核桃树，曾是令紫牡丹为之心动之物。这位姐姐夫人告诉正一夫说，"胡同"一词本是蒙语，意思就是"水井"。元朝皇帝在北京建都之初，告诫市民家家户户若要在院里栽树，应尽量选择果实可食之树，有助于度过荒年，亦可应对战争中可能发生的围城之困。

正一夫的眼前，树叶落尽的老核桃树，伸向墨青色夜空的枝干，就像一幅巧夺天工的剪纸画。墙角，残留着一片片衰败的枯草，它们或是在萧瑟中勉强地站立着，或是已经萎缩地伏倒着；身边，古井中长眠着曾经的"恩人和妻子"紫牡丹那无限悲愤的魂魄……

只有不明缘由的车夫大虎，不言不语地站在几步开外的核桃树下，陪伴着自己的主人。初冬的寒意，几乎渗透到了正一夫的骨髓里。此刻，家里为数不足从前三成的下人，还有那个不再欢笑的女儿，想必是都已被裹进了梦乡。

也不知道是否出于某种神圣的预感，今天，正一夫郑重其事地穿起一身黑色和式礼服。这是用京都最昂贵的织物，委托开价最高的和服缝纫大师剪裁制作的。胸前精美的丝穗被系得一丝不苟，脚上雪白的足袋在月色下反射着惨惨的光。他正襟危坐在小石桌旁边，双手撑膝，自觉就像置身于一场决战之前正陷入沉思的战国将军。事前预备好的一支粗大的蜡烛并没有被点燃，四周安静得令人惊心。

终于，铜铃铛声响了两下，仅仅两下，很轻很轻，清脆悦耳，恍同来自天国的通知。正一夫的心，就像被刺进两枚秋媛的绣花针，感到了异样的刺激。他们，终于来了……

正一夫无声地用头部的转动，示意大虎去打开后门。同时，那支蜡烛被他从容不迫地亲手点燃。他相信，来人一定能够清晰地看到，烛光下自己那张表情严峻的脸。

黑暗中，两个面蒙黑布的身影，如同幽灵似地飘然而至。来人果然是女性。为首的那一位举止老成，似乎年长得多，像是首领级的人物。身材小巧玲珑的那位，像是她年轻的部下，退出半步，姿态恭敬地站在她的身后。她们没有在烛光下露出庐山真面目，主动将一只方方正正的小布包，轻轻地放在石桌上……

一种大和民族男性传统的尊严感，不由得在正一夫的胸膛中升腾起来——胆敢前来与自己进行这场巨额交易的，竟是两名看似弱不禁风的中国弱女子！出于自尊，小川正一夫没有立刻动手去打开那个小布包，验证一番商品的真伪。而是怀着视死如归、对等迎战的信念，不慌不忙地从宽大的和服袖子里，取出了一叠银票。

晃动的烛光下，银票上钱庄的殷红印章清晰可见。经过了片刻礼节性沉默的等待，年长的女子无声地对身后摆动了一下自己的下巴。于是，年轻的女子脚步无声地走上前来，慢慢把手伸向了那叠银票……就在这个时刻，后院围墙上同时翻跃进了七、八同样是黑衣蒙面的不速之客。他们并没有猛虎般扑到古井边来，而是拉开了"准备搏斗"的架式，团团围在十步之遥外，冷眼观望着被围在中间的正一夫与来客三个人……

如此所导致的，则是正在交易中双方的心态骤变：正一夫与那两个蒙面的女性谁也无法判断，半路杀出的黑衣来者们，到底是属于哪一方的帮凶？

女人们毕竟因为自己身处敌营，首先感受到了致命的威胁。本能的反应自然是，尽管某位江湖上公认"最可靠"中间人一度做出了郑重的承诺，她们却还是中了这个日本男人卑鄙的圈套。那年轻的女子迅捷地一步上前，把藏在大襟上衣里面的短剑抽了出来。寒光一闪，剑锋便准确无误地刺进了正一夫的左前胸……

令那蒙面女子吃了一惊的是，自己的手，明明是金属穿透了活人肉身那特有的感觉，面前这个日本男人却像蜡制的一样，纹丝未动？！对手意志莫名的强大，往往是无敌的。她惊慌失措地松开了握着短剑的手……

只见这个东洋男人微微低下头，似乎是在欣赏着插在自己胸前的剑柄。是的，正一夫无比清晰地看到，短剑柄上银质的雕刻花纹，在月色下闪烁着冰冷的光芒。那是女性特有的纤细与精美。他无声地微笑了，仿佛没有痛觉一般缓缓伸出手去，解开了石桌上那只小布包……首饰盒的盖子被打开了。两个黑衣女子和躲在老核桃树暗影中的车夫大虎同时看见，一束红色的光芒，投射到小川正一夫国字型的脸上：

"真美啊——我的帝王之盾！"

在场的所有人，大概谁都没有听懂这两句发自肺腑、充满感激的日本语。只有那年长的蒙面女子认为，自己听懂了。凭着心领神会，她完全理解了对方由衷的赞叹。她想，也许就在生命的最后一刻，这个日本商人终于相信了中国人的信誉——我们蜘蛛

帮，没有违约。

可那些随后翻墙而入的蒙面人，又是属于谁的帮凶呢？难道，眼前竟是一个"螳螂捕蝉、黄雀在后"的巨大陷阱？小川正一夫的脑海也没有停止思想：算了，何必再去追究一帮不速之客的由来？他心满意足地微笑起来——此时此刻，我已经付了钱，也验过了货。哪怕就在这放飞灵魂的最后时刻，惊世骇俗的帝王之盾，终于属于小川商事了。

女蒙面人尽管身陷重围，却愕然面对着一个日本男人绝命的笑容，为之惊心动魄不已！她们想，也许是因为承受着致命创伤的痛楚，这笑容显得有些狰狞，却似乎混合着一种骄傲的情怀。就像曾经为了这块红色的石头命丧黄泉的所有人那样，小川正一夫也是带着笑容，走向了人生大限。

置身于包围圈中的两个蒙面女人，正呆若木鸡地望着日本男人烛光下那令人匪夷所思的笑容，一道狭长的白色闪电，在她们的背后卷起了凛冽的寒意……

阴影中的大虎，看到了生平永远难以忘怀的惨烈的一幕：白光闪处，疾落而下的，是女贼人那两颗还包裹着黑布的头颅。两股血柱几乎同时冲天而起，足有三尺之高！在清冷的月色映照下，就像正一夫老爷那瓶西洋葡萄酒般深红色的喷泉。紧接着，那道白光再次一闪，端坐在石凳上的正一夫那颗带着笑意的脑袋，划出一道完美的弧线，"扑通"，正巧掉进了离他的尸身近在咫尺的古井里……

谁也没有料到，小川悦子的意外出场，为这大黑天里的神秘交易，降下了血淋淋的大幕——她把父亲多年传授的日本剑道，表演得堪称炉火纯青、鬼神叫绝！

只有躲在老核桃树后的车夫大虎知道，小姑娘还在做着梦呢。悦子虚岁已经十一了，长着像她母亲那么漂亮的一张小脸，身子骨却像她爹那么结实。她是在被周围街坊邻里的大人、小孩儿瞧不起的日子里，孤孤单单地苦练出了一手四两拨千斤的好刀功。

"哐当"一声，那把滴着热血的日本刀从小姑娘的手里，掉在了冰冷的石头井台上。在场所有的生物都屏住了呼吸，噤若寒蝉地注视着她木然回转身去，顺着来路，摇晃着身子，走了。后脑一片黑发飘飘忽忽地，走了……

透过月色和烛光，大虎看着血腥弥漫的井台，吓得两腿筛糠,气都憋在肺里,尿浸湿了胯下的缅裆裤。这场面,自然是把刚才翻墙进了后院的黑衣人们,也震撼得瞠目结舌。就在这个时刻,仿佛从天边传来了一阵笑声……

一个女人幸灾乐祸的狂笑,卷着一股凶猛的邪风,扑进了小川宅的后院,直刮得昏天黑地。那伙来路不明的黑衣人被刮得缩头捂脸,纷纷仓皇夺门、翻墙而逃。

这个晚上,发生在小川宅后院的事,从头到尾都看在眼里的,只有车夫大虎。

袁二公子喜欢雕梁画栋、亭台楼阁的京城古风四合院,也喜欢人家昵称他为"文人帮主"。今天,他招来了八大胡同几乎所有当红的窑姐,陪酒助兴,大宴门徒。每当他大醉酩酊之时,脸色不是发红,而是泛绿。此刻,他笑得是前仰后合,素青色的府绸长衫上沾满了酒渍。让手下也喝得东倒西歪的小兄弟们,反反复复地向自己描述那一番离奇得不可想象的场景:

"你们翻墙进了小川家的后园子,真就是这么围着他们仨,一动不动来着?"

"可不是么,无非按照二爷的吩咐,真就是这么'一动不动来着'。"

"你们就这么兵不血刃地,眼睁睁地看着他们仨,转眼之间人头落地,一颗接着一颗?"

"可不是么,'人头落地,一颗接着一颗'!"

"刀起头落,就是那么大点儿一个……睡得迷迷糊糊的小丫头?"

"可不是么,一个'睡得迷迷糊糊的小丫头'!"

"哈哈哈……这可真是天意,天意啊!哈哈哈……"

"可不是天意么!尽在二爷的料想之中啊——兵不血刃便大获全胜。咱还没打过这么斯文、这么点灯不费蜡的仗呢!"

门徒们也感慨、亢奋得无以言状。说实话,当初袁二公子所预想的战果,无非是命那帮翻墙而入的徒儿跳进小川宅的院子后,拉开架势、保持距离,只呈"坐山观虎斗"状。他的用心,无非要给正在紧张地进行交易的日本人与拆白党蜘蛛帮,造成同样的心理威胁。进而促成他们之间的猜忌和误解,自相残杀而已。可就连这号称智慧超人的"神童二皇子"也万万没有料到,半路竟杀出了这么一个梦游的少女刀手来!

那天的袁二公子,是坐上京城青帮帮主的宝座后最得意、最畅快的一个晚上。"文人帮主"嘛,骨子里从来便是厌恶暴力的。于是高声吩咐"笔墨伺候"。借酒力丹田运气,他挥毫写下了八个雄风遒劲的大字:"还我中华帝王之盾"。

后人撰文记载这位才华横溢、放浪形骸的落难"洪宪二皇子",说他年仅四十二岁便凄惶亡命在江湖。当时,兜里只装着区区七枚铜板。有贩夫走卒、妓女、赌徒、乞丐、梨园弟子、天桥把式等等三教九流、乌合之众两千余人,自动为其披麻戴孝。纸船明烛、冥钱如雪,送葬的大军竟阻塞了街道,令偌大的四九城为之轰动一时……

小川家发生的那场血案,警察判断是"盗贼闯入民宅杀人越货",草草结案。

不久,小川悦子在东洋的家人接她去日本。临别,大虎把小川正一夫曾经递给两个断头女拆白党的一叠银票,紧紧地卷作一小捆,悄悄地亲手塞给了即将远行的小姑娘:"小姐,这是你爹留给你的陪嫁。今后,在东洋嫁个疼你的男人,生儿育女,好好过日子吧。再也别回北京七条这个院子来啦,再也别回来……记住了?"

七条胡同那座西洋门楼的院子,因为前后就有好些个人在里面,跳井的、悬梁的、被刀砍断了脖子的……被风传为京城的头一号凶宅。闲置到了荒芜,也无人敢问个租价售价。

大虎不敢跟任何人泄露出自己亲眼所见的那一场惊天血案。正一夫老爷那颗被闺女削掉的脑袋,也就因为京城警察的粗心大意,被天长地久地留在了后院那口古井里……

他想了整整两个晚上,终于打定了"三缄其口"和"物归原主"的两个主意。这辈子,大虎可算是看到了人贪不义之财,到头来落得身首分家的可悲下场。一来,他是不想把自己变成个被怀疑的靶子。一个没少受巡警敲诈和欺辱的车夫,才不甘心把那件中、日两个珠宝大商家为它争得家破人亡的宝贝,拱手交给那些黑心黑肺的大小官爷们。二来,他决定要用这天赐的良机,为自己酿造一份人家永远也还不完的情分。三来,就是大虎心底下那个揣了好久的盼望:央求琳琅阁的老东家做主,把他家过世少奶奶的陪嫁丫头露儿,许配给自己做媳妇。

就在一个神不知鬼不觉的夜里,那只雕花鎏金的西洋首饰盒子,被大虎亲自送到了琳琅阁老东家周玉和的手上……

第拾肆章

外人有过种种猜测，大多推断那颗红色的金刚钻，是被一伙来路不明的盗贼掠夺走了。在后来的许多年里，也只有大虎和周玉和两个人知道，曾经招致灾难和流血的皇家宝石，早已悄悄地回到了琳琅阁。

小川正一夫家破人亡后，因为大虎对琳琅阁这一番难以为报的善意，他也得以在周家落了户，成为老东家和宝贝小孙女儿身边一位不可替代的守护人。可大虎唯一的心愿，无法了却。当他跟老东家说，早就暗地里看上了少奶奶的陪嫁丫头露儿，老东家不无遗憾地告诉他，露儿曾跟她小姐透露过女儿家的心思：喜欢小梗的机灵、勤快和实诚。儿媳妇生前确实是私底下答应过露儿的，过几年，就让他们留在琳琅阁成亲过日子。

大虎听了老东家从头到尾的讲述，心里自是难免失落无比。周玉和能够报答大虎的就是瞒着所有人，为他在老家置下了六亩良田。让他一度回到通州乡下，娶下了一位长得还算周正的年轻寡妇。可没过俩月，大虎又挂着一脸憨笑回到周家。他熟悉了四九城的大街小巷，舍不下老北京的爆肚、炒肝儿和他那些一块拉车、吃酒的哥们儿弟兄。

大虎这人是真好，唯一的短处，就是有几分贪杯。周玉和在事事依赖小梗的同时，并没有忘记在家中同时培养起大虎这另一条心腹臂膀。自己毕竟是年事已高，周家唯此唯大的一条命根子，还是个如此弱小的孙女儿。每每把这小囡囡软软的身体搂抱在怀里，老东家的心中，都会涌起无限的怜惜和忧伤。

他不知道，自己最终能够在这个小女孩身上，注入多少男儿的力量？也许，大虎的选择才是正确的——让那些本不属于自己的宝贝，要么擦肩而过，要么拱手送出……占有，往往意味着更大的付出和丧失。可身为一个珠宝商人，无法舍弃世间的珍稀极品，就像那些为了美人不惜大打出手、死去活来的情种汉子；就像那些为了江山便不惜浴血奋战、出生入死的帝王将相……珠宝商梦想得到世间的不可多得之物，也是在成就一番伟业。往往困难和周折越多，这种"占有"的心气儿，便也越强、越烈……

对琳琅阁周家来说，夺回这颗红色的金刚钻，意义更超出任何一个珠宝商人单纯的占有之心。这是与骨肉生命息息相关的念想，是一场血海深仇的结晶。周玉和发誓，从此就是断粮断炊，也绝不再出卖这颗血色的帝王之盾。

露儿最终还是选择了留在周家，尽管老东家给了她选择去留的机会。

她是姥姥养到十三岁时，被人从东北老家送到若茵小姐娘家来的。总也不会忘记刚到蔡家的时候，早上起来，最多只会用手指头蘸点盐末，在牙齿上里里外外地搓搓。还是小姐手把手地教她学会了用牙粉和一把软鬃毛的小刷子，像个城里人那样每天"刷牙"。本来，穷苦乡下人的娃娃从小就没吃过多少糖。嘴馋了，夏天里就在地头儿上，让大人折上一根嫩黍秸杆，嚼嚼那甘甜滋味。不但从来不生虫牙。一经开始"讲文明、讲卫生"，露儿那一口小牙羊脂玉似的晶莹好看，连小姐都心生"忌妒"了。

说到"讲卫生"，露儿老家那干旱的北方平原，水是金贵的东西，养成了多少辈人轻易不洗澡的生活习性。女佣人不能跟男佣一样，每个月结伴跑到大街上的什么"华清池"去泡上一次澡。小姐下令，每十天要用大锅烧热水，在厨房后面的小屋窗户上挡个帘，所有丫头、老妈子，都非得轮流从头到脚地"卫生"一番。

在乡下老家，多大的姑娘晚间睡觉都是一丝不挂的。姥姥总说是庄稼人穷，衣裤大白日里穿还舍不得呢，在炕上磨磨蹭蹭的，可就糟蹋了。露儿跟了小姐以后，就不能不跟着讲究"文明"了。大户人家做丫头，白天自然是有规定的穿戴打扮，若茵小姐把八成新的衬衣、裤头儿啥的，一下就扔给露儿一大沓子。说是，再不许跟只"低级动物"似的啦！

说到这女人家的穿戴，老家的村姑们即便是没有出阁的黄花闺女，底衣也不过就是一件小肚兜兜系在里面罢了。嫂子、婶子和老婆子们，夏天晚巴晌出来乘凉，三五成群地在人来人往的村头路口拉家常。但凡是结过婚生过了孩子的女人，一对对因为年龄和肥瘦而形态各异的奶子，都跟狗奶子似的，大庭广众面前就那么随便地晾着、挺着、垂着、当啷着……也是小姐让露儿懂得了女人家起码的羞耻心。

她拿出一件外国的小"奶兜兜"，叫露儿照着那样子用棉布头剪裁、缝制出八九不离十的两件来，也学着小姐束在胸前。刚开始，还觉得有点憋气。戴得习惯了，胸膛在人前挺起来，既不平趴趴的也不颤悠悠的，就是有样子。同在蔡府里的大小丫头们，也都照着样子裁剪缝制，学着在里面束起那小"奶兜兜"来。

露儿最终跟着小姐，陪嫁到琳琅阁周家来。蔡若茵本不是一般人家的出身，称得上是位"上得厅堂、下得厨房"的出色人物。周家人不但没有对她们主仆说过半句重话，婆媳间还相处得亲近和谐。

随小姐过门的露儿，老下人们谁也不曾欺生，让她穿过一天的小鞋。性情和善的少东家，对露儿就跟对妹妹似的，遇上些小事，甚至还会巴结着她，求她代自个去跟媳妇求个情，讨个饶什么的。这丫头虽说长相并不特别出众，也没有读过书。天生伶俐勤勉、一片忠心。她打小跟在若茵的身边，这一场主仆缘分，说是"情同姊妹"也不为过。她俩是一路哭着一路笑着，总算盼到自家小姐要升格做母亲的好日子，却遭逢了那么一场夺命的横祸……

少奶奶遇难、少东家失踪后，周家为劫后余生的小羽儿请了个身强体壮的乳母，叫涂娘。涂娘二十五岁已经生过六胎，至少把五胎的奶水卖给了人家，堪称是一位以"乳"为生的女人了。可露儿就跟个成天提心吊胆、疑神疑鬼的亲妈似的，生怕孩子有半点闪失。她恨不得日夜守护着小羽儿寸步不离，为了涂娘的任何小疏忽，怒目圆睁、严加训斥。只要一听到啼哭声，不论手里正在干什么，她放下就往孩子身边跑……旁人都觉得，如今这小露儿，变得"比少奶奶还少奶奶"哩！

周玉和心里明白，媳妇在世的时候，虽然对家里的下人哪个都亲善相待，过世后就是露儿一个人，每天深夜在后院的月下焚香、烧纸。早上起来，那眼睛总是红肿红肿的，真难得她对旧主那一份真情实意。羽儿从小跟在露儿的屁股后头，一直叫的就是"妈妈"。

虽说在失去了儿子夫妇以后的日子里，买卖明显大不如从前那样红火了，但毕竟多少年建树的老商誉、老人脉都还在，琳琅阁主仆同心，惨淡经营着十条大街上的一方天地。直到有一天，老东家跟小梗谈了整整一宿的话……

第二天是个礼拜天，小梗和露儿都换上一身出门的干净裤褂，陪着老东家来到了东四的天主教堂。他俩当着上百位教友的面，郑重其事地接受了查理神父为他们实施的入教洗礼仪式。凉冰冰的圣水，被抹在两个年轻人的脑门上。从教堂回到家里，在琳琅阁长大的小梗又按中国传统的仪式三嗑九拜，郑重地认周玉和做了义父。作为琳琅阁的新少东家,小梗与露儿一起立下了一个不可动摇的誓约:周玉和活着一天,他们就是老东家的人。一旦他的孙女儿长大成人,坐上了女东家的交椅,他们就是周羽琏的人。

小梗和露儿内心深信不移的是,琳琅阁冥冥之中必有神氏的庇佑。否则,不会经历过如此严酷的霜刀雪剑、风云变故,依旧岿然不动。瞧瞧那貌似强大的小川商事,不是顷刻之间便消失得踪影全无了吗?只有周家老店,是他们值得付出毕生忠诚的人生依靠。一个新的琳琅阁,在一场灭顶之灾后围绕着羽琏这个小人儿,获得了涅槃的重生。

祖父周玉和亲自拜托儿子和媳妇过去的朋友出面,四岁的小羽儿开始接受启蒙。除了一位毕业于新学堂的中国女先生教授初级的汉字读写,还聘来一位白俄籍的女先生,每隔三天来上一节钢琴课。一位日本女先生最有学问,她负责每隔两天教一堂英语,每隔两天教一堂日语,每个星期还兼一堂算术课和图画课。即便是满七岁正式考入了小学校,家庭"私塾"也是不能终止的。这个庞大的教育计划,是老祖父周玉和对孙女儿唯一的独断专行。

他知道,要把孙女培养成像若茵那么出众的新女性,肯定是儿子生平的心愿。可每天至少两个钟点儿,羽儿这娃娃必须跟爷爷在店铺里待着。小孙女儿常常坐在老东家的腿上,瞳仁乌黑的一双眼睛,滴溜溜地看着她小梗爹爹迎来送往地应酬客人。左邻右舍都知道,那些价值连城的珠宝翠钻,琳琅阁的小格格说要玩儿哪件儿,就得给她拿哪件儿。有一次,众目睽睽之下,还真叫她把一只开价七百块大洋的羊脂玉镯子给摔碎了!

人们都说,这周家的小小姐呵,可真是琳琅阁老东家含在嘴里都怕化了的宝贝疙瘩。周玉和心里明白,那是外人"只知其一不知其二"的看法而已。自己的真正用心,是要让这个鬼神都不敢收留的孙女儿,从小就熟悉这片早晚将会属于她的家业。

帝王之盾

没有父母的成长岁月对于任何一个孩子,虽说都是凄凉的人生之旅,可比起那个孑然一身的小川悦子来,也许,周羽琏要算幸运得多。

若茵的陪嫁丫鬟露儿,竭尽全力弥补了一个母亲应该给予一个女儿的关怀。尽管这个母亲太过淳朴,斗大的字也不识一箩。

因为她与羽儿生母的情分，也因为她自己也是个早早离开了父母的孩子，她对羽儿倾注的母爱，真是够浓够厚的。这就是周玉和在晚年丧子的巨大悲伤之后，对天主、对命运之神最大的感激。

每当那叮叮咚咚的钢琴声响起，露儿都忍不住鼻腔子发酸……

那时候，北京晴朗的晚上抬头仰望星空，是可以看见银河的。只能是在小羽儿不属于女先生们，也不属于那个恨不得把孙女儿塞在眼眶子里的老祖父时，她才会轻声细语地把一对恩爱夫妇的故事，用朴朴实实的话语讲述给小羽儿听。她说，四九城中曾经有过一位多么美丽、智慧的大家闺秀，从小跟着做官的爹走南闯北。她有一身的学问和见识，有善良的为人和高贵的气质。在小羽儿没有出生的时候，她就跟自己恩爱情深的夫君，远走他乡了……

没有人比露儿更了解若茵小姐了，从闺女到媳妇，从求生到奔死……露儿从来也没有想过，要对这个自己一把屎、一把尿带大的孩子隐瞒一点点。可老东家和丈夫小梗，并不愿意露儿早早地对孩子揭示她出生的秘密。露儿却还是暗自拿定主意，要在羽琏年满十三岁的时候，把一切都亲口告诉她。露儿记得，自己就是十三岁那年离开了姥姥，离开了家乡，开始独立生活的。她相信，一个十三岁的孩子，应该能够直面人生了。

在老祖父周玉和的眼中，小羽琏这个女孩子的天性与众不同：她十分任性亦十分善良；特别活泼也特别孤僻；格外莽撞且格外敏感；相当马虎又相当精明。她的长相，远比不上自己那位令人惊艳的生母，但她继承了璧元挺拔的身材，遗传了若茵高贵的气质。只是，这个女孩子的天性较之自己的父母，实在是过于难以驾驭了。

她是在琳琅阁的柜台边，坐在爷爷的膝盖上，看着金银珠宝和红男绿女们长大的，似乎没有被熏染上人世间那份虚荣和浮华。这便是老掌柜生平感到最欣慰的一点——商家之后，要懂得"谋利"，而又不应沦为"唯利是图"；学会了"取之有道"，还要牢记"予之有心"，确是十分不易的呵！

小羽儿与亲生父母大相径庭的形象和举止，常常令露儿和小梗暗暗怀有几分遗憾。露儿希望，这孩子应该更像她的母亲；小梗期待，从这周家唯一的后人身上，能够找到她父亲的影子。可用大虎的话说，她只像她自己……周羽琏。

人们大都猜不透，这个出生在鬼门关前的孩子，常常在独自琢磨什么？家里似乎只有一个人，多少能够真正猜得透小姐的心思。此人，就是貌似粗犷的车夫。这个虎背熊腰的汉子对小羽珧那颗柔柔细细的心，是从当年抱着她，跪在协沧医院的医生、护士面前那个时刻开始的。大虎常常暗自思量，自己这么一条八尺莽汉，当时真为那个硬是爬出死娘肚子的小娃娃动了心肠。周家这个一打出生就非同一般的小孙女儿，必是有着非同常人的生相运势。

大虎自己从小就是个苦中求生的孩子，为此，他当年也曾格外同情小川家那个孤零零的悦子小姐。说起来，小川老爷的闺女也不容易啊，没有中国人认她是个"自己人"；她那个东洋的爷爷家呢，也未必就会多么待见这么个中国娼妇养下的女儿。悦子小姐也是个在夹缝里生、夹缝里长，不得不扛着凄凉和歧视长大成人的孩子。

大虎跟小梗夫妇的关系表面上还算和睦，可毕竟他这个后来的外人，无缘无故就受到了老东家格外的器重和厚待，令人难免生出不少猜疑。尽管为了消除家中上下暗中的不满，周玉和特意说明，多亏了大虎亲自把咱家羽珧从医院抱回来，"功不可没"云云，大虎心里知道，自个总是没法被周家的老人儿们真正接纳下来。唯一没有改变的，就是露儿的笑容。

大虎这人跟孩子有缘，羽儿从小就骑着他厚厚实实的肩膀去逛厂甸，买冰糖葫芦和吹糖人儿；一大一小两人还敢瞒着老爷子和露儿，溜到天桥去吃面茶汤、艾窝窝和"驴打滚儿"。大虎知道，羽儿小姐对付那两个来钟头叽哩呱啦的洋文课还行，就是不喜欢上那费心劳神的钢琴课。她想要逃课的时候，唯一能够为她打埋伏的，全家就只有"大虎叔"了。也只有他们爷俩单独待在一块的时候，大虎会管羽珧叫"小包袱卷儿"。

日子过得可真快，转眼到了孩子该上学堂的日子。尽管老东家早说过，不用大虎亲自拉车送她上学。大虎答应不再给老爷子、小梗和露儿拉车都行，"小包袱卷儿"却是非他亲自接送不可的。放学后，大虎有时也会特地绕路，带小姑娘去看看曾经与她生命有关的那些地方：依旧车水马龙的六国饭店，那家早已经换了院长的协沧医院……

大虎心里明白，"小包袱卷儿"跟自己那份落地有缘的亲情，让小梗夫妇挺妒忌可也没法子。对这个看上去心事挺重的小姑

娘，大虎怀着毫不矫情的怜惜和包容。就像他当年呵护过周家仇人的女儿小川悦子一样。

大虎虽是跟了周家，却还保留着属于他一个人的秘密。那就是，七条小川旧宅的大门和后门的两把备用钥匙，还留在他的手里。有的时候，他会偷偷地去看看那个越来越荒芜的西洋门楼四合院。毕竟，那里也曾住过对自己有着知遇之恩的主人一家。每逢清明、中秋和盂兰盆节的夜晚，大虎会一个人在后院的古井台边上，为小川家的亡灵们烧烧纸、洒壶酒。当独自坐在荒凉的老宅后院中，大虎就会问自己，我这么个命中注定的人下人，为旧主还能够做些啥呢？

小川家的老宅院里，歪脖子松树因为没人打理，渐渐长得没了样子；石灯笼周围雪白雪白的一片细石子，已经被钻出地面的各色野草染成了杂色；墙角还堆着腐烂成泥的稻草，那是为了悦子小姐练劈刀功夫，老爷专门叫人从乡下弄来的。被小拇指粗的麻绳紧紧地扎成的稻草捆子，大虎也曾在正一夫老爷的指导下，用力挥起锋芒咄咄逼人的日本刀，向它砍去……在小川父女的笑声中，稻草捆子居然把刀身弹了回来。向来以"力大如牛"自豪的车夫，只觉得虎口一阵发麻。他不服气，二次、三次地挥刀猛砍……结果呢，那被牢牢固定在木桩上的稻草捆子，就是斩不断。

"光靠蛮劲儿可不行，这就是韧性对抗力度和速度的一番较量了。懂吗？"

大虎至今还记得，那天，心情挺好的正一夫老爷，笑吟吟地对自己和身边那飒爽英姿的女儿说。只见他拉开平稳扎实的架势，眼前寒光一闪……自己多少次使出浑身力气都无法征服的那一捆"韧性"，便被老爷的"力度和速度"，齐刷刷地拦腰斩断了。

好歹这里也曾经是个几口之家，厨房里每天也会蒸汽腾腾；夫妻、儿女之间，也会交流着平常日子里的喜怒哀乐……

自从第一次在胡同口看见小悦子，独自挥刀面对着十几个坏孩子的叫骂、挑衅，就打心眼儿里喜欢上了这个勇敢、倔强的小姑娘。她几乎每天都会有好几个时辰，撅着那模样可人的小嘴，顶着一脑门子汗珠，在正一夫老爷的注视下，拼命想要用刀锋去征服那一束束的稻草捆子。数不清她有多少次地挥刀、劈下；再挥刀，再劈下……

终于，在那个噩梦般的夜晚，大虎眼睁睁地看到睡得迷迷糊糊的小川悦子，以炉火纯青、鬼神叫绝的刀功，闪电般连续挥起寒光闪闪的东洋长刀，一口气劈断了三根有血有肉的"稻草捆子"！

可惜呵，她的父亲正一夫老爷，这次没法儿再对闺女如此娴熟的好刀法，说出一句褒奖话来啦。大虎在心里边发誓，要为远在东瀛的悦子小姐，终生三缄其口。让那个梦游中挥刀砍下三颗人头的女孩子，永生忘掉那一场血淋淋的恶梦。如今，这个姑娘在东洋的日子过得还快活么？周家的羽琏小姐长到十岁的时候，她不也就到了出阁嫁人、生儿育女的年龄了？这是常常会萦绕在大虎脑袋瓜里的一缕牵挂……

这些个花骨朵一般的女孩子，原本都是无辜的，是干干净净、最善性不过的。可人世间上演的每一场苦戏，偏偏少不了她们担当的角儿。那难道不都是大男人们强加在她们身上的命运？要么，就为了那么一颗不当吃、不当喝的小红石头子儿吗？作孽啊……

说到小羽琏的性格和言行，周家的院子里从没有任何人会对她说一个"不对"、"不好"……就是这样一个被包围在溺爱之中却缺少很多东西的女孩子，她最贴心也最服气的老师，却是对她最严厉的日本女先生长森惠子。

长森出身于日本关东地区的华族名门，明治维新以后受到"脱亚入欧"国策的恩惠，她同很多上层社会家庭的女孩子，都受到了来自荷兰等西方国家的文化教育。年近二十，长辈们例行是急急忙忙地为她安排一场"战略婚姻"。无非是为了家族之间的利益，要求她嫁给一个不思上进的贵公子。为此，长森惠子很羡慕那些平民的女儿。至少人家还能够为自己的婚嫁提出主张，华族家小姐传统的婚姻命运，令长森深恶痛绝。

有位在东京社交舞会上认识的青年，出生在大阪的一个西洋医师家庭。他本人凭着优秀的学业成绩，即将被任命为日本国驻中华民国的公使秘书。长森对明天的外交官一见钟情，堕入了名副其实的单相思。仅仅为了一个未必能够成为现实但亦是值得一搏的希望，她与家人不辞而别，孤身来到了中国。

作为一个贵族小姐，许久以来她只能是守望。守望着那个自己爱慕的日本青年。直到有一天，她在日本公使馆的新年晚会上

看到，已经晋升为代理领事的"他"，身边站着一位身材娇小、面容端丽的女子。她穿着一袭真丝绮丽棉和服，淡淡的藕荷色上，绘着迎合季节的白色梅花；京都西阵织的腰带上，布满了贵重的金银线刺绣。

长森不能不承认，也许那位女子只是个"小家碧玉"，可作为公使夫人，她的形象和举止，无可挑剔。相比之下，自己这所谓的华族小姐外表其貌不扬，加之从小学开始的深度近视……有人说过，大多数男人不喜欢戴眼镜的女性。

整整四年的守望，一场无从传递的暗恋，就这样结束了。世人们往往有个天大的误解，说什么"皇帝的女儿不愁嫁"。一个华族小姐与生俱来的自尊心，永远无法令长森拥有为爱情主动出击的勇气，只是因为一户北京珠宝商的重金礼聘，她在这座古城继续滞留下来。滞留下来的原因也许很复杂，有外在的也有内在的，有理性的也有任性的。

在长森的印象中，周家是个世代坚守着天主教信仰的中国商人家庭。中庸而坚挺、功利而温厚。但似乎还存在着外人难以洞穿的某种特殊内涵。或者说，是某种精神与物质交织出的神秘的历史……

周家的四合院里，有两只硕大无比的水缸，茶色釉面刻着线条粗犷奔放的花朵纹饰。受到特别呵护的，是被精心饲养在缸中的几条大金鱼。女学生那位寡言而慈祥的爷爷，常常拉着孙女儿的手，一起赏鱼、喂鱼。随着周羽琏正在增长的年龄和迅速提高的书籍阅读量，学生模仿着老祖父背着小手，摇头摆脑地对自己的先生"卖弄"道：

"金鱼在中国有着很古老的历史，金色和红色的鱼早在战国时期就有记载啦！大金鱼也有'宫鱼'之称。我爷爷说，我家养的这些大金鱼，就是鱼类中的珠宝翠钻！"

"中国文化真是博大精深。江户时期，德川幕府也曾得到了这种来自中国宫廷的珍贵大金鱼。"

"真的？那日本人喜欢它们吗？"

"当然喜欢。要知道，美好的事物，是属于全世界的。日本的文学作品，记载过中国大金鱼在大阪城的繁华街道上，举行过隆重的入城仪式。引得万人空巷，男女老少争相一睹。在大奥中……"

"大奥?"

"相当于你们中国所说的后宫吧。不过,'大奥'是指将军幕府嫔妃妻妾和女官们的生活场所。那时,大奥中的身份高贵者,还有人穿起绘着大金鱼图案的和服呢!"

长森也渐渐地对中国的宫廷金鱼培养起了赏心怡情的审美享受。它们确实很美,尾翼就像舞台上俄罗斯芭蕾舞者飘逸的裙裾。

长森很快就发现,出生在商人世家小羽琏,天生就会讨价还价:"长森先生,只要你再讲一个安徒生的故事,我就提前一天把英语作业写完。"

"跟先生也敢讲价钱吗?英语作业你就是提前一天写完,还是要等到两天后的星期一,我才会来给你上课。我怎么知道你是不是真的提前一天写完了作业呀?"

"那……我就把日本语的作业,芭蕉的十首俳句用毛笔字多抄写一遍。行吗?"

"周小姐就那么喜欢安徒生的童话故事?"

"日本的孩子们不喜欢安徒生么?"

"唔,我想……大多数应该是喜欢的。"

"那先生您小时候呢?不喜欢安徒生吗?"

"唔……"

这下,变成做先生的张口结舌了。将心比心,只好再给她讲一个《拇指姑娘》。英文作业交上来了,从数字上看,一点也不少,但她并没有按照要求,抄写莎士比亚的十四行诗,却全文抄录的是一首英国浪漫主义诗人雪莱的诗:《一朵枯萎的紫罗兰》。

"周小姐,你能抄写这首诗,但是,能用英语朗读出来吗?"

她用充满童稚的生涩的发音,居然全文读了一遍。令长森诧异不已的是,自己还没有给这个学生讲过雪莱和拜伦。并非自己不喜欢这两位伟大的抒情诗人,几乎全世界的青春少女,都难免堕入他们那用诗情画意织就的情网。只是作为教师,长森不希望自己的女弟子太早接触这一类"非正统"的语言和思想。将来难免会像自己一样,过早地堕入万劫不复的爱情的地狱……

"请周小姐告诉先生,是谁教给你读写雪莱这首诗的?"

"先生请不要告诉我妈妈。我偷偷溜到那间总是关着门的屋子里,看到里面有很多书。"

"可是你妈妈并不识字,你爷爷也是没有学过英文的呀?"

"听妈妈说，我有一个伯父和他的太太，过去也住在这个院子里。他们都是很有学问的人，会讲洋文。尤其是那位伯母，人不但长得很美，比伯父还有学问。可惜，在我出生之前，他们都出远门去了。就是他们留下了那些书，有国文的，英文的，还有日文的书呢。"

"原来是这样。周小姐喜欢雪莱的诗，对么？"

"我不喜欢读英文，但是比较喜欢读日文。可是，雪莱的诗，我还是有一点点喜欢的。"

"比较喜欢日文，是因为日文里的汉字很多。对吗？"

"也算是一个缘故吧。不过，我最喜欢听先生给我讲安徒生的童话。无论是用英文来讲，还是用日文来讲。先生，我还发现了一个秘密呢。"

"什么秘密？"

"西历一七九二年的八月四日那一天，英国最伟大的抒情诗人雪莱诞生了。正巧，安徒生是一八七五年八月四日过世的。长森先生，您知道我的生日是西历几月几号吗？"

长森面对着瞳孔亮晶晶的女学生，惊愕地半张开了嘴巴："你的生日也是……"

"民国四年。西历一九一五年八月四日。"

一向不拘言笑的长森被逗得笑了起来。用中国老话说，她相信，自己的学生"孺子可教"。尽管她不太安分，也称不上是个"神童"，可她对自己感兴趣的学问，表现得强记博闻，过目不忘。那一颗童心，如同东奔西闯、充满好奇的小鹿……

那天，因为雪莱，长森与周羽琏第一次涉及了一个政治性的话题："当北京的学子和文化人们在一九一九年五月，发动了震惊世界的爱国主义运动时，你年纪还小，我却有幸亲眼目睹了他们为国民当家作主的伟大抗争。"

"先生提到的就是北京的五四运动吧？我看过一篇文章，那场运动也是'中国的新文化运动'。国家要维权，要科学，要民主，还提出了要推广白话文和新式教育，还要打倒孔家店。真可惜那时我不是个大学生啊！"

"知道么，在那场运动中，雪莱《西风颂》里的诗句，曾经在北京大学的学生中被口口相传。"

"请先生教给我，好吗？"

"if winter comes, can spring be far behind? 由你来翻译成中

文。怎么样？"

"冬天……冬天既然已来到……春天，还会太遥远吗？"

"很好。这也是先生年轻时非常喜欢的雪莱的诗句。今天，我还要给周小姐留下一篇作业……"

"圣母保佑，千万不要让我默写莎士比亚的十四行诗！"

"是一首已经被翻译成多国语言的安徒生的诗歌。请用英语和日语同时背熟它。然后写一篇感想，谈谈你怎样理解它。"

那天，周羽琏的作业竟是一首令她终生未忘，也终生痛心的诗篇：丹麦童话作家安徒生的短诗《茅屋》——

在浪花冲打的海岸上，有间孤寂的小茅屋，苍茫辽阔无边无际，周围没有一棵树木。

只有那天空和波涛，只有那峭壁和悬崖，里面却有着无比的幸福，因为有情侣，相依同在。

茅屋里没有金银财富，却有一对亲爱的人儿，时时刻刻地相互凝视，他们何等地情深脉脉。

这茅屋窄小又破烂，伫立在岸上多么孤单，里面却有着无比的幸福，因为有情侣，相依同在。

谁也不曾料到，就是这首偶然走进了周羽琏生命中的小诗，后来会在她成年之后，导致了一场夺命的缘分……

很多年以后，每当露儿想起长森惠子，依旧会心怀感激。冥冥之中，若茵小姐对女儿的期盼，竟被这样一位偶然出现在周家的日本女先生予以实现了。露儿甚至认为，这，正是天意。是若茵小姐的在天之灵，派来了她自己的替身。弥补了那位早逝生母留下的无限遗憾，弥补了露儿无法给予孩子的学识和梦想。

就在周羽琏十三岁生日那天，露儿请老东家坐在上座，自己和小梗坐在旁边。她特地请女先生长森惠子列席了这场特殊的"成人仪式"。露儿事前的顾虑是，万一羽儿情绪失控，这位慈心严面的良师益友，也许能够帮助家人们稳住局面。

吃完了长寿面的周羽琏，终于听到妈妈表情紧张地亲口告诉她，自己的亲生母亲"因为生育时大出血，已经不幸丧生"。而父亲，则是因为丧妻之痛而"离家出走，至今生死未卜，下落不明"……

当露儿和小梗终于公开了养父母的身份时，令长森惊讶不已！她在这个中国家庭任教近十年来，看到露儿这位淳朴、温柔

的养母，对待周羽琏所有爱的表现，都是浑然天成地自然而然。尽管长森也曾感到疑惑，一位文盲的慈母和一位只能粗读账簿的父亲，如何生出了如同精灵一般聪慧的女儿？在周家小姐的面孔上，也找不到丝毫与他们夫妇相似的痕迹……原来，周羽琏的生身父母，就是周家人们口中那一双"出了远门的伯父伯母"。

站在几位成年人中间的周羽琏，还梳着被人们昵称做"娃娃头"的齐耳短发。乌黑的刘海，覆盖着少女白皙的额头。就在不久前，她与长森商量过要改变发型。让自己在同班同学中间，不要显得太过孩子气了。十三岁的周家小姐，已经在北平法国人开办的圣心学堂上学。这是一所贵族学校，当时北京军政界要人的千金小姐们，许多都在那里读书。她是班上年龄最小的学生。

所有在场的人都不曾预料到的情景发生了，周羽琏的反应，竟是出奇地平静。她默默地听完露儿声泪俱下的告白之后，把身体转向养父养母。然后，不假思索地双膝跪下："羽琏在此对祖先和尊师发誓，终生不忘堂上父母的养育之恩。"

对任何一个娇生惯养的孩子，这不能说不是相当残酷的人生考验。可周羽琏的反应，竟就这么区区两句话而已。

就这样，速速地顺利异常地结束了全家长辈顾虑了多少年、准备了多少日子的身世大揭秘。周羽琏的老祖父和养父母面对这样的结局面面相觑，意外得甚至有些不知所措了。长森惠子没有听到这个天生好奇心极强的孩子，对自己不同常人的出生与血缘关系，发出任何意料之中的疑问。相反，在长森看来，当时就好像周家的所有成年人，反而突然变成了窘迫的孩子。最后，还是她这为师的外姓人上前，把跪在地上的姑娘搀扶起来……

很久以后，长森每每回忆起这段往事，都会发自内心地感叹：即便自己对周羽琏灌输了十年的西方伦理、欧美文明，就仿佛是"血浓于水"的对比关系，最终，仍然是古老东方深厚的德行理性，主导着这个孩子的人生价值观。一贯在内心自命"贵族"的长森，第一次在自己的中国学生身上，领略到了一种堪称"遇事不惊"的与生俱来的贵族精神。

当太阳再一次升起在青砖大屋顶的上方，周家的四合院里，照旧响彻那个娇气闺女的大呼小叫："妈妈，我的一只线袜子找不到啦！""妈妈，快来帮我梳梳头，我要迟到啦！""妈妈……"

当长森有机会对自己的学生表示钦佩之意的时候，没想到对方的回答，再次令她惊诧不已：

"长森先生,您对学生过奖了。我之所以能够那么镇定地面对他们的告白,是因为很久、很久以来,我常常会做一个相同的梦。有个满族女人,梳着高高的发髻,一朵绒花顶在正中,长长的锦缎旗袍大襟,绣着好看的花边儿……就像前门的小贩卖给外国游客那些小画片上的清朝宫女一样漂亮。我对她说'你是紫禁城里的格格吗?'她回答我说,'不,我是颐和园的宫女。'我说,'你长得很美。'她回答我说,'你有一位更加美丽的亲生母亲。'接着,她就像一片云彩那样轻轻坐在我的床边,用轻轻的声音告诉我,'你母亲生前把你托付给了露儿妈妈,死后把你托付给了我。你还有一位仁厚的父亲,如今他已经皈依佛门,斩断了尘缘……'每当我想再追问她关于亲生父母的事情,那清朝宫女就像影子那样消失了,我呢,就会一肚子遗憾地从梦里醒来……"

"周小姐就是因为常常会做这样一个梦,因此,当家长们对你公开了出生的真相时,一点也不感到惊讶么?"

"当然。"

长森面对着周羽琏那毋庸置疑的回答和表情,简直不知道是应该用"幼稚的孩子气",还是用"苍老的宿命论",来评价自己的学生了……

在这个如同什么也没有发生、什么也不曾改变的四合院里,只有一个人心中有种不祥预感:其实,真正的暴风骤雨,从此开始酝酿在一如既往的平静日子之下……这个人,就是那个把"小包袱卷儿"亲自抱回家来的车夫大虎。他从来就不相信,一切都会如此单纯地成为过去,无声无息地烟消云散。即便是琳琅阁周家宁可忘记一切,远在大海那边的另一颗女孩子的心,也不会善罢甘休。周羽琏与那个名叫"小川悦子"的姑娘从未谋面,但她们就像是一个匠人塑出的两尊佛像。

早晚,她们将以极为相像的内在性格,以旗鼓相当的法力,相逢于江湖。也许,最终还是要为了那颗"不当吃、不当喝的小红石头子儿",你死我活地拼杀个两败俱伤……

— 第拾伍章 —

周羽琏虚岁十八从圣心学堂毕业，那是民国二十一年的盛夏时节。在毕业典礼之后的送别会上，她上台表演的节目是同时用英语、日语和国语三种语言，朗诵了安徒生的短诗《茅屋》。

结束学业回到家里的周羽琏，并没有理所当然地坐上女老板的交椅，尽管那是老东家周玉和多年的心愿。她主动要求给小梗爹爹做学徒。像店里的其他小伙计一样，每天挥着鸡毛掸子，手脚麻利地抢着去干杂活。唯一的"特权"，就是每当她向掌柜的小梗有所请教，任何时候都会得到耐心的讲解。这一切要归功于她那位长森先生，自小就对她什么"平等"、"自立"云云，灌输了一堆全新的处世观念。令小梗和露儿舒心的日子没过半年，一切又发生了颠覆性的改变……

俗话说，女大十八变，越变越好看。周羽琏当然也不例外，让她的祖父和养父母招架不住的是，这姑娘一夜之间，脱下颜色黯淡的伙计服装，把自己打扮成了一个名副其实的摩登女郎：烫了一头最时兴的齐耳卷发，把眉毛描成美国好莱坞女明星那样又弯又细，无论是穿洋装还是穿旗袍，裙裾都短得露出了膝盖。

最别出心裁的是她的十根手指，指甲居然涂着红、蓝、黄、绿、紫五种颜色！据她自己解释，这是受到了柜台中"宝石的启发"。纷纷效仿的京城摩登少女与少妇，不乏其人。周羽琏还学会了把洋烟卷叼在嘴角，经常用巴黎香水把自己喷得香气熏天。晚上跑出去和朋友泡咖啡馆、跳西洋交际舞、逛戏园子……

就像她的指甲一般五颜六色的高跟皮鞋，被堆在卧室门后。露儿为它们打油，打得是晕头转向！

"你也不说说你闺女，那些跑来带着她出去胡混的，都是这四九城里出了名的恶少公子哥儿。还隔三差五就跟我要零花钱，手脚可大了去啦！照这样下去，非学坏了不是？"

露儿眼皮连抬都不抬，照样忙着手里的活计。她打断了丈夫小梗的唠唠叨叨："老爷子都睁一只眼、闭一只眼地由着她，我说有啥用？你又不是不知道，从小到大，哪件事儿不是羽儿自己说了算？再说，那是咱们养大的孩子，她又能'坏'到哪去嘛！"

小梗"惧内"是出了名的，尽管他和露儿之间并没生下一男半女。周羽琏寄托了两人全部的爱和期待，两口子夫唱妇随，一辈子也没有真正红过脸。听了老婆的话，小梗真就闭上了嘴。可露儿自己的心里也不是真就没有担忧。她也不知道，这个霎时变得光怪陆离的世道潮流，将把若茵小姐的女儿带得多远……

老东家周玉和为此暗自思量，日子快得令人惊心。就像亡灵们的眼睛还没有来得及闭上，羽儿这个出生在医院太平间的娃娃，转眼之间便已长得亭亭玉立。她是个眉眼间透着霸气加风流的大姑娘，身上有种令异性们渴望与之亲近，又不得不敬而远之的气质，也不知到底是哪一位神仙无意中的杰作。

周家的这个孙女还真是"命硬"呵，老天把她留在了人世，难道还要让她周围的人，也非她莫从、非她莫属了不成？不仅是自己这做爷爷的，看那小梗和露儿两口子，加上一个车夫大虎，都像是为了她一个人快乐着、烦恼着，熬着时光……

周玉和表面上看是老了，其实，半躺在躺椅上打盹的他早就发现，孙女儿其实正是通过与京城"时髦一族"的交往，获得了作为一个珠宝商，而不是仅仅作为一个"珠宝店掌柜"所必需的情报：如今有钱人想要什么？时兴什么？哪个年龄、哪些地位的人，才最肯为珠宝首饰挥金如土、一掷千金？家里只有一个人，永远无条件地对老爷子的看法表示拥护。他就是"小包袱卷儿"的大虎叔……

周羽琏自己回顾那段青春的岁月，最快乐的还不是白天，而是晚上。一切的"始作俑者"，其实还是那位长森先生。就是她，亲自塑造出了另外一个形象的"琳琅阁女公子"：长森亲自把她带进了京城上流社会的交际圈子，诸如外交官们聚首的领事馆周末晚餐、北海海军俱乐部的舞会……这位日本华族出身的老小姐明白，自己的学生，明天的使命绝不仅仅是继承一个门面灰暗的老字号珠宝行。

周羽琏在教会女校就上过社交舞蹈课，学习过怎样正确地使用西餐刀叉，怎样优雅地端起酒杯和咖啡杯……长森请一位年轻时做过职业模特儿的法兰西女友，教会了周羽琏如何穿戴服饰，如何消耗那些"越买越多越想买"的舶来化妆品。周羽琏很快就和所有贪玩儿的富家小姐一样，渴望成为被英俊绅士拥在怀里的鬓角插花的舞伴。比起当时风头十足的陆小曼等豪门名媛淑女，周羽琏自有属于自己的风格与魅力。

社交场合上的周羽琏，衣裙总是最时新的；首饰总是最昂贵的；舞姿总是最撩人的；笑声总是最开朗的；加之她的洋家教们自幼赋予她的智慧和幽默感……听说有不止一位内心失去了自信的跋扈千金，在有周羽琏出现的场合，会与自己的未婚夫或是丈

夫事先约法三章：靠近琳琅阁女公子的规定距离是不得低于三尺。

长森不无虚荣地对所有人介绍说，自己的学生是前朝著名外交官的外孙女。如今嘛，则是京城最负盛名的珠宝公司唯一的女继承人，云云。对那些凡事充满猎奇心的洋人来说，周羽琏当时一度就像是一个古老封建帝国中美丽的挑战者。

经过三年放浪无羁的学徒生涯，二十出头的周羽琏便是个当之无愧的女当家了。一反以前的姹紫嫣红，出任琳琅阁女东家的周羽琏，展示出了另一种风貌：虽然如今早已是民国了，未婚女孩子抛头露面站在柜台前，多少还是让人觉得有失体统。于是，刚刚正式出山，她又一度成了个传闻中的男装丽人。短发素颜，一袭银灰色的丝绸长衫，穿戴打扮起来，颇有其父当年的俊秀儒雅。随之，"琳琅阁女公子"的雅号，这个过去只在学校里女同窗们的戏称，很快传遍了京城。

从来，羽琏的周围不乏充满敬畏的爱慕者。她也曾在四九城富家子女的社交圈子里，成为许多小姐和少妇们"敌意"的对象。只要是有她出现的舞会、酒会、慈善募捐会，琳琅阁女公子总是毫不客气地把包括洋人在内的所有公子哥儿，实施"一网打尽"的战略。可不久以后这些千金们就发现，围追堵截的结果适得其反，还不如主动给周羽琏一个面子。最有效的措施就是，到琳琅阁的店铺里来购买首饰。年轻的女老板会惜字如金地对客人进行富有行家水平的说明，也从来不屑于与客人玩那套讨价还价的游戏，价钱说一不二，自诩"姜太公钓鱼，愿者上钩"。

周羽琏那帮红男绿女的同学和玩友，很快也都到了谈婚论嫁的岁数。他们无论是男是女，购买珠宝首饰大多是首选琳琅阁。这里有着古老的诚信与全新的时尚。凡是主动让琳琅阁"洗"过钱包的千金，保证会在不久后发现，属于自己的男人不再敢表现出三心二意来了。至于周羽琏到底使用的什么招数，能够让包围在身边的蝇子们充满好奇地转一个圈儿，又飞回到原来的位置去，详情不得而知。

哪个公子哥也没有从琳琅阁女公子身上，占到任何一点便宜，却是个不争的事实。他们不约而同地发现，与其说周羽琏是朵"固若金汤的交际花"，不如说她是个"铁石心肠的钓鱼娘"。她身上所有的璀璨迷人，无非都是为了让她家的珠宝首饰更加耀眼夺目罢了。

更加令人匪夷所思的是，千金和贵妇们一旦跟周羽琏打过了交道，就会像上瘾了一样流连忘返。原因其实也挺简单：在琳琅阁，她们不但会得到赏心悦目的消费，还能不时地与某某副总理、某某部长、某某国大使、领事的女眷，还有当下大红大紫的影剧明星们出现在"同一空间"。一场惊喜，难以言状！琳琅阁典型的促销手法之一，正是柜台里永远会有几件某某夫人"已经预定"或是某某小姐"专门订制"的首饰，被注明是不能销售的。接下来，便不时有客人殷切地表达出效仿的愿望⋯⋯

"世人皆醉我独醒"——周羽琏在家里的饭桌上笑嘻嘻地吟咏过这句古诗。她说，客人便是自家的衣食父母，自己定要让这些"父母"们心甘情愿地趋之若鹜。她的话，几乎要使让她在珠宝店里长大成人的祖父都觉得，这姑娘是不是未免过于⋯⋯老谋深算了？

业内有人传说，周羽琏这个"财才双全"的小姐，她的出生本身就非同常人。如果她不是个"大仙女"，那就一定是个"小魔鬼"。最有意思的是，周羽琏常常会主动告诉客人，某一件珠宝首饰存在的缺陷或遗憾。有明眼人说，这正是周家女公子真正聪明过人的地方，也可称作为"大商无算"的高明境界。

周羽琏我行我素的经营和销售风格，小梗从一开始就有些个不以为然，他不赞成闺女这种硬梆梆的待客方式。老东家说，"出水才见两腿泥——咱们暂且由着她，静观其行其果"。还说，就是明知她会撞上南墙，也要让她自己回头。谁让咱们这个孩子的心性，不同常人呢！

事实却证明，出手阔绰的客人们又开始向琳琅阁回头。周羽琏无论是操洋文还是开京腔，她对任何客人都绝不巧舌如簧地推销商品，给客人带来的是一种"诚信感"。人们对周家女公子的异色登场，则是男客不嫌弃，女客不妒忌，自有一份独特的人气。到后来，有不少客人一进店门就问：女公子在么？本来嘛，做买卖，图兴旺，就连小梗也不能再多说什么了⋯⋯

日复一日，在祖父和小梗爹爹的身边，周羽琏吸纳着琳琅阁家传的本领。依仗第二种，第三种语言的掌握，来自伦敦和比利时安特卫普的现代珠宝教材，同时为她拓展了对国际珠宝行业的广阔认知。她感到满足和骄傲的是，自己是京城唯一能够与国际珠宝界同仁进行直接对话的女珠宝商。

有一次，一个在上海租界开店的犹太珠宝商到北平来。也许

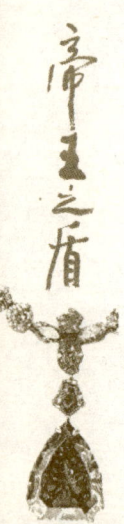

是"慕名造访",进门后就故意用英语问周羽琏:柜台里那枚超克拉重的精美钻戒,"是否经过了世界四大鉴定机构中,某一家的品质鉴定?"羽琏才不在乎他跟自己来这一套,当即就用英语反问道:"GIA(美国珠宝学院)、HRD(比利时钻石高阶层议会)、IGI(比利时珠宝学院)和EGL(欧洲宝石实验室),请问您需要哪一家的鉴定证书?我都能够满足您的要求。"

这个犹太人有所不知的是,周羽琏这个年轻的琳琅阁女当家,十九岁那一年就先后实地考察了这"三国四家"的珠宝市场。国际正统的设计工艺、品质鉴定、经营销售、历史文化……无不让她打开了眼界。从珠宝钻石统一鉴定标准的发祥地,带回了业务联系和代理名义。琳琅阁能够得到京城众多外国顾客的眷顾和信誉,这也是重要的原因之一。

当时,老东家眯缝着一双花眼,坐在扶手椅子里一言不发。他听不懂孙女儿和那个洋客人叽里咕噜的洋话,只是目睹着一脸傲慢而来的犹太珠宝商,最终是"礼节性"地买了一对中国传统工艺的珍珠耳环,便灰溜溜地离去了。他慢悠悠地对小梗说:"这就叫做'养兵千日、用兵一时'了。"

那个时刻,小梗算是对自己这个女徒弟心悦诚服了。羽琏第一次听见他说:"这也叫做'人不可貌相、海水不可斗量'吧,老爷子——"

正在春风得意时,有一天,长森惠子向琳琅阁周家提出了辞职。她决定要回到自己的祖国日本去,那是皇姑屯事件发生四载后的民国二十五年。

她借口"很多熟人和朋友需要告别,回家的行李需要准备",婉拒了琳琅阁主人为她设宴送行的好意。只和弟子周羽琏一人相约,畅谈了整整一个晚上……从小到大,周羽琏很少让先生看到自己的眼泪。她与长森相对坐在前门饭店的酒吧,盯着手里的葡萄酒杯,声音有些颤抖着用日语问道:"先生为了什么突然决定离开北京?"

尽管学生没有直接说出"为了什么要离开我",长森当然能够听得懂对方的心声。已经年近四十的日本女先生伸出手,亲自为自己的学生点燃了一支金字塔牌香烟。她不禁哑然失笑——就是这个牌子的香烟,有个几乎妇孺皆知的广告词:"吸国货金字塔香烟,即表示抗日的决心。"贴遍大街小巷的广告招贴,独出心裁的画面，就是东北义勇军在重炮轰击日本侵略军。长森不无幽默地联想，如果我是这家香烟公司的老板，就不会以埃及的金字塔来命名产品的牌子。既然是中国国货，何不叫个"天坛"、"地坛"、"圆明园"什么的？

"羽琏……"

周羽琏第一次听到长森这样亲切地呼唤自己。先生一向遵循着严格的东瀛礼数，坚持称呼"周小姐"而十几年不曾改口。周羽琏为之心头一热，泪水霎时盈满了眼眶……

"羽琏，你听说过'内田良平'这个日本人的名字吗？"

"我读过他写的《日本之亚细亚》，讨厌这个日本人的政治主张。听说，他还是什么右翼帮会'黑龙会'的会长。对么？"

"内田是我母亲家族的一个远亲。这几年，我对他的所作所为，已经完全无法与儿时的印象相吻合了。三十年前，我崇拜这位表舅舅是个名副其实的文武全才。他的文笔很好，也可以说，语言极具感染力，就像他的剑道和柔道同样出色。现在想来，正是从那个时期开始，这位旧武士家庭出身的所谓高人，用文化、思想这个无形的武器，导致了日本在亚洲，在世界范围极其危险的膨胀……"

"'极其危险的膨胀'？内田这么个文人，真有这么大的能量么？他的知名度，远不如那些军政界实权人物高。难道这个家伙，就是先生要返回日本的理由吗？"

"从本世纪初开始，内田思潮的毒害让日本相当一部分知识青年失去了理性。其中包括着你所指出的'军政界实权人物'，结果就是让我亲眼看到了整个中国的愤怒。内田自以为聪明，可他并不明白，大中华是个不可征服的民族。日本对中国仍然还在膨胀的企图，将会以血流成河落下帷幕……"

"谁的血？中国的？还是日本的？"

"是中、日两国的。"

周羽琏的眼睛睁得圆溜溜的，她从来没有想到，看着自己长大成人的家庭教师，竟并非一个单纯的"快乐女性人生"的追求者。不知道是不是因为葡萄酒的缘故，今晚的长森不像一个温文尔雅的女教师，却像一位随时准备为理想和正义献身的东方索菲亚。

"长森先生，您过去从来没有跟我谈过如此鲜明的政治见地。为什么？"

"我只是个中国珠宝商的家庭教师而已,我要对和平人家的孩子今后的生存方式负责。更何况你们琳琅阁周家,只剩下你唯一一个血统继承人了。正如我刚才说的,文化和思想的播种,其实是非常危险的。"

"我明白了。但为什么今天晚上,您决定要对我说出这些严肃的道理呢?"

"因为就从今天上午开始,我已经被东家解聘,不需要继续负有责任了。当你的祖父不再是我的雇主,你也不再是我的学生时,我就可以和你进行友人之间的对话了。我只需要对我自己个人的言行负责。不过,我还是应该对你说一声,羽琏,对不起。"

到此为止,她们今晚几乎所有的谈话都是用日语进行的。只有这"对不起"三个字,长森特地使用了中国话。周羽琏笑了,笑容有些苦涩。

"中国老话说,一日为师终身为父。我当然可以继续称呼您做长森先生。对吗?"

女先生微笑着点点头。仍是生平第一次,她轻轻地抚摸了一下女弟子的那因为酒精而微微泛起红潮的脸蛋。十几年来恪守着"师道尊严"的长森这一温存的举动,让周羽琏的心,再次感动得一阵微微发颤。对于长森来说,其实,每个女人与生俱来的母性,都曾令她有过无数次的内心冲动,想把这个可爱的女孩子抱在怀里,亲吻她、爱抚她……只是,日本传统的淑女行为规范,不太允许她如此率真地宣泄感情罢了。

"先生,我想问问您,您认为自己对内田良平面对面地发出质问,真就能够改变什么吗?我是说,当您所说的'有毒的种子'不但已经生根发芽,而且已经泛滥成灾,一发不可收了,您还能够改变什么吗?"

"我记得,中国宋代的伟大诗人陆游那首《病起书怀》,最初还是你用汉语读给我听的。我们俩一起还做了很大的努力,却到底没能把它翻译成贴切的日文。羽琏还能够背诵出全诗么?"

"病骨支离纱帽宽,孤臣万里客江干。位卑未敢忘忧国,事定犹须待阖棺。天地神灵扶庙社,京华父老望和銮。出师一表通今古,夜半挑灯更细看。"

"不错,就是那一句'位卑未敢忘忧国'。我想,它就可以把我要回国去当面质问内田良平的动机,解释清楚了。"

"长森先生,谢谢您。"

在周羽琏的心中，这是长森惠子先生给她上过的最后一课，亦是人生重要的一课。那天晚上，北平降下了一场小雪。目送着长森惠子那天生有点驼背的单薄背影，迷蒙的小雪花一点点、一点点，在周羽琏发热的脸颊下，留下了如同泪滴般冰冷的一点点、一点点的湿润……突然，长森回过头来，用欢乐的声音对周羽琏喊出一句英文的诗句：

"if winter comes, can spring be far behind?"

是的是的，当严冬已经到来，春天，还会遥远吗？在周羽琏后来漫长的生活道路上，每当想起长森惠子先生，不知道为什么，那记忆，便是用美轮美奂的诗句串联起来的：雪莱、安徒生、陆游……

长森惠子离开中国后的相当长一段时间，周羽琏一度不得不承受着内心的孤立无援。十几年来，一位来自东瀛的华族小姐，将她的才华、学识连同信念和意志，毫无保留地倾注给了自己的中国学生。与此同时，她们之间，培养起了超出师生的相互依赖和信任。

当周羽琏正式进入学校接受教育，特别是她从圣心学堂毕业以后，长森作为家庭教师的工作，越来越显得可有可无了。当时，新式贵族女校的课程，真是一点也不轻松。包括国文、日文、英文、数学、物理、化学、体操、生物、劳动、图画、音乐、修身、历史、地理、国术……如此繁多而又繁重的作业，足以占据了周羽琏全部的求学精力。但老东家周玉和与露儿执意要让长森惠子留下的真正目的，就是希望由她来弥补蔡若茵留下的遗憾。

毕竟，周羽琏本应该拥有一位才貌双全、学贯中外的生母。如果不是因为那颗突然出现在一个风雪之夜的红色钻石……

─ 第拾陆章 ─

也是在这同一时期，生活在东京的小川悦子，也面临着人生的诸多选择——

那正是全体日本国民沉浸在满洲地区"垂手即得"的自豪感之中，东京举行过蔚为壮观的提灯大游行。那曾是史上空前绝后的狂热场面：百万人手提纸灯笼，在夜色中汇合成了浩浩荡荡的光芒的巨流……

身上流淌着一半中国血统的小川悦子，表现出了异乎常人的冷漠。本来，她在中国的童年并不轻松，更说不上幸福。回到日本之后，那常常浮现在梦中的，却总是北京的东四七条胡同那座西洋门楼的四合院落。近二十年来，让她暗暗感到不解的是，梦里，永远看不清爸爸的面孔。爸爸意外地死亡之后，不知道什么原因，大虎叔坚持不许她去和爸爸的遗体告别。作为一个车夫，他居然执意把又哭又闹的小姐锁在卧室里。自己把守在门口，任凭里面传出翻天覆地的巨响。不久，中国警方就送回一包已经被火化的灰烬……

当她回到东京时，小川家族竟以超出想象的隆重礼节，表达了对她这个"异类后人"的欢迎。其实原因也很简单：一是家族中人对客死他乡的儿子和兄弟，毕竟怀着血缘的情感；二是正逢家族老店的经营，因为资金周转困难而每况愈下，悦子带回的那笔"巨额陪嫁"，如同雪中送炭无异。小川家的老店东京小川屋，开始了西洋珠宝对日本市场的大力开拓。及时弥补了单一传统风格的饰品，面对新鲜需求的不足。在日本的珠宝行业中，小川家族企业的及时跟进，因天皇推行"脱亚入欧"国策多年，继续受到了皇族、贵胄们的欢迎。

钱，真是个好东西。它不但可以继续生钱，还顺便将原本并不亲密的关系，转化得比较"亲密"……

小川悦子被祖父重金送进全住宿学校"学习院"。学习院的沿革是日本贵族教育机构的一个典型。创建于弘化四年（一八四七）的幕府维新时期。明治十七年，成为宫内省直接管辖的官立学府。明治十八年，设立了学习院的华族女学校。历任学院长的身份，不是"公、侯、伯、子、男"的爵爷，就是将军或皇宫里的高级文官。学生则历来以皇族与华族子女为主，周羽琏的家庭教师长森惠子，也曾经毕业于学习院的高等学科。

小川悦子是一个沉默寡言却容貌美丽出众的优秀学生。尽管只是校园中极少数出身庶民的女孩子，仍然不妨碍她在毕业典礼上，得到了来自一位华族贵妇亲自颁发的奖状。为学习院应届毕业女学生颁奖的岩仓夫人，是已故大正天皇的表亲。记得那是昭和元年。当时，小川悦子还推算出，那一年，是中国的"民国十五年"。

岩仓夫人是一位引人注目的摩登贵妇。在任何公众场合，都会以最新的国际时尚服饰，吸引着大刊小报花边专栏的注目。据说，率先身穿法兰西夏奈尔裙服套装在公众面前亮相，日本上流女性的第一人，就是年轻时代的她。

仅仅就是一次目光的交流，不久后，小川悦子的祖父接受了宫内省一位御前重臣的媒妁之言。那是一个盘根错节的特殊阶层，出入宫廷的大小侍从人员，几乎无不身世高贵。追溯到祖辈，大都与天皇家族沾亲带故。

明治三年，天皇下令取消旧有的身份制度。将国民分成四等：皇族、华族、士族、平民。华族，无疑是仅次于皇族的贵族阶级，世代享有诸多特权。在以后的百年岁月中，日本仍然保持着皇族仅与华族通婚的门第习俗。

后来小川悦子才知道，贵为子爵门第的岩仓家，提议与平民阶级的小川家联姻，除了对其经济实力的认同之外，动机中还有一个政治的影子：当时日本针对中国的国策。皇室隶属宫内省的情报官早就确切地了解到，御用珠宝商小川家这位聪颖、美丽的小姐，还能说一口流利的北京话。悦子在家族中的地位，客观上又得以"更上一层楼"。毕竟，小川屋与宫内省的关系，重要得几近生命线。全日本所有买得起贵重珠宝的太太、小姐，总会目不转睛地盯着皇室的女眷、女官们热衷购买谁家的珠宝……

而当事人本人则根本就不发表自己的意见。她对这场战略婚姻的情感因素，轻视得到了为"零"的程度。只有她自己心里明白，童年所亲眼目睹过的所谓"男情女爱"，都是些多么多么不堪言说的故事。小川悦子早就不再相信，现实生活中，真会存在着如同《安徒生童话》中那种浪漫传奇、死去活来的爱情。

婆家不乏门第，娘家不缺银子。小川悦子当年的婚礼，可谓是风光无限——在明治神宫举行的庄严祭拜仪式上，她身着重达四、五十斤的古典宫廷和服。重重叠叠，一层套着一层，光是穿好这一套行头，就让四个和服师傅忙乎了整整两个钟头。拖迤着长长下摆的路程，仅仅不足十丈之遥，就把她累得汗流满面，气喘吁吁了。

有幸参加婚礼的女孩子们，那妒忌得几乎冒火、流血的目光，让悦子觉得简直是可笑透顶！悦子相信，她们肯定是在生气，凭什么这个中国娼妇生下的女儿，就该有这么得意的归宿？其实，没有任何男娶女嫁，不是一场赢少输多的赌博。中国人常说"侯门深似海"，那妒忌的目光，无非是因为短浅、平庸、不谙世事罢了。

只有一个非常短暂的瞬间，她想起了在北京故宅死于一场神秘谋杀的父亲……他曾经许诺女儿说：等我的小悦子长大了，我要让你穿上京都最华丽的真丝刺绣婚礼和服，腰带上挂一块天下最美的宝石，它来自北京的紫禁城，或是巴黎的罗浮宫。我的小悦子将来会成为全东京、全日本最体面的花嫁……

小川悦子的确穿上了一袭京都最华丽的真丝刺绣婚礼和服；腰带上的宝石，果然就是一块来自紫禁城的祖母绿宝石。出阁的那一天，的确可以当之无愧地说，她就是"全东京、全日本最体面的花嫁"。甚至超出了爸爸的想象力，神通广大的婆婆，得到了"御赐"的一套漆器。那红得像牛血一般的五层果盒上，是松、竹、梅三种象征吉祥如意的金银图案。

只有悦子自己的心，一直在默默地抽泣。没有父亲的婚礼，是一个"花嫁"多么大的凄凉……

婚后，小川悦子生育了一儿一女。虽然，也曾有随之而萌生的母性，软化了她早已冰冷的心肠。

日本名门世家的传统，要求把儿女交给乳母去全职抚养。据说目的是为了孩子能够因此不被过分地溺爱，长成那种缺乏毅志、没有自立心的人。直到五岁的女儿死于肺炎，她才蓦然想起自己的母亲，是个名叫"秋媛"的中国女人。她在上吊自尽的时候，手里曾经紧握着一只小小的粉红色缎子绣花拖鞋……

到底曾经是为什么呢？母亲在生命的最后时刻，牵挂的人是她这唯一的女儿吗？那只小绣花拖鞋，不就是自己在有一天深夜，"无意间遗失"在胜雄哥哥卧室门口的吗？悦子似乎是忘记了，自己曾在母亲临终前说过什么？忘记了自己为什么深夜跑到了哥哥的卧室门口……从北京来到东京，她的梦游症在不知不觉中得到了痊愈。值得感激的是，童年的记忆之门，也随之被渐渐地关闭起来。直到她进入七旬晚年为止，那遥远而晦涩的往事，都不曾过多地干扰过她当下过活的心境。

身为皇室御前文官的丈夫，并不喜欢这个母亲做主娶来的妻子。她是个内心冰冷的女人，就是在性交的时候，都板着那么一张五官标致、精巧却毫无情绪的面孔。就像她是在"为天皇恪尽妇道"。无论平时怎样竭力矫饰，她的身上，还是会泄露出不属于日本华族的言行举止和只属于庶民百姓的秉性习俗。虽然只为培养皇族和华族子女的学习院，让她经历了钢琴、绘画、舞蹈、茶道、花道、和服穿着、怀石料理……一应日本淑女的必修课。但这个"掺着一半中国血统"的小女人，根本就不情愿为了丈夫和家族真心实意地付出努力。

不知道为了什么目的，悦子更愿意在岩仓家藏书可观的故纸堆中消耗掉大量的时间。她还会跑到东洋资料馆、国立图书馆和国立博物馆，经常是从早到晚，一待就是一整天。手绢里包着两个紫菜饭团，或是一个火腿面包。听说，她甚至毫不在意自己的"贵夫人"身份，常常厚着脸皮向管理人员讨一杯凉水。

这位子爵家的少奶奶有的是私房钱。她还会对丈夫连个招呼也不打，就随心所欲地出一趟远门。游历了欧洲、亚洲和北美至少二十多个国家。中国，更是她经常神出鬼没的祖籍故地……

不能否认，有些游历与婆婆的差遣不无关系。当时，日本上层女性的出国自由，还会受到来自家庭和社会的种种条件限制。而悦子有时要为婆婆周围的那些爵爷家族，甚至皇族的女眷们，购买一些从杂志上或传闻中得知的新鲜玩意。诸如，英国皇妃推崇的粉底和口红啦，好莱坞女明星们喜欢的染发剂啦。当然，还有某些来自高层的神秘使命，也会成为她"支那"或南亚之行的原因。

二战结束几年后，周羽琏查阅到恰恰是被日本反战人士披露的档案。据不完全的统计，侵略军在中国为主的亚洲地区，曾将超过八千万克拉的钻石和无数珠宝搬运到日本。这场庞大而漫长的掠夺得以实施，岩仓子爵家的一位少夫人亦"功不可没"……

唯一令丈夫感到庆幸的是，岩仓家的婆媳关系，普遍为人称道。这既要归功于婆婆对媳妇的理解与大度，也与媳妇对婆婆一向的慷慨大方有关。人们认为，这是来自古老中国的儒家孝悌。丈夫不得不发自内心表示"臣服"的，是悦子那一身令人叫绝的剑道童子功。显然，这就是妻子那位名副其实的日本父亲，留给女儿确切无疑的血统证明。

岩仓君本人虽是日本生、日本长，若是举起刀来，下辈子也

帝王之盾

不一定是老婆的对手。为此，子爵夫人又高兴了。她不失时机地在一个著名的剑道道场，为儿媳妇举行了一场"公认高水准"的表演赛。悦子的对手，是几位小有名气的男性剑道家。也不知道是人家有意恭让，还是岩仓家的儿媳妇真有道行，第二天的小报上，真的出现了不乏溢美之词的短篇报道，大大地满足了婆婆的虚荣心。

对于丈夫在东京新桥一个小巷中"金屋藏娇"的传闻，悦子置若罔闻。想必，那是一位同样拥有着浑身童子功的高级职业艺者——能歌善舞，加上国色天香，温柔如水。虽然也算是红尘中人，日本的艺者，原则上是卖艺不卖身的。特别是那些小有名气或大有名气者，如果不是为了相当灼手的现实利益，就是为了与如意郎君的一场深情厚意。无论是因为什么，悦子都以极端的冷淡，表现出蔑视。她想，争吵，没劲。离婚，甭想。反正，老娘才不会白白地被那重达四、五十斤的什么劳什子宫廷和服，白白地压了个满头大汗、气喘吁吁呢！只有一次，夫妻间发生了一次语言的对抗——

丈夫半开玩笑地问："怎么从来没有见过你穿旗袍？就是那种开叉高得都快露出底裤的那种……中国礼服。"

妻子也半开玩笑地回答说："我尊敬的主人，您的'爱人'才配穿上那种中国礼服啊！因为她的美丽，是属于大众的。不过，我的生母跟我父亲结婚以前，好像是穿过那种旗袍的。我这种相貌平平的女人，哪里配穿呢？"

在日语中，妻子对丈夫尊称"主人"，而情人，则被不无幽默地称之为"爱人"。这种对话，含沙射影，指桑骂槐。结果呢，自然是双方一点好心情都剩不下。

贵为子爵夫人的婆婆对儿媳的"顾全大局"，予以特殊的回报。悦子被允许经常回娘家去，毕竟，她在小川家拥有着巨额的控股权。婆婆还乐此不疲地以皇亲国戚的身份，让富有漂亮的儿媳妇陪同在侧。这位古老名门走出来的前卫女性，显然是要以自己的"大无畏"，堵住所有企图拿悦子的出身说事的碎嘴子。终于，她们被小报的花边新闻形容为是"一双华丽的婆媳"。经常出现在银座的老字号珠宝店小川屋中，众目睽睽之下，一掷千金……

这种游戏直到昭和十七年太平洋战争全面爆发，全国出现了

"战时一色"的局面。几乎所有涉及奢侈、浪费的文化、物质与生活方式，统统受到了来自官方与民间自发的禁绝和压抑，方才告终止。

也就是在这段岁月里，悦子渐渐地了解到了关于"帝王之盾"的传说——那是曾经与俄罗斯宫廷、德意志宫廷、中国清朝宫廷和民国第一任大总统府第有关的一件奇珍异宝。也是曾经进出北京琳琅阁和小川商事的一颗"红色的精灵"……

以上，只能是对小川悦子一个粗线条的描述。因为某种缘故，这个日、中两国语言都同样流畅的日本贵妇，有一次秘密地回到老家，是奉命给一位前清格格，著名政治浪人江岛的养女梅子小姐，亲自送去了一笔数额可观的活动经费和一位印尼华侨出身的日本留学生……

― 第拾柒章 ―

就在长森惠子回国后不久，一位让老东家和露儿夫妇视之为"救星"的人物出现了——他提着一只带锁的牛皮箱子，上门来推销宝石。这位自称是印度人的中年珠宝商卡南，矮胖的身材、棕色的皮肤，又浓又密的睫毛下，两只眼珠子黑白分明，笑起来的样子很讨人喜欢。他出售的大都是未经镶嵌的裸石，金刚钻、祖母绿、猫儿眼、红宝石、蓝宝石、碧玺、澳宝、南珠……开价合理、实在。就是买家讨价还价，结果也总是一团和气，皆大欢喜。

卡南会说中国话，口音特别逗人。整个院子里的老少上下谁都看得出，只要这个黑不溜秋的洋人来到琳琅阁，失去了长森先生而郁郁不乐的周家大小姐，就会"卡南叔叔、卡南叔叔"的，重新堆起一脸孩子气的笑容。为此，老东家对卡南格外客气。虽然琳琅阁这边是买家，还经常留他在家吃饭、过夜。

周羽琏觉得，如同《一千零一夜》一般，卡南肚子里珠宝的故事，就像永远也不会完结……很久以后，每当周羽琏回忆起这个中亚人，就会不无感激地想：如果说，是谁启迪了自己对珠宝文化的认识与热爱，那个人，就是卡南。

每当卡南上门送货，露儿的心里，也会对这个给自家闺女带来欢乐的人充满感激。有时，她还亲自下厨房招呼厨娘，做个放了啥"咖喱粉"的炖鸡块。还要按照卡南家乡的生活习惯，一律不许放猪油，把菜花、洋葱、红萝卜之类，统统炖成一锅糊糊。

只是老东家周玉和常想，女孩子嘛，哪个没有幻想？哪个不爱听故事呢？可这讨人喜欢的"卡南叔叔"，难免会让他觉得，有那么，那么一点儿过分地讨人喜欢了……

卡南短则四个月长则半年，就会往返于海外和中国一趟。他说，除了北平，他还有上海、南京、广州、香港几个城市的客户，需要上门走访、送货、接订单……他是个勤奋、热忱、天性快乐的生意人。每次来到琳琅阁，卡南都不会忘记给周羽琏和露儿带来异乡的礼物：要么是一块印度手工织造的丝绸披肩，要么是一对充满异域风情的象牙雕刻手镯……

从他的故事里，周羽琏几乎了解了世界历史上每一件能够见证宫廷存亡和豪门兴衰的名宝档案：曾经成就了却也毁灭了拿破仑与约瑟芬的蓝宝石十字架；埃及女皇用以保全了国家尊严的硕大珍珠……最令人久久回味的，还是几个关于钻石的古老传奇。

灾难之星"霍夫"的百年诅咒，讲述的是一颗蓝色巨钻的故事。最初，这颗蓝钻被镶嵌在缅甸一个古老寺院的佛像额头正中。十七世纪中叶，奸诈贪婪的法国珠宝大盗达维鲁尼耶和他的同伙偷盗了它。从此，延续了将近三百年的悲剧与传奇，从此揭开了序幕——人们传说，卖掉了这颗蓝钻的盗贼达维鲁尼耶就在返回欧洲的途中，被一群野狗活活地咬死了。

这件珍宝就是通过一个印度珠宝商之手，被送进了强盛一时的路易十四王朝的皇宫。当时这颗罕见的天然色钻，净重六十七克拉。被皇帝亲自命名为"法兰西蓝"，以文字记录在法国宫廷的史料中。不久后，路易十四患天花暴毙时，便流言四起。人们传说，这颗神秘的蓝钻，就是一个神秘的诅咒。一百年后，这颗"法兰西蓝"的拥有者路易十六皇帝夫妇，被法国大革命送上了断头台，书写下欧洲历史上震撼人心的一章……

一七九三年，作为法国人民的财产而被革命军没收的"法兰西蓝"不翼而飞，一度失去了踪影。三十多年后，它突然出现在阿姆斯特丹。因为被重新进行打磨，重量减少到了四十五点五克拉，曾一度蒙蔽了世人的眼睛。一八三○年，伦敦著名的银行家亨利·菲力普·霍夫，重金将其收为己有。自此，"霍夫"的名称诞生并被沿用至今。从此，这颗蓝钻又开始了它无情的诅咒：霍夫的银行倒闭，连累大批客户家破人亡。

不久后，霍夫蓝钻易主俄国贵族卡尼妥斯基大公。大公热烈地崇拜一位妖艳的巴黎舞女，同意让她把蓝钻佩戴在胸前上台演出。舞女刚刚回到后台，就被大公妒火中烧的情妇凶残地杀死。第二天，大公本人竟也不明不白地死于非命。一九○九年，霍夫蓝钻以二百万弗朗的高价，被土耳其国王阿布朵路·哈米多二世在拍卖中竞得。不出几个月时间，哈米多二世就在军人政变中失去了王位，被迫流亡国外。

哈米多二世倒是没有忘记带走这颗宝石，他把"霍夫"转卖给了美国大富豪爱德华·玛库林家族。同时代的人们留下过有关影象的记录：上流社交界风头十足的玛库林夫人，还曾将这颗蓝钻"霍夫"戴在与自己形影不离的爱犬脖子上。在豪华的派对上，令所有渴望一睹"霍夫"的客人为之发出了惊呼！然而，无情的灾难仍是接踵而至——玛库林家少年的儿子不幸葬身车轮；千金娇女死于吞服安眠药过量；玛库林夫人不久也被关进了精神病院……

几百年来，但凡与霍夫蓝钻打过交道的帝王、贵族、豪门、

珠宝商、掮客、盗贼……几乎无不落得失败、破落、暴毙、横死的悲惨下场。就连负责重新打磨过它的阿姆斯特丹宝石工匠，父子两人也因这颗篮钻引发矛盾，先后自杀身亡。"蓝色的诅咒——霍夫"，一个令人悚然的故事，传遍了天下……

　　卡南讲述这颗稀世有色钻石的故事时，碰巧老东家坐在一边喝茶，露儿也在羽琏身边做针线。她停下了飞针走线，嘴里呐呐地愣起神来。这个充满神秘诅咒意味的故事，顿时就令她产生了不安的联想："那也是一颗带色儿的……大金钢钻吗？"

　　卡南的嘴角，露出了意味深长的笑意："我听说，中国也曾经出现过一颗带色的钻石。不过不是蓝色的，而是红色的。这颗红钻原本是属于俄罗斯叶卡德琳娜女沙皇的，最初是镶在一面金盾上，作为国宝被正式命名为'帝王之盾'……听听，多好的名字啊！可后来，莫名其妙地在皇宫火灾中失去了踪影。有意思的是许多年后，它变成项圈上的吊坠，由德国皇后作为国礼，送给了你们大清朝的一位皇太后。没过多久，大清帝国也'倒闭'了。世界各国珠宝行里的人还传说，中华民国刚创立不久，帝王之盾流失到了民间。民国第一任大总统的九位夫人之一也曾经盯上了它……可就在珠宝商把它送进总统官邸的当晚，那位大总统正好就宣布逊位啦！我还听说，后来跟这颗红钻发生过联系的骗子、强盗、中国珠宝商和东洋珠宝商，谁都没有逃脱厄运……"

　　"卡南先生，这颗什么……'帝王之盾'，您可知道它如今下落何在呢？"

　　"很遗憾，我不知道。不过，我倒是听说过几个不同版本的传闻。比如说……"

　　听到老东家突然打断了自己的讲述，卡南眨巴着黑白分明的大眼睛，故作幽默地耸了耸肩膀。正专心致志听故事的周羽琏，一脸单纯地追问道："比如什么？卡南叔叔您别卖关子，接着赶快往下说呀！"

　　"有人说，帝王之盾被一伙强盗趁火打劫，抢走了；有人说，被用心良苦的日本珠宝商偷偷带出了中国；还有人说，又被原来从清朝宫廷仆人手里买下它的那位北京珠宝商，神不知、鬼不觉地收回囊中。不过，我认为这最后一种传闻最不可信。因为当时报纸上说，高明的骗子们，正是从那位北京珠宝商手里骗走了这件宝贝。骗子如果没有抓到，那宝贝，又如何能够回到原主的手里呢？"

"就是，就是……"

露儿连声表示赞同，还不由自主地偷偷斜眼看了老东家一眼。尽管她并不知道，那个不祥的"诅咒"早就已经回到了老东家的手中。但过去发生的事情，已经把露儿给弄得是风声鹤唳、草木皆兵，外头哪怕就是一个误传，再把那颗红色金刚钻跟琳琅阁周家联系在一起，都会让她不寒而栗。这些细微的反应，也都没有逃出卡南的眼睛。他的嘴角，又流露出了不易察觉的笑意……

卡南讲述的一个个传奇故事，使周羽琏似乎明白了一个道理：珠宝，绝不是仅仅因其"以稀为贵"而价值连城。正是个中那深邃久远的宿命内涵，更令人难舍难弃，痴迷终生。

周玉和始终保持着沉默。可卡南那微妙的表情变化，无疑令老爷子的担忧：这些日子，他发现自己白天打瞌睡的时间越来越长了。像是有一个声音在说，时间已经不多了……他在考虑，适当的时候，就把一切都交代给羽儿这琳琅阁唯一的继承人。正在这个时候，一个来去无踪的棕色皮肤的卡南先生，真的就是那么"无意"地对自己的孙女儿，讲述了帝王之盾的历史传奇吗？对他这样一位进出中国珠宝市场少说好几年的灵通人士，难道真的就没听说，二十年前老北京的那桩家喻户晓的"宝石诈骗惊天大案"，正是与大名鼎鼎的琳琅阁周家有关么？

最近，国外也不断传来了一些与珠宝有关的新闻。倒还不是来自这位见多识广的卡南，而是来自周羽琏从洋人朋友那里得到的洋文杂志：一个神秘的珠宝大盗，已经在纽约、伦敦、巴黎、罗马、东京好几家负有盛名的珠宝店屡屡得手。他（她）就在店员的眼皮子底下，先后偷走了价值连城的贵重宝石七、八颗。这个独行大盗的作案手段之神奇、之高妙，令所有受害者和当地的优秀警探们，百思不得其解。

报刊的写手们命名此贼为"千面神偷"。他（她），时而是一位举止儒雅的欧洲绅士，时而是一位雍容华丽的亚裔贵妇，时而又是一位大腹便便的印度富商，时而竟还会是一个浓妆艳抹、搔首弄姿的妓院老板娘……作案的手法大致相同，被盗窃的，全部都是没有镶嵌的昂贵裸石。纯净度极高和颜色极佳的钻石、红、蓝、绿宝、猫儿眼和亚历山大石……可以说，没有一颗宝石的市价，是低于上万美金的平俗之物。

那天，留宿在周家的珠宝商卡南先生，忽然昏倒在傍晚喝茶的时候。他浑身就像一块火炭，很快就烧得不省人事了。可一听到露儿吩咐下人赶紧找车把他送往医院时，猛地睁开了黑白分明的一双大眼睛，火钳一样的手紧紧地抓住了身边的周羽琏，用虚弱的声音哀求说："不，不要送我上医院……我知道，这是上天的报应……降临了。在医院，我会死得更快。周小姐，还是让我把生命的去留，交给神……去裁决吧……"

周羽琏只好亲自指挥着下人，端来一盆盆的凉井水，浸湿了手巾，敷在卡南滚热的额头上。她寸步不离地守候在卡南的身边，整整两天两夜。她听到卡南用陌生的异域方言，呢喃着语意不详的梦呓。第三天的午夜，卡南突然睁开了紧闭的双眼。目光炯炯地望着身边昏昏欲睡的中国姑娘，渐渐地，泪水溢满了他大大的眼眶……

"如果我没有记错的话，地球是不是已经旋转了三圈？"

"不错，卡南叔叔。谢天谢地，高烧没烧坏您聪明的脑袋瓜儿。看来，仁慈的神还是决定把您留下，继续给我讲故事。"

"周小姐，我和你一样，从小就是个没有见过亲生父母的孩子。可我并没有你那么幸运哦，还有慈祥、富有的祖父和视你如骨肉的养父母。美丽的姑娘，相信吗？你是我此生在深夜里睁开眼睛时，看到过的唯一的人啊！你看看，为了我，你的眼睛都熬红了。谢谢你，让我懂得了什么是世界上最贵重的东西。你的善良，就是无价的宝石。如果你还能够为卡南做最后一件事，我便此生别无他求了。"

周羽琏当时还不理解，卡南为什么要说"最后"这两个字？只是很高兴他终于苏醒了。他不知道自己曾经多么担心，因为这场突如其来的高烧，将会从此听不到他讲故事了。她把手掌再次轻轻地放在卡南的额头上，发现热度并没有消退，只是渗出了一层粘乎乎的汗水。

"卡南叔叔，您尽管说。"

"让我亲眼一见那颗……帝王之盾。"

"可是，我都没有亲眼见过它啊！"

"听我说，孩子。只要拆开你祖父的枕头，就会找到它的。"

"您……您怎么知道的呢？"

这下，是周羽琏的眼睛瞪得滚圆，怕是快赶上卡南那双雅利安人种的大眼睛了。

"麻烦你周小姐,去帮我把箱子拿来……"

从打开的那只皮箱子里,一颗拳头大小的透明水晶球,被周羽琏双手捧到卡南的面前。卡南的脸上,随之掠过了一抹诡异的光芒。

"就是从这里,我看见了'她'——神秘的酒红色,形状就像一枚古代的盾牌。她美极了,曾经被戴在欧、亚最强大的女君主胸前。水晶球告诉我,现在,她沉睡在一位中国老人的枕头里面。而'她',还将带来宿命之星疯狂的旋转。我一生经手过许多昂贵的宝石。每一颗几乎都能令世界上的贵妇和千金们彻夜难眠。遗憾的是水晶球说,卡南不具备拥有帝王之盾的人格和力量……知道为什么吗,善良的小姑娘?"

周羽琏直盯盯地注视着卡南的脸,认真地摇摇头。

"好姑娘,总有一天你会明白的。来,好好看看这颗水晶球,听听它还将告诉我们一些什么?"

就在这时,电灯熄灭了。月光晃晃地照进了窗户,投射在羽琏手中的那颗水晶球上。果然,一团云雾般的光芒,在球心浮动起来。异彩纷呈、金星点点,渐渐地,幻化出了一个奇异的人影:那分明是一个清朝宫女若隐若现的身影。

周羽琏惊奇极了!她目不转睛地注视着这个似曾相识的魔幻般的影像……就在这时,房门被打开来,是琳琅阁的老东家周玉和。他双手捧着一只方方正正的雕花首饰盒子:

"我把'她'拿来了,卡南先生。不用您再劳心费神儿,说服这个崇拜您的女孩子,去糟踏我的荞麦皮儿枕头啦!"

老人径直走到卡南的卧榻边,面对着他一个人,带着几分庄重的神情,打开了首饰盒的盖子……坐在对面的周羽琏并没有看见盒子里面的东西,却只见昏暗中有一束红色的光芒,瞬间照亮了卡南那张重病中憔悴的脸,往日黑白分明的瞳孔中,霎时被映出了两颗火星般的红点。

也就在这个时刻,刚才出现在水晶球里那清朝宫女的身影,清晰地印在打开的门框中。背后一片银色的月光,为"她"镶嵌出了梦幻般的光环。"她"发冠高耸,钗环晃动,裙裾飘飘……

随之,依稀传来了一个女人悠远深长的笑声。在这神秘的笑声中,卡南着魔似地冲天高举起了双手。那双手奇特地痉挛着,牢牢吸引了羽琏爷孙俩的目光——卡南左手的无名指,突然掉了下来!失去了无名指的手掌处,露出了一个圆圆的小洞……

周玉和在惊恐之下,本能地把手中的首饰盒盖子"啪"地一声关上,紧紧抱在怀里,踉跄后退了两步,跌坐在地上。他机械地将头一会转向门口,一会转向卡南……周羽琏下意识地将目光投向月色下清朝宫女的朦胧身影。眼睁睁地看着"她"缓缓地在月色下消失,那神秘的笑声也随之飘然远去……

身边的卡南那双大睁的眼睛,开始渐渐地失去生命的光泽。他用自己那只完整的右手,一把握住周羽琏的右手,用力地叠在自己那只失去了无名指的左手的创口处……显然,他连说话的力气都没有了。就在这令人费解的最后一个动作中,戛然终止了呼吸。

跌坐在地上的周玉和看见,孙女儿把自己被卡南紧紧握住的手挣脱出来。虔诚地双手合十,举到额头正中。这个遇事从不轻易真情外露的女孩子,那一双酷似母亲蔡若茵的眼睛中,大颗大颗的泪珠涌了出来。黯淡的光线中,老人分明看见,那一颗颗晶莹的泪珠,滚落在她重新摊开在面前的两只手掌上……

就像变魔术一样,孙女儿的泪水,竟化作了一颗颗七彩璀璨的宝石!

周羽琏在卡南遗留的皮箱里,发现了一个机关巧妙的夹层。里面除了有化妆用的油彩,黄、白、黑三种颜色的假发和一本记事簿之外,还有四本护照。护照的颁发国分别是俄罗斯、英吉利、意大利和英属印度殖民地。这位"卡南先生",也有着四个不同的名字。他的尸体被送到了北平警署指定的医院以后,又一个极大的秘密,被例行的验尸解剖披露出来——

原来,正是这位被誉为"千面神偷"的多国籍人,以其出神入化的变脸化妆术和令世人匪夷所思的手段,创造出了被载入"珠宝事件史"上的一个奇迹:多年前,一位隐名埋姓的英国外科医生,用他那把高明而又残忍的手术刀,在卡南的左臂里面安装了一条胶皮管子。这根管子连接一个鸭蛋大小的胶皮球吸囊,被巧妙地藏在卡南的左腋下。胶皮管子的吸引口,就在卡南左手无名指衔接手掌的地方。平时,一枚宽大的金戒指戴在左手无名指上。那只无名指曾被齐根切掉,而假肢手指的里侧,则有一个蚕豆大的孔洞。借助着左腋下那个球状吸囊的可控引力,卡南得以实施了他在世界各地那几桩出神入化的宝石偷窃计划。

把卡南叔叔送上死路的那场高烧,正是因为左腋下发生了严重的创伤感染。唯一无法解释的就是,本来,只能由那位英国外科医生亲自通过外科手术,才可以取出的宝石,竟在卡南临死之前,不知是因为他用尽了生命弥留之际的力量,还是冥冥之中的天意所致,胶囊球中七颗价值连城的宝石,随着心脏的最后一搏,全部都被挤压到了周羽琏的手心里。

由琳琅阁周家出资出面,卡南的遗体被送往香山南边的万安公墓进行安葬。这个公墓在三十年代,可谓是开创了中国丧葬习俗改革的典范。占地一百三十亩的墓园,被建设得景致美如幽静的公园。最难得的是《公墓章程》声明:"凡被葬人不限国籍、不论宗教、不分阶级,均可入葬……"

看到卡南的棺木按照严格的规定,终于被放进了长十二英尺、宽六英尺的墓穴,就像再一次失去了恩师那样,周羽琏心中充满了悲哀和惆怅。因为香山万安公墓还明文约束,"葬户不得将任何物品、金银等殉葬于棺材之内",她只能在被换上了一身中式黑色绸缎寿衣的卡南的棺木中,放了一捧他生前喜欢的北京脆枣。周家四合院东墙角的一株老枣树,正值硕果累累的时节……

因为亡灵生前曾经拥有过四个名字,令周家人犹豫不决的是,小墓碑上的名字和铭文应该怎样撰刻?按照周羽琏的性格,应当直书"天下第一珠宝神偷之墓"。她说,任何一种职业,一旦被做到了极致,都是很了不起嘛!爷爷不同意如此率直地对亡灵进行盖棺定论,于是,便决定暂时留下这片空白。

周羽琏在卡南的记事簿上,读懂了一页页详细的英文记录:所盗宝石的时间、地点、重量、店头价格,等等。而最为令她吃惊的还有,卡南并不是一个单纯的珠宝神偷。显然,他对自己每一件窥视中的盗窃标的,全部事先进行了深入的调查研究,包括历史传承,人文渊源……因为受限于那根胶皮吸管的直径,他必须选择虽然体积不是最大,但品质和出身背景最为高贵的未镶嵌宝石。

老珠宝人周玉和戴上花镜同时举起放大镜,与孙女儿关起门来,在窗外射进的自然光线下,怀着近乎神圣的心情,久久地欣赏着一颗颗璀璨的稀世之宝。祖孙两人在暗暗惊叹着"天地造化"的同时,情不自禁地佩服着神偷卡南的一双毒眼和前无古人

帝王之盾

的盗宝绝技：重约二点五克拉的一颗水滴型稀有金色美钻，通过卡南的文字记录得知，这是产自印度的一颗极品色钻。那无与伦比的纯净和幽柔，令人联想到夜晚恒河上闪动的月光。它最初属于印度的古老名门哈罗达家族，遂被命名为"哈罗达之月"。人们传说，凡是有幸佩戴过"哈罗达之月"的人，就会成为世界大名人。

一颗略带紫色的深红色宝石，只有食指的指甲盖大小。周玉和不禁低声叹息道："好多同行都说，做一辈子珠宝生意，见过传说中'鸽血红'的人，就是百里挑一的幸运者。"

周玉和想起了儿媳妇蔡若茵嫁进周家门里时，他亲自做主把一对来自紫禁城的红宝石耳环送给她作为聘礼。当看到卡南盗来的这块红宝石时，他叫羽琏拿出了母亲留下的耳环……宝石，是不能对比的。如果手上没有卡南盗得的这块鸽血红，人们就会误认为，蔡若茵当年戴着去见德宁郡主的耳环，就是鸽血红呢。

卡南留下的宝石中，有一块矢车菊色蓝宝，大约有七克拉左右的重量。相传公元十五世纪的法皇鲁涅桑斯下葬时，手上就戴着一枚重达三百克拉的珍稀蓝宝石戒指。为了避免盗窃的发生，曾派兵日夜守卫着陵寝。

商家公认最有价值的蓝宝，就是一种浓蓝中透着紫的"矢车菊色"。卡南断定自己收获的这块蓝宝，就是后来被盗墓人找到的法皇鲁涅桑斯的陪葬品。它曾在十九世纪被分割成六块，这就是经过重新打磨的其中之一。虽然不是最大的，成色却是最好的。

一颗重量没有超过五克拉的祖母绿宝石，如同深潭般的纯粹碧绿，给周家祖孙俩的第一感觉就是，美得简直夺人魂魄！卡南描写说，世界公认绿色宝石的代表，是祖母绿。与五月阳春万物复苏无比和谐。造就出了"Emerald之绿"的色彩名称。古罗马和古埃及时代，被誉为是"献给维纳斯的宝石"。

倾国倾城的埃及妖后古蕾奥巴托拉，实际并非人们传说的那般绝顶美丽。俘获了众多豪杰英雄之心的，是她一双绿色的眸子。她曾经拥有着一座属于个人的祖母绿宝石矿山，时至十九世纪，这座公元前一五〇〇年的宝石矿遗迹，方才被法兰西的探险家偶然发现。卡南不愧是个热爱珠宝的"珠宝神偷"。这颗祖母绿因为超群的浓绿和几乎为零的瑕疵，便认定它是出自古代埃及女王那座传奇的私有矿山，而非哥伦比亚。

通过卡南的文字描述，周羽琏得知，那一颗颗晶莹美丽的稀世瑰宝，无不拥有传奇的历史，高贵的出身。

其中有一页，竟然是关于东京银座老字号珠宝店小川屋的盗窃记录：那是该店一颗直径十毫米的野生海洋珍珠，呈现出令人匪夷所思的浓艳粉红色。人们猜测，这颗珍珠的珠核，是一块同样珍贵无比的血赤珊瑚，被誉之为世界独一无二的红珠。卡南写道："毋庸置疑，这就是小川屋的镇店之宝。"

人工养殖海水珍珠技术的首创，则是西历一八九三年的日本。从此改变了珍珠历史的同时，稀有野生珍珠的价值亦随之高腾。全世界皇族贵胄的女性们，无处不表现出对珍珠的情有独钟。小川屋重金聘请意大利知名御用珠宝设计师，用这颗价值连城的野生红珍珠，为日本皇室一位美貌倾城的亲王妃设计了一顶皇冠。但是，唯独这颗神秘的红珠，并没有出现在卡南临终前交给周羽琏的那七颗珠宝之中。这令周家祖孙陷入了迷惑……

孙女儿说："爷爷，这颗红珠会不会还留在卡南叔叔的遗体里呢？"

爷爷说："有这种可能。"

孙女儿说："那怎么办呢？"

爷爷说："怎么办？无论如何，我们不能去打扰亡灵。"

孙女儿说："那我们就只有在不打扰亡灵的前提下，想想还有什么可能了。"

爷爷说："卡南咽气后，是被送到哪个医院接受什么'尸体检查'的？你看看，人都死了，到底是没躲过一场刀剐之刑啊！"

孙女儿愣愣地听完了爷爷絮絮叨叨的一番感叹，破天荒讨好地为老人捶了五分钟的背。爷爷到底就是爷爷啊，为自己点亮了思路的一盏灯……

几天后，收下了琳琅阁一笔酬谢的谭警官，送来了已经被扔进了市立医院解剖室污物桶的那条橡皮吸管。担任卡南遗体解剖的外科医师，曾经留学仙台医科大学。在教科书上，他读到过关于"以功利性为目的而非以救治为目的"的外科手术案例，包括人为制造畸形、残废、鬼脸等等。但这种把一条橡皮管和一只球囊，通过相当痛苦的手术过程，巧妙缝合在人体的手臂内侧和腋下，到底是什么目的呢？因为渴望探究原因，这位医师擅自从卡南的体内，完整地取出了那件令人费解的橡胶制品。几天之后，又不知其所以然地将它扔进了解剖室的污物桶。

　　它还沾着斑斑血迹，柔软的管子一端，那只橡皮球呈现出令人作呕的半透明状，就仿佛真是人体器官的一部分。周羽琏捧着它时转念一想，许久以来，这古怪、丑陋的异物，就被"种植"在可怜的卡南叔叔体内，难道不就像是他器官的一部分么？

　　避开旁人眼目，她用铜脸盆端来了温热的盐水。怀着近乎虔诚的心情，小心翼翼地洗涤着这件差点成为垃圾的人造器官。因为惧怕也因为怜惜，她觉得自己的心脏，在随着那橡胶管子的抖动，一阵阵地战栗不已——卡南叔叔冒着外界和体内的双重风险，直接窃入了身体中的宝石价值连城，可他自己却没有办法拥有它们。

　　似乎有一个小硬物，正好卡在橡皮管与橡皮球的接头部分。圆圆的，通过周羽琏的指尖，突然被传递进到她的神经中枢里……

— 第拾捌章 —

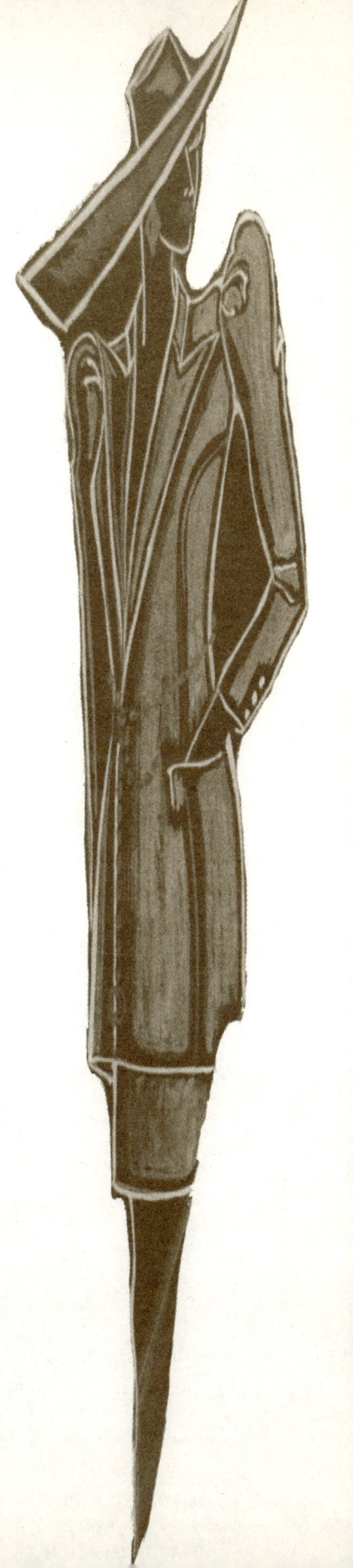

周玉和辗转不眠了整整几天几夜……

即便明知是"天下财宝尽如过眼烟云",那名副其实的好东西,它的确是会令人过目难忘啊!当羽琏双手捧着那颗被意外找到的红色珍珠时,不知道出于什么动机,老东家周玉和终于把儿子夫妇为什么会从这个家庭中消失的前因后果,全部揭露给了孙女儿。当年,是否真的就是小川正一夫,幕后操纵了那桩罪恶的绑架案,致使羽琏的生母死于非命?虽然至今仍没有十成确切的证据,但明眼人很容易根据动机,来做出一个相对合理的推断。

在一个老珠宝商的潜意识中,也许他希望,对日本人仇恨的记忆,能够影响孙女儿对这颗红色珍珠的取舍。而作为一个家族的长辈,理性却绝不允许他鼓励孙女儿,断然做出"见利忘义"的决定。

孙女儿的反应,依然是冷静得出人意料。沉默良久,她对祖父提出了独自出国旅行的要求。一切,还是交给孩子吧。当爷爷的真是老了,糊涂得都不知道应该怎么做了。他只对羽琏提了一个小小的请求:出门之前,让这些美丽的天价宝石,在自己的枕头底下再放几天。

在不久后的半年间,外人只听说是"琳琅阁的女公子到欧罗巴去考察洋人的珠宝买卖"。四九城一度消失了她的身影……

就在周羽琏离开北平的几个月后,国内外报刊陆续刊登出了情节大同小异的一系列"离奇事件报道":失踪高价宝石神秘物归原主——伦敦、巴黎、罗马、德里……

在众多目击者大同小异的描述中,有一个东方女子,她的身材挺拔、服饰摩登,操着一口稍带异族口音的英语。她似乎很好学,喜欢拿出携带式的高倍小放大镜,用请教的语气提出一些与质量或工艺有关的问题。然后,往往会买下几件中意的商品。接触过这位东方女子的店员们大多认为,她是一位对珠宝懂行的贵客。就在店员为商品进行包装的时候,神不知鬼不觉地,该珠宝店曾经被人盗窃的贵重宝石,就连同一封内容令人哭笑不得的信件,被放进了柜台的某个角落里……

接着,便是那些宝石失而复得的珠宝店主们,对这位神秘的东方天使发自内心的无限感激——信中写道:这不过是一位天生就爱恶作剧的伟大的魔术师,跟贵店开了一个玩笑罢了。对于魔术师本人来说,仅仅是意味着一次"职业技能的挑战"。今日完璧归赵，亦为曾经引起贵店一场虚惊深感歉意，云云。

只有当周羽琏走进东京银座的小川屋时，她不是一个人。

太平洋战争爆发前几年的日本，依然还能够呈现出表面的平静和繁荣。走在银座和日本桥一带的大街上，明治时代风格厚重而宏伟的建筑，让周羽琏想起了中国上海的外滩。在六本木富有了北欧风格的若叶咖啡馆里，周羽琏如愿与长森惠子的久别重逢，是她离开中国以来最快乐的一个时刻。

长森对周羽琏谈到了自己与那位远亲舅舅内田良平的对决："我看到内田良平时，他正终日郁郁寡欢，健康似乎也出现不容乐观的征兆。我们之间的对话很简短。我问，日本的历史会因为你的思想和主义，改变成什么样子？他说，国民不再是猥琐的岛民，国家不再是狭小的岛国！我看着他一头早白的花发，反而对中国人那句'秀才造反、三年不成'的老话，产生了怀疑。书生的力量，就是思想的力量。而思想的力量，就是颠覆历史的源头。最后我说，总有一天，也会是书生来为你盖棺定论。他对我说，'惠子我拜托你了，今后每年的彼岸日，都来表舅的坟前说说，我的国家、我的日本，正在发生怎样的变化……'第二天，报纸上就传出了内田良平在家中孤独死去的消息。"

周羽琏听到长森这番讲述，心想，常常挂在露儿妈妈嘴上的"报应"二字，真是一点都不错——当一个弱小的女书生，仅仅以她那和风细雨般的话语，说出了几句良知的预言时，曾经不可一世的堂堂黑龙会会首，便在二十四小时之内呜呼哀哉了！

周羽琏也对长森公开了此行的秘密目的。长森惠子伸出手来，再一次轻轻地抚摸了一下昔日学生那已经长大成人的面孔，心中霎时充满了感动——面前这个不能说非常漂亮，却堪称英俊的姑娘，把她培养成如此仗义疏财、富有美德仁心之人的，不仅是中国，也包括自己。

长森则向周羽琏证实了"银座小川屋"与北京"小川商事"之间的家缘关系。东京中、上层的消费群体大都知道，这家老字号珠宝店的老板，正是二十年前从中国回到日本的小川悦子。她曾经挽救小川家的祖业于濒危一旦……如今正当中年，貌美聪慧，举重若轻，早已是名门华族岩仓家的少夫人。同样出身于华族的长森，多少了解小川悦子的婆家背景。她还听说，虽然堪称"富甲一方"，悦子却不是一个享有亲情的人。无论是在娘家，还

是在婆家……

冥冥之中一个声音仿佛在对周羽琏说：从此，你遇到了命运中唯一的对手。

双双身穿高级和服，长森与周羽琏一对师生以姑侄相称，迈着细碎的内八字脚步，款款走进了银座的小川屋珠宝店。

长森告诉过周羽琏，小川悦子继承娘家这块老招牌之后，不久就在京都、大阪、札幌先后开设了分店。去年，仙台和广岛市的分店也开张营业了。周羽琏很快就弄明白了，设立分店的最大优势，就是库存可以得到几度循环。珠宝这种商品，在回头客的眼中一旦款式总是不变，就会产生审美的厌倦感。

和琳琅阁一样，创建于江户初期的小川屋，原本也是一家民族首饰店。但今天的经营形象，却与周羽琏的想象大相径庭。在进出过了好几个国家大都市的名门珠宝店之后，东京银座的小川屋给她造成的心理冲击，却是最强烈的。她在小川屋滞留的时间最长，连她自己也不曾料到，那竟是发自内心的新奇满目，流连忘返……

小川屋的银座本店分楼上、楼下两层。楼下是相对大众化的商品，在水晶吊灯明亮的光芒中，来自世界各国的宝石，都呈现出璀璨耀眼的色泽。每件首饰无论价格高低，都被精心设计、打造得新颖动人。在店中，一位年龄三十过半的女店员，看上去是负有管理职责的老练人物。她迅速判断出，两位面生的客人，属于日本所谓"旧家"豪门中的高贵女性。尤其是从那位年长女士的口语中，可以听出那个阶层的特殊文法和措辞。

于是，她根据长森和周羽琏的和服装束，首先是把这对以姑侄相称的女客，引导到陈列着和式首饰的柜台前。里面摆着玳瑁梳子、珊瑚花头簪、翡翠、水晶镶嵌的腰带扣……同样令周羽琏深受感染的是，小川屋的总体风格，已经很具现代西洋的新意。在钻石戒指、色宝耳环、奥珀胸花、珍珠项链等等西洋珠宝首饰开始大行其道的当下，本民族传统的需求不但没有被遗弃，同时也体现出了"和洋结合"的艺术追求。连长森都对柜台里设计新颖的发簪和梳子心动起来。

一楼的商品，严格明码标价，陈列疏密有致，几块贝壳、两枚鹅卵石、一只和纸折叠的飞鹤、数朵晾干的玫瑰花……化腐朽为神奇的珠宝柜台中，展现出的，就像安徒生童话中的美妙世界。周羽琏毫不怀疑,在如此充满了诱惑力的小空间里,也许没有一个女性不会停下脚步,偷偷咽着唾液。最后,不是把手伸向自己的钱包,就是不知不觉地对身边的那个男人,露出甜腻腻的笑容……

令人瞩目的还有小川屋的店员:一色训练有素的女性。年轻的也已二十五、六岁,年长的,显然超过了四十岁。她们并非人人都长得花容月貌,但明显受到过相当程度的文化教育和专业培训。风度优雅,举止从容,对答如流。而且,分别具备了英语、法语、德语等多国外语的对应能力。除了两个负责传统首饰柜台的女店员身穿和服之外,其他女店员的工作服,一律是法国夏奈尔风格的藏青色套装。线条简洁的过膝西装裙,裙摆下是长筒丝袜和黑色的半高跟皮鞋。每个人都将头发剪烫得时尚大方、利利落落。

值得注意的还有一个细节,每一个店员都佩戴着真金白银的珠宝首饰,要么是条项链,要么是枚胸花……很显然,她们还兼任着珠宝店的模特。经常会有客人要求:请小姐摘下你别在领子上的那件首饰,让我看看。给周羽琏的印象,每个女店员都是这家珠宝店有机的一部分。

"小川屋的店员,就是引人注目的一道风景。"

她忍不住低声对身边的长森"姑妈",用中文发出了第一句赞叹。

二楼是接待贵宾的珠宝沙龙。相对光线强烈的一楼,这里被营造成柔和的空间。式样经典华丽的欧洲宫廷式家具,构成了相对统一的风格。洛可可风格的雕花桌椅,奥地利水晶刻花玻璃器皿中,插着含苞欲放的新鲜玫瑰花。透过一盏盏落地灯的纱罩,每一件物体都仿佛在闪烁着幽幽动人的光芒。空气中,弥漫着淡雅的香气,令人连视线都有些朦胧了……

并没有看到陈列商品的柜台。只有在正面的墙壁里,一个被小射灯照亮的咫尺凹框中,一顶用上千颗钻石和近百颗淡粉色小珍珠组成的白金皇冠,像是独自拥有了二楼的整个空间。细看却发现,美轮美奂的皇冠正中,那想象中应该镶着一颗主石的位置,却直立着一根光秃秃的金属芯……原来,这是一款尚未完成的珠宝巨作。

举止老成的中年女店员用不卑不亢的语气,对长森师生主动介绍道:"这是特地为东松宫亲王妃阁下设计制作的。是不是需

要用点茶？咖啡、红茶还是日本茶，请吩咐。我想两位刚才在楼下已经站了很久，跟店员们谈了很多话，是不是休息休息，再接着鉴赏敝店的拙作呢？"

周羽琏被这位女店员一丝不苟的敬语，弄得耳朵都快要歪了。可她发现，作为一个被特殊款待的客人，那种"女性的虚荣心"，首先得到了满足和鼓励。

女店员请长森和周羽琏在宽大的意大利真皮沙发中落了座，轻轻击掌后，便有一个比较年轻的姑娘，脚步轻捷地从二楼一个不为人注意的角落里走出来，然后领命去为客人准备饮品。和喷香、滚热的红茶一起端到面前的，还有两小碟点心。一碟是颜色和形状都极精致可爱的和果子，一碟是用果酱、巧克力和果仁覆盖的奶油蛋糕。小点心一入嘴就化，口感好极了。周羽琏忍不住第二次伸出了手中的小叉子……她甚至没有忽略，每一件精美的英国骨瓷器皿，会发出清脆的声音。就连搅拌糖、奶的小勺子，都是纯银的高级舶来品。

为此她顿悟：一个高级珠宝店，包括店员在内，每一件出现在客人眼前的事物，都应当具备着与珠宝相符的高贵品质。

年长的女店员始终挺胸收腹，笔直地站立在沙发的斜对面，双手拘谨地握在身前。她从容不迫地有问必答，也会顺便主动将店里的服务介绍给客人："每年正月新年开张第一天，还有天皇诞辰日和圣诞前夕，敝店都会举行抽奖活动，为客人们增添节日的欢乐气氛。"

"抽奖？谁都可以来碰碰运气吗？"

"那天，只要在店里买了东西，无论多少钱，都会得到和购物价格相应的抽奖机会。比如说，一百元可以抽奖一次，超过一百块是两次……以此类推。买得越多，抽奖的次数也越多。"

"奖品都是些什么呢？值得客人跑来为了抽个小奖，大把地花钱吗？"

"当然值得。全日本的人都知道，小川屋是不标虚价、也不假惺惺地搞什么降价的。但是，我们总需要有感谢客人的机会啊。抽奖得到的奖品，就是小川屋的购物券。运气好的人，中奖金额甚至超过了刚才买东西的价格。这样，就等于是买到了便宜的东西。对什么都没有抽中的客人，我们也准备了一般商店买不到的漂亮礼物。比如，从瑞士直接输入的小八音盒啦，中国汕头刺绣的真丝手绢啦……不光好多名门望族的小姐、夫人喜欢来参加抽奖,连皇宫的王女们,也会来参加节日酬宾活动呢!"

周羽琏暗自倒吸一口冷气——作为珠宝行,一般是"三年不开张,开张吃三年"的。可小川屋的经营者,显然是在挑战传统的经营理念。意图是借用大公司做百货的方式,主动出击,以此培养尚未成熟的西洋首饰市场。周羽琏接着向店员提问:

"如果遇到两位客人,都想得到一模一样的一件首饰呢?"

"那我们会向这位客人推荐款式和价格都相近的其他商品。要对客人说明,敝店的每一款商品,肯定都是独一无二的,绝对无法复制。"

周羽琏再一次暗暗地叫好,受到过新式教育和拥有一定社会地位的女性,会最先成为西洋珠宝的倾心者。而这一部分人,大都强调个性化。也许,她们在这家珠宝店里,首先找到的不是珠宝,而是对"唯我独尊"之心的呵护吧?

这回是长森开口转移了话题:"为久美子妃定制的皇冠,为什么还没完成呢?"

听到长森直接就叫出了东松宫亲王妃本人的芳名,店员进一步意识到,这位年长的贵客果然是背景不凡。她便刻意地表现出坦诚而亲近的态度:"其实,这和去年底就已见诸报端的一桩盗窃案有关。夫人,您没有听说过吗?"

周羽琏的心"咯噔"一下,脑海中泛起了卡南那本盗宝笔记中,"被盗店家已重金聘请意大利知名珠宝设计师,用这颗价值连城的野生红珍珠,为日本皇室一位美貌倾城的亲王妃,专门制作一顶皇冠"……的描述。

"似乎是有所耳闻。不过,你不妨跟我们讲述得详细一些嘛。"

长森端起咖啡杯的手,姿势很雅致。说话的声音,轻柔得就像一阵花香中的鸟语。周羽琏真难想象,同样是这位女先生,曾经独自一人站在令世人谈虎色变的黑龙会会首面前……说不定,恰恰就是她的"和风细雨",把个不可一世的内田良平,气得灵魂都出了窍。

"当时,悦子夫人亲自出面,接待了一位印度老绅士。我还记得,他的年龄大约六十岁上下,个子不高,胖乎乎的。锡克教的包头是雪白的真绢,左手无名指上戴着一颗足有二十多克拉的钻石戒指呢!您二位想,这种年事已高的贵客,是不是很容易让人放松警惕呢?"

"主要还是他左手无名指上的那枚钻石戒指,让精明的悦子夫人放松了警惕吧?"

听到长森用调侃的语气回答女店员的话,周羽琏的嘴角,忍不住露出了一丝微笑。

"也许不能完全排除这也是其中一个原因吧。开始,悦子夫人并没有拿出那颗红色的阿哥亚珍珠来。可拿出来的好几颗宝石,那老绅士连碰都不碰,好像根本都不怎么看得上眼。悦子夫人就……"

"悦子夫人就有点被激怒了,对不对?"

长森又一次用含着调侃的语气,打断了女店员的讲述。周羽琏给逗得又忍不住露出了笑容。

"您知道,我们悦子夫人的性格,是很要强的。否则,小川屋就不会有今天的景象。我们每个店员不论是比她年轻,还是比她年长,都很敬佩她……"

"敬佩?能不能请你举个例子,形容一下'你们的悦子夫人'何以值得'敬佩'呢?顺便问一句,听说她贵为岩仓子爵家的少奶奶,你们为什么不称呼她'岩仓夫人'呢?那是多大的荣耀啊——日本华族的姓氏嘛!"

女店员被周羽琏这种显然不太友善的提问,弄得一时张口结舌了。可脸上转而便露出了甜蜜而又谦卑的笑容……显然,在这种高级珠宝店,经常会出现几个颐指气使、傲慢乖张的贵妇人、大小姐。

"对不起小姐,你可千万别误解啊,我的侄女儿就是这么个脾气,她没有一点恶意,也没有贬低悦子夫人的意思。只是,初来乍到的,什么都感到新鲜好奇罢了。还是请你接着给我们讲讲那桩著名的红珍珠盗窃案吧。"

听到长森口气颇含诚意的解释,女店员轻轻地松下一口气来:"其实,至今我和悦子夫人都搞不明白,明明被放在绒面托盘里的那颗红珍珠,竟在我们所有人的眼前,真就像蒸发了一样,刹那间失去了踪影!当时,那个印度老绅士也和我们一起,趴在地毯上拼命地找呀摸呀、还不停地抖动全身的衣衫……然后,就像看见了什么天降妖魔似的,他浑身发抖,开始不停地呐呐祈祷。我们也听不懂他在念什么咒语经文,反正看到他手舞足蹈,对天摊开的双手里,真是空空的,什么也没有。悦子夫人最后还不得不亲自把那位面露不快的老……老绅士恭送出店门去。"

看到那位女店员因为回忆起了当时的情景，又变得脸色发黄。周羽琏这回可不是仅仅"露出微笑"那么矜持了，而是忍不住放声哈哈大笑起来！

她在脑海中完全可以描绘出，卡南叔叔化妆成一个傻呼呼的老富豪，在小川悦子面前装神弄鬼的样子，该有多么好玩儿！年长的女店员这回倒是被周羽琏的反应给吓住了，诧异的表情明显是在质问：如此可怕、如此匪夷所思的一场灾难，有那么好笑吗？

为了掩饰自己的失态，周羽琏捂着肚子说："姑妈，你不是说要给我妈妈买一件首饰做礼物，让我带回满洲去，还要让我自己挑一件喜欢的做陪嫁吗？"

"是呀，咱们吃也吃了，喝也喝了，你笑也笑够了。该请人家给我们看看东西了。"

女店员先请长森姑侄俩，移动到台面宽大的雕花橡木桌子边，在高背雕花椅子上落座后，她再次轻轻击掌。还是从房间的角落里，走出了年轻的女店员来。不是一个人，而是排成一队的五个女孩子。人人手捧一只托盘。与此同时，一反刚才幽暗的气氛，周羽琏只觉眼前顿时光明一片——五只托盘上的银灰色金丝绒，衬托出了戒指、耳环、项链、手镯、胸针……的缤纷七彩。

即使是作为一个职业珠宝商，一个在珠宝店里长大的人，周羽琏也被这一番精彩的铺垫和亮相，弄得头脑发起热来。眼前的一件件首饰，未必就比自己在巴黎、伦敦、罗马……看到的珠宝款式更加漂亮。但是，当它们被以这种独特的方式展示出来，无疑让客人心中涌起了"自己正在被特殊对待"的满足感。结果是她支付了将近三千美元的巨款，选定了两枚戒指，一枚胸花，还有耳环、项链两件一套的一共五件首饰。远远超出了走进小川屋之前的预算……

接着，店员们又表演了一场令人眼花缭乱的包装服务大战。从挑选包装盒、礼品袋，到每个蝴蝶结的绸带颜色……真可谓是"事无巨细，周到备至"。在客人面前表现出的是"商品特别贵重，客人无比至上"的服务姿态。

就在这个当口上，周羽琏不失时机，向那位因为终于做成了生意而不禁面露喜悦之色的年长店员，仔细询问了小川屋店主对店员的付薪、提成和奖励方式。她不得不承认，沿着卡南叔叔那本盗宝笔记的指引，半年来自己舟车仆仆地光顾了世界那么多家一流的珠宝店。小川屋是自己钱花得最多、却也最心甘情愿的一家。但是，周羽琏最终还是没有把那颗红珍珠，还给小川屋……

提着印有"银座小川屋"烫金字样的包装袋，长森和周羽琏缓缓穿过了全体女店员深深鞠躬相送的夹道。在回到酒店、放下东西之后，周羽琏的脑海中仍然徘徊着小川屋那富于启示意义的一幕幕。很久很久，她的内心无法平静——原来，经营好一家现代珠宝店，自己还差得太多、太多。其实，完全是通过人为的努力，就能够实现的独特面貌，为什么那个小川悦子想到了、做到了，而自己却在北京城里坐井观天、抱陈守旧地混了这么多年？

长森推荐了一家四国风味的小料理店，和纸裱糊的木格子门外，一盏椭圆形的红灯笼在夜色中的小街上，放射出热情的光芒。点了几根炭烤的烧鸡串、一碟又红又咸的腌鱼子，就着一小壶被烫热的清酒，师生二人对酌起来……

"长森先生，您见过小川屋那位被她的店员们'敬佩'的当家人吗？"

"你是指岩仓悦子吗？唔，她的娘家姓氏当然是'小川'。按照日本的风俗和法律，结婚自然就随了夫姓。我在去年皇宫的金秋联谊会上，见过她和她的婆婆岩仓子爵夫人。从表面上看，悦子是个性格内向的人。我还听说，她确实是很自强也很勤学敬业的。读了很多书，也游历了不少国家。可是，几乎尽人皆知，她的生母是个中国娼妇。尽管谁都承认她本人才貌双全且腰缠万贯，东京的上流社会，却从来也没有真正接纳过她。她的婆婆在上层的社交圈子里，倒是一向风头十足。而且，听说她在军政界的强硬派和保守派各路政治集团之间，也是个纵横自如的特殊人物。借用中国的一句老话，这位老子爵夫人可不是一盏'省油的灯'。仅从她当年能够力排众议，为自家招进了一个有着中国文化背景的庶民富家女做儿媳，就不是平常之举了。"

"长森先生，您到底知道多少关于我们周家和小川家族的过去呢？"

"你的祖父是跟我谈过一些对往事的怀疑，尽管我并不知道他到底透露到了什么程度？老人家是个深谋远虑的人物，他对日本在华势力的不断膨胀，忧心忡忡。归根到底他是希望，在关键时候，我能够尽力保护你罢了。"

"先生，我听说那位东松宫亲王妃长得非常漂亮。您见过她么?"

"见过。在去年的一场舞会上,她戴着一条直径超过了九毫米的阿哥亚珍珠项链,据说价值万元。花边新闻描写过这位王妃与珍珠的不解之缘。说是因为她小的时候,有算命大师说过,珍珠是她的幸运宝石,会让她健康长寿,多子多福。"

"您对东松宫这对亲王夫妇的印象如何呢?"

周羽琏提出这些不着边际的问题。虽说心里原本没有打算无条件地把那颗稀世红珠,白白地还给跟琳琅阁周家尚未算清旧账的小川家人。但是,当上午在小川屋珠宝店,无意中看到了正在"等待"之中的那顶皇冠,作为珠宝人的她,内心竟动摇了……

长森小口地抿着温热的清酒,心不在焉地回答说:"我也说不上是否喜欢这位德川家族出身的千金。不过印象中,倒像是有着敢作敢为的性格。至于东松宫亲王本人么,外界传说,他是个与少壮派军人集团打得火热的主战派人物。"

就是在小料理屋里长森惠子的最后两句话,周羽琏到底还是没有拿出本来应该镶在小川屋那顶皇冠上的红色珍珠。这一等,便又是好几个风雨春秋……

在横滨的码头上,这一对情同母子的师生,不得不再一次面对着动荡年代中的分别。

长森以师长的郑重语气对自己的学生说:"还记得前年冬天,在北京分别时咱们吟诵过的那首陆游的诗?作为送别的礼物,羽琏能够再为先生背诵一遍吗?"

这一次别离,师生两人都不知道,各自的祖国将会发生什么?在这"倾巢之下安有完卵"的大动荡中,各自又将迎送怎样的人生命运?

"……位卑未敢忘忧国,事定犹须待阖棺……"

"很好,满分。"听了学生那声音微微发颤的背诵,长森说:"在周家与小川家之间,无论历史上发生过什么,我都希望羽琏记住,当时的小川悦子只有十一岁。而且,在那场争夺一颗红色钻石的事件中,她也失去了父亲、母亲和哥哥所有在中国的亲人。"

周羽琏无声地点点头。当时的她,心里没有任何明确的结论。不可否认的一个事实是,那位与自己在东京"失之交臂"的小川悦子,她的珠宝店留给周羽琏的印象,不能不说包含着值得

敬佩的一面。长森先生最后似乎是想告诫自己,"大家"与"小家"、"情理"与"道理"之间的孰重孰轻。爷爷对这位可敬的日本家庭教师,揭示了那段发生在中、日两个珠宝世家之间的疑案,关系到的,则是自己亲生父母的死亡与失踪之谜。

毫无疑问,这是永远无法被周羽琏轻易忽略的生命的一章。太平洋上的海风,吹拂着一个中国姑娘翻腾不已的心。不知道为什么,她竟有好几次想将那颗红色的珍珠,出手一抛——抛进大海的波涛。

她想,也许这样,就能够将小川家族同周家上一辈斩不断、理还乱的恩仇疑问,都用这报复性的"一抛",从此做个了结……

— 第拾玖章 —

露儿接到了周羽琏要从天津塘沽港下船回到中国的电报后，就没有一时半刻不处在亢奋状态之中。她的亢奋，便导致周家全体人都一起忙得团团乱转：又是打扫屋子、又是拆洗被褥……这还说得过去，最后越忙活越复杂，连裱糊窗纸、顶棚的匠人都请到院子里来。明摆着就是多余的张罗，终于被她"张罗"得满院子鸡飞狗跳、人人怨声载道了。

小梗免不了埋怨老婆两句，倒把她的话惹出一大箩筐来："我闺女这一走半年，从小到大，啥时候也没一次离家这么长时间呀！小姑娘家家的，仗着会说几句洋文就独自一个人出去什么'考察世界'？她爷爷也未免太娇纵孙女儿了……总算是就要全须全尾地回来，我这当娘的不操心，谁操心？"

老东家一看这局面，只好表示同意露儿亲自到天津去迎接女儿回北京。条件就是让全家人都"消停消停"，露儿这才算是脸上露出了心满意足的笑容。小梗是一家之主，琳琅阁店铺里的生意，哪一天也离不开他的主持，只好安排大虎陪着露儿太太走一趟。

一路上，火车驶过了北方暮春的原野……

拉了大半辈子洋车的大虎，生平第一次乘坐自己会动的代步工具。换了一身里外三新的老车夫，兴致勃勃地望着车窗外移动的景物。身边的露儿，早已消失了姑娘家那一脸可人的红润。可在大虎眼里，依旧是那么牵动他的心肠。只见露儿像变魔术一样，一会儿从包袱皮儿里变出俩煮鸡蛋，一会儿又变出一块凉了依旧又香又脆的芝麻烧饼……这短短几个小时的车程，是大虎生命中最幸福的一天。

自从二十一年前月黑风高的晚上，大虎把那颗在他眼里"不当吃、不当喝的小红石头子儿"，神不知、鬼不觉地送回到琳琅阁老东家手中后，他就得到了周玉和一辈子也还不尽的人情。老东家诚心诚意的一番回报，使他得到了老家村里的几亩好地和一房媳妇。这本是过去连做梦也不敢想的一场天降的福分。那个人人都夸"长得周正"的寡妇新娘，大虎和她同房的当晚，大红的蜡烛光下，眼前还是晃动着露儿那善良的一双笑眼……

他根本不在乎东家会给自己几个月银，只要能够经常看见露儿的身影，就觉得日子还是有滋有味有奔头的。平凡的日月，就这么一天天、一年年地过来了。如今，大虎和露儿都是奔着暮年而去的人了。就像一对没有挑明了的夫妇一样，他们都是为了周羽琏这么个女孩子,乐着、烦着、盼着、活着……

只是,在大虎心底的一个角落里,还保留着旧主家另外一个小姑娘的记忆。虽然她已经杳无音讯,一晃二十多年了……坐在火车上的大虎,几度想对露儿开口讲出二十年前发生在七条胡同小川宅邸的那场血案,却是几度的欲言又止。他始终有着一种不安的预感:说不定有一天,那个性子就像日本父亲一样强硬的女孩子,会和咱家那把指甲涂得花花绿绿的"小包袱卷儿",玩儿命交手一搏!八、九不离十,还是为了那颗"不当吃、不当喝的小红石头子儿"。可善良的本能又告诉他,那不是一个女人应该知道的"血哩呼啦"的往事。

当不久以后发生的一切,使大虎"不祥的预感"真成了"不幸的现实"时,露儿立刻就回想起,大虎跟自己一起坐在火车上去天津接闺女的时候,为什么没有及时发出应有的警告?也就是因为后来那场令所有人措手不及的突发事件,露儿对"大虎哥"的一颗心,一度就像落进了冰窖一样……

当时,坐在北京通往天津卫火车上的露儿,心里充满了对女儿远行归来的无限喜悦。她和小梗至今没有个一男半女的,虽然不是他们两口子成心不要,可就是因为若茵小姐生前把羽琏托付给了自己,天意安排了露儿此生就为羽琏这么一个鬼神不敢收留的孩子,忙活到了今天这鬓角斑白的年岁。

当露儿看到从大船的舷梯走下来的羽琏,顿时眼泪就溢满了眼眶。她蓦然想起很久很久以前的一幕:十六岁的若茵小姐穿着一身白色的衣裙,蹬着一双白色的短靴,一顶白色的麻纱阔沿帽上,飘动着水绿色的蝴蝶结飘带……在露儿眼中,当年的蔡若茵,美丽得就像从画里走下来的仙女。此时此刻,半年不见的周羽琏如同鬼使神差一般,居然也穿着一件白色的连衣裙,足蹬一双白色的长筒羊皮靴,头上戴着一顶白色的窄沿亚麻小帽子……活脱脱就是当年的若茵小姐,她回来了啊!

大虎见身边的露儿掩面抽泣,只当是看到久别归来的"小包袱卷儿",已经让她激动得心情无法控制了。

在这同一艘挂着日本国旗的客轮上,还有一个神秘的旅客。就在离周羽琏不远的后面,她一身黑色的西式裙服套装,戴着一副欧洲时尚的高级太阳镜。两片墨绿色的水晶玻璃,遮住了她那顶阔大黑纱帽檐下真实的面孔。她戴着黑丝手套的一只手,扶着舷梯的扶杆,也缓步走下船来。

当她看到，码头上一对正在喜悦相拥的中国母女身边，还站着一个老家仆模样的男人时，怔了片刻……

归来的琳琅阁小姐周羽琏，就像彻底变了个人似的。她做的第一件事，是专程跑到卡南的陵墓前，摆好一篮子水果以后，就一个人嘟嘟囔囔地用英语报告了一番。当时，只有大虎一个人陪着她去了香山的万安公墓。也不知道这"小包袱卷儿"眼圈红红的，跟那个生前长得黑溜溜、胖乎乎的印度商人都说了些什么？

周羽琏说，自己已经亲手把那七颗价值高昂的宝石，按照卡南留下的书面记录，还给曾经遭受盗难的各位失主。卡南叔叔的肉体，从此不再会受到那个英国医生的奴役；他的在天之灵，也不会因为"罪恶的偷盗"而不得超度了。至于那颗还没有还给失主的红色珍珠，那绝不是卡南叔叔你的过错了……

周玉和当然理解孙女儿的所作所为。这正是每个中华谦谦君子所遵循的准则：己所不欲，勿施于人。琳琅阁也是曾经遭遇过同样不幸的珠宝商家，这算是"将心比心"的良知之举。这个秘密，因为涉及到那位九泉之下"卡南"的身后安宁，被琳琅阁老少两代当家人，长久地留存在了记忆的档案之中。

当妈的露儿是不用再担心周羽琏夜不归营，在外面交上一帮不务正业的坏朋友了。可当爹的小梗，却不能不面临着一场"颠覆性的挑战"——

所有的老存货进行彻底的盘点，然后统统打进冷宫，以观后效；所有的伙计都要听她周羽琏的直接调遣，包括当爹的小梗在内；整个店铺已经被岁月磨得油光发亮的老柜台、老桌椅，统统贱价处理给别人；所有临街的门窗全部砸掉，请来一个说不好中国话的东洋建筑设计师，从画图开始到监督施工，开始大兴土木；琳琅阁那块状元公题写的老招牌，被请进吃饭的屋子，作为怀旧的老物件，委委屈屈地挂在墙上；三盏贵得令人咋舌的奥地利水晶吊灯，被三个深目高鼻的洋电工花了半天时间，惊险万分地吊装在房梁上。卸任的意大利公使要回国，公使夫人乐得把一屋子的舶来家具，作价转让给琳琅阁的女公子。又雕花又烫金的沉重大镜框里，西洋美人画得就像照片那么逼真。可画上的胖女人，衣服未免穿得也太少了……

最让小梗头痛不已的是一台德意志造柴油发电机，几乎要用光琳琅阁所有的现银。周羽琏通过父亲在天津洋行做买办的老同窗,速速地对海外下了订单。琳琅阁对外宣布"关门停业"整整四个月。事由是"店铺房屋多年失修,要进行一次彻底翻造"。

小梗已经不知道该怎么对老干爹周玉和,投诉自家这个宝贝败家子了。露儿看着丈夫整夜整夜地唉声叹气,她是第一次因为女儿的任性所为,心里边也开始替丈夫觉得有些委屈了。其实,周玉和也被如此暴风骤雨般的"改朝换代"弄得不知所措了。

最后,还是大虎站出来闷声闷气地说了一番话:"老爷子,大掌柜的,露儿太太,这一回,她弄得动静是大了些。可不抽不赌不借高利贷的,您几位怕啥哩?再说了,小姐过去那一颗心,也没有全都放在买卖上。现在,我看她却是憋着股心劲儿,想要干出一番大事业来。您几位做长辈儿的,何不就……"

小梗愁眉苦脸地说:"咱家可是京城的老店,门脸儿被修得这么中不中、洋不洋的,能行吗?"

大虎反驳说:"当年大清朝的乾隆皇上,大老远儿请来些洋工匠兴建圆明园。四九城老胡同里好些大户人家儿,跟着造起了西洋门楼。七条胡同不也有座院子……我是想说,世间的事有了变数,才有精神气儿!"

一番话说得小梗一时又没词了。过了一阵子,他还是叹息道:"她不知从哪儿弄来那么些咱见都没见过的洋首饰,叫伙计们咋向客人推销呢?"

"掌柜的您抽空也上大街去溜溜弯儿,如今达官贵人们花钱的王府井、西单,那些漂亮的小姐、太太们,有几成还穿旗装,有几成已经是穿洋装的?穿洋装,可不就兴戴洋首饰么?"

露儿也随口附和着大虎说了一句:"倒也是这么个理儿,风水可是流淌着的,不流淌,还不腐了不是?"

小梗一听露儿也帮大虎的腔,心里更有气了:"行了行了,我还惹出您老那么些学问大话来啦!属您有见识行了吧!别以为羽瑄还是您老当年抱回家来的'小包袱卷儿'。这回,她折腾得连老东家都不敢到店里去了……"

"那是老东家比大掌柜您沉得住气!也比您这当爹的,更信得过小……小姐。"

大虎对小梗不依不饶,就是不敢当着他的面,还管周羽瑄叫"小包袱卷儿"了。始终默不作声的周玉和,摸着稀稀落落的几根白胡子,不易察觉地在一边点了点头。他心里暗想,大虎这人其实脑子好使着呢。怨不得连那个人精似的小川正一夫,当年都

愿意把他带在身边。只可惜，如果从小跟着自己识文断字学生意，这家伙，说不准要比小梗还多几分出息。

小梗知道，大虎从小川家跑来投奔了琳琅阁周家之后，老东家就对他是莫名其妙地厚爱有加。心里从来就对这个半路里杀出来的大老粗，怀着几分说不出的芥蒂。可听了他刚才那一番话，再看看老东家的表情，也只好是憋着满肚子的担忧和不满，不再吭声了。他也承认，羽琏确实是早都已经被一屋子的长辈，从小养成了"一个人说了算"的性子。做长辈的就是再担忧、再不满，谁又能阻止得了她打定主意要干的事呢？早年的记忆，是他们夫妇至今历历在目的——

明明看见坐在老东家膝盖上的小羽儿，伸手去抓柜里最贵的那只翡翠镯子……谁担心也没有用；明明知道这小丫头无论要玩什么东西，最后都是扬手往地上一扔……谁担心也没有用；明明瞅着那胖乎乎的一只小手，已经把价值七、八百两银子的镯子高高举了起来……谁担心也没有用！就好像是老东家打心眼里乐意，听他孙女儿弄出来那"啪叽"一声脆响似的……

露儿也只有干脆啥也不问，按照女儿的盼咐，带着家里的三个女佣，抽空开始忙忙活活地做着针线。用些碎布头缝制的，都是些她们也弄不清干嘛用的小垫子、小枕头。有的垫子小得只有两、三寸见方；有的枕头小得就跟鸡蛋差不多……好玩儿是挺好玩儿的，可就是不知道是干嘛用的？

让琳琅阁上下更加不知所措的"大革命"，越往后，就越发激烈起来——民国二十五年秋天，周羽琏标新立异地登报宣布，正式创立"北平琳琅阁珠宝公司"。如此一来，她算是在老京城的珠宝业内，掀起一片风浪来。

琳琅阁重新装修的门面，是东、西方建筑风格的合璧——传统的砖瓦房檐下，临街面的大门换成了落地玻璃的弹簧门；大门两侧，是引人注目、陈列别致的橱窗；透过完全透明的玻璃，店里的景观一目了然。一直到新店开张的头一天，周羽琏才请一直坐在后院"视而不见"的祖父，亲自到店里视察了一遍。老东家的第一印象，这已经不是自家的琳琅阁了：一改过去老式珠翠行那昏暗的光线、深色的老木柜台，眼前是窗明几净，一片雪亮。

周玉和没有想到的是，自己早已烂熟于心的那些传统老首饰，错落有致地陈列在其中一个柜台里，仿佛也改变了旧时模样——还是那些哪家珠宝行都有的翡翠镯子、玛瑙耳环……一旦被托在那些小巧玲珑的绸缎小枕头、小垫子上,竟然在明亮的水晶吊灯光下,散发出了不再平庸、陈旧的光芒。

"好,好。俗话说,人是衣服马是鞍。布置珠宝柜台,看来也是这么个理儿哩!"

洋式珠宝的柜台,更是被陈列、装饰得别出心裁、焕然一新:一方老爷子扔在库房的斑驳老端砚上,摆着一枚红宝石黄金胸花,被反衬得那珠宝首饰更加耀人眼目;一窝五个小鹌鹑蛋上,躺着一条镶着碎钻石的珍珠项链,看着就格外招人喜欢。敢情露儿和女佣们的针线手艺,还真派上了用场:一件件绒布和棉花做成的小"枕头"上,中间被留出一道细缝,把那五彩缤纷的宝石戒指、耳钉往里一插,就好像件件首饰都站起身来,精神抖擞的了。

最为令老东家不敢正视的"耀眼之物",是两位和孙女儿年龄相仿的姑娘。每人一身纯青色的西装衣裙,姿态端庄地站在西洋珠宝柜台的后面。她们都曾是周羽琏圣心学堂的女同窗。出身市井平常人家,也并非长得如花似玉。从作派举止到国语、洋文,却都具备了琳琅阁年轻女当家所需要的条件。本来,珠宝店就不是终日人头涌动的所在,新店开张后,经过周羽琏一百天的速成培训,基础的珠宝知识和待客要领,很快就被灌注进了两个洋学生的脑袋。

这两位店员小姐一个叫杜敏,一个叫李萍萍。杜敏长相平平,她耐心热情,口齿灵利。会为挑剔而又犹豫不决的客人,不厌其烦地当参谋、出主意,轻手轻脚地主动为女性客人挂项链、戴耳环。李萍萍虽然也说不上特别漂亮,但圆圆的一张苹果脸上,长着一对天生会笑的眼睛。她人前显得有些腼腆,勤学好问,专业知识和技术掌握得快。没过多久,琳琅阁很多老伙计就要向她请教那些西洋珠宝首饰的"一二三四"了。

每天,她们两人总会别着晶莹的珍珠胸花,或挂着闪烁的宝石项链。无疑,这也是来自海外珠宝店的经验。女店员佩戴在身上的首饰,往往都是最容易受到注目的商品。最重要的一点就是,佩戴珠宝首饰的"美丽"本身,就是最好的广告宣传。这要是在过去的琳琅阁,伙计谁敢碰一碰柜台里的东西?真要是不小心弄坏了,月银怕是扣几年也赔不起哩!

比起男伙计们来,两位女店员亲密接触女客人,自然是更加

方便的。周羽琏则心知肚明，优秀的雇员来自优秀的综合教育素质。两位女雇员和自己一样，十年的寒窗苦读，绝不白费！她们很快就能够相当从容地独立应对中外来客。新生的琳琅阁跟自己的女店员、老伙计，都在新合同上白纸黑字地写得明明白白：固定薪水加销售额提成，男女平等。如此一来，两棵嫩葱似的女店员，销售额很快就比几个男伙计高出了许多。小梗的心里总觉得，这是有违老规矩的。可在老东家那里，怎么也说不利索自己的想法……

这一套薪酬制度，完全是东京银座小川屋的复制。中国传统的薪酬办法，虽然也不乏店员可得营业额提成一说。但周羽琏在东京银座小川屋珠宝店二楼的贵宾沙龙中，通过跟那位中年店员的聊天就发现，名叫"悦子"的经营者，她的管理方法是更加科学的——虽然有一个比例的提成，属于具体完成销售的人，确保了每个店员的工作热忱。公司与全体店员之间，还会有一个共同的营业额百分比提成。这就保全了十分必要的团体合作意识。对那些必须在柜台后面为公司付出劳动的雇员，这才是合理的分配。被周羽琏从银座小川屋"盗窃"所得的这种"三级跳薪酬法"，其基本形式，一直延续到了二十一世纪的琳琅阁。

贵重商品的包干责任管理制度，周羽琏则继承了琳琅阁老一辈的基本形式，那是相当完整的一套出入库登记制度。多少年来，正是中国老一辈珠宝商坚挺、实用的管理经验。

在一派古风的老十条牌坊一带，琳琅阁这家面貌一新的百年老珠宝行，引得人们从好奇到流连。三个月之内，招回了老客人；六个月之内，让新客人的营业额流水超过了老客人。可有两个男伙计因为无从适应新形势，面子上挂不住，便自己提出了卷铺盖。京城里有的是等着捡琳琅阁人漏儿的珠翠行，他们改换门庭，倒也不愁没有了生存的着落。小梗心里却总觉得，周羽琏这场"维新"，动作太快、来势太猛！

老东家的内心亦不无忧虑，羽儿把自家这老门老风的琳琅阁珠宝行，一举变成了焕然一新的西洋珠宝店，固然是有她与时俱进的道理。传统古玩行、珠宝行的老传统是灯光一向不能弄得过分太亮。她却大白天的，也要求把个大瓦数的电灯泡点着。那阵子北平老停电，她就把那台烧洋油的小发电机，开得"嗡嗡嗡"直响。周围的铺子不得不烧蜡、点洋油灯的时候，只有琳琅阁的店铺照旧是一片通明。无论啥时，大街上的行人打老远都能透过面街的玻璃门窗，看到店里站着一身洋装衣裙、满脸笑容可掬的店员小姐。

单是为了照明支出的银子一项，把仍旧掌管着琳琅阁财政大权的小梗，心疼得跟老爷子嘟囔了好几次。周羽琏振振有词地反驳道："既然咱家从来没有打算以假冒真、以次充好，干嘛不让人家亮堂堂地好好看东西呢？"

孙女儿的理，自然是任何人也无从反驳。周玉和细细想来，老式珠翠买卖人的骨子里，确实还是有那么点"阴损"：不暗不明的光线下，客人自己看好了东西付款一出门，便从此不退不赔。即使不是卖了假，也可能在成色上就差那么一点点，客人不满也没辙。

"小梗，咱们爷俩还是那句老话，'出水才见两腿泥'。明知就是堵南墙，也得让丫头自己撞一回不是？要怪，就怪我把她惯成了这么个说一不二的倔种。她在外头转了一大圈儿，要改，想变，就让她如愿去改变一回吧。大不了，就当是咱们琳琅阁又被……又被八国联军的洋兵砸了一遍！"

"老爷子，您孙女儿没把咱家的老字号琳琅阁，也给改变成啥'巴黎宫'、'东洋屋'之类，就是不幸中的万幸，谢天谢地喽！"

小梗只好一边苦笑，顺着老东家的话说呗。周玉和心里其实明白，孙女儿搞的那一套，无非是"照葫芦画瓢"，模仿国外那几家名门珠宝店罢了。周羽琏独断专行，任命她爷爷为公司董事长，露儿妈妈为副董事长，小梗是董事会理事兼副总经理。她自个倒不稀罕进入董事会，自封了大权在握、说话算数的"总经理"。

小梗倚老卖老的唠叨多了，终于有一天，周羽琏小大人一样板着面孔说："咱们北平的珠宝行业，甭跟巴黎、伦敦、东京的珠宝店比，比起人家上海来，早都落后了多少年啦。就是因为这皇城脚下，历来自以为是守护正统。您瞧瞧，北平那一家家的百年老字号珠翠行，就跟人家外国专卖旧货的小铺儿差不离！如今，我既然已经见识过了，剩下的，无非是改头换面的勇气罢了。"

渐渐地，也经常会有圣心学堂周羽琏的老同学，结伴跑到琳琅阁来。她们说说笑笑、挑挑拣拣，喜欢把店里的珠宝首饰，尽

情地往身上挂,往手上戴,往耳朵眼里插……对着镜子,没完没了地欣赏、评论。有个家里开着珠宝店的熟人,对那些待字闺中或无所事事的少妇、小姐来说,还真是个消磨时光、攀比财富、炫耀虚荣的好地方。她们当中,确实不乏挥金如土的人物。

周羽琏在重建琳琅阁的工程中,还有一项很重要的改造,就是过去店里专请贵客进屋喝杯雨前龙井茶的那间屋子,被布置成放着西式皮面沙发、挂着西洋油画的贵宾沙龙。里面一应的大小摆设,基本就是卸任意大利公使家那间会客厅的翻版。四九城中三五成群的太太、小姐,大都饱食终日、无所用心。能够舒心地坐在琳琅阁这个意大利贵族风尚的沙龙里,休闲、聊天、玩赏,然后一掷千金……

每当她们叽叽喳喳地开始了千篇一律的互相恭维:"今天你的发型"如何,"今天你的鞋子"如何时,就会有两个眉清目秀的小伙计跑进跑出,为她们冲咖啡、沏茶。玫瑰饼、眉毛饺、萨琪马、栗子面小窝窝头儿、绿豆糕,加上法国面包房的奶油点心、曲奇饼……京城女人们喜欢的风味甜品,换着新鲜,摆上两、三样。

其实谁都知道,这种款待花不了几个钱,让客人感到的是优越、是舒坦。直到太太、小姐们消遣到连自己也腻味了,就会想起,该开始互相较量一下当天的购买力了。直到这时,周羽琏这才会亲自指挥着举止被训练得温文尔雅的店员,流水席上菜一般,传递来一只只打开盒盖的首饰盒子——

"这都是没有摆在前台的特殊商品。"两个笑容可掬的女店员,亲自为客人们一件件地试戴,直到她们中有人留下大把的银子、乘兴而归。

周羽琏坚信,正所谓"君子爱财,取之有道"。毫无疑问,自己这珠宝柜台前长大的人,从小就把那些寄生虫们的心态琢磨得入木三分——需要得到他人的另眼相看,来为与生俱来的社会地位却不成正比的平庸本命,寻找可怜的精神出路。

有不少女同窗感念着琳琅阁女公子一向的优待,不但自己和同伴相约到琳琅阁来消费,还会在父母或某位"痴情的他"的陪同下,相随一同前来。那衣冠楚楚的"他"呢,脸上赔着笑,暗暗咬着牙,故作轻松愉快地买上一件首饰,向陪嫁丰厚的未来夫人,进行一笔关键性的爱情投资。每到这种时刻,两个女店员就会在女公子的一个暗示下，怀着几分恶作剧的心态，因人而异地把那些价钱偏高，甚至很高的商品，推荐给这种算计着将来要吃软饭的奶油小生们。

就在这琳琅阁的咫尺天地中，周羽琏从童年开始，见多了那些所谓"上流"与"准上流"们的贪欲和野心。专在权势与金钱上权衡婚姻利弊的镀金人物，尤其地令她厌恶。特别是一看到那打多了发蜡的时髦中分头，不是忍不住想乐，就是忍不住想吐。他们中有的人，还自称在伦敦、波士顿、柏林、东京留过学，有的甚至还留成了什么"硕士"、"博士"。可就连开口故意蹦出的几个洋单词，也未必发音就地道。无非是削尖了脑袋，一心想要走条捷径，靠着对岳丈家的攀附，钻进"人上人"的圈子罢了。

在周羽琏的心里，这种整天琢磨着靠借助女方家的财势，轻而易举改变命运的男人，比起那些胸无大志、只以出嫁为人生目标的傻乎乎的小姐们来，更不知可憎、可悲多少倍。而她自己呢，在婚嫁之事上长期的束之高阁，这便是主要的心理障碍了。

一桩"无心栽柳"的小买卖，使周羽琏和琳琅阁珠宝公司声名雀起……

那天，两位衣着朴素的女客人走进店里。李萍萍定睛一看，她和杜敏都乐了——原来，其中年轻的那位，是她们久违的老学姐。一身半旧的阴丹士林布旗袍外面，罩着件八成新的酱色开襟毛衣，脚上还是学生时代常穿的那种系带方口黑皮鞋。她在穿戴显得更加寒酸的母亲陪伴下，战战兢兢地走进琳琅阁满目璀璨晶莹的殿堂。母女俩的神情都挺紧张，连堆在脸上的笑容，也显得硬梆梆的。

几年不见，周羽琏显然是忘记了人家的名字。李萍萍便低声提醒她，这位老学姐叫"沈燕"。

周羽琏当年在学校里，虽然是同级生中年龄最小的，但生得个子最高，被同窗们封了个雅号"女公子"。在那个官宦、名流、豪门小姐济济一堂的贵族女校，这位叫沈燕的女生，父亲只是个小书局的校稿编辑。家庭背景的低下，加上她自己不善掩饰，反倒令她显得格外引人注目了。有的富家小姐闲极无聊，总想找茬取笑逗乐子。她们奚落沈燕脚上补过底的皮鞋，是不是"磨花的鞋头，涂了秀才爸爸写字用的墨汁？"还有人"称赞"沈燕那质量和数量都嫌太低的午餐饭盒，是"窈窕淑女之必备"……

几番看到这种情形的女公子，终于表示出了路见不平的愤慨。有一次，她在众目睽睽之下，笑嘻嘻地提醒那个带头"损人不利己"的女生说："喂，白丽玲，回去告诉你家二姨太一声，她欠琳琅阁那对银镀金镶松石的手镯子钱，可是拖欠了四个多月啦！"

周围那些个自恃优裕、天性尖酸刻薄的女孩子们，一听琳琅阁的女公子如此道来，顿时觉得平添了更加够味的话题："呦，听听，还是'银镀金'的手镯子呐！""二姨太是你亲妈不是？听说你们家的三姨太最近刚进门儿？这天下的男人，都不是东西……丽玲你呀，还不赶紧尽个孝道，掏出自己那点儿私房钱，替失宠的亲妈垫上？""沈燕家境虽然不宽裕，但人家好歹不欠债嘛！"

李萍萍也不是大户人家的小姐，在学校时跟沈燕的接触密切些。她知道，当时沈燕对女公子的挺身相助，且把众矢之的轻轻一拨，便转移到始作俑者白丽玲的身上，不但为自己解了围，还为自己解了恨，感激得偷偷地流下了眼泪。沈燕一直极想与这位高高在上的女公子深交，但人家没事儿人似的，又恢复了一如既往的满不在乎。课间休息时，周羽琏总是一个人埋头阅读有着许多结晶体矿石标本插图的英文原版书籍。以致同学和老师猜测，毕业后，她会接着去外国上大学，专攻个什么"地矿专业"也说不定。

沈燕最终苦于自己无法亲近这位拔刀相助的同窗，直到大家唱着《毕业歌》，四散走出了校门。毕业后不久，沈燕的父亲因为肺病长期不治，盛年早逝。书局的总编深念他虽曾是落魄的八旗后裔，但自强求生，俯身在纸格子上，兢兢业业地劳作了多年。便特别续聘了他那出身名门女校的独生女，在书局担任了一名月薪六块大洋的文稿校对。

若论人的命运，女性的命运，周羽琏和沈燕的差距是忒大了些。但这并不妨碍琳琅阁的女公子，诚心诚意地欢迎这位老同学。沈燕的到来，让周羽琏心生出几分真挚的热忱。她知道，这个从相貌到出身，没有丝毫优越可言的老同学，绝对不会无事迈进自家的店门。像沈燕这样的女孩子，自打出生到成人，都需要高度自律地克制内心的欲望和虚荣。

为了说话方便，周羽琏连忙把沈燕母女也让进那间漂亮的贵宾沙龙。脚下软绵绵的羊毛波斯提花地毯，同色系的丝绒窗帘，高级刺绣抽纱的洋纱台布，精美的水晶玻璃花插……沙龙里的一切，无不令这对母女惊叹不已。沈燕的母亲盯着酒柜上一个金发碧眼的外国娃娃，怔怔地看了半天。那小洋人满身的蕾丝花边和珍珠宝石，把她稀罕得直发呆。直到女儿觉得母亲失态了，在背后扯了扯她的衣襟，才把她拉回到宽大的意大利真皮沙发里，欠着半个屁股好歹坐定下来。

李萍萍知道，春哥儿是个多少爱以衣貌取人的小伙计，便特地吩咐他，赶紧去端上茶点来。为了使沈燕母女俩紧张的心情放松下来，她打趣地说，那法兰西洋娃娃身上闪闪发光的，"尽是人造的假玩艺儿，全身上下加起来，还不如它那对玻璃眼珠子值钱呢！"

沈燕母女俩被逗笑了，为此，周羽琏对李萍萍投去一瞥满意的目光。李萍萍当然知道，女公子从来都鼓励店员说话做事，拿出主心骨和机灵劲来。跟她的养父小梗掌柜不一样，从不欣赏那种唯唯诺诺却不叫不动的"奴才型"伙计。

心态轻松起来的沈燕说明了来意：自己正怀着即将出嫁的喜悦和不安。她告诉周羽琏和李萍萍，准备跟同在一个办公室里坐班的文字编辑成亲。尽管那人已年满三十三，比沈燕大了整整十岁，四年前妻子病故，还留下两个半大的孩子。但他人很厚道，一笔小楷写得全书局上下无人可比。这位未来的郎君，当年还是沈家的老街坊。说起来，他们这一对，也算得上是青梅竹马了。平日里上班时，男的对女的颇多指教和帮助。如此一来二去，也就……

李萍萍连忙表示恭喜，心里却在暗暗地可怜自己这位老同窗：好好的一个黄花闺女，过门就要去当后妈。可人家沈燕呢，却流露出了那般平实的满足。有道是只有人间的不幸，各不相同。其实，幸福，何尝不是因人而异呢？周羽琏在旁听了沈燕的一番叙述，心底也起了波澜：看人家，有着人家幸福的标准。可自己这大名鼎鼎的琳琅阁女公子，过的日子又怎么着呢？

每天店铺打烊，伙计店员都下班走后，还要和小梗爹爹一起查看流水账册子。连个一起去大栅栏看电影的伴儿都没有，活像个坐在海盗船舱里的公主。终日被包围在一堆冷冰冰的珠光宝气中，就算是看到了日益增加的金钱财富，难道就真的感到了"幸福"么？

沈燕的母亲把随身带来的一只小包袱，小心翼翼地放在膝盖

帝王之盾

上。那一层又一层的布包袱皮被解开后，里面露出了一个只有前朝皇亲贵戚人家才能看到的老红木盒子。面容布满沧桑的母亲，开始讲述这只盒子里的故事：

"燕子她爸爸的家，也曾是新鲜胡同一户吃世袭俸禄的八旗大宅门。大清没了，俸禄自然是就没了，架不住她叔伯几个还抽大烟。燕子的父亲，比起那些自甘堕落的八旗子弟来，算是有出息的。家虽败了，他娶了我这老轿夫的女儿做媳妇，自谋生路。小报馆、小书局的，到处去应聘。这宝贝疙瘩，是我婆婆生前的体己东西。自打我们成亲，就一直搁在我的箱子底压着，一次也没敢在亲戚朋友面前露过馅儿。那还不是既怕有人说老太太当年偏心眼儿，也怕被人给惦记上了吗？手头再紧，我也没有舍得卖它、当它啊！这件首饰，是燕子奶奶留下的唯一念想。现在，想请周小姐给看看，那上头的几片翡翠，要是能用金重新镶个别花，再镶对耳环什么的，就算是燕子他父亲留给闺女儿的陪嫁了……"

周羽琏几乎是满怀虔诚地打开了那只首饰盒。仿佛，里面盛着一个家族的沧桑浮沉，兴衰荣辱。原来，这是一支工艺精美的珊瑚翡翠头花。

从小跟在祖父身边，见识过各种旧首饰，周羽琏知道，这是满族女人的头花。因为花朵的覆盖面大，戴在"二把头"正中，显得鲜艳招摇，富丽堂皇。清宫后妃们也很重视佩戴头花，不仅有美饰发髻的用意，亦有对身份、地位的显示。过去，头花大多以珠宝镶嵌而成。后来由慈禧领头，宫里开始流行戴绒头花。汉语中的"绒花"与满语中的"荣华"近音，戴绒花也含有荣华富贵的意思。

到后来呢，金银、珍珠、宝石、珊瑚、玉翠制作的头花，反倒不如绒头花那么时兴，也就越发地稀有了。沈燕母亲拿来的这朵花，用银丝串着粉色的小米珊瑚珠子，一层层地编盘成了一朵芍药。花瓣周围，点缀着沈燕母亲讲到的那"几块翡翠"。虽然因为年代久远了，珊瑚珠子的颜色显得有些发暗，却依旧称得上是件材质讲究、品相完好的老首饰。特别是那一枚枚通体碧绿的南洋翡翠，每片都足有成人拇指甲盖那么大。其中有五片被雕刻成栩栩如生的芍药叶，另外两片，则被雕刻成飞翔在花叶间的两只小蝴蝶。

李萍萍由衷地叹道："果然是大宅门里出来的头面，沈伯母，您老人家今儿个真是让我们开了眼。只是,这么好的东西,拆了多可惜!"

"谁说不是呢!可如今,哪儿还有人梳那满人的'二把头'、'叉子头',戴这种大傻花儿呢?我们燕子出嫁是一辈子的大事,总不能连件儿在婆家人面前戴得出来的首饰……也没有吧?"

沈燕的妈妈说到这里,眼圈红了。李萍萍是周羽琏身边善解人意的助手。她知道,自己的女老板特别怕看见别人动情掉泪,马上接过沈燕母亲的话茬:"您老要是想好了,这事儿就交给我们女公子为您想想法子。"

"也不知……这点儿金子够不够?"

沈燕的母亲边说边从衣袖里面,使劲褪出了一只古老的金镯子。双手捧着递到周羽琏的手心里……立刻,周羽琏感觉到这件金器,带着来自一个母亲的体温。热乎乎的,显得格外沉重。从心底深处,她突然涌起了对沈燕一股子说不出的羡慕:也许,人家很贫困,理所当然地拥有着自己的母亲;也许,自己很富有,却没有人家"理所当然"所拥有的……

脑子正在走神时,沈燕的母亲打断了周羽琏的思绪:"周小姐,照理说,琳琅阁哪儿是我们这种人家进得的店门呐!听说贵店的首饰镶工,可是全京城头一份儿的精致讲究。要不是燕子说,跟您是要好的同学。还说,您跟别的有钱人家小姐不一样。千说万说的,我这才壮着胆子跑来麻烦您。您看这工本费……"

"伯母,我跟沈燕真是要好的同学。为了她的终身大事,您老人家专程来找琳琅阁,那是看得起我。咱们就别提什么'工本费'了,好么?"

这回是沈燕不答应了:"女公子,这可不行。你是存心想让我欠你两辈子的人情啊!"

周羽琏这下倒是纳闷了:欠一辈子还不够?怎么开口就还要说成是欠"两辈子"呢?这个沈燕,她也忒夸张了点吧?在一旁的李萍萍却把沈燕的话中话,听得明明白白的。沈燕当然是不好当着母亲的面,把自己在学校因为家贫,吃穿寒酸便常被同学奚落的往事,连同这位女公子曾经挺身相助,受人欺负的时候为自己解围的那场情分,都一一地说出来。她只能是眼角湿润地小声说了一句:"那就再一次谢谢你了,女公子。"

李萍萍拿来架精巧的西洋托盘式小天平,当面把金镯子的重量称量过以后,还正正规规地给沈燕母女打了张预存黄金的

条子。

到头来，周羽琏还是没有听懂沈燕充满感激的话中话：什么是"两辈子"，什么是"再一次"……她这不是第一次上琳琅阁的门么？大大咧咧的女公子，早就把当年校园生活里发生的那段插曲，忘到了九霄云外。直到沈燕母女俩走后，才跟李萍萍和杜敏几个人，聊起那些校园的旧事。

最后周羽琏说，我们理当倾心竭力地为这本本分分的一双母女，办好眼前的终生大事。人家既然壮着胆子来了，就说明是信任咱们。信任的是琳琅阁绝不"狗眼看人低"的品格。这番做人做事的道理，还是她养母和大虎叔打小教给自己的……

沈燕母女走后，店里十分清闲。周羽琏赶紧请爷爷和小梗爹爹过来，一起观赏这支前朝做工精美、品相极佳的珠宝头花。周玉和戴上水晶片子的老花镜端详了一眼，什么也没说。连盒子一起推给了身边的小梗……李萍萍发现，女公子有点糊涂了——怎么这小梗掌柜也跟老东家一样，吭都不吭一声呢？

"不算是件好东西么？"年轻的女珠宝人周羽琏，终于忍耐不住前辈们的沉默了。

还是老爷子先开了口："这东西，羽儿你是打哪儿弄来的？"

小梗也赶紧追问："羽儿，花多少钱进的？"

"是个同学叫帮着把这上头的几片翡翠拆下来，打两件新式样的首饰。难道，我今儿这是……打了眼不成？"

"到底是琳琅阁家的灯，一点就亮。今儿个，我孙女儿怕是真打了眼。这头花上碧绿的片片，洋人叫它'北京琉璃'。我一说你就明白，老早以前，老北京就有料器匠人大量仿造上等翡翠。高明者，惟妙惟肖，还真蒙了不少洋人的眼。如今你也算是个行里人了，一时看不准，不妨用手摸摸。还不明白，就再用舌头尖儿舔舔，看有没有那种凉凉的感觉……琉璃就是琉璃，石头就是石头嘛！"

小梗赶紧接着老东家的话说："咱不能光听人家摆活故事。我不是老早就告诉过你，有的时候，那故事说得越玄乎，东西也就越玄乎不是？"

这祖孙三辈简简单单的几句对话，听出李萍萍的一身汗来。珠宝这一行，水可是真够深的。连四九城最为业内人士看好前程的周羽琏总经理，今儿个竟都"打了眼"！

周羽琏也在默认着"不能不服"。爷爷和小梗爹爹到底是业内的老前辈——眼毒呵！连手都不上，靠着"隔山打虎"的功力，一瞥就辨出了真伪。说起来，自己还是太嫩了。但她深信不移的一点，那就是：无论是沈燕还是她的父母，甚至包括她那曾经锦衣玉食、繁荣浮华的老祖母，都被这支珠宝头花上的北京琉璃，给蒙在了鼓里几十年……

她们也许压根儿就不明白，当年就是宫里的哪位娘娘、哪位格格，她们出名义送来的寿礼、年礼、祝婚贺嫁的什么什么"礼"，无非名门大户之间一年到头的礼尚往来而已。听说，就连权倾天下的慈禧老佛爷，还收到过半段衣料子的孝敬呢！俗话说"参透世态惊破心"，何况是一件老东西呢？生活里，多少恭维多少笑，又能有几成是真的呢？

周羽琏默不作声地关上首饰盒的盖子，自己一个人重新缩进了那间贵宾沙龙……她要好好想想这件事情，到底该怎么办？

小梗毕竟是掌着柜上钱匣子的，不无几分担忧地望着女儿那落落寡欢的背影。他对老东家说："老爷子，咱闺女她不会干出什么赔本儿赚吆喝的傻事吧？"

老东家还是眯缝着他那双人称"毒宝"的眼睛，把手里两颗油光锃亮的山核桃捏得嘎啦嘎啦直响："小梗，咱们已经把该说的都说了。剩下的事儿，只要羽儿上不犯国法，杀人越货；下不违家规，不诚不信。再说，就是她真干了赔本儿赚吆喝的事，一准儿也是自有她心甘情愿的道理。你甭搭理她，咱还是那句老话——出水才见两腿泥喽！"

小梗跟了老东家周玉和大半辈子，从来也没有觉得他老人家糊涂过。这"毒宝"的雅号，不仅是外人形容他看珠宝翠钻的好眼力，其中，还包括他做买卖时察言观色那独一份的精明。可就是对这宝贝孙女儿，他也忒百依百顺了。小梗是担心，哪天，再弄出一场当年的大失误来……当年，首先就要怪那天夜里，是自己开门放进了那个死鬼贼太监，收进了那颗索命的红色金刚钻。后来，少东家特地派自己到六国饭店去，随那"大豪客关姓夫妇"去取了一趟银票，目的无非让自己去摸底探探虚实。还是要怪自己被拆白党们那一屋子的表面文章蒙了眼，以至于少东家一步步陷得那样深，栽得那样惨……

小梗在自己的脑门上重重地啪嗒了几下——再也不能去回想那场刻骨铭心的恶梦了。想多了，连死的心，都生出多少回了。

一个月后的一天，沈燕母女又相携来到琳琅阁。还是上次来时一模一样的穿戴，就是手上多了个大些的包袱。

这回，眉清目秀的小伙计春哥儿没有让人督着，就表现得特别热情。主动把她们殷勤地请进了那间漂亮的贵宾沙龙，还赶紧端上两杯好茶。李萍萍对沈燕说过，琳琅阁的伙计都知道，周羽琏这位女老板偶尔要是跟谁来了气，很少会指着鼻子骂你。她是一个冷眼加一副冷脸子甩过来，就够"瘆人"的了。叫"春哥儿"的清俊小伙计那以外貌取人的毛病，女公子就不止一次给过他颜色看了。

今儿个的贵宾沙龙，事前已经有两位娇客坐在里面。一位是盐业银行董事的千金孙小姐。另一位，正是当年因为出口伤过沈燕，被周羽琏当众影射了两句，反倒弄得引火烧身的同窗白丽玲。当她俩一看到穿戴贫寒的沈燕母女，也被春哥儿毕恭毕敬地请进了沙龙，脸上立刻就不加掩饰地流露出受到了轻慢和辱没的表情。

不错，李萍萍那天到沈燕家去叙旧闲聊，也说到琳琅阁这个贵宾沙龙。许久以来，约定俗成就是白丽玲她们这种大小姐、阔太太的专属领地。比起学生时代，多少练就了心理承受力的沈燕，不卑不亢地对两位穿金戴银的老同学打了个招呼"你们好！"然后，扶着母亲在另一侧的沙发里，从从容容地落了座。

此刻，她的心里也有几分的底气：再不济，我也不是姨太太生的；家再穷，我妈也不欠人家琳琅阁的首饰钱……哼，还是个什么"银镀金"的破镯子！今儿个，我沈燕跟妈妈可是来取货的。好歹，取的也是正儿八经的黄金翡翠首饰！

沈燕的架子这么一端，那两位千金倒开始互相交换起了诧异的目光来。她们刚开始是在想，琳琅阁居然也是她沈燕这种人敢来登堂入室的地方么？于是，犹豫了一会儿，还是不约而同地站起身来，决定做出不屑与沈燕母女同在一个屋檐下的神态和举止……

正在这时，女公子推门走进来。跟进的，就是人称"总经理左膀右臂"的李萍萍和杜敏。她们分别捧着几只红色的首饰锦盒。杜敏的语气，格外地透出职业的恭敬："沈小姐，府上订做的两件黄金翡翠首饰，我们周经理亲自画小样儿，为您督造出来了。请您和老夫人过过目——"

这下子，那两位已经抬屁股想走的娇客，就跟被孙悟空施了定身法似的，直盯盯地瞅着那几只首饰锦盒，好像太阳正从大西边冒出来了一样。她们心里直犯嘀咕：怎么可能呢？这个沈燕，居然她也敢在琳琅阁打造首饰？而且，还是什么"黄金翡翠"的？

周羽琏好像顾不上搭理那两位老常客了。当着她们的面半跪在地毯上，恭恭敬敬地亲自在沈燕母亲这位名副其实的布衣贵客面前，打开了第一只较大的锦盒。两位被好奇心驱使而欲走不能的千金，这回是不约而同地凑到周羽琏的身后，伸长了脖子……

五片碧绿的翡翠芍药叶子，被错落有致地镶嵌在一根呈自然弯曲状的黄金枝干上，叶片之间，还被点缀了两颗黄豆大小的乳色珍珠。一眼看上去，这枚胸花造型独特、生动典雅，因为黄金和翠料的厚重，更显华丽。再打开另一只小些的锦盒，里面是一对挂钩式的耳环。用的就是头花上的那一对翡翠蝴蝶。一寸半长的细金链子在挂钩与翡翠蝴蝶之间，也固定了两颗黄豆大小的乳色珍珠。显得玲珑活泼、新颖别致。

这两件首饰，不由得把屋里四位身份、地位大相径庭的女客，一时都看呆了！

沈燕在学校时选学过西洋美术史。她完全能够看得懂，那黄金与翡翠的相辅相成，镶嵌工艺的精细讲究，特别是造型设计上"不平衡比例"的大胆尝试……都带来了充满时尚情趣的艺术效果！更何况，只要是个女人，都不会视"美"而无动于衷。

伶牙俐齿的女店员杜敏开讲了："我们周经理说，在这胸花的翡翠枝叶间添上两颗小珍珠，一是比喻沈小姐和未来的夫君曾是青梅竹马，二是预兆两位新人早生贵子；那两只蝴蝶型的翠片，正好做成了一对耳环，自然是寓意着两位新人的比翼双飞了。"

眼泪差点涌出了沈燕母亲的眼睛。她是在想，有了这样两件体面的陪嫁，自己的女儿出阁，好歹不会在婆家人的跟前丢尽了面子。沈燕心里当然是更增加了几分得意：奶奶留下的唯一传家宝，竟会碰巧就让最应该看到它的人也饱了眼福！生平第一次，她满足了那一点"女孩子的虚荣心"。

沈燕深深感激的是，这第二次被轻辱、被歧视的处境，又多亏了琳琅阁女公子看似不经意间的"拔刀相助"。显然，她是故意要在那两个自恃高贵的大小姐面前，如此恭敬地对待自己和母亲。

李萍萍把没有用完的一点金子，也退还给沈氏母女。那是周羽琏特地命工匠打造的两支纯金的"韭菜叶儿"。因为足金质地柔韧，这种被细工打造成韭菜叶子宽窄的薄薄的小金片，只须往手指头上一绕，就是个小戒指。圈口也不用讲究大小，应急的时候，就是钱。这种设计最为简洁、朴素的纯金首饰，自古就很为小户人家的妇女所喜爱，遂被冠以昵称"韭菜叶儿"。

沈燕的母亲一时眉开眼笑："周小姐何必这样较真儿呢，这工本费，我们还没有算给您呢！"

杜敏赶紧接茬儿："女公子说了，首饰的工本费，就算是表达了琳琅阁对沈小姐新婚大喜的衷心祝贺。还有，那支珊瑚头花呢，还是请老夫人收好，毕竟，那是祖辈留下的念想……"

什么什么？这下，沈燕母女又糊涂了——那支老头花不是已经被拆掉了吗？要不，怎么会有眼前这翡翠胸花和耳环呢？只听俐齿伶牙的杜敏接着说："女公子特地让工匠师父重新清洗了陈年积垢，还照着原先那真翡翠的叶子和蝴蝶，镶了几片仿翠的琉璃片儿……您看，跟从前那支老头花相比，不也足以乱真吗？"

听着杜敏不厌其烦的讲解，沈燕母亲迫不及待地打开了老红木首饰盒子，顿时目瞪口呆：敢情那支老头花，除了比以前更加鲜亮，仍然是花红叶绿、翠蝶翩翩的，居然是丝毫未变！沈燕母女一时全都以为是看花了眼睛——这琳琅阁的仿真手艺，未免也太出神入化的高超了。简直就是把那支珠宝头花，照着原样还给了她们嘛！

沈燕的母亲被感动得都结巴了："周小姐，您这哪里是做生意？您这不是做出……做出了一片悲天怜人之心嘛！"

周羽琏眼见着老人家弯下腰去，直要磕头。赶紧上前伸手挽住，轻描淡写地解释说："伯母您言重了。我还年轻，受不起长辈这么大的礼数。也就是觉得，原先那么好看的一朵珊瑚珠子串制的老头花儿，拆了叶子和蝴蝶怪寂寞的。对我来说，这不过是举手之劳的小事儿一桩罢了。"

沈燕这回终于耐不住了："女公子你是不知道，为了拆不拆这支奶奶留下的老头花儿，我妈想了一百天，差不离也哭过一百回啦！总觉得毁了家里老人留下的东西，终究不是个好事。当年，我奶奶从来没有嫌弃过我妈的出身。父亲跟我妈相好、成亲的故事，在我们家那一片儿真是说什么的人都有。这朵头花，其实就是奶奶认了我妈是沈家儿媳妇的一件信物。您说，她哪儿能轻易就……"

故事讲到这里,连站在一边看景的两位千金,也感动得眼圈发涩了:"真是多亏了咱们女公子!沈燕,这下,你们娘儿俩不就全齐了——新的有了,旧的也保住啦。""你可要请女公子喝喜酒啊。到时候,我们也跟着沾光!"

同学们的一番话,把沈燕说得心花怒放,当即就把刚从裁缝店取回来的新娘礼服,从随身带来的大包袱皮里拿了出来。那一团大红,顿时把小屋里几个姑娘的脸,映得仿佛布满了火烧的云霞。沈燕想象着成亲那天的自己,穿起这一身喜气洋洋的红裙子,大庭广众前别着黄金镶就的碧绿翡翠胸花,戴着摇曳有致的翡翠蝴蝶耳环,该有多么地娇艳动人……生来再不幸运的女孩,一辈子总有那么一天,是受人瞩目和钟爱的公主、皇后呵!

沉浸在快乐顶点中的沈燕没有想到的是,当天晚上,母亲就没有让她睡成安生觉。原来,从琳琅阁回到家里,老太太翻来覆去地端详那支老头花,越看就越犯迷糊……

琳琅阁的店员小姐确实说过,是那位女公子"命工匠清洗翻新",换上了"仿翠的琉璃片"。可怎么就跟原来的东西如此地惟妙惟肖,一模一样呢?从珊瑚到翡翠,丝毫不差,包括有片翡翠叶子上一道细如蛛丝的隐裂……

沈燕母亲的怀疑是有道理的。因为这是一个轿夫的闺女此生拥有过的唯一一件堪称"珠宝首饰"的东西。她厮守着这支头花二十多年,少说盯着它看了上千次。最后,沈燕母亲得出的结论竟是:那被打造成胸针和耳环的七片翡翠,根本就不是从这支老头花上拆下来的。翡翠绿叶和蝴蝶,压根就没有离开过珊瑚珠子编的花瓣,连银丝缠成的叶梗,都还保留着原先的老手工。不过就是被琳琅阁的首饰匠人把早已发乌的颜色,擦洗得重现出银子特有的白净而已……

这到底是怎么回事呢?琳琅阁的女公子,葫芦里卖的是什么药啊?

沈燕本不想在过门之前,就让未来的夫君看见自己的宝贝。被母亲这么一闹腾,只好找来那位人称是"哑巴吃扁食,心中有数"的"他"来。这位"他"姓金,因为一身十足的书生风度,平时被街坊邻里尊称作"金先生"。听没过门的媳妇把事情的前后经过说了一遍,金先生马上就出了个主意——把那朵老头花和

帝王之盾

两件新打造的翡翠首饰，一起拿到附近一家老字号当铺去估价。

金先生说："从没听说过开当铺的，看东西轻易会走眼。咱们进门假装急着等钱要用的样子，先听听高柜台后面的人怎么说。然后就以估价太低为由，往回拿就是了。"

这件事，还真的就有了结论。原来，那支母亲死死认定压根不曾被拆动过的老头花，上面的芍药叶片和蝴蝶，全都是料器的高仿假翡翠。而经琳琅阁改造的那两件首饰，上面用的却是价值不菲的上等南洋翡翠。此事令沈燕母女和未来的姑爷，一并陷入了不解的迷惑……

李萍萍想，琳琅阁女公子这样做的动机，八成连她本人也未必十分明确。也许，只是不愿意粉碎了一个没落家族最后一点尊严与亲情的纪念；也许，只是为了一位母亲从布衣袖子里褪出了那只带着体温的金镯子……

沈燕那位心里有数的姑爷金先生，和新娘子欢欢喜喜拜了天地后不久，就在《京报》的副刊上，发表了一篇题为《真假翡翠》的纪实故事。笔者刻意隐去了自家人的真名实姓，以隽永动人的文字，透过从古到今、抽丝剥笋般的一番细腻描述，令琳琅阁女公子周羽琏那一番用心良苦的慈悲情怀，跃然纸上。如此一篇内容、风格别开生面的文章，赢得了洛阳纸贵般的读者反响。"琳琅阁女公子"的生动形象，一时成了京城市民饭后茶余的美谈。琳琅阁的生意，也随之呈现出越加兴隆的景象。周府中的老少上下对年轻的女东家，自然由此而更加心悦诚服了。

得益于"无心栽柳柳成荫"的，还不仅仅是琳琅阁一家。沈燕的夫君金先生因此被书局的上司发现，这个平日里从不显山露水的小编辑，除了写得一手刮刮叫的小楷字之外，原来，文笔亦堪称漂亮。一篇原只为感恩戴德的叙事文章，使金先生在书局获得了破格的提升。

― 第貳拾章 ―

古人常叹"福兮祸兮",俗话又道"人怕出名猪怕壮"。琳琅阁女公子仗义疏财的故事,传到了当时另一位"男装丽人"的耳朵里。

皇姑屯事变后,这位曾被蒙上了一层神秘而又邪恶色彩的中日"两栖"女性,从日本养父的身边,回到了中国。身为没落大清朝亲王的亲生父亲,为了与明治维新后迅速膨胀的军事强国日本联络感情,实现其复辟旧制的美梦,将年仅八岁的可爱女儿,送给了东洋著名的政治浪人江岛志做养女。精通汉学的江岛人过中年,没有子嗣。当他从一双可爱的小手中,接过了一位中国亲王的信,立刻便忍俊不禁了:

"送上一件小玩具,请江岛大人笑纳。"

美丽的前朝小格格,居然作为大人们的一桩政治赌注,被迫离开骨肉亲族,只身远渡扶桑。也因此决定了她奇异而悲剧的人生……

养父江岛志亲自为养女起了个漂亮的日本名字:江岛梅子。说起来,也真难为了这位前朝的落难公主。作为父辈和日本人互相利用的筹码,她还没有真正长大成年,就开始为了圆起重建大清王朝的美梦,奔走于东京、北平、上海和新京之间。她借助野心勃勃的日本军方势力,在历史上被记录下的所作所为,可谓是劣迹斑斑,有目共睹。可世人有所不知的是,这位三、四十年代闻名遐迩的女汉奸、女特务,骨子里不过也就是个普普通通的糊涂小女子而已。世人传说她的男装英姿何等独特,却很少知道,她原本也是头顶打着蝴蝶结,穿着长及脚踝的吴服女装,一副清纯的东洋女学生模样。

十五岁那年,梅子绝色的美貌,引起了她的养父和另一个爱慕者之间激烈的争斗——初夜权,一个清朝皇族美少女的初夜权。江岛梅子不但是一个动乱时代的政治牺牲品,也是残忍男权社会的可怜玩物。正是为了逃避这种被侮辱、被损害的处境,一天清晨,她请照相馆的摄影师到家里来,为自己拍摄了最后一张身穿女服、长发飘逸的女装照。然后,铁青着脸立下誓言:"我,江岛梅子,从此结束了女儿的人生!"

众目睽睽之下,一头乌云般的秀发纷纷飘落在榻榻米上。江岛梅子的身心,从此放弃了女性的骄傲和尊严。

正是为了求得自身的强大,有朝一日回到祖先辉煌的宫廷中来,重新拥有一个大国郡主的梦中天地,从此摆脱那个日本养父的驾驭，她开始积极地参与并投身于一个虚幻之邦"满洲国"的创立。江岛梅子的人生，便是那么畸形、无奈，那么无可救药。回到老皇城的她，亦是骄奢纵欲、纸醉金迷……

她听到酒肉朋友们在席间闲聊，说是东四十条有一家洋风的珠宝店，叫琳琅阁。自命总经理的，是一位名闻遐迩的女公子。她是如何地见多识广，才貌双全。据说，常常也喜欢男装着身，飒爽英俊。江岛梅子与自己的贴身副官，私下商量着如何与之交往，并争取为己所用的想法。那副官不加思索地说出了两个字："钻石。"

一天下午，安国军司令江岛梅子，特意脱下一身虎皮。换上了全套派罗蒙西服，戴上盛锡福的呢礼帽，系着条颜色鲜艳的意大利领带，只有脚上照旧蹬着一双高筒军皮靴。顶喜欢在花边专栏上曝光的那张面孔略施粉黛，显得刚中有柔，越发妩媚动人了。

江岛梅子，她是周羽琏有生以来见到过的最美丽的中国姑娘。无愧于"倾国倾城"、"国色天香"这八个字对绝色女性的赞美。

正在店里上班的李萍萍想，也不知这位风头十足的女司令，她是无意，还是有意？一大帮举着照相机的记者闻讯赶到了琳琅阁的店门口。店员、伙计们平时因为一些名伶、名媛的光顾，早已经看烦了这些蝇子般"嗡嗡"闹腾的家伙。真正令他们感到不安的，是这位声名狼藉的女司令前呼后拥的那帮保镖。他们个个都是关外招来的彪形大汉，生得虎背熊腰、满脸横肉，连眼神都凶巴巴的。

对两个社会角色截然相反的"男装丽人"相遇的镜头，当然是难得的趣闻一桩。当时，好几个男女记者都企图挤进琳琅阁珠宝店里来，几个彪形大汉挡住他们，顿时响起了肢体碰撞的喧哗声。把店里正在看货的几位顾客，吓得只好赶紧走人。幸亏那位女司令用莺啼燕啭般的声音，命令保镖和记者统统待在外面"候着"。她在一位同样西装革履的贴身侍卫官陪伴下，笑眯眯地走进琳琅阁来。

女司令被李萍萍诚惶诚恐地请进了那间陈设典雅的贵宾沙龙。可是，茶续了两道，烟抽了五根，眼看着快到掌灯时分了，还是不见女司令今日专程前来拜会的人物的飒爽登场。只有模样

清俊的小伙计春哥儿，恭恭敬敬地一直伺候在侧。女司令正按捺不住想要发作时，只见一个高挑个子的年轻女子，裹着件粉红色的绸缎睡袍，扭着腰走进了沙龙。当即，那女子竟冲着女司令，不伦不类地行了个充满复古风情的"蹲儿安礼"："格格吉祥！让司令久等了。失礼、失礼……"

这女子卷发乱纷纷地披在肩上，脂粉全无的一张脸，就像没有吸足鸦片的瘾君子一样，蜡黄蜡黄的。李萍萍顿时就傻了眼！难道，这就是我们琳琅阁大名鼎鼎的女经理周羽琏吗？啥时候她把自己变成了这副模样？连李萍萍都感到无法理喻，就别提那位兴致勃勃慕名而来的女司令了。她一时为之愕然，竟无言相对了。

只听这位令所有人瞠目结舌的女公子，满面疲惫地甩着一口娘儿们腔："春哥儿你先下去吧，我要跟格格司令说几句女人家的悄悄话哦。也不必对您相瞒，今天就是来了'那个东西'，身上又埋汰、又不爽利。咱们做女人啊，就是麻烦死了！格格司令，您说是不是呀？"

李萍萍心想，周羽琏即兴发明了一个堪称瞻前顾后的称呼：还什么"格格司令"呢，真亏了她想得出来、叫得出来！

江岛梅子原本一肚子的交友兴致，却被眼前与传闻大相径庭的女公子这副德行，弄得大失所望。可她又不能不说，自己这么前呼后拥、兴师动众地跑这儿干啥来了。只见她击掌三下，传唤进了那位身材挺拔、相貌堂堂的副官。无需出声，副官便从腋下那只黑皮公文包里，取出了一个丝绒小布袋子。解开袋口的丝绳子，直接就把里面的东西，哗啦啦地倒在面前的茶几上——

全是成色上好的金刚钻裸石。大大小小混在一起，在一束正从窗外射进的余晖映照下，闪闪发光。粗估，不少于六百克拉。最为令人瞩目的是，在这堆白钻当中的两颗天然色钻。一颗大约是零点五克拉的马眼形，一颗大约七克拉的水滴形。混在一片纯白晶莹之中的金黄色，很美、很美。

女司令不无炫耀地完成了这潇洒、气派的举动之后，用眼角瞟着女公子的反应。可令她颇为纳闷的是，对方并没有表现出预想中对这堆财宝的丝毫反映。显然，江岛梅子低估了眼前这位女公子的见识。海外一圈转悠回来，周羽琏什么东西没有见过？如果她浑身见财眼开的小家子气，怎么会有那一连串"被盗瑰宝——还家"的奇迹，发生在世界各地那几家名门珠宝店里呢?！一无所知的这位女司令，一时竟以小人之心，度量了君子之腹。

周羽琏连手都不上，嘴巴开始嘟囔起来了："哎呀呀，果然是大清朝亲王府的格格啊，不用细看，一准都是甲等的货色。可您一下就送来这么多，小店一口可是吃不下来。格格司令您还是多走几家吧，在下只能是望洋兴叹了。"

江岛梅子听了周羽琏这一口拉腔拉调的"行里话"，气得鼻子都差点歪了——本司令咋会是个走家串户、兜售宝石的掮客呢？正想耐着性子对周羽琏做一番解释，便听见周羽琏扯着细细的嗓子，吩咐春哥儿去开灯。这时，屋里的光线，确实已经显得有些昏暗了。过了一会，春哥儿举着一对银质的西洋蜡烛台走进来，顺嘴报告说，咱们这片又停电了。贵宾沙龙临着后院的窗户上，挂着一层轻柔的抽花麻纱帘子。透过半透明的面料，依稀可见后院黄昏的景致。

江岛梅子觉得，今儿个特别不顺。可是，店门外都是自己派人招引来的一大帮记者。若是在人家这里耍开了小性，弄得不欢而散，不就是明摆着让外界猜测，商誉极佳的琳琅阁，压根就不买自己这个司令的账不是？江岛梅子毕竟也是个立志要成就一番大业的人。想到今儿个既然进来了，就算是人口皆碑的琳琅阁女公子这副"臭德行样"，与自己的想象大相径庭，好歹也要把眼前这一出给唱完了，再走人。

女司令一开口，倒也非常到位："周经理，您是误会了。我这种行伍的粗人，当然做不来买卖宝石这等业内行家的营生。我是上门求您，用这些个裸料打一款首饰。"

"这料，量可不少。格格司令，您到底是想打一款什么样的首饰呢？"

"从出样到镶嵌，当然是全权拜托京城号称'能西能中、誉才兼备'的琳琅阁女经理您了。黄金的用量不限。您看好，这是我带来的定银……"

"不忙不忙，司令格格暂且不忙。这可是件大东西，要打腹稿、出画样儿，求您至少是给我个大概其的说法。比如，这是打算留给您自己的？还是打算送人的？是打算在什么场合上、穿什么样的衣服时佩戴的首饰呢？"

"打件珠宝首饰，还有这么多的讲究？"

"您带兵打仗，难道不也有讲究么？一件公认的珠宝杰作，打造它的人和佩戴它的人，八成都会在史上留名呢。"

"外人只说，我这'亡朝格格'是倚仗着日本干爹，跑回国来拉队伍、谋私利、发国难财的。有所不知的是，本司令韬光养晦的真正志向，是有朝一日重振大清，光复祖业。不久以后，在庆贺我傅仪哥哥重归紫禁城、再登太和殿的大典上，我要穿着大清皇家的锦缎宫服，戴出独一无二的一款珠宝首饰——这就是我今儿个上门叨扰您的'大概其'了。"

"那这款首饰可就大有讲究啦！你们皇家，自然是非龙即凤。只是这龙凤首饰，造者也罢，戴者也罢，都要应了天时地利。否则，结果适得其反。"

世人皆知，这位前朝的亲王格格，现在自封是一支杂牌军的女司令，却是出了名的满脑子封建迷信。完全继承了清王朝宫廷中荒诞的文化传统：逢人遇事，一应巨细，抽签算命、扶乩占卦、逢庙就进、见神便拜……还为此闹出过不少笑话来。也许，这个自知前路莫测的年轻女子，虽然生为金枝玉叶、貌美如花，本来应当是个被人当仙女儿般供奉起来的角色，雍容富贵地度过一生。生逢末世，她不得不去介入太多的阴谋，涉足无数的凶险……

周羽琏这番颇具玄意的发言，马上就引起了江岛梅子的注意："请教女公子，此话怎讲？"

"还是叫您的人在外面伺候着吧，这是个三言两语也说不明白的话题。不过，既然您今天带来的是金刚钻，我就给你讲段金刚钻的老话儿听听。当年，西太后老佛爷丢了一块拇指甲盖那么大的金刚钻。据说，那是德意志皇后奉送的国礼。有人传说，这颗世间极为稀罕的酒红色大金刚钻，刚刚被俄罗斯北方的采矿奴工发现时，还没拿出矿坑，塌方就砸死了七、八个人呀！这颗金刚钻的原石，本来也就是常见的白色。因为吸附了人血，被带出矿坑后，莫名其妙地变成了红色！

"这颗被女沙皇亲自命名为'帝王之盾'的红色金刚钻，三百年来辗转过四个皇宫，见证过历朝历代的鼎盛和覆灭，毕竟是承载了人世间太多的恩怨情仇。最可怕的，就是这颗红色金刚钻来到咱们大清朝的宫廷后，为了它，李莲英大总管冤死了一个宫女。从此，那颐和园里便开始……闹……鬼……啦！"

自称女司令的前朝小格格，听故事正听得全神贯注，只见房间里的蜡烛光"忽悠忽悠"起来，伴随着周羽琏绘声绘色、声情并茂的讲述，小沙龙里的气氛也变得有些阴森恐怖了。

"格格司令您就没听说过？那个被冤死的宫女，每天晚上一过子时，就跑出来在园子里游游逛逛，到处找东西似的。亲眼看见她的人多了去了，听说，还包括老佛爷本人呢。人们众口一词，都说是女鬼冤魂的脖子上，还流着血呢！八成，那是因为她寻死时，用一把剪子生生铰断了喉咙旁边的那条大血管儿啊……"

正说到这令人毛骨悚然的时刻，江岛梅子无意中一抬头，只见自己正对面的薄麻纱窗帘子后面，一个清朝宫女模样的人影，飘然掠过……发冠高耸，步履无声，钗环摇摇晃晃的。隐约可见，那人影的脖颈处，如同绕着一抹红云！

"呀——"

女司令心惊胆战地发出一声惊恐的尖叫！站在门外那个英俊的贴身侍从，闻声就迅猛地冲进门来，本能地将右手伸向腰际……他进门后定睛一看，两位小姐都好好地端坐在各自的沙发里。只是自己的司令，正面如土色地盯着窗户发呆。可那窗户上，什么也没有。

"司令，您看见什么了？"

江岛梅子虽比周羽琏年长几岁，毕竟还是个年轻女子。听到副官关切的询问，她指着微微晃动的抽纱窗帘，结结巴巴地语不成句："宫、宫、宫女……我真的看见她了！真的真的真的……梳着跟我额娘一样的二把头，脖子上还……还有血呢！真的真的真的……"

眼前，堂堂的女司令用一双小手，痉挛地抓着副官的下衣襟，浑身不停地在嗦嗦发抖。

高高的个子，宽宽的肩膀，一张皮肤微黑的脸上，黑眉毛、单眼皮，鼻梁生得笔直笔直的。虽是一身剪裁得体的西装便服，却毫不做作地流露出了训练有素的军人风度……这就是周羽琏对江岛梅子的副官陈陶最初的印象罢了。

周羽琏背对着窗户，面不改色地说："司令听我说故事，难不成听得发了癔症？哪儿来的什么宫女嘛，我这儿又不是大清皇家的御花园。你们领兵打仗，战场上尸骨如山、血流成河，打造的可不是珠光宝气，却是多少含恨的冤魂。江岛司令本是天仙般的一位前朝公主，就不怕戴着几百克拉的金刚钻首饰，被'他们'拉去做个阴间的压寨夫人?!"

只听那打扮怪模怪样的什么女经理说完，还不怀好意地发出

了"嘿嘿嘿"的一串冷笑。陈陶看得出,这位嘻嘻哈哈的女公子,根本就不把耀武扬威的女司令当回事。他立刻就想明白了一个事实:在京城,上至官家、洋人,下至庶民、百姓,广结财缘的琳琅阁年轻的女当家,才真是个天不怕、地不怕的硬气角色呢——别看她不抢枪、不舞棒,这满满一店的珠子石头,哪个女人不爱它?而这天下的哪个男人,身边没有几个能让自己指哪儿打哪儿的女人呢?这不就是所谓"一物降一物"、"四两拨千斤"的道理么?

想到这里,陈陶只能上前温声细语地劝说自己的女主子道:"司令,天色已经不早了。怕是您也到了该在自家的榻上,喘口气的时辰了……周小姐,还要劳烦您吩咐下人,去把府上的后门打开。让我们避开那些没事找事的小报记者,先回家去。这打首饰的事情改日再谈,您看可好?"

陈陶用眼角的余光发现,怪模怪样的女经理正在认真地打量着自己。也许这位大名鼎鼎的琳琅阁女公子一准是觉得诧异,志大才疏、名不正言不顺的女司令,身边还会站着这么个像模像样、言行得体的副官?显然,她无非也跟世人怀着同样的成见,认为江岛梅子统领的这支安国军,不过是地痞、流氓、下三滥凑合成的乌合之众罢了……

三个月以后,一款精心设计、精工打造的钻石项链诞生了。它凝聚了周羽琏极大的职业热忱。是她有生之年一次性使用钻石数量最多的杰作:一只浑身镶满三千多颗小钻的黄金凤凰,眼睛用的是一颗马眼型的黄色美钻;凤尾巧妙地盘旋着,与凤头之间留出了恰到好处的一个空隙;凤头、凤尾都可以装饰在颈前;凤嘴叼着那颗超过七克拉的水滴型黄钻;随着人体的运动,便会轻微地摇晃……老东家看了,脱口而出八个字:"巧夺天工,美伦美奂。"

那位一度亲眼见到过"宫女冤魂"的江岛梅子,却再也不敢亲自光顾琳琅阁了。于是,这只黄金镶嵌的钻石凤凰,被装在一只专门定做的红木衬明黄缎里子的首饰盒里,由小梗亲自带着一男一女两个店员,专程送到了安国军司令的官邸。

那天,周羽琏亲眼看见那个表面耀武扬威的女司令,面对一场装神弄鬼的小把戏,便完全无法掩饰内心的软弱、怯懦,一种同性间的怜悯之心不由从心底生出……

早有耳闻，这个外强中干的什么安国军司令，儿时的遭遇也十分可悲。很小便背井离乡，被父亲送给一个日本政客做养女。一个小美人身上被父辈们所寄托的，无非是妄想依靠东洋帝国的势力，复辟清王朝的痴心梦想。真不知道，将来会有什么样的命运在等待着她？其实，她的奋斗也很孤独，比谁都更需要精神上的支持。周羽琏第一次在琳琅阁见到她，就证实了市井的传闻：这位前朝的绝色王女，传奇中的男装丽人，早已经成了个每天需要靠榻上闻烟来支撑起灿烂笑容的鸦片鬼。

十年后的一天，日本鬼子投降了。接管北平的国军宪兵部队，从床上逮捕了这个"罪大恶极的头号女汉奸"。当场收缴的一只首饰匣，里面值钱的东西已所剩无几。唯独精心地保存着一款凤凰造型的黄金钻石项链。有不少家报纸跟踪报道，形容这款首饰是"灿灿夺目、价值连城！"

那个曾经梦想着有朝一日，要在紫禁城中太和殿上佩戴起这只"凤凰"的前朝公主，不满四十岁的生命，结束在民族复仇的无情枪口之下。带血的头发，零乱地覆盖着曾经倾国倾城，却被打得稀烂的脸上。那款黄金钻石凤凰项链，亦随之不翼而飞……

与江岛梅子同期在上海接受审判的另一个女人，是个日统时期大红大紫的汉奸歌唱家。可就在生死攸关的时刻，她的亲生父母把一纸日本国的出生证明，辗转托人送到了军事法庭上，便得以九死一生地获得了"当庭无罪释放"。登上遣返船回到日本后，一帆风顺地活过了二十一世纪。而且，还曾出任日本驻台湾大使，劫后的人生再造辉煌……

这位北京长大的日裔女艺员跟江岛梅子的交情甚好，无人不知她们曾以"兄妹"相称。但江岛梅子在法庭上无论怎么为自己辩解：小小年纪便被过继给日本人做了养女，自己实际上也是个日本人。根本就沾不上"汉奸卖国"的罪名……终究因为没有一个日本人挺身站出来，为这一客观的历史事实提交一纸证明。江岛梅子的下场，只能是与那位幸运的日本妹妹天差地别了……当然，这都是后话。

与那只"钻石凤凰"一同诞生的，还有另外一个故事——曾经陪同杂牌军女司令一同来到琳琅阁的那位副官陈陶，后来奉命单独来到琳琅阁。他再次送来了女司令的那一包金刚钻裸石和高额的定金。

帝王之盾

珠宝商对一块宝石原石的投资,是需要七分经验的底蕴,再加上三分运气的。当时,只有李萍萍发现,女公子在用心地观察一位年轻男子,目光就像是在琢磨一块实际价值尚不可知的宝石原石。周羽琏主动开口,询问了那位陈副官的祖籍、家庭和成长经历。面对一个接着一个的询问,那位一身军人气质的杂牌军司令副官,始终保持着严肃和服从——

祖籍福州,父母是印尼华侨。十七岁的时候,怀着军事救国的理想,只身赴日本留学,在江田岛海军学校,读的是炮科。说起来,还是那位日本皇族东松宫亲王的同科同窗哩。陈陶坦白地说道,自己学成归国后的报效之路,走得不尽人意。军界中的贪污腐败,盘根错节的宗派关系,等等等等,无不令人寒心。不久后,陈陶通过母校一位恩师的推荐,投靠了政治背景十分复杂的江岛梅子。然后,就在这位以"曲线救国、复兴大清"为宗旨的安国军女司令身边,担任副官两年多了。

陈陶显然是以日本式的教育为素养基础,他忠于职守、克己敬业,受到了上司的信赖和重用。然而,从他的谈吐中,就连站在一旁的李萍萍都能感觉到,隐隐怀着对明天的不安和无奈。当年坚决不从父命,一意孤行放弃了从商之路的这个华侨青年,因为一事无成,已经没有返回印尼的面子。满腹尽是一个男子汉自尊心无处安放的悲哀……

周羽琏和陈陶结束了这一番交谈之后,经过了整整一个月,他才再次出现在琳琅阁。名义上,他是来为江岛司令确认首饰的工本费。这两个年轻男女,便有了第三次接触。周羽琏的内心无法否认,自己一直在默默地等待着陈陶的到来。

他的外表很英武,内心却很忧郁;他有家不能归,孤独地徘徊在前途莫测的北方古城……也许,就像周羽琏已经开始需要一位异性的人生伴侣一样,他是不是同样需要一种平实、坦荡的生活,从此离开那支痴人说梦般的复辟之军呢?

不知道是不是鬼使神差,那天,看上去做事滴水不漏的陈陶副官,不小心把自己的一只皮夹,忘在了琳琅阁贵宾沙龙的沙发上……周羽琏发现了那只被遗忘的皮夹子。里面,除了不多的现金之外,还有一张小照片,显然那是陈陶和家人的合影。一张被折叠起来的纸片,上面,是用日文抄写着一首小诗:安徒生的《茅屋》。

当周羽琏第四次与陈陶相对而坐的时候,就直截了当地提出了以下甚至令自己吃惊的问题:"陈陶先生,您愿意离开江岛梅子那支声名狼藉的杂牌军部队,到琳琅阁来供职吗?您愿意从长计议,和我光明磊落地在一起,从此过去一种远离流血和阴谋的和平日子么?我给您两个星期的时间,好好地考虑一下我的提议。我等待您的答复。"

年迈的老祖父得知,貌似铁石心肠的孙女儿,竟对一个萍水相逢的杂牌军军官"一见钟情"?他无疑感到震惊了。居然,羽儿还是"主动进攻"的一方!这一回,老爷子的预感可不大好。可这是他周玉和自己养育出的性格:刚愎自用、我行我素。似乎永远也不会与"失落"、"失望"、"失败"这些个沮丧的字眼为伍。老东家向来理解和宽容孙女儿的任何所作所为,唯独永远无法原谅自己的却是,作为长辈,曾经对她在择偶一事上的听之任之……一切,无从避免也无从挽救。

宿命如此,老周家这一往无前、战无不胜的孙女儿啊,命中最大的一颗克星,终究是临头了……

两周后的一个下午,陈陶开着那位女司令的黑色轿车,身披一袭黑色的无袖斗篷,足蹬高筒黑色马靴,手里捧着一大把京城罕见的白色玫瑰花,出现在周家的大门口。

白发苍苍的老东家在小梗、露儿和大虎的陪伴下,默不作声地看着他们待字闺中的掌上明珠,迈着自信而又欢快的脚步,从自己卧室中走了出来:一条浅色的丝绸百褶裙,就像一片风里的湖水;一头烫过的披肩卷发被中规中矩地盘在脑后;颈上戴着一条塔形的珍珠项链,一对圆溜溜的小珍珠耳环,贴着耳垂优雅地微微晃动;脸上那层淡淡的粉妆,衬着月白色的唐装裌腰褂子,令她充满了女性的妩媚。

露儿的眼睛为之一亮:这个模样和性情并不太像若茵小姐的姑娘,今儿个,第一次穿起了母亲留下的古香古色的裙子。

老东家眼巴巴地注视着自己的孙女儿——她的目光闪闪,迎着那个陌生的年青男人,大步走上前去……脸上的神情,真像极了当年的儿媳妇蔡若茵。几个曾把周羽琏捧在手心里养大的长辈,没有一个人打心眼儿里觉着,眼前的景象可喜可贺。这桩姻缘来得太突然,突然得真有些个让人脑筋转不过弯来。可琳琅阁全家上下只能不声不响地看着她,就这么头也不回地"大步走上前去"……

自打周羽琏长大成人,这个总是被证明是"正确"的女儿

家，没有给任何人在任何一件事情上反驳她的理由和机会。那天，彻夜未眠的周家人都知道，名叫陈陶的那个外来人没有离去。小姐的闺房，也整宿没有熄灯……

那架许久不曾被掀开丝绒罩子的钢琴，让露儿又听到了久违的琴声。露儿听得出，琴声虽然远不如若茵小姐那么精彩，可羽琏她像是动了真情。琴声勾起了人们说不清、道不尽的怀想，吸引得全家上下默不作声地站在院子里，看着印在窗户上的两个人影。

陈陶和周羽琏联手弹奏了一支旋律简单的曲子，还用陌生的异邦语言，齐声合唱了一首陌生的歌。快乐而又多情的旋律，久久地在庭院中回荡。只有他们俩自己知道，他们用日语合唱的，就是无名作曲家为安徒生那首小诗《茅屋》谱写的歌。

周家的小姐终于长大了。她侧身站在钢琴旁边，倾听着意中人按动着琴键。仿佛那高高的胸脯里揣着一只小兔子，一直在轻轻地起伏……

露儿想，如果若茵小姐和少东家活到今天，我和老东家，还有小梗、大虎，心里还会是这么没着没落，束手无策吗？我们的羽儿，还会这么没商没量的，就对这么个不知根底的男人，见过几面便自作主张地托付了终身么？露儿第一次自觉老了。鬓角早已经生出了缕缕白丝，面对突如其来的事变，只有来到后院的月光下，独自对天双手合十，久久地低声祈祷着：

"保佑你的女儿啊，若茵小姐。九泉之下，保佑她这一次没有看错人，没有走错道儿，咱闺女她的翅膀长硬实了，她那性子，比你还要刚强。这回就像是小蛤蟆吞秤砣铁了心，连她爷爷也不敢说个'不'字啊……若茵小姐，你看这件天大的事儿，真不会出岔子吗？我怎么就觉得……觉得……心里边儿那么不踏实呢？如果你也不放心，就让一片儿云彩遮住月亮吧。"

琴声还在悠悠地回荡，本来晴朗的夜空上，真的飘来一片形状古古怪怪的云彩……

露儿不由地回想起，几个月前的那天，一个什么女扮男装的风流女司令，前呼后拥、杀气腾腾地来到琳琅阁。羽儿却跟闹着玩似的，非让露儿扮装成一个满人女鬼：梳起高高的"二把头"，脑门儿正中间还顶上一朵大傻花；脸上抹的杭粉，厚得直往下掉渣；嘴唇涂得活像趁热喝了人血似的。最后，在一身镶着八段锦的大襟旗袍立领上，还特地绕上一条鲜红的绸带子……

她嬉皮笑脸地对露儿吩咐，只要等到那间专门招呼贵客的房间里，蜡烛燃起了半支香的工夫，就轻手轻脚地沿着贵宾沙龙的北窗外，缓步走上一趟。露儿就照着吩咐，扮也扮了，走也走了，却不明白这丫头葫芦里卖的是什么药？过后才听小梗说，原来她就这么装神弄鬼地在窗前走了一趟，便把那个女司令吓得魂飞魄散，从此再也不敢登门造访咱们琳琅阁了。这时露儿算是明白了，若茵小姐独独把自己那份冰雪聪明，传承给了自己的闺女。

　　可周羽琏最终还是没有拒绝为那个女司令打造首饰的委托。为了这件事情，老爷子、小梗和露儿，都暗地里多少感到费解？他们都知道，羽琏对民国二十年发生在东北的"九·一八"事变，毫不掩饰自己的义愤。她连犹豫都没犹豫，就跟着同学参加了"还我东三省"的示威游行。几年后，日本人羽翼下的那个什么满洲国，被她公然命名为"皮影儿国家"。毫不掩饰内心的蔑视……

　　老东家当年把孙女儿抱在膝盖上，在店里让她看，由她摸，摔碎了那么贵重的翡翠镯子，证明如今得到了回报。周羽琏真是长成了一点也不让琳琅阁丢份的后来人。大虎说得八成没错：咱家"小包袱卷儿"是早就梦想着亲自打样、亲自督造出一件能够流传后世的大物件来！不错，这是周羽琏第一次能够动用这么多的金刚钻和黄金，去设计一件首饰。她是想藉此去证明一个珠宝人"生平的大手笔"。周玉和到这会才彻底明白了，一个虽说大字不识几篓子的老车夫，难怪羽儿打小就爱粘着他。这个粗人其实是最善解人意的一个细心男人。兴许，常在路上奔走的人，见的世面多，便能够把世事人情，一应看得更透亮吧？

　　露儿多少也猜想得出，羽琏之所以还是接了那个杂牌军女司令的活计，原来是不想驳了陈陶这个司令跟班的面子。可这一回，面对羽琏"自由恋爱"请进门的那个未来姑爷，就连她的大虎叔也闷声不响了。蹲在厨房里，只会一个劲地喝闷酒。露儿忍不住让大虎哥帮着自己琢磨琢磨这件事。大虎抬也不抬眼皮，慢慢腾腾地嘟囔道："那一男一女的心事儿，怕是连他们俩人自己都搞不明白哩！要是能盘算出个'一、二、三、四'，也就不叫啥'一见钟情'了不是？"

　　耳听八方的大虎告诉老东家和露儿，杂牌军女司令曾在东来顺设盛宴，洒泪送别追随左右两年多的随从陈副官。她当众以重

金厚礼相送,此情此景,令她的部下和友人感动不已。还有一个传闻在大虎看来,无非是个狎昵的笑话:传说那位美貌的女司令,其实是个"爱玩女人的女人"。她的闺房里,经常进出着三、四个像是富有人家的姨太太。和女司令年龄相仿,个个都是穿绸裹缎、涂脂抹粉,花容月貌,丰臀柳腰。她们陪着江岛梅子一块打麻将、睡烟榻、摇响了大喇叭戏匣子听曲。还自扮自演青衣、花旦,经常是玩到了深夜,就会有人留下过夜。还要跟女司令滚进一帘绣帐里,唧唧呀呀地折腾。常常懒觉睡到大晌午,才起身说说笑笑地梳洗一番……

这个传闻,倒是让老掌柜在心里,暗自吃了一颗小小的定心丸。

琳琅阁上下所有人都看得出,恋爱中的周羽琏多了七分快乐,三分温柔。露儿还发现,闺女停留在镜子前面的时间,比以前长了。脂粉、穿戴,也比过去用心了许多……

那位未来的姑爷平时话不多说,举止得体、彬彬有礼。没有过门,他在外面租住着房子。每次到周家来,除了不忘随手为未婚妻带来几朵鲜花,两样她喜欢的小零食,还常常会把稻香村的茯苓饼、核桃酥,六必居的八宝酱菜……买来送给老东家和露儿。虽然从来花钱不多,露儿觉得,已是难得这么个行伍出身之人有心了。毕竟小两口过日子,要思量着细水长流。今后这位过门的驸马爷,同样不应该大手大脚地挥霍女家的钱财。不过,露儿也在心里面嘀咕:这些个讨好长辈的小把戏,八成都是羽儿暗授给陈陶的。否则,他一个海外长大的年轻人,哪儿能懂得老北京人嗜好的那一口呢?

小梗对陈陶,倒是有一番怪中听的好评。这刚刚褪下一身虎皮的小伙子,还真能够坐得住。显然也是听了未婚妻的教导,他得空就待在店里学着看东西、打下手。谦虚勤勉、不耻下问,一点不端"准主子"的架子。无论对男伙计还是女店员,态度都很平和。遇到不懂的事情,不论开口请教谁,都跟个小学徒一样恭恭敬敬的。对陈陶的表现,周羽琏倒是不感到诧异。她知道,这不是做作,也不是装出来讨好谁的,不过是东洋教育的结果罢了。但凡比自己早一天入门的人,一律要被视作"先辈"。尤其是在日本军校里,早一届入学的先辈就有权打后辈耳光的,甚至根本就不需要任何理由。

陈陶就是这样，以他自己独特的性格和做派，不慌不忙地在周家老少上下的心里，一点点地站稳着脚跟……

不久，琳琅阁又出了蹊跷事情。那天，店铺刚一开门，就迎进来两位神秘的客人。这穿着摩登的一对，鼻梁上都架着副墨晶眼镜。男的全套象牙白色的西服，加上礼帽领带；女的也是同样颜色的裙服套装，西装直筒裙下是锃亮的高跟皮鞋，外套的领口上，别着一枚白金镶钻的小玫瑰胸花，头发盘得很雅致。

他们并肩走到陈列着宝石戒指的柜台前……男女店员全都愣住了——女的竟然是琳琅阁的女老板周羽琏本人！她面带微笑地挽着英俊潇洒的未来郎君，就像店里时常能够见到的那些新派情侣一样……

"小姐，请把那只红宝石镶钻的戒指，拿来让我们看看。"

绅士笑眯眯地开口了。身边的摩登女郎把手伸了出来……他们一本正经地挑选着，问着价。这情景，显然在周羽琏的眼睛里，不知上演过多少幕了。那些双双进店来，相依着，甜甜对望着的未婚夫妻，有的手头富裕些，有的兜里拮据些，只是都想用一颗珠宝作为终生姻缘的约束。珠宝堆里长大的琳琅阁女公子，一定也曾经想象过、渴望过，总有那么一天，自己也将拥有同样的时刻，同样的一个"他"。也会给自己买一枚戒指，上面镶着一颗小而晶莹的宝石。哪怕并不十分昂贵，却是"他"的劳动积蓄。诚心诚意地馈赠给自己，作为此生最珍贵的念想。

老东家周玉和那时正好坐在店里，他依旧保持着宽容的沉默。但是，连李萍萍都听说，自从那个捧着玫瑰花的英俊男子，开始在周家的宅门进出，老爷子就开始失眠了……

大虎也在自问，八成是老了，疑心就格外地重了吗？他虽然说不出那个有模有样、待人和气有礼的陈先生有啥不好。可就是没有觉得自己扛在肩膀上长大的小包袱卷儿，真交上了多好的桃花运。

平日里，大虎也没啥事儿干，无非就为老东家和露儿出门办点杂事。闲下来，就会无端端地去回顾往事。一日，他想起自己当年在小川正一夫老爷家拉车时，常去的一家小馆子"董记"来。它就开在七条的胡同西口，开店的两口子当年也都年轻。老板娘会打一手乡土味浓浓的疙瘩汤，吃到嘴里的面疙瘩又筋道又滑溜儿。

大虎一人从十条漫步走到七条，进了胡同东口。刚入夏，晚巴晌的天气还有几分凉爽。家家户户都在晚饭的当口，路上没啥行人和玩耍的孩子。黄不拉几的路灯光，忽悠忽悠地亮了起来……这条总让大虎觉得又熟悉又寂寞的胡同，有一处被人废弃了的院落——小川家的旧宅。听说，附近的街坊邻里，小孩儿不听话大人就会吓唬他们说：把你扔七条胡同的日本鬼儿家去！就连当年接受过出售委托的一个中介人，也早都打不起推销它的精神头了。

可不知怎么地，那一天，大虎就觉得那荒芜多年的院子里，竟似乎就有了丝丝活人的气息。他缓步登上大门前的台阶，想起了第一次见到悦子小姐的情景——那么个细皮嫩肉的小丫头，奋力挥舞起长长的日本刀，要跟胡同里一帮辱骂自己的孩子拼命。独自一人，威风凛凛地站在这里……

那座熟悉的西洋门楼的大门上，生锈的铁将军照旧紧锁着。大虎无缘无故地生出了疑心，特意绕到开在八条胡同的那个后门去。不出所料，后门，从里面被反锁着。难道，这房子被卖出去了？可又为什么不打开正门，堂堂地入住呢？难道，躲在里面的不是正经人？大虎满腹狐疑地找到靠近邻院的一处矮墙，使劲翻过墙头。

小川老宅的后院子，在离井台不远的地方，老核桃树还是那么孤零零站着。房子面北的后屋方向，看不到一丝灯光。空气中，倒好像浮动着人间饭食的味道，还掺合着一股像是东洋清酒酸溜溜的香气。当年，正一夫老爷就喜欢喝他东洋老家的这种米酒。兴致不错的时候，也招呼大虎一起喝上几杯。那酒没劲，像是给女人们喝着解闷的玩意儿。

大虎轻手轻脚地往前院走，心跳得厉害。不料，后脑勺冷不丁吃了重重的一下子！眼前登时冒出一片金星，抱着头就仰面躺倒在地……

八成是摔到阎王爷的地界上了。头痛欲裂的大虎心里直纳闷，怎么模模糊糊地，像是瞅见个绿眼睛、大鼻子、白不拉几的鬼脸呢？那鬼脸干嘛弯下腰低着头，使劲冲着自己直瞪瞪地傻瞧呢？还有一张女人的脸呐，看样子倒像是被我大虎给吓坏啦。哦呦，她长得可真像是那个……那个上吊死在这院子里的秋嫒太太噢……

第二天清晨，十条周家广亮大门的门洞口，躺着满身酒气倒地不醒的大虎。早起开门泼街水的一个小伙计,赶紧招呼人七手八脚地把他抬回自己的房里。然后,跑去跟露儿报告说,大虎叔昨儿个晚上怕是又"喝高了"!

― 第貳拾壹章 ―

日本之行，周羽琏与小川悦子的失之交臂，是一种幸运呢？还是一个遗憾？很多年后周羽琏回忆往事，脑海总会泛起这迷茫的疑问……如果，在一九三五深秋那一天的银座，她们能够面对面坐下，将上一辈的恩怨做个了结。两个人后来的命运，还会那样地曲折多舛么？中国的周家与日本的小川家，还会那样"斩不断、理还乱"地一波三折、一损再损吗？

同样，类似迷茫的疑问，在后来漫长的岁月中也困惑过那位名叫"悦子"的日中混血儿。周羽琏并不知道，当她正与长森惠子，坐在银座小川屋二楼的贵宾沙龙里时，斜对面一块似乎是为客人试戴首饰准备的镜子，正好将她们的身影，反射到了沙龙角落里的一扇隐秘的小窗户。

自从发生了红珍珠被盗的事件，悦子就决定，不到非常必要的时刻，自己不再轻易出现在陌生贵宾的面前。但她需要经常通过这面镜子和这个小窗口，暗中观察着上楼的客人。

长森惠子是一张似曾相识的面孔，好像是在皇宫的金秋游园会上，她见过这位出身华族，人称"学富五车"的老小姐。那么，那位身穿高级丝织和服的高个子姑娘，她是谁呢？自称来自满洲，日语的发音和文法虽说相当不错，毕竟还是会泄露出外国人的几分生涩。悦子对她的一个表现，始终耿耿于怀。当自己的女店员向她述说了红珍珠奇妙失踪的过程后，她竟然忍不住捧腹大笑。笑得是不亦乐乎、前仰后合。那份不加掩饰的幸灾乐祸……不错，正是那种一个当事者恶作剧得手后的幸灾乐祸，令人一目了然。

当时，说不出的迷惑和愤怒，把悦子的脑子弄得一片空白。就像当初她不得不把那个"印度富商"亲自送出店门，还要向人家连声赔罪说："失礼了，让您受惊了"一样，这次的小川悦子，还是眼睁睁地看着这对假以姑侄相称的女人，得意洋洋地走出了小川屋的店门……

盛夏，中国传统的盂兰盆节到了。护城河畔，京城百姓祭奠先祖亡灵的仪式，留下了大片大片花花绿绿的颜色。露儿跟周羽琏在自家院子的葡萄架下面，一边拉着闲话，一边用宣纸和小木板，糊制着一种被老百姓叫做"水旱灯"的小莲花灯。

"羽儿，还记得你十岁那年，咱娘俩儿一起回乡下去过盂兰盆节的事儿吗？"

"怎么不记得。打那以后我才知道,这佛经中记载的'祭礼盂兰盆',原是民间盛大的鬼节呢。"

每年农历七月十五,露儿老家的村民们事前在村口搭起了法师座和施孤台。家家户户把一盘盘面制的寿桃和佛手、全猪、全羊、整鸡、整鸭子和大米统统拿来,供养传说中专司超度地狱鬼魂的地藏王菩萨。主事的老人在祭品上插进蓝色、红色和绿色的小纸旗,上面写着"盂兰盛会"、"甘露门开"之类的吉祥字样。周羽琏还记得,仪式是在催人入梦的庙堂咏唱声中开始的:一位大和尚敲响了引钟,带领着一群小和尚,开始嗡嗡嗡地咏读咒语、经文,然后便开始"施食"。和尚们慷慨地把一盆盆村民供奉的大米和五谷杂粮撒向祭台的四方,反复三次,名曰"放焰口"。

那天,村里最宽的街道上,每过百步就设一个香案。香案上也供着瓜果和一种叫"鬼包子"的面食。站在香案后的则是道人,边舞边唱祭鬼歌。孩子和大人没有谁真正听得懂那一长串古怪的唱词,那便叫做"施歌儿"。到了晚上,家家户户还要在自家门前焚香。周羽琏还记得,当时露儿妈妈对小小年纪的她说,香插得越多越好,象征着五谷丰登,这叫"布田"。

给周羽琏留下深刻印象的,就是放水旱灯。这是整个盂兰盆节中最美丽的仪式——人们在一块块小木板上,用纸扎制成莲花形状的小灯,里面点燃油灯捻或是小蜡烛头,然后放进流过村庄外那条清澈的小河中。只见一朵朵半透明的小莲花,在夜色中悠悠地顺水漂流而去,多得数都数不清。远远望去,恍同化作了一条地上的银河……

露儿说:这灯光,是为了给冤魂死鬼们引路的。灯灭了,也就算是把灵魂们引过了奈何桥。她告诉身边的小羽琏,传说所有亡灵在奈何桥头,都要喝一碗迷魂汤。如此,就能把前世的一切都忘得干干净净。转世投胎时,做一个无牵无挂、里外三新的人。

今年,周羽琏打算约着陈陶到昆明湖去,两人偷偷地放几盏水旱灯。她对露儿说,希望这个在南洋长大的青年,能够逐渐去认同故乡传统的风情和习俗。而昆明湖呢,那里是自己的亲生父母当年私定终身的地方。这,还是露儿妈妈回忆起的往事呢。周羽琏一是想去祈愿,祝福英年早逝的父母跨过奈何桥时,不要喝下那碗斩断前世思念的迷魂汤。来世,还能结为恩爱夫妻。二是

希望自己与陈陶，也能够像他们那样，成为生死相依的伴侣……

最后，则是因为爷爷已经答应，要在孙女儿出嫁做新娘的那天，把琳琅阁周家的镇宅之宝，正式传给她了。周羽琏执意要去昆明湖，也包括着能够祭奠一位含冤而死的前朝宫女。从母亲遗留的日记中，周羽琏已经看到了德宁郡主亲口讲述的那段往事。一位名叫"枝枝"的刚烈自尊的女性，因为那颗稀世红钻从西太后的宝库中不翼而飞，曾经孤独地站在星光月影下，怀着满腔绝望的悲情，血溅玉带桥的汉白玉栏杆……

那是一个晴朗的好日子。大虎亲自赶着马车，一大早就载着满面春风的羽琏和陈陶，从东城直奔颐和园而去。车出德胜城门，就上了一条美丽的官道。近处的杨柳，远处的田野，都是浓绿浓绿的。夏风迎面扑来，卷着各种植物的清香。

今天的琳琅阁女公子，浑身上下透着一个京城平民女子的清纯。她不穿大家闺秀的长裙或时髦女郎的旗袍，一身浅绿色的细棉布裤褂，领口和袖口滚着墨绿色的软缎包边。一条薄如蝉翼的纯白色乔其纱围巾，轻柔地绕在头颈上。只在朴素中，平添了几分洋派女学生的风韵。为了迎合自己这位风情万种的女伴，陈陶破天荒也换上了一身中式的素色单绸长衫。足蹬一双内联升圆口布鞋，黑帮白底，轻松随意、一派洒脱。

车上，一只盖着块蜡染花布手巾的竹篮子里，被露儿放满了早上现烙的鸡蛋韭菜盒子，还有王府井西点房早上出炉的奶油面包、天福号的酱肘子肉、时令的甜杏、葡萄、小香瓜……陈陶拿来的一瓶洋红酒，长长的玻璃瓶颈，得意洋洋地探出了篮口……

一路上，大虎始终都不回头。他在想，身后的两个年轻人正置身于幸福的时刻。无论自己的直觉如何，他对这位琳琅阁自信的女主人，多少也像她的祖父一样，从疼爱到敬畏，不知不觉中，渐渐淡薄了骨肉无间的亲情。可这是一个无奈的必然结果，在大虎的心中，当年被他紧紧抱在怀里的"小包袱卷儿"，如今已经强大得任是谁，也无法向她施以长辈的牵挂了。

大虎把马车交给园子门外的小客栈代管，让汗淋淋的马儿喝水、添料。他远远地跟在周羽琏和陈陶的后面，提着一只装满水旱烟的筐子和一只露儿专门为他准备的小竹篮。里面装着一摞夹肉火烧。为了给他解乏解闷，还有一小壶香辣辣的烧刀老酒……

夕阳里的颐和园，是令人流连忘返的地方。西天方向，燃烧的晚霞染红了荡漾的湖波；静谧中的万寿山，依旧昂扬着昔日的恢宏和庄严；静悄悄的百丈长廊，静悄悄地讲述着无数彩色的传说……建造这座皇家园林的故人们，顺便为后代留下一个悬念：那座被八国联军烧毁的圆明园，曾经比眼前的颐和园更加瑰美绝伦、灿烂辉煌百倍、千倍么？

含蓄的晚风，吹皱了大片的湖面，又卷着水的湿润，直扑人面。月亮开始升上西天，不知是谁人的一只小船，还在远处轻轻地飘荡……这景物中唯一的动态，反而增添了暮色中的寂静。玉带桥暮色中的剪影，变得更加玲珑剔透、完美无瑕。

在这一片黄昏的湖光山色中，大虎的心中也涌起了莫名的惆怅：有什么办法呢，一个来路不明的年轻男人，他突然就要带走那个自己从医院地板上捡起的"小包袱卷儿"了——那个听大虎讲着"兔儿爷从月亮上跑到人间，送药保平安"的神话，目不转睛的"小包袱卷儿"；过大年，逛厂甸，那个一只小手抓着大虎的招风耳，另一只小手里紧紧地捏着泥塑兔儿爷的"小包袱卷儿"；那个穿着千针纳底绣花鞋，一双小脚被握在大虎蒲扇大的手掌里的"小包袱卷儿……

大虎知道，已故少奶奶好像是个具有先知先觉的奇女子。她和露儿为这个即将出生的女儿，提前做好了从跟跄学步到启蒙之后的几十双小绣花鞋。今后，也许只有靠她母亲的在天之灵，保佑她出嫁成家，踏踏实实地走好那余下的人生道路了。

走在前面的陈陶，一手小心地挽着周羽琏的胳膊，一手提着装满酒食的篮子。大虎又不由地心想，这些新派的男人，对自己的女人倒是真体贴。看这个白面书生，也不像吃苦人家出身的儿子，充当伺候女人的角儿，倒一点也不觉得丢份。八成是周家的女公子，生来还就吃这一套呢。要是真找了个霸气十足的大少爷回家，保不准能不能天长地久地容得下人家？敢情这"阴盛阳衰"的一对，倒是自有他们恩爱、般配的理由。

大虎独自坐在离他俩不远处的草坡地上，细嚼慢咽着又香又酥的夹肉火烧，抿着辛辣的烧刀子。那一对情人坐在湖边的背影，在他的视线中渐渐模糊起来……天色渐渐黑了。大虎犹疑不决，是不是应该斗胆去叨扰那黏黏糊糊的小两口。不然，他们非得无止无休地聊到天亮不可。也不知道这些洋派的新人，怎么会有那么多的体己话？自己跟那个寡妇，从相亲到"完事儿"，总共也没有说完五句话："上炕歇着吧。""我抽了这袋烟。""把灯

吹了吧，怪费油的。""你，自个先脱了吧。""嗯……"

男人和女人，哪儿来那么多话呢？保不住过门前的话说多了，过门后的麻烦也就多了。

"回去还要赶好几个时辰的路呢，小姐、陈少爷，把这祭祖的水旱灯点了吧。天太晚，怕是咱家去的路上不太平。"

陈陶和羽琏听了大虎的话，就在铜牛卧像的身边，亲手点燃了四十九盏水旱灯中心的蜡烛芯。呵，真好看！就像一朵朵透明的白莲花，水旱灯们自动排着神奇的队伍，被湖波微微摇晃着，托在花底的木板，向空旷无人的玉带桥下缓缓漂去……

就在这时，陈陶突然看到一个奇特的剪影出现在桥上——"她"头顶前朝宫廷满族女性高耸的发式，旗装整肃，钗环晃动，裙裾飘飘……修长的身姿笔挺地依桥栏而立。"她"似乎是在凝神观赏着向玉带桥下漂来的那串晶莹的灯光，专注得一动不动。

开始，陈陶以为自己的眼前，出现的就是一幕幻影。只听身后不远的老车夫，也发出一声惊呼！本能地回头一看，见车夫对着桥上的人身俯身便拜。惊恐之中，什么"如来佛祖"、"观音娘娘"、"地藏菩萨"、"祖宗神灵"……想起谁喊谁，磕头如捣蒜，吓得再也不敢抬眼相望。陈陶在这真实的"幻影"面前，猛地抱紧了自己的双肩，打摆子似地浑身剧烈颤抖起来……

"羽琏，那是什么？是什么？冷，好冷……我好冷啊……"

周羽琏却纹丝不动。这是自己第二次见到"她"了——只感到一阵香暖的微风扑进胸怀，涌入血液，就像是一只轻柔的母亲的手爱抚着身心。莫名的幸福，在心头像湖波般层层泛起……大虎还在磕头，陈陶紧闭着眼睛一边喊"冷"，一边打哆嗦。只有周羽琏一个人，丝毫没有感到恐惧和惊异。仿佛被无形的磁力吸引着，目不转睛地挺身注视着玉带桥上的"她"，沉浸在从未有过的深深感动之中……

午夜回到家里，他们三个人就像事先约好了一样，谁也没对家人提起发生在昆明湖的那桩怪事。

整整两天，陈陶就像当年的卡南那样，高烧不醒。他在梦呓中呢喃着意义不明的马来语。有时，又好像是在说东洋话……周羽琏彻夜守候在床侧，粥水汤药，无微不至。这一关，总算是闯过去了。当陈陶睁开眼睛的时候，毫不掩饰发自内心的感激和爱意。他把周羽琏的手紧紧地握在怀里："亲爱的，嫁给我。明天……现在……"

陈陶有位在北戴河经营海上游艇租赁业的留日同学，叫"孙岳桐"。是个性格开朗、快乐的年轻人。当年，父亲送他去日本留学，读的也是江田岛海军军校。可因为受不了军校生活的那份严酷、紧张，还没有熬到毕业，就很没有出息地逃回了中国。陈陶明明是出身经商世家，偏偏一度选择了军事救国的理想。与陈陶正相反，孙岳桐的父辈曾是大清北洋水师的一名管带，他却不愿从军行武，偏偏选择了经商之道。

陈陶提出要策划一场别开生面的船上洋式婚礼。包租下一艘豪华游艇，新婚夜，新人也将在海上度过……"这真是最罗曼蒂克的策划，再时尚不过的选择了！"孙岳桐如此评价老同学的想法。

周家上下，除了大虎像个酒葫芦似的，还跟往常没有两样，露儿领着下人，将新房布置得一片通红。东四一带剪窗花最有名气的赵老太太，被请来好吃好喝地铰了两天的喜字、喜花。百鸟朝凤的被面，牡丹蝴蝶的帐幔、鸳鸯戏水的枕头……堆了满满一床。都是露儿这几年趁着眼神还行，为女儿一针一线做出来的绣活。尽管她知道，羽璁的婚礼将是一场西洋仪式，还是把花生、红枣、核桃塞在褥子下面，一根新郎倌挑头盖的秤杆，也备在了床头。

"妈妈，您把这么多干果塞在我的褥子底下，多咯人呀！"

"闺女，听话。咱们北京人，凡事讲究图个兆头，核桃，应着一个'合'字儿，你就不想跟自己的男人和和睦睦，白头到老么？红枣，应着一个'早'字儿，自然是图个早生贵子啦。"

"那花生应着什么？"

"花生、花生，应的就是花着生呗——生个儿子再生个女儿，生个儿子再生个女儿……不就是'花生'吗？"

周羽璁被母亲逗乐了。她心想，这些"好兆头"，准能把自己和陈陶咯得躺都躺不下，还"花生"呢！

周玉和却一直都在暗自苦恼着，犹豫着：在那场将要举办在海船上的婚礼中，是否展示出那颗红色的传家之宝？毕竟，这是他的儿媳妇为之死于非命、儿子从此音讯杳无的起因之物。是一件凶险而又不祥的稀世传家之宝啊！大虎私下里对老东家提过醒：咱们闺女还没有长成多么瓷实的身板儿。她是不是有力量承担这么沉重的过去？老东家终于还是说服自己——唉，既然早晚要有这一天，与其偷偷摸摸的，不如就让所有人都看见。光天

化日之下，也许就谁也不敢轻易生出非分之想了。如果周家当年没有藏着掖着，说不定也不至于后来落得那么被动呢。

只是为了以免发生万一，周玉和要求陈陶严格送出每一张婚礼请柬，来宾宁少勿滥。陈陶回答老东家说，也正是考虑到从安全出发，他才决定把新婚仪式安排在一艘游艇上。

那位孙岳桐经理的作风像陈陶一样，做事有股子留日学生的执著劲。可谓事无巨细、一丝不苟。在他的亲自指挥下，北戴河海滨一条船身数丈的游艇上，白色的船舷栏杆用彩带装饰得一派喜气。整个浮动的婚礼仪式场，被精心布置得情趣万千：

主甲板上，红色的月季花盘成了一道小拱门，正对着突出向前的船头。最宽敞的地方，安放着自助冷餐酒会的大餐台和几套小圆藤桌椅，上面都撑开了绿白两色相间的大遮阳伞。无论是大餐台和小餐桌上，都没有忘记被摆上插在小花篮里的红色月季花。就连洗手间里，都被特意摆上了清雅的日式插花。一间大些的房子，是为新人亲属准备的专用休息室。从窗帘、家具到茶具，颜色明亮而柔和，无处不被装饰得和谐舒适、赏心悦目。船舱里还有一个安静、漂亮的小房间，门口挂着"新娘专用"的小牌子。

孙岳桐向陈陶报告说：当天的游艇上，从水手到厨师、从领班到每一名服务生，一律经过严格的审查。他在谢绝新闻记者上船采访的同时，还特地请京城警署临时派来四名警员到船上执勤。为了方便于和船上女宾客们不可避免的交流，警员中还有一位不苟言笑的中年女狱卒，被临时请来帮忙。没事时，就请他们在水手餐厅里坐着喝茶吃点心……显然，方方面面，丝毫未敢马虎，力保万无一失。

这一天，对于琳琅阁周家来说，包含着太多的思念和宿愿。这块金字招牌虽然历尽苦难、灾祸，因为有了一个奇迹般诞生在医院太平间里的女继承人，将在未来的百年耸立不倒……一切，就像发生在昨天一样，在几位长辈的心中，依然历历在目。可今天，这个来自地狱门口、死神身边的女孩子，终将要嫁作人妇，名副其实地成家立业了。

周玉和早早就被大虎用一架红木轮椅推着，由孙岳桐经理亲自陪同，事先转悠遍了这艘张灯结彩的游轮。琳琅阁的老东家目光炯炯，银须飘飘，令孙岳桐望之不禁肃然起敬。

下午时分,将为这场盛大婚礼付出劳动的人员陆续登船。无一例外地在舷梯边,接受了警方人员的身份验证。闻讯跑来的一群小报记者,可怜巴巴地被阻拦在码头上,无法靠近。

一位金发碧眼、深目高鼻的西洋服装师,一位印度籍的发型师,一位中国女化妆师和她的女助手出现在船舷。他们随身带来的衣箱和工具箱,统统都被打开来,逐一接受了严格的检查。那位化妆师身边年轻的女助手一言不发,板着一张与年龄不相符的严肃面孔。无意中给中年的女警员留下了颇深的印象。她曾不经意地心想,生着这样一张面孔的女孩子,根本就不应该来干这种为人操办喜事的职业。倒是和自己一样,在女犯监牢当个狱卒更适合不过。

这场盛典的女主角周羽琏先于来宾登船后,在孙岳桐特意为她安排的休息室里更衣化妆。她被这几位恪尽职守的专业人士包围在了中间……天下的新娘子,都是美丽的。孙岳桐不无几分妒忌地暗想:这个老同学陈陶,真不知道前世积了啥阴功?何德何能,四九城这朵既富又俊的无主名花,凭什么就被他不费吹灰之力摘到了手中?

满面笑容的发型师那棕色的皮肤和黑白分明的眼睛,让周羽琏在刹那间想起了卡南叔叔。他长着一个滑稽可笑的大鼻头,仿佛为着能够用自己的双手娴熟地摆弄女性们的秀发,为他带来了极大的职业快感。一边吹着家乡民谣《桫椤河》的口哨,一边在新娘子的头上,弄出许多可爱的大卷小卷。

服装师则是位招人喜欢的白种男子。看得出,他同样是一位以职业为自豪的行家。周羽琏对着镜子做发型,他就急不可待地逐一抖开今天晚上将要披露出场的礼服裙子,用生硬的汉语喋喋不休地讲解道:"周小姐您看,这一袭白色的,就是您站在神甫面前,跟新郎交换戒指时的主题礼服。面纱上的蕾丝可都是最高级的北欧舶来品啊!在你们共同立下誓言以后,由新郎这样……亲手从你的脸上掀起来,然后,他会当众亲吻您。请看这件红色的礼服裙,是我参考中国的传统款式,专门为您精心设计的。上身部分,我还是决定使用贵国闪光的绸缎,这唐装领子和七分宽摆的袖子,都保持了民族特点。下摆的裙子嘛,我吸收十九世纪欧罗巴宫廷舞会服装的样式,用了十九层薄麻纱。裙子看上去挺厚重,其实它一点也不累赘。当然,这是当您和新郎一起向长辈、家人和来宾们表示感激,行中国式鞠躬礼时必须换穿的喜庆

颜色……

"请看这件海蓝色袒肩露背的晚礼服，是今年巴黎最流行的款式。当您和新郎翩翩起舞的时候，它会随风飘逸起来，就像这夏天的海浪一样舒展。本来应该在上船之前，请您到我店里来试一次装。可是，陈陶先生把举行婚礼的时间提前了一个星期。不过，从现在开始，完全可以把每一件礼服裙都试穿一下，允许我弥补一些细节问题。不要担心，亲爱的，我们还有很多的时间……"

一个月前，周羽琏在陈陶的亲自陪同下，到开在东郊民巷一栋两层小洋楼里的法国礼服店去量过身。当时，陈陶说要把面料、款式、颜色，当然还包括付账单，统统交给他。所有这一切，都将在婚礼的这一天，给自己的新娘"一个惊喜"！

当时，周羽琏并没有见过这位说话多得令人昏昏欲睡的白人。但此刻，她不能不承认，出现在婚礼花船上的服装师并非名不符实——他所展示的每一条裙子都堪称杰作。它们美极了。无论是款式、质地、颜色、还是做工……

化妆师则是一位沉默寡言的中年女性。她的化妆工具箱里，小瓶小盒小刷子小画笔……林林总总、次序井然。同样令人不能不为她的职业素质而心生感叹。周羽琏倒是听陈陶说起过，这位化妆师虽然是位国人，却曾在东京的资生堂美容专门学校受过训。回国后，她在上海开业，出场价格贵得都快够再买一条法国裙子了。不过，为了自己美丽的新娘更加美丽，很值得让她专程从沪上赶来北平。化妆师那位年轻却表情古板的女助手，看得出亦是个训练有素、动作干练的徒弟。自始至终，周羽琏都没有听见她说过一句话。只需师傅一个眼神，她就知道应该递上哪件需用的东西。

女化妆师的操作极为细致。点点滴滴、反反复复，表现得不厌其烦。如同鬼斧神工一般，经她一番描绘，周羽琏眼看着自己的脸，就像被仙女施了魔法一般，格外地光彩照人了。

当夕阳将北戴河的海面燃烧成一片吉祥的金色时，来自京城的中外贵宾们，已经带着他们的请柬和大包小包的贺礼，珠光宝气、花团锦簇地汇集在了甲板上。新娘子的几位女同学，大多身边已陪伴着自己的夫君。几对生意上与琳琅阁保持着往来的夫妇和洋人朋友之外，还有一位不可或缺的角色，就是出身意大利国的天主教神甫。他身材伟岸、鹤发童颜，形象端庄而又透着慈祥。身穿黑色丝绸长袍，怀抱一本硬皮封面上烫金字的《圣经》。令人一目了然，这是一位天生的职业祈福人。

孙岳桐特地把自己打扮成了船长的模样：雪白的制服，帽檐和袖口绣着金色的花穗。他一定要让陈陶小两口感到快乐还在其次，这场自己苦心经营策划的海上婚礼对于公司来说，无疑意味着一个崭新的商机。

这位船长亲自下令启航，游艇便平稳地驶向距离海岸几公里的宽阔海面。老天相助，今天的海洋风平浪静，仿佛是在充分地把柔和多情的一面，奉献给了一对幸福的新人。甲板上，和煦的海风轻轻抚来，掀动着夫人小姐们色彩鲜艳的晚礼服和披肩。船上发动机输送的电源，用白晃晃的灯光把她们身上真真假假的珠宝首饰，照耀得无不缤纷生辉。

女宾们的脸上挂着贮备在先的笑容，开始了家长里短的攀谈，男宾们从穿行其间的服务生的托盘上，温文尔雅地取一杯红色或白色的酒水。他们的话题，从上海的证券交易，扯到全体观众在开幕式上高举右臂，行纳粹举手礼的柏林奥运会……中国的来宾们大都也会在交谈中，不失时机而又恰到好处地冒出几个洋文单词，即要显示自己的教养和身份的不俗，似乎也是在刻意地迎合今天这场洋风的船上庆典。

新郎家从福州赶来一位本堂叔伯和一位堂兄前来参加婚礼，代表家族赠送了成堆的贺礼。这些南方沿海地区的人，也许民俗特别讲究个"大家发财"。作为男方的家人，他们慷慨地给包括水手、厨师、临时警卫等等当天船上每个出力服务的人，都准备了大小不一的红包"利市"。孙岳桐的那个"利市"大得可以。吓得他赶紧就藏到兜里去，生怕有人发现了会眼红呢！

看来陈陶事前就考虑到了，为了不至于有失体面，他家的两位族亲代表都是南洋华侨的身份，还是很容易便融入了京城高尚的客人圈子……多少显得有些格格不入的，却是新娘的一家人。

小梗和大虎沉默不语地站在老掌柜坐椅的两旁。他们穿得里外三新，整整齐齐，还是一如既往的长袍马褂。露儿穿了一身深红色的薄呢旗袍，旗袍外面罩了一件用金丝线绣满牡丹花的华丽坎肩，脚上蹬着一双半高跟皮鞋。发髻上，插着两支古香古色的簪子，黄金花丝镶嵌着深红色的石榴石……那是周羽琏的生母蔡若茵生前留给她的纪念。

当年，就在把这对石榴石黄金簪子送给露儿的时候，蔡若茵还随口讲了个典故：红色的石榴石在西洋人眼中，象征着火。它被认为是西历一月份的生日宝石，因为火能够驱走严寒。在《圣经》里，诺亚方舟上那盏保佑生命永远平安的灯火，正是石榴石。露儿没有忘记若茵小姐生前讲过的典故，特地戴上了这对红色的石榴石簪子。她想，新姑爷陈陶非要在海船上办喜事，羽儿生母留下的石榴石，兴许能呵护着女儿不受风浪颠簸。

煞费苦心主持了一切的孙岳桐经理，还将荣任的婚礼司仪。大檐帽子神气地端戴在他的头上，幽默地晃动着手里一只铜铃，高声宣布"婚礼开始"。甲板上嗡嗡的交谈声，便很快随之静止下来……

李萍萍作为琳琅阁的店员代表，自觉很荣幸。她也精心地把自己打扮起来，站在今天的来宾之列。圣心学堂的同窗至少有三十个人，削尖了脑袋都想来参加女公子的婚礼。但毕竟请柬太有限了。无奈，这是老东家过于多虑的结果。很快，李萍萍看见洋神甫大人站在鲜花拱门的那一边，面前一张铺着天鹅绒台布的小方桌上，已经端端正正地放好了他那本烫金字的《圣经》。小乐队看到"船长"一个手势，便开始奏乐。那曲不朽的《婚礼进行曲》，在残留着最后一抹夕阳金晖的海面上回荡……

刚一上船，李萍萍就被陈陶那位笑容满面的留日同学孙岳桐吸引住了——真是个像太阳神阿波罗一样充满光明的小伙子！和陈陶那种忧郁的气质截然不同，这位忙忙碌碌、责任重大的花船"船长"，自始至终都在微笑。好像工作本身对于他来说，都是人生快乐的游戏。

乐曲声中，一对新人在甲板的船尾方向那一头，被一束强烈的灯光追射着，终于出现在人们的视野之中……

这无疑是让全船女性羡慕得眼睛冒火的一个时刻——只见一对身材高矮相当的白衣新人，携手缓步走向红色月季花拱门尽头的黑衣神甫。李萍萍看到，女公子右手握着小小一束粉红色的玫瑰，一袭长长的白色面纱，前端部分巧妙地垂到她的胸前，正好蒙着她含羞的脸庞。挺拔的身材，穿着一席设计独特的落地婚纱……真不愧是出自巴黎的服装师之手，确实漂亮极了。令人想起了《安徒生童话》中的美人鱼——从新娘的膝关节以下，才是骤然散开的飘逸下摆，在身后的甲板上，拖出了半丈长的弧形裙裾。而以上部分，则令她臀围、腰围和胸围，一并曲线毕露。丰胸之上，是大胆低敞的领口。一颗硕大的红色宝石，在薄薄的头纱花边后面若隐若现，放射出神秘的光芒……

"看——西太后的那颗红色金刚钻！"

人群中不知是谁，轻轻地发出了惊呼。难怪今天琳琅阁千金的婚礼披露宴，警备这样森严呢——来宾们恍然大悟了。可是，仍然有人表示怀疑："不，不可能！那颗红色的金刚钻，二十多年前就在六国饭店失窃了……""那……新娘戴的，是什么？""也许，就是一块红宝石？""可惜被婚纱罩住了，看不清楚……"
"……"

就在这个时刻，船上的发动机仿佛发出一声沉重的叹息，随即停止了轰鸣。甲板上陷入一片黑暗，原本风平浪静的海面，也被一阵不期而至的疾风，掀动得剧烈颠簸起来。包括神甫在内的大多数人，一时失去了镇定。左右摇摆的船身，令客人们抓住什么就依靠着什么。混乱中，传来了玻璃器皿被打碎的声音。有人发出高声抱怨，谁踩了自己的脚、谁捏痛了自己的肩……

孙岳桐只好高声劝慰大家"镇静"、"放心"，"一切马上就恢复正常"。可黑暗完全笼罩了甲板，涌动的风浪，不断增添着人们的恐惧不安。基本保持着纹丝不动的，还是靠在船舷边的琳琅阁周家一干人等。

这种状况也不知持续了多久，人们终于又听到发动机从船底传来的轰鸣。风浪也像突然到来时那样，又突然地遁去。灯光亮了，照着一片狼藉的甲板。人们不约而同发出了庆幸的欢呼。毕竟这是在海上，浪漫归浪漫，安全感怎么说也是一个未知数呵……

"看啊——她想干什么？"

不知是哪位女宾发出了一声尖叫。大家纷纷四下里张望……眼前的景象，令所有人顿时目瞪口呆：新娘子不知何故，独自站在船头的栏杆外面。亭亭玉立的白色背影，一袭长长的头纱在背后被海风掀动着，就像旗帜一般高高飞扬……

孙岳桐大惊失色："危险！周小姐危险啊——"

紧接着，就在众目睽睽之下，发生了轰动北平城的一幕：琳琅阁的女继承人周羽琏，直挺挺地一头倒向大海……瞬间，便在波涛中消失了白色的身影。

甲板上呈现出一片可怕的寂静。所有的人，完全无法相信发生在眼前的一切。可是，更加无法预料的又一幕惨剧，在悲痛欲

绝的新郎发出声嘶力竭的嚎叫之后，紧接着就发生了——

"诅咒啊……那是一个红色的诅咒！"

陈陶突然扑向了船头，就从刚才新娘落海的地方翻越栏杆，他也一头跌进了夜色中墨黑的波涛……

小梗只觉得眼前一片昏暗，双耳"嗡嗡"直响。大虎的心，就像涌到船舷边的海浪，一层层地碎成了泡沫。露儿木然抬起头来，一片急匆匆飘过的云彩，遮住海上那一轮明月。自始至终，周玉和在靠背圈椅上没有动弹一下。他分明感觉得出身体深处，正在发出崩溃的声音。"咯咯咯"作响的崩溃的声音……

仅仅半个钟头以前，那无疑是一个非同寻常的时刻——当新娘专用休息室只有祖孙二人的时候，周玉和打开了那只雕花鎏金西洋首饰盒的盖子，拿出了"帝王之盾"……是他，亲手把它戴在孙女儿的脖子上的。当时，他看见孩子的目光，就像灯下的水晶那么莹莹发亮。她转过脸，很近很近地望着祖父的眼睛，娇娇地说了一句："谢谢您，爷爷。"

面对着自己这一向刚愎任性的孙女儿，如此简单却那么真诚的一声感激，老人心满意足了。难道，此时此刻是她的妈妈，匆匆地带走了她吗？还是要怪自己操之过急，当初不该不听大虎的提醒吗？大虎兴许是对的，咱们琳琅阁的闺女还年轻，无力来承受那么厚重的历史，无命去消受这惊世骇俗的皇家镇宫之宝啊！

不错——诅咒，那就是"一个红色的诅咒"。周玉和清晰地意识到，自己的灵魂正随着孙女儿一道，向冥冥的海洋深处，向遥远的天主之国，飞逝而去……

船上的水手扔下救生圈后，又把小救生艇放下海……可是，在经过一番无效的努力之后，全船的客人和服务人员，还是在当天深夜被送回到陆地上，各自散去。负有责任的孙岳桐亲自留心地核对了下船的人数。结果是，除了当晚投海失踪的新人夫妇之外，与当时登船的人数丝毫不差：一共五十七个人。其中，包括被抬下船来的新娘的祖父。

出事后的连续几天，在总公司的全力支持下，孙岳桐雇请富有经验的外籍潜水员和大批的渔民，在出事地点周围相当大的范围内，没日没夜地进行着搜寻。然而，一切努力尽成徒劳——两名投海者最终还是生不见人、死不见尸。

从北戴河回到家中的琳琅阁老东家周玉和，从此再没有睁开眼睛。

谁都不知道,就在从北戴河返回家中以后的那个夜晚,露儿又一个人来到后院,独自焚香祭天。子时,她亲眼看见了那个前朝宫女神秘的身影:发冠高耸、钗环晃动、裙裾飘飘,脸上的神情是那么地慈悲。"她"就站在咫尺之遥的前方,背后是一片深灰色的夜空,月光为她镀上了一层银色的光环……

露儿蓦然想起,若茵小姐生前对自己形容过"她"的影子。小姐亲口说过,自己不但不害怕,渐渐地,甚至能够感受到"她"带来的丝丝温暖和善意……如今,露儿也懂得了这位老祖宗,保佑着琳琅阁周家的那份灵光。透过三支檀香渺渺的烟雾,"她"像是传递给了露儿一个重要的音讯:若茵小姐的在天之灵,一定会赞成露儿尽快让故人入土为安。只要琳琅阁不倒,那个诞生在太平间里神秘而顽强的婴儿,自有上天保佑……谁不相信都不重要,只要露儿坚信不疑,琳琅阁就永远是周羽琏的天下。

露儿一相情愿地把"她"的显灵,视作天大的吉兆。从这以后,坐上主帅交椅开始发号施令的,竟是一向很少走到店铺去的女主人。她思索了整整一天一夜之后,就像披挂上阵的佘太君一样,开始指挥着已经不知所措的小梗和全体店员、伙计:店铺大门紧闭,所有贵重珠宝入库,"铁将军"重重加锁;琳琅阁公司的全部账本、现银,一律封存;全体女店员、男伙计照常上工,趁机懈怠者,当即解雇。

店员、伙计们在小梗的具体调动下,堂屋挂起了孝帐,布置成简洁的灵堂。周家是一户信仰洋教的人家,灵柩正上方的墙上,挂着一柄茶金色的十字架。丧事办得毫不张扬。为数不多的吊唁者来到家里,看见一位教堂请来的黑袍神甫,身边站着作为孝子夫妇的小梗和露儿,默默地守候在灵旁。人们只需要静悄悄向故人的灵柩鞠三个躬,有的吊唁者也是天主教信徒。胸前画个十字,就算尽了礼数。因为丧主家事先声明:概不收受分文丧葬礼仪,也不留饭。门前的车马速速地来了,也速速地离去……

第二天凌晨,一位洋人朋友的公司,开来一辆蒙着黑色帆布篷子的卡车。在小梗和大虎几个家人陪伴下,不吹不打,就把老掌柜静悄悄地送进了周家在西山购置的墓地。那里,已经长眠着二十多年前故去的老夫人和少奶奶蔡若茵。

大虎在老东家走后,借酒浇愁,越来越凶。露儿猜测,他一准是想忘记什么。八成那是一桩想说又忒难说出口,想忘又死活

忘不掉的事。

不错，大虎在那艘把喜事变成丧事的洋花船上，又看到了一张女人的脸，虽说只是那么一晃——当他推着老东家的轮椅，走到新娘子专用的休息室门口时，里面有位中年女人，正忙忙碌碌地往新娘子的脸上涂脂抹粉。尽管她仅让大虎瞥到大半拉侧面，便慌忙背转身去……那天晚上大虎在七条胡同小川故宅中被人打昏之前，朦朦胧胧地看到的，就是那张脸！她曾瞪大眼睛，从上往下盯着自己看。活脱脱当年上吊自尽的秋媛太太……这个不知真假活人的影子，怎么又在北戴河花船的新娘化妆间里，"忽"地晃了那么一下呢？

大虎的神经，当时暗自紧缩了一下：要么，"她"是那个吊死冤魂秋媛太太的翩然再世？要么，真会是那个……那个小川家唯一的后人，从东洋跑回来了？不不不，悦子小姐，她还回来干什么呢？难道，还是为了那块"不当吃、不当喝的小红石头子儿"么？她不知道，就为了这么个不值当的劳什子，自己死了爹娘、丢了兄长么？

当眼睁睁地看到"小包袱卷儿"，还有她那恩爱有加的姑爷莫名其妙地双双投了海，大虎的心，翻腾得就像那天晚上北戴河墨黑墨黑的海浪……他是真想把一肚子的疑惑，全都吐露给露儿。这些年来，周家老宅上下所有的人对自己受到老东家特别的善待，大都不能真正理解个中的原因。大虎呢，还就是缺了那么一点与周家老下人们沟通的心气。只有露儿一个人，她什么也不多问，平日总是慈心善性地关照着大虎。就是坐在准奶奶的椅子里，她也从不跟自己见外、生分、摆架子。

老东家撒手这一走，大虎喝酒、睡觉、打发光阴，就是不知道怎么开口，才能说清闷在心里的这档子邪乎事。说出来，人家要是不信，会认为自己老糊涂尽瞎掰；人家信了，会埋怨自己不早早地给老东家提个醒……

稀罕事情又发生了。那是洋花船出事后的第九天早晨，竟降下了少有的一场大雾。打开院子大门的小伙计看到，台阶上伏倒着琳琅阁的女公子周羽琏！那一袭好看的白洋纱裙子，已经被弄得看不出是个啥颜色了。

大虎立刻就意识到，"小包袱卷儿"此刻的神秘归来，就像自己那天夜晚偷偷去过七条小川故宅之后，早上，也这么奇怪地躺在周家广亮大门的门洞里一样……这下，他算是确信无疑了：从头到尾，都是那个"她"的所作所为。

二十年前远渡东洋的悦子小姐，她的性格，就跟正一夫老爷一模一样。那姑娘也不傻，知道大虎既然能够把她爸爸留下那一大撂子银票偷偷还给自己，肯定也会把那颗红色的石头子还给琳琅阁周家。其实，正一夫老爷送命的那天晚上，根本啥也没有被贼人抢走。要抢，就决不会放弃整整四十万的巨额银票，单单抢走那颗宝石。警察的断案、坊间的传说，尽是大瞎话！

难道，那么一颗不当吃、不当喝的小红石头子儿，还真值得把这两户人家的命运，折腾得如此天翻地覆、血雨腥风吗？老事、新事一股脑的，大虎是越想越怕。浑身抖得出手连划好几根洋火，都点不着烟袋锅子了。

当看到自己扛在肩膀上长大的"小包袱卷儿"，终于就像从阎王爷的阴曹地府回归到了人间，大虎不禁暗自感天谢地：从那么老高的船帮上跳到海里，又这么踪影不见的近十天，居然就连一点皮肉的伤害也没遭受……这"小包袱卷儿"啊，还真是个鬼神不敢收留、生来福大命大的姑娘。送老东家上路那天，大虎都不曾掉泪。这一下，竟忍不住眼睛、鼻子和心都酸透了……

露儿嘴里念念有词，暗暗感激的不是观音也不是圣母。只有她一个人心里明白，应该感激的是哪一位神灵。她深深地庆幸：那颗凶险的红色金刚钻，也从此失去了它不吉祥的身影。好好活着，就是福——平生，露儿只信奉这样一个老百姓的哲理。

可是，当望着羽琏苏醒后痴呆呆的眼神，做母亲的又开始犯起愁来。这姑娘是叫吃就吃，让喝就喝，叫睡下就睡下，叫穿衣便穿衣，连上茅房都必须让人提着醒……完全失去了活人的神智。就这样，全家人心惊胆战地过了一个多月。期间，中医、西医的大夫都请上门来看过了。说法无非是"小姐受了惊吓，休养一段看看再说……"

只有一个让露儿悲喜交加的告知，竟是她的宝贝女儿，已经有喜在身。大夫说，那脉相，可是清清楚楚的。连小梗都高兴得流下了眼泪。在这生生死死的一场波折之后，他和露儿，却要做外公、外婆了！

老东家过世整整四十九天的那日傍晚，家门外出现了一高一矮两个衣衫破烂的化缘和尚。高个儿的和尚消瘦得很，活像副一

推就散的骨头架子。他头戴一顶正面罩着块旧黑布的破斗笠，把一张让人琢磨不出样子的脸蒙在后面。那个矮和尚草帽下的脸露在外面，胡子拉碴的，脏得好像一百年没洗过，连岁数都看不出来。

他们站在周宅门外，一动不动地捧着化缘的钵子。伙计从厨房拿来馒头和烙饼，他们不走；收下了小梗亲自送来的施舍银钱，还是不走。露儿纳闷了……

突然，两个和尚就像被一根看不见的线牵着一样，那蒙面的瘦高和尚，举步就往院子里走。矮和尚寸步不离地跟着他，熟门熟路地直奔后院，推门闯进了小姐的闺房……当时，露儿、小梗和大虎，还有家里两个在场的伙计，却像是个个都被施了定身法一样，呆呆地看着两个无法无天的和尚，竟没有一个人上前去阻拦他们。

不到半根烟的工夫，两个和尚又像来时那样，顺着原路走出大门，扬长而去。转眼就在天色刚刚擦黑的胡同深处，消失得影踪全无……

还是露儿和大虎最先缓过神来，拔腿就直奔羽琏的屋子……房间里，只见他们的宝贝女儿正坐在梳妆台前，神态祥和地给自己梳头呢。她从镜子的反射中，看见露儿和大虎心急火燎地冲进来，回转头来，甜甜地叫了一声："妈，大虎叔。"

露儿扑上去，把女儿抱在怀里放声大哭！如同是母女分别了几辈子。她感激的是，那月光下神秘的预感没有落空。几十天苦苦的等待，终于得到了一个真真实实、完完整整的回报。

大虎一看到那熟悉的笑容，心里顿时就像被灌进了一杯烫过的老酒。毕竟这是自己亲手从地狱边缘抱回来的孩子，是骑在自己肩膀上长大的闺女呵！她唤着"大虎叔"那甜丝丝的声音，就像是回到了十几年前，央求着他偷偷带自个去买个泥巴兔儿爷的小丫丫一样，那么久远又那么亲近……

"小包袱卷儿"这一声"大虎叔"，把老车夫的一腔子老泪，叫出了眼眶子。就是在这个时候，大虎特别想把自己一肚子的疑惑，全部都说出来。提醒这个今后要独自撑起琳琅阁大梁的女孩子心里有数，好自为之。凶险肯定潜伏于她的近边，那颗红色的小石头子，一准还要兴风作浪啊……但是，大虎最大的顾虑还是，这一代接着一代的宿怨，难道还要新仇旧恨地越结越深么？

欲罢不能，欲言又止，大虎又把自己的日子，继续泡在辛辣的烧刀子里……

当那两个蓬头垢面的和尚离去以后,周羽琏就在自己屋中的地板上,捡到了半张照片和一块旧报纸。似乎,这是上天的一个暗示。她没有告诉任何人,默默地用那张旧报纸包起半张照片,塞进了一只家传的明青花玉壶春瓶里。

当时,她并不明白那两个游方和尚留下的暗示,到底意味着什么?耳畔却无数次地回响着一个充满玄机的声音:总有一天,总有一天……从此,大难不死的她,内心似乎被融入了一种"无畏无为"的坦然。

尽管全家人谁都不去提及姑爷陈陶的失踪,毕竟那个痴情的爱人,给周羽琏留下了活生生的纪念。他们在正式举行婚礼之前偷尝了禁果……一颗爱情的结晶,一个粉红色的小肉团团,在七个月后一个暮春的凌晨,用近乎于轰轰烈烈的嚎啕,宣告了自己像母亲那样顽强的降生。

当然,这个新生命要比自己的母亲幸运得多。在琳琅阁周家所有人紧张的期待中,到来的,还是一个小丫丫。她受到了所有人热切的欢迎。全身上下每一根柔软的布丝,几乎都渗透了外祖父母和大虎爷爷的关怀……又是一个背负着沉重使命的女孩子。

露儿虽然没有读过书,周羽琏仍然郑重地请这位世界上最仁慈的外祖母,为外孙女儿起了一个响亮而又平凡的名字:"琉璃"。琉璃不贵,却同样美丽。那是比珍珠、翡翠、金刚钻……更容易为大多数平常人所接受的可爱物质。只要你爱她,琉璃同样具有千年百年不朽不腐的坚挺和光辉。

小琉璃出生之后,像当年的周羽琏一样,被托付给了她的露儿姥姥。琳琅阁周家,又一个小姑娘不平凡的人生故事,开始了……

全家人都看得出,因为女儿的诞生,周羽琏的性情变得温顺了许多。可是,从小被长辈树立起的信念,琳琅阁女继承人天赋的使命,使还没坐完月子的女当家重新披挂上阵了。最初的两个月,羽琏还每天让露儿把琉璃抱到店里来几趟,趁着没有客人的时候让女儿喝上几口。后来,还是干脆请了个身强力壮的乡下乳母,就让琉璃跟自己小时候一样,喝人家的奶头去了。

琳琅阁的女经理是真嫌养孩子耽误正事。但每当她们母女独处时,周羽琏都会看着女儿那黑得如同桂圆核的眸子,心中涌起

对此生唯——一场爱情的无尽怀想……

露儿觉得，琉璃是个出生便与羽琏大相径庭的婴孩。头发乌黑如漆，皮肤是金色的。她很少啼哭，却似乎显得很有主见，脸上的表情，颇有几分小大人的严肃和若有所思。作为外祖母的露儿总在暗自思量，老人常说女儿多似父亲，可这个小闺女，是不是也太像那位"来也匆匆，去也匆匆"的短命姑爷了。这到底是好事，还是坏事呢？

第二年的夏天，胡同里来了个耍蛇的南方江湖艺人。偏偏就停留在周家的广亮大门外卖起艺来。对于生活在北方的大人和孩子，从笼子里被抓出来的一条小手臂粗的金色蟒蛇，引来他们一片惊呼。周府里一个正帮露儿照看琉璃的小丫头好奇，抱着刚满周岁的孩子站在大门口看热闹。

只见那艺人身体精瘦，脸庞染着太阳的颜色。"咕咕嘎嘎"地满口南蛮子话，把那条罕见的大金蛇随心所欲地绕在手臂上、盘在脖子上，还敢跟它亲嘴呢。艺人一手举着蛇头，一手绕着蛇身，径直走向围观的人群，那蛇嘴里呼啦啦吐出的粉红信子，足有两、三寸长。这下，可把大人、孩子都吓得纷纷后退，还有几个年幼的小东西干脆抱着娘腿放声大哭。当艺人举着蛇头，接近了抱着琉璃的小丫头时，那丫头吓得撒手把怀里小主人给掉在地上，自己拔腿返身逃回了大门。琉璃就这么一个小人人儿，傻傻地跌坐在台阶上。

不可思议的事情，便在众目睽睽之下发生了：人们看见这个周家的小小姐，竟与那凶险的大莽蛇脸对着脸，忽然发出了"咯咯咯"一串儿清脆的笑声……

这笑声，甚至惊呆了自以为能够把所有观众吓得躲避不及而得意洋洋的耍蛇艺人。接着，只见那浑身裹着绸缎的小姑娘伸出自己胖嘟嘟的小手，轻轻地抚摸着高耸的蛇头……转眼之间，刚才还昂扬神气的金蛇，软软地耷拉下了脑袋。它可能不是晕过去了，便是莫名其妙地进入了被催眠的状态。

这出人意料的情景，令艺人跟所有的围观者一起惊诧不已。紧接着，人们只见他一声不吭，纳头便拜——对着琉璃，一连三个单膝下跪的大礼之后，连赏钱都顾不得讨，提着蛇笼子便冲出了人群……

那两天，几条胡同的大人、孩子，饭后茶余都在议论着同一个话题:"这可真是应了'卤水点豆腐,一物降一物'的老话啦!""那明明是一条下凡的'金龙',如果琉璃不是上天送来的小龙女,如何能出手便让它老老实实地低下头来呢?""啧啧啧,真是开了眼了。琳琅阁周家,怎么生养出的尽是奇女子呢?"

蹲在大门里边远远地注视着这一幕的,还有大虎。

大虎原本就是个走街串巷的车夫,坊间的多少奇闻异事听得多了。渐渐地,他心里形成了自己信奉的准则。"因果报应",便是其中最坚挺的一条。就在小琉璃出手"降服"了那条金蛇的瞬间,一个预感便在大虎的脑海掠过:只有这个小姑娘,将来能够找到那些差点毁了她母亲的恶人。最终,要让所有的谜团真相大白。然后,由她来实施彻底的清算!

如同二十年前大虎决定,要将那颗红色的石头子偷偷还给琳琅阁的老东家一样,他又一次认定,琳琅阁周家眼下尽管没有男丁,却是永远不会改变它硬梆梆的运势。大虎到底还是将发生在那场婚礼之前和当时,自己亲眼看到的一切,全都告诉了自己的"小包袱卷儿"……

这番话,大虎说得自己一身冷汗。他打心眼里不愿意,"小包袱卷儿"和小川家的悦子小姐,把你死我活的较量,永无止境地继续下去。可是,显然这次是悦子那丫头,她把事情做绝了。如果真是她的阴谋所为,那她就没有给周家人留下活命的余地。本来,不过就是个红唇皓齿的小姑娘,什么力量能够把她变成如此行踪叵测、手段毒辣的人物呢?

难道,真就为了那么一颗不当吃、不当喝的石头子吗?大虎这一辈子也没想通这件事。可他还是给周羽琏留下了几句告诫:这事儿,还说不准。因为咱们没有抓住真把柄。没有把柄的仇,是报不得的。我想,就是你爷爷的在天之灵,也会对你说这句话的。

周羽琏嘴角挂着一丝冷笑,一声不响地听完了大虎的告白。她什么也没说,已是恍然大悟——原来如此……无论大虎叔如何希望淡化这中、日两家所有的新仇旧恨,总有一天,琳琅阁周家跟那个日本的小川商事,还是要为了那颗帝王之盾,一决雌雄!

周羽琏记得,那天在船上的新娘专用休息室里穿好婚礼服后,喝下了女化妆师的助手端来的一杯咖啡。她还隐隐记得,那杯咖啡是忒甜了点。直到后来,自己起身坐在梳妆台前,看见露儿妈妈和大虎叔慌慌张张地冲进屋来……遗憾的是,这中间一段

记忆时空，完全是空白的。她居然就连自己曾经跟陈陶手挽着手并肩走上甲板的情景，都忘记得一干二净。始终无法释怀的是，自己与陈陶那场莫名其妙的"投海殉情"，到底是怎么发生的？因为什么而发生的？

对那场发生在北戴河海上的事件始终不依不饶的，要属陈陶的老同学孙岳桐了。周羽琏和陈陶在婚礼上双双"投海殉情"这桩奇案，又一次挂着琳琅阁的招牌，轰动了全国。唯一值得高兴的是，周羽琏的同窗和店员李萍萍，不久后与孙岳桐喜结连理。他们俩就是借着在一起回忆、研究那天出事经过的细节，一来二去，便做成了情投意合的人生伴侣。周羽琏为此感到了些许的欣慰。这对夫妻，也从此成为她毕生的友人。

孙岳桐在得知周羽琏小姐死里逃生之后，多次登门拜访。日本独特的人文教育，给他塑造了一个"死心眼"——凡事非要打破砂锅问到底。功夫不负苦心人，他确实追究到了一条断断续续、扑朔迷离的线索：婚礼的发型师、服装师和化妆师，都是陈陶自己直接雇请来的。船上出事以后，那几位肤色分别为白色、棕色和黄色的专业手艺人，也统统在京城消失了踪影。如同那位消失在夜海波涛深处的新郎陈陶本人一样……

当孙岳桐看到周小姐那失去记忆后的满脸木讷，心中便涌起深深的歉意。他和李萍萍商量后的结果，决定还是让这个天性刚烈而又痴情的姑娘，相信曾经拥有过的"爱情"吧——哪怕，那只是一个幻影，甚至一个骗局呢？

什么都不知道，往往也是一种幸福。

在以后漫长的日子里，孙岳桐曾经是陈陶那个遗腹子小琉璃慈祥的教父。直到白发苍苍，一件往昔的小事，周羽琏始终记忆犹新：在琉璃刚满周岁的那天，孙岳桐亲自带来了一只外国轮船的玩具模型和一个躺下就会自动闭上眼睛的洋娃娃。他喜笑颜开地提议，要让小琉璃像个男孩儿一样，抓一回周。于是，在露儿房间里的大炕上，放着他带来的两件礼物和家里从各处搜罗来的小东小西：书报、纸笔、洋画片、算盘、糖果……珠宝商家，自然是少不了还放了一支露儿心爱的石榴石金簪子。

全家上下把个娃娃围在大炕中间，心里边最紧张的，是当姥姥的露儿。周羽琏想，这是迷信，是闹着玩儿的，不能全信。看到露儿把小琉璃抱到炕上，让她坐在一堆形状和颜色各异的物件中间时，身为母亲，她还是不由得扭紧了自己的双手……

小琉璃先是傻乎乎地望着姥姥露儿，然后，朝着摆在炕沿那两件最大、最醒目的洋玩具爬去。正是孙岳桐带来的轮船模型和娃娃……周羽琏心想，到底是个小女孩，还是那漂亮的大洋娃娃最容易引起她的兴趣。结果，却是大大地出人意料——琉璃一把抓住的是那只蓝白两色相间的轮船模型，还使劲将往自己怀里拖。

孙岳桐马上就发出了爽朗的笑声，他将孩子一把抱起来，举过头顶："原来，我们琉璃将来要成为中国的第一任女船长！哈哈哈……"

露儿却不无伤感地想，什么"女船长"呦，这分明是漂洋过海、远嫁他乡的孤苦命啊。

直到已经老态龙钟，周羽琏每每回想起陈陶的那位留日同学孙岳桐，自己的那位老同窗李萍萍，心底总是会涌起深情的思念。琉璃出生后的两年，他们两口子也生下一个儿子。还曾开过一个玩笑，说是将来和周羽琏结个"儿女亲家"。那大眼睛的小儿子却因为患肠炎，不幸夭折了。孙岳桐在琉璃的身上，寄托了自己年轻时代"航海环游五洲四海"的梦想。

李萍萍亲眼目睹了那场惊心动魄的海上婚礼，也和丈夫一样，难以放弃对其真相不甘善罢的追究。正是因为他们两口子的这种执著，三十多年后，又一场亲情间的悲剧，谢幕于波涛之中……

── 第貳拾貳章 ──

抗战八年，对于每一个中国人来说，都不可谓不是漫长、严峻的岁月。卢沟桥事变之后，京城易主。幸而，琳琅阁的救星从东洋来到了古城。经过一番密商，周家开出了一纸文书——将公司的法权名义，转在日本人长森惠子的名下。为此，杜敏愤然辞工而去。

这无疑是给担负着全公司职员和全家老小生计的周羽琏那天生敏感的自尊心，沉重的一击。她自幼便是西方人文主义者长森的学生，知道自己永远也不会成为英雄。只能平凡地去信守珍爱生命的准则⋯⋯

另有一重真实的内幕，周羽琏没有权力把它告诉杜敏和身边的任何人：抗战全面爆发，孙岳桐很快便成为重庆中统对日斗争的高级情报官。他的优势一是日语很不错，二是在日本江田岛海校留学期间，有不少当年的同窗可以交往。他在往来于日本和中国之间的华北海运公司中职位越升越高，颇为在华的日本贸易商社所信赖。为此，琳琅阁的那间贵宾沙龙，不知多少次成为地下抗战谍报人员秘密接头、交换情报的地点。

成长中的琉璃，从小就很依恋自己的教父。孙岳桐是个宠爱孩子的男人。露儿每次看见他，就会自然而然地回想起儿时的羽琏和她的大虎叔⋯⋯

这个琳琅阁天生的继承人，却是个天生反感任何"珠光宝气"的孩子。琉璃常常有机会跟着孙岳桐去大码头、登大轮船，渐渐长成了一个热衷于追求博大事物的孩子。轰鸣之声震撼天宇的汽笛，高楼大厦一般陡耸的船体，吞食着无数扛包小人儿的钢铁巨兽⋯⋯无不使琉璃对能够指挥着如此恢宏场面的孙岳桐，钦佩之至。相反，在琳琅阁的店铺里，终日进出着那些嗲声嗲气的女人，甜言蜜语的小白脸。他们的扭扭捏捏、矫揉造作，无论如何也无法掩饰狭隘的贪欲和渺小的虚荣。

早熟的琉璃有着与年龄不成正比的感受性。她不喜欢家里小里小气的买卖，珠宝店是个令她感到窒息的空间。当然无法与孙岳桐的工作现场那毫不做作的畅快淋漓相比。从小就在观察着柜台前矫揉造作的红男绿女，同时也观察着对他们殷勤备至、迎来送往的母亲。骨子里某种反叛的基因，渐渐演变成了对周羽琏无法理喻的抵触。这种禀性随着时间的推移，孙岳桐夫妇眼看着她们母女之间的对立，越发激烈、越发频繁⋯⋯

李萍萍毕竟是女性，了解事物、分析问题的角度，还是有所不同。她逐渐发现，琉璃跟母亲经常闹别扭的另一个重要的潜在心理因素，就是她始终怀着从未直接对母亲发出的质问——关于自己的父亲。尽管露儿老太太对琉璃说过，你爸爸是在你出生前得病过逝的。她却从同学的嘴里听说："你爸爸是跟你妈妈一起，在婚礼上当众投海自杀的。可事后活下来的，只有你妈妈一个人……"

人的舌头，真是堪称"万毒之最"了。

李萍萍猜想，琉璃在感情上特别依赖孙岳桐的内在原因，包括他是父亲生前"唯一的朋友"。尽管那是一位生来便无缘相见、相聚的神秘的父亲……

当日本将战争从亚洲扩展到太平洋，开始与不可一世的美利坚合众国和整个团结起来的欧洲为敌，国内"战时一色"的政治氛围，也将整个大和民族的生存，推到了崩溃的边缘。

西历一九四五初年，日本已是一个在考虑"玉碎"，还是"降服"的末日帝国。听说，那位自称安国军司令的前朝格格，也从榻上闻鸦片，"进化"到打着麻将就敢当众露出大腿，直接注射海洛因了。

奔走于东京和北京之间的长森惠子，给周羽琏带来一个消息：东京的皇族和华族贵妇们，最近举办了一个小型的慈善晚会。所谓慈善，就是把购买晚会请柬的那笔钱，大部分用于对战争遗孤的捐助，小部分用于采购晚会的酒水饮食而已。这个晚会的主持人，就是小川悦子那位向来酷爱抛头露面的婆婆岩仓子爵夫人。

婆婆搞"慈善"，儿媳妇自然是不能视而不见。听说，那场晚会三十元一张的高昂请柬，她慷慨解囊，一个人就买了六十张。分别转送给小川屋的一些庶民身份的常客。她们中的大多数人家境富有，平时却没有机会接触皇亲贵胄。这边取悦了婆婆，那边讨好了客人……精明过人的小川屋社长，当然不是那种不算大账的买卖人。就在那个晚会上，长森惠子正式结识了东京城名闻遐迩的悦子夫人。人过中年的她，依然妩媚动人。身边包围着自己招呼来的客人，看上去比晚会的主持人岩仓子爵夫人，还更具几分人气。

那天，被群星捧月的东松宫亲王妃，轻松愉快地会晤了著名和平派政客米内光政、吉田茂等大人物的夫人及姐妹。长森出席

那场慈善晚会的目的,是因为另有十分重大的事由:曾与山本五十六将军等著名战将过从甚密的东松宫亲王,中途岛战役惨败后,与他的另外一位皇兄,总算看透了战局不堪救药的大势所趋,从早期的主战,开始转为主和。

席间,包括亲王妃在内的女士们,在长森的启发下产生了一个大胆的动议——趁着日本国尚未被军部那些死硬主战派彻底推向"玉碎"的深渊之前,秘密沟通与中国重庆政府之间的对话渠道。

长森惠子认为,无论成功与否,都值得一试——争取达成日中两国都能做出让步,尽早结束战争的一纸和平协议。当时的国际形势是,联军在太平洋战场上的必然全胜,已是"没有悬念"的事实。只是国际上各方利益的构成,十分复杂。作为关键性的一个环节是,美国一直在军事与外交上施加强大的压力,要求日本从中国全境无条件撤军。

促成了这次"夫人会晤"的,主要是悦子的婆婆岩仓子爵夫人。她的儿媳妇悦子也可谓功不可没。正是她,将一条被小报评论为"震撼人心"的项链,借给了以酷爱珠宝出名的东松宫亲王妃,得以邀请她屈尊光临了这场慈善晚会。这是用五条极品的阿哥亚小珍珠拧成的项链,正中悬吊着一颗重达十七克拉的稀世红钻——帝王之盾。

当悦子在慈善晚会上突然认出了长森惠子,脸上浮现出意味深长的微笑:"长森先生……我也这样称呼您,可以吗?几年前,承蒙您和您那位美丽的'侄女'不弃,在小店购买了那么昂贵的珠宝。您可以代我转达对她的感谢么?"

"悦子夫人不必客气。我的侄女始终认为,她在贵店购买的首饰非常可爱,而且物有所值。"

"啊,我想,只要买、卖双方都是心甘情愿的,那就是好事。长森先生可否帮我问问,作为同行,她能不能帮我找到一颗红色的珍珠。无论价格多少,我都是愿意支付的。"

"悦子夫人好气魄。"

"长森先生您还记得吧,在敝店的二楼沙龙里,有一顶没有最后完工的皇冠。至今,我仍然无法把它交给那位美丽的东松宫王妃啊!"

"听说,悦子夫人当年就是为了一颗稀世的红珍珠,特意设计了那款皇冠?"

"不错,这就是真正意义上的……珠宝。为了一颗名副其实的顶级宝石,无论投入何等昂贵的制作,都是值得的。"

"如果我问您,和平,是否当今世界最无价的宝贝,您同意吗?"

当长森突然向悦子提出这个问题后,她发现,对方那双美丽的大眼睛闪烁了一下。片刻之后,只听她缓缓地低声回答说:"不错。和平,才是当今世界最无价的宝贝。"

长森向周羽琏叙述这个情景后,认真地补充了一句话:"我的印象是,悦子说的这句话,是发自内心的。"

周羽琏冷笑了。这是令长森感到陌生的表情。

一块已经泛黄的旧报纸,被放在长森面前。上面是一篇关于"民国二十五年北戴河船上婚礼新人坠海殉情事件"的真相报道。当时,只有撰写这篇报道的记者,留下了比较客观的文字:"……事发后的第二天,服装师、发型师和化妆师一干人等,就如同在人间蒸发了一般,在京城消失得无影无踪……"

露儿亲口证实,当时倒在周家大门口昏迷不醒的周羽琏,身上的那条白裙子确实曾经浸透了咸涩的海水。但是她的头发,却没有一点海水的咸味。大虎后来终于开口对周羽琏坦白:他在婚礼不久前的一天晚上,曾在七条胡同小川故宅,看到过一张酷似小川正一夫的妾侍秋媛太太的面孔。无独有偶,就在婚庆的花船上,他又一次看见那张酷似秋媛太太的面孔……

长森惠子完全明白了。自己看着长大成人的学生周羽琏,对小川悦子的仇恨,如今是积累得更深更重了。这已经不仅仅是三十年多前那场"证据不足"的杀母旧仇。这一次,又牺牲了她的夫君,牺牲了养育她长大成人的祖父周玉和……

但是,长森无论如何不想就此罢手。此次中国行之前,她从华族细川第十七代当主的夫人处得知,中途岛战役日本海军以惨败告终之后,东松宫和秩父宫两宫亲王,秘密访问过石原莞尔退役中将,征询过他对战局的真实看法。随后,他们与和平派政治家米内光政、吉田茂等人秘密结盟,甚至认真考虑过刺杀东条英机。然而,是否能够尽快以和平的方式结束战争,并非一个东条英机完全说了算数的。疯狂的军国主义作为一种可怕的时代思潮,经过了内田良平之流几十年的文化浸染,早已呈冰冻三尺之势……唯一的途径,还是以"皇道"去控制"皇道派"——说服

裕仁天皇本人，速速制定出理智的国策。

长森历来相信，思想便是行动的力量之源。而正确的思想，则必须通过语言的传达，方才能够影响行动……但事实上已经没有时间了。自食其果的日本，面对生死存亡的最后抉择，真的已经没有时间了。终于，连皇族中都出现了主张和平的亲王势力。还有谁能够用更加直接的途径，去影响裕仁天皇呢？

还是在琳琅阁的贵宾沙龙，身负使命的长森惠子与重庆的高级特工孙岳桐，进行了一次至关重要的秘谈……

半个月之后，手里提着一只鱼缸的孙岳桐，化名"滕忠"。只身从上海搭乘日本的飞机，直抵东京。名义上，他要把九条中国宫廷出身的名贵大金鱼，代表华北的一个伪文化团体，送给大日本帝国昭和天皇，以示"亲善"。一桩始终被包裹在层层迷雾之中的历史事件，就此翻开了扉页……

化名"滕忠"的孙岳桐临行前，为妻子留下了一纸遗书。他委托周羽琏，如果此行真的回不来了，再交给妻子李萍萍。此行，他奉命将以个人身份前往东京，去向日本的最高决策层，传达重庆的一纸秘密和谈条款。直接向他布置这项绝秘使命的，不是中统的何老板，而是军统的戴老板。由此可见，这项任务的特殊性和高度机密性。

孙岳桐并没有直接对周羽琏提出任何要求。但不知是有意还是无意，他违反了组织的保密纪律，请周羽琏阅读了那一纸《中日全面和平实行案》。

很多年后，周羽琏还记得那其中的主要内容：中国方面提出与日本单独讲和的条件，核心原则就是"停战、撤军和取消汪派政权"。若讲和实现之，中国即可与日本单独签署和平条约。涉及到具体内容有"日本完全从中国全境撤兵；重庆政府三个月内迁都南京；南京政府（汪伪）的要人，由日本政府收容；保留满洲问题，缓一步进行单独协商；积极促成日本与英美讲和……"云云。

周羽琏从不认为自己懂得什么"国家政治"，但她似乎看到了和平朦胧的曙光。也许是作为被对方高度信任的回报，她默默地交给了孙岳桐一只层层包裹的小盒子……

长森则作为完全不相干的一名日侨乘客，与孙岳桐同机返回日本。临行前，她没有忘记留给了周羽琏一纸契约。作为琳琅阁珠宝公司的名义权益人,她坚信不疑,不久的将来,周家则需要一纸解除"日侨资产"名义的声明文件。长森的心里,还留着一句再也没有机会告诉周羽珄的承诺。那就是,一旦和平到来,自己将亲自说服小川悦子——无论曾经有过何等搬不上台面的过节,那颗周家的传家之宝帝王之盾,定要完璧归赵。她同样坚信不移,凭着自己绝佳的口才,一定能够为深明大义的中国女弟子,讨回这份公道。

　　长森惠子回到东京之后,不久就让悦子完成了那项堪称登峰造极的珠宝巨作。当那颗失而复得的红色珍珠,终于被镶在等待已久的皇冠正中时,在悦子的眼中,它似乎比以前更大、更亮、更美丽!长森惠子把周羽珄如何从印度珠宝神偷手中,意外得到了红珠的经过,一五一十地告诉了悦子。对方那双美丽的大眼睛,瞬间闪烁了一下……

　　"悦子夫人,您是否能够理解,为什么周羽珄小姐主动无条件地交出了您梦寐以求的红珠?"

　　"长森先生,您怎么不问一问,帝王之盾怎么会在我的手上?"

　　"悦子夫人是指那天在岩仓子爵夫人举办的慈善晚会上,东松宫亲王夫人颈上的项链么?"

　　"是的。具体地说,是悬挂在珍珠项链中间的那颗盾形的红色巨钻。"

　　"我对复杂的事件过程不感兴趣。就像现在无法针对当初是谁先开了第一枪、打了第一炮而去追究战争的责任一样……当整个社会、整个国家都在犯罪,甚至连世界的历史也在大步倒退,我只能看重明天的结果,一个源自理性与良知的结果。"

　　"我明白了,长森先生。我会信守自己说过的话——和平,才是当今世界最无价的宝贝。"

　　"我相信你。因为,你是日、中两个国家的女儿。"

　　"我从不认为自己是任何一个国家的女儿。"

　　悦子的脸上,也泛起了冷笑。那是一股自嘲的冷笑,"冷"得几乎要让长森打哆嗦了。这令长森的预感很不好。也许,这位身世离奇的悦子夫人,根本就不会做出任何回报——用一颗红色钻石,去回馈海洋那边为了争取和平,首先交出了红色珍珠的一个中国女儿……

"长森先生，当和平到来的那一天，我也会将帝王之盾，托您亲自还给北京的琳琅阁。"

长森一时竟以为自己听错了！她知道，这个女人在东京最好的名声，就是作为一个珠宝人的信誉——绝不卖一件假货、不说一句戏言。当看到长森脸上将信将疑的表情，悦子接着说："长森先生，我以父亲的名义向您保证——无论是以什么形式，只要日、中两国之间实现了和平，帝王之盾，它都将物归原主。"

长森觉得眼眶一阵发热。她意识到，悦子也许是第一次在人前，以父亲的名义起誓吧？东京每个认识她的人几乎都知道，这位在日本珠宝界冠绝群英的女当家，从来都不会、也不允许任何人，提及自己那颇具诡异色彩的北京娘家。她忽然又想到，曾用堂而皇之的扩张主义言论，酝酿出了日本这一段血腥历史的表舅舅内田良平……而永远无法被迷惑、被误导的，也许恰恰正是那生育了天下所有男人的女性之心——这是何等的悲哀？又是何等的庆幸呢？

就在得到特别许可，悦子将亲自前往东松宫亲王府邸送上那顶珍珠钻石皇冠的时候，与她一同前往的"随从店员"，就是孙岳桐。

相隔着茫茫大海，和周羽琏一样，悦子是在日本岛国上，阅读过那一纸属于最高机密《中日全面和平实行案》的唯一民间女性。不久前，它来自一个叫"重庆"的遥远山城。如同它曾经一度打动了北京琳琅阁的周羽琏，它也打动了东京小川屋的岩仓悦子的心……

化名"滕忠"的孙岳桐在日本东奔西走了半年，与日本国民一起，多次经历了铺天盖地的大轰炸。因为被怀疑是"骗子"、"掮客"，孙岳桐遭受到政界官僚们的多次拒绝；而坚决主张"本土决战"的陆军少壮派们，则让孙岳桐领教了数起未遂的暗杀。孙岳桐没有自己可以使用的电台，只能通过民用邮电途径，用暗语给重庆发报。也不得不一次次地连夜更换住处……

为这场代号"大金鱼"行动担任秘密联络工作的，就是那位不见经传的长森惠子女士。

孙岳桐与东松宫亲王、代理总理、国务大臣等重要执政人物的历史性会晤，终于到来。秘密会晤的地点，被选定在银座小川屋珠宝店二楼的贵宾沙龙。只有一张五十年后才被公开的照片，是悦子本人用一架小巧的莱卡照相机拍摄下来的。也许，她也曾单纯地奢望，历史今后会为自己的小川屋珠宝店，留下为和平作出贡献的功勋的记录。当时，孙岳桐、长森惠子和悦子本人都曾认为，一纸《和平实行案》终将被放在裕仁天皇的案头。"和平"这个甜蜜的字眼，竟让他们每个人的心，一度充满了期待……

在联军空中轰炸不断升级的那些日子，为了能够及时接到反馈的消息，孙岳桐甚至不敢钻进躲避死亡的防空洞……终于有一天，皇宫传来了裕仁天皇的唯一一句圣旨：

"让那个'滕忠'，二十四小时之内滚出日本！"

结果，还是军部的主战派势力占了上风。孙岳桐匆匆忙忙的，甚至没有来得及拿走留在旅馆的行李和文件，就被宪兵直接押送到了机场……

"日本人都是驴——蠢驴！"

这是愤慨不已的孙岳桐在羽田机场，留给长森惠子的最后一句话。那一天，是昭和二十年，民国三十四年，西历一九四五年的六月六日。孙岳桐被逐出日本领土整整两个月后，发生了人类历史上最惨烈的一幕：

有关史料如下记载，"小男孩"（Little Boy）是第二次世界大战时美国在日本广岛投掷首枚原子弹的名称。一九四五年八月六日，在广岛相生桥上空三万一千英尺投下……日本当地时间早上八时十五分，在一千八百英尺的高度爆炸。释放的能量，约相等于一万三千吨的TNT烈性炸药。约七万人直接死于小男孩的原爆，大约相同数目的人受伤。随后，有大量的人死于核子尘埃放射引起的癌症。怀孕的母亲亦因为放射而出现流产，部分初生婴儿畸形发育。据统计，截止到一九九九年，死于"小男孩"的人数，已上升至二十万人……

胖子（Fat Man）是第二次世界大战时美国在日本长崎投掷的原子弹的名称。一九四五年八月九日，即广岛首枚原子弹爆炸后三天，在长崎上空三万一千英尺投下……

昭和二十年，民国三十四年，西历一九四五年的八月十五日，日本宣布无条件投降。和平，真的降临了。以一种出乎全世界意料的迅猛、惨烈的形式，降临在日本……

就在八月十一日的一场空袭中，悦子存放着帝王之盾的樱花银行六本木分行，被炸为一片废墟。

她永远也不会忘记那个血色的星期五。六本木最大的十字路口上，堆积着将近五、六百具被烧焦的尸体。无论男女老少，大多已难以辨认原貌。他们保持着临死前在烈火中挣扎的痛苦体态，母亲怀抱婴孩的黑色遗骸，就像焦炭的雕塑一样，定格成为悦子噩梦中的永恒……

自从太平洋战争爆发，属于奢侈品的贵金属首饰被军方要求"无偿捐献给国家"的数额，不断加码。小川家包括银座本店在内的全国几家珠宝分店，不得不临时改为经营典当业的"质屋"。那是一个许多家庭遭到破坏，无数人不得不忍痛放弃家财、背井离乡的时代。受雇于小川屋珠宝店多年的忠实店员们，好歹需要继续生存下去。悦子原本自信，血液中遗传着父亲的坚强。可是，就在失去了帝王之盾的那一刻，她的自信，彻底崩溃了……

那一天，她提前约好了长森惠子。说好了要在六本木樱花银行对面的若叶咖啡馆见面。需要商谈的，还是关于那颗帝王之盾的何去何从。

当悦子已经远远地看见了银行的大楼和咖啡馆深绿色的三角屋顶时，防空警报尖锐地响了起来。她只好就近赶忙钻进了身边不远处一个街道的防空洞。联军飞机一场狂轰滥炸所投下的新式燃烧弹，制造出的火海和浓烟终于被扑灭以后，悦子看到的是，樱花银行六本木分行和若叶咖啡馆，已经统统化作了余烟未尽的黑色瓦砾。

天色渐近黄昏，悦子仍然守候在樱花银行六本木分行的废墟旁。天边正在浮起殷红的晚霞……就在这苍茫的时刻，她的眼前，忽然幻化出了一幅奇异的景象：一个身着中国清朝宫装的修长女子，头顶着独特的硕大冠戴，钗环微微晃动，若隐若现的背影，似乎是在默默地叹息着眼前的劫后景象……

记得妈妈生前对爸爸讲过一句话——"头顶三尺有神明"。悦子在心里对自己说，这，就是神明的报应。"她"，就是无数被战争夺去生命的中华民族的复仇女神！

悦子没有感到害怕。她相信，自己正置身于地狱之中。既然如此，就会有鬼神徘徊在眼前……她开始失声嚎啕！自父亲死去后，这是她第一次大放悲声。一个女人积攒了大半辈子的眼泪，都落在双膝下的那片焦土中……

天终于黑了。只有尚未燃尽的一处处残焰，还在周围顽强不息地闪闪发光。悦子忽然意识到，自己不但是个"不属于任何国家的女儿",甚至是个"不属于任何家庭的成员"。看看自己现在的模样,真是如同中国人形容的"丧家犬"那么可笑!就像所有劳苦大众的妇女一样,传统的和服被剪裁成和尚服一样的上下两件;头上戴着棉坐垫对折做成的防空袭披肩帽子;按照政府的战时规定,胸前缝着一块白色的布条。上面写着自己的姓名和家庭地址……可眼前被烧成了焦炭的人们,他们的家在何方?肉体仍然活着的自己,家,又在何方呢?

一只手,轻轻地放在她的肩膀上……悦子抬起头来,若明若暗的火光照耀下,她看见的是丈夫一张被灰尘弄得活像花猫一样的面孔。

"悦子,咱们回家。"

那一天,悦子终于失去了内心的坚强;第一次声嘶力竭地痛哭了一场;第一次把自己的头,柔软地靠在除了父亲之外的一个男人的怀里……

四天以后,当全世界都传遍了天皇亲口宣布日本"无条件降服"的"御声"时,悦子和丈夫不约而同地舒出一口气来……

战败后不久,丈夫将奉命陪同东松宫亲王、寺冈谨平海军中将等人,一同前往顽固主张彻底抗战的厚木基地第三〇二海军航空队,劝说官兵们解除武装。岩仓少爷这位昭和天皇的御前文官在临行前的晚上,跟悦子聊起了战争结束前日本高层内部发生的一场"地震"——根据现已得知的情报,重庆的最高统帅蒋介石确实派遣过秘密使者,那个手提一玻璃缸大金鱼、化名"滕忠"的人,居然带来了一份真正的"和平案"。而且,他得以与东松宫亲王等人进行了接触。当时,那可都是些日本皇族中具有决策影响力的成员啊!

丈夫讲述到这里时,不禁对悦子表示出了某种疑惑:一个师出无名的中国人,怎么有那么大的神通?竟能够很快就与皇族和政界的高层人士,进行了密切的接触?

悦子意味深长地微笑了……她心想,你们男人,特别是日本男人,从来就没有把女人的能量放在眼里。她用几分调侃的口吻,没头没脑地反问丈夫道:"你以为,小川屋只会做珠宝生意吗?"

"除了珠宝,还会做什么生意呢?"

"我还收购古董、文物……很多战时不被重视,可早晚会被

人重新捡起来的宝贝呀！"

丈夫似懂非懂地摇摇头。他接着讲述到，小矶首相与东松宫等几位亲王，促成日本最高战争指导会议，专门讨论了那位"滕忠"带来的《中日和平实行案》。

悦子接过了丈夫的话茬："据我所知，当时，东松宫亲王问那个化名'滕忠'的重庆密使，'你为何执意要首先会晤我？'滕忠声称，'重庆方面认为，日本除了天皇以外，没有人值得信任。由于我不可能见到天皇，便希望将这个问题向亲王殿下您提出，并请求您将我的口信亲自转达给天皇陛下。'"

悦子得意地看到，丈夫惊愕地瞪大了眼睛——太太怎么什么都知道？而且，居然知道得还那么具体？接下来的事实，就是悦子听丈夫叙述的了：会面后，东松宫亲王觉得，"滕忠"其人看上去并非江湖术士。通过他锲而不舍地奔走游说，终于一度在日本高层，引起了一场认真的争议。小矶首相也对重庆的《和平案》表示"感兴趣"，有意接受有关的条件。当东松宫亲王将《和平案》通告给参谋总长梅津美治郎后，梅津的回答却是："中国人讲的话，哪儿能当回事！"日本陆军、海军和外相也都怀疑这个"提着一只金鱼缸"，只身赴日的所谓"滕忠"，是否真有重庆高层的背景？

那次会议没有结论，四十分钟就散会了。积极主张与中国重庆政府直接接洽《和平案》的小矶首相，无奈单独向裕仁天皇上奏。天皇虽然经过几天几夜的犹疑，最终还是下令尽早将那个"滕忠"遣返回国。

丈夫用不无遗憾的口吻，结束了对那场"滕忠地震"的总结："在颁布无条件降服的御令前两个月，如果天皇殿下顶住了来自陆军参谋总部的压力，下决心赶紧表示，日本愿意接受那个'滕忠'密使送来的《中日全面和平实行案》。也许，原子弹就不会……也许，日本也不至于是落到今天这般田地……"

悦子沉默着。是啊，曾经存在的一种"可能"，早已变成了永不复返的"如果"、"也许"……这些日语文法中暧昧的副词，到底如何去权衡一次生死攸关的历史机遇那天大的得失呢？这，就是一个国家、一个民族的宿命吗？就是广岛小川屋分店十三名女店员的宿命吗？就是善良、正直的长森先生的宿命吗？就是一颗红色的皇家宝石"帝王之盾"的宿命吗？

返回中国的孙岳桐,曾受到了来自上司——最高统帅直接颁发的重金嘉奖。

翌年春天,世界瞩目已久的东京大审判,在会场位于原陆军省的远东军事法庭开庭了。这场漫长的法庭争战,看似结果一目了然,其中的玄机千丝万缕、盘根错节。军事法庭得到了由前首相小矶提交的一份《中日全面和平实行案》复本,以及为此案召开的战争指导会议记录原本。前日本首相的个人目的是企图力辩,自己在战争结束前,曾为和平解决中国问题,进行过"不懈的努力"。未承想,重庆政府曾经背着又给钱、又给枪的第一盟友美国,居然在跟日本进行私下的和谈?!这简直是他妈的捅了一窝大马蜂嘛——以麦克阿瑟为首的占领军首脑,立刻就向美国国会提交了终止继续对蒋军援的提案。

这就是关乎到了三年后,蒋家王朝百万大军土崩瓦解的重要因素之一。试想,一个早已习惯于靠输洋血存活的国家军队,如何受得了突然被拔掉了点滴针头呢?执政的国民党和它的正规军,看上去兵强马壮、洋枪洋炮。可跟草根一族的中共党政军体系相比,其实,骨子里是全然不堪一击的。更何况,自上而下普遍的官僚腐败、军心涣散,早已到了积重难返、无可救药的程度……

眼前的具体危机却是,必须有人为党国承担起天大的责任。于是,一个小人物孙岳桐的生存危机,横陈在眼前……八年抗战,出生入死,终于和全国军民一起盼到了民族的光复之日。党国指到哪儿就打到哪儿的一个中统骨干特工,接受了由军统戴老板跨越单位,单独布置的一项特殊秘密任务,却因为三月十七日那一场发生在江阴县马鞍山的坠机事故,死无对证了。

那是一个阴雨绵绵的晚上,孙岳桐坐在琳琅阁的贵宾沙龙里。眼前的每一件家具、摆设,早已就像自己的家一样熟悉。因为名义上是日侨资产,这家京城的珠宝店,多少得到了日伪军警宽松的对待。在这里,孙岳桐曾与国、共两党和民间抗日组织的谍报人员,进行过无数次的秘密接头。那个时候,只要能够把日本鬼子赶出中国去,大家就拥有了共同的语言、共同的奋斗目标。如火如荼的战斗岁月,恍同隔世……

孙岳桐还是太单纯了。他没有想到的是,尽管自己已经做出了一纸承担"大金鱼行动"全部责任的"个人行为声明",从蒋总统那里传来的秘密口头指令,还是被中统的老同事偷偷地透露

过来："让那个叫孙岳桐的，闭嘴。"闭嘴？怎么个"闭"法？是"一时闭嘴"？还是"永远闭嘴"？作为中华民国的公务员，孙岳桐将以"私通日寇的汉奸罪"，受到军事法庭的秘密审判。这一切，很快也得到证实。

孙岳桐做好了一应的准备，留下在家抱着小琉璃哭得浑身瘫软的李萍萍，还是专门抽出了一个晚上的宝贵时间，来跟周羽琏"随便聊聊"。

"羽琏，明天我就要……走了。我要向你交代一件事情，拜托一件事情……"

"孙岳桐，你别吓唬我。走？往哪儿走啊你？还要再派你去一趟东京不成？我家最好的几条大金鱼，上次可都捐献给你们了。还没让你给我申报经济补偿哩！"

"我在萍萍那里留了一本记录。这些年来，我一直没有放弃调查民国二十五年发生在北戴河船上的投海事件。尽管仍然还不是做出最后结论的时候，今后，等琉璃长大了，懂事了，可以用自己的判断力来说话了，你和萍萍要慎重地商量过之后，再决定是否把我那本调查记录交给她。毕竟，这是与她的生父有关的事件。第二件事，算我拜托你了，还是关于琉璃。作为亲生母亲，你今后要多亲近她，理解她在想什么……"

"孙岳桐啊孙岳桐，你怎么还不赶紧告诉我，到底发生什么了？咋开口琉璃、闭口琉璃的！她还小，我们还有很多时间考虑她的问题……"

"我没有时间了。我也没有想到，光复了，我倒要永远地……闭上嘴了……"

"这是谁的意思？"

"咱们中华民国的伟大领袖亲口下令，让那个叫孙岳桐的闭嘴。那一定就不是暂时的闭嘴，而是永远闭嘴，你说对不对？"

"如果你就是不闭嘴呢？"

"我绝不能到远东军事法庭去为自己辩护。客观上，那不就是去为那些正在接受审判的日本战犯作证么？作为中国人，这是一种很尴尬的立场，不是吗？我只要开口，直接影响到的是党国和美国大老板的关系。这可是天大的……"

"行了你孙岳桐！你骂过日本人和他们的皇帝都是驴，那我要问，你是什么动物？到现在，还想为一个恩将仇报的劳什子'党国'尽忠效劳？你的那点儿聪明，我看……连驴都不如！"

"女公子，你倒是比我这头驴聪明。现在换了你是我，你会怎么办呢？同样的问题，我也问过了萍萍……"

"她怎么说？"

"她，就会放声大哭加上放声大骂——这简直就是'卸磨杀驴、过河拆桥'……就这样，骂呗！"

"可你你你……孙岳桐啊，你真的就甘心这么……坐以待'闭'吗？"

第二天一早，从琳琅阁周家的大门里，传出了老车夫大虎"酗酒身亡"的报丧声。三家棺材铺子的老板、伙计都赶来了。琳琅阁的女当家一点也不计较银子，红肿着眼睛开口说，天气越发热起来了，谁家能给我拿来一副现成的好板子，就买谁家的货。要现货。

隔着不远的五条胡同，孙岳桐和李萍萍的家门前停着北平宪兵队两辆汽车的时候，十条胡同这边的琳琅阁周家，披麻戴孝、吹吹打打、哭哭啼啼，送葬场面一片轰轰烈烈！街坊邻里都说，这琳琅阁真是重情重意。当年老东家过世，丧事都没有办得这么排场。不就是个老车夫呗，他真是交了阴阳两辈子的好运。

出殡的时候，六人抬出上好的一副黑漆柳木整板寿材，把胡同里好些看热闹的老头、老太太，都羡慕得直砸吧嘴。经幡、纸钱，飞舞得就仿佛六月的漫天鹅毛大雪。也不知怎的，纸店立马就凑出了好些花花绿绿的纸人、纸马、纸房子、纸车……人人都知道老车夫生前贪杯，还有好几尊大酒坛子被心思周到的丧主雇人抬着。足有四十九位哭丧妇，一个个浑身白衣白帽，都用白麻手绢捂着半个脸，挤在七八辆敞篷马车上，在激昂的鼓乐伴奏下，一路放声干嚎。琳琅阁的女公子和她的养父母，也是一身重孝地坐在后面一辆带篷的马车里。浩浩荡荡的白色大军一路往西。

就从那天开始，"小包袱卷儿"就再也没有见过自己的大虎叔了……

── 第貳拾叁章 ──

琳琅阁突然决定迁往香港的原因，京城里猜测纷纭，莫衷一是。幸好是在一九四六年秋天，周羽琏就来到了英属殖民地的香港岛。比起那些四九、五〇年以后方才蜂拥而至的中国大陆商家，算是幸运地捷足先登了几年。在铜锣湾买下了一栋临街商铺的周羽琏，开始了她海外创业的后半生。

故土难离的小梗夫妇和其他老伙计，他们没有跟出来。身边不离不弃的老搭档，只有改名"周德生"的孙岳桐和妻子李萍萍。老话常说"人多嘴杂"、"祸从口出"。深谙谍报工作的孙岳桐深知，自己已是党国不予置之死地便不得后快的钦犯一个。他是躺在棺材里，命悬一线地逃出了北平。李萍萍则是混在那一大群哭丧妇中，方才躲过了众多便衣特务步步盯梢的东城一带。孙岳桐夫妇和周羽琏母女一同经广州来到了港岛。

仅仅几个月之后，曾经并肩抗战八年的国共两党，反目成仇、战火重燃。许多在抗日战争中都没有牺牲的民族精英，却倒在了同胞相残的炮火之下……国共分裂后更加动乱的国内局势中，琳琅阁算是因祸得福，提前退避到了对岸。

孙岳桐来到香港这个自由口岸，他操着老本行，驾轻就熟，大展身手。对国际航运业务的谙熟，使他迅速地拓展开了生意领地。不像需要用时间打造信誉的珠宝生意，航运则是一个"时不我待"的机遇性行业。正赶上了战争风云刚刚消散，整个世界百废待兴的时代。乘着航运业黄金期的好潮头，不出十年时间，孙岳桐麾下所拥有的，已堪称一个航运王国。到港后的第五年，他和李萍萍就在房价最高的半山区，购置了一栋豪华的大花园洋房，距离周羽琏的那栋小花园洋房咫尺之遥。

李萍萍早已不需要为了生活，继续在琳琅阁供职了。但在精神上，她习惯了和患难之交周羽琏待在一起。

她还记得，自己和孙岳桐的婚礼，是在北戴河那场悲剧发生后半年举行的。当时，已经挺着个大肚子的女公子，真心为他们俩高兴。她的祝福，是李萍萍在店里做事时，常常拿起来比比划划说"好看"的一条蓝宝石项链。她没有想到，自己平时那无意识的流露，女公子始终记在心里。当她已经成为香港屈指可数的大公司总裁太太以后，所有珠宝行的店员无不对她笑脸相迎。但她常常挂在颈上的，还是一条宝石不大、金子不重、款式保守的普普通通的蓝宝石项链……

卢沟桥事变爆发后不久，加入了中统特工队伍的孙岳桐和李萍萍，有过一个夭折的儿子。琉璃却在不知不觉间，成为维系他们家庭感情的纽带。这对夫妇与琉璃相处的时间，要比终日为生意倾尽身心的周羽琏，多得多。琉璃都长到十五、六岁了，还喜欢在孙岳桐两口子的床上打滚、撒娇。她和干爹一起用脚丫打拍子，唱起"小呀么小儿郎啊，背着那书包上学堂……"李萍萍也曾为女公子感到"过意不去"：她是亲妈，却未必就见过自己女儿那招人喜爱的一面。

　　成长的琉璃，高挑身材，乍看外形长得酷似年轻时代的周羽琏，却有着一双酷似陈陶的大眼睛和微黑的皮肤。她知道怎么挥霍母亲挣来的钱，经常乘坐票价高昂的海船出游。每每归来，总是为李萍萍夫妇购买成箱的礼物。

　　李萍萍口口声声说是"琉璃送给妈妈的。看看，正儿八经的巴黎名牌哩"，"琉璃给妈妈买的。看看，款式、号码，多合适"……周羽琏却心知肚明，至少有百分之八十都是老同学编出来的谎言，无非为了撮合她们母女的关系。常常浪迹在世界各地的琉璃，有时会给干妈干爹发来明信片，上面印着当地的风光摄影。这是令李萍萍两口子为难的一件事情。他们不知道，是不是应当把琉璃的平安家书，交给她的亲妈？

　　琉璃最长的一次外出，整整四年没有回家。据说，她在波士顿的一家地矿研究所一边工作，一边进修专业。终于有一天，她连个招呼也没打，就领回家来两个小女孩……两个！一个三岁，一个一岁半。

　　大的那个，显然是个纯粹的黄种人。而那个小的，其种族血统，就难免有些令人怀疑了……大的那个，穿着一套小海军服；小的那个，也是一套小海军服。短短的蓝地白边小裙子下面胖嘟嘟的小腿，说明她们的营养状况还是无可挑剔的。一个保姆模样的中年女人陪伴着她们，时不时用满口的广东话低声地嘱咐两个小家伙一些什么。好像连同她自己在内的大、小仨人，都需要通过一番入住审查似的。周羽琏望着她们，好久好久都不知道应该说一句什么话，才是最重要的。

　　"像、像！真像琉璃小的时候。你看大的那眼眉，小的那脑门和下巴颏儿……宝贝呦，你们真是太可爱了！"

　　李萍萍这下有事干了。冲上前去，抱着大的亲几口，抱着小的嘬两下。琉璃扔下两个小东西，径自往卧房走，仿佛是个终于卸下了大包袱的旅人。周羽琏冲着女儿的背影，终于问出了作为

长辈的一句话：

"她们……叫什么？"

"大的叫'琳琳'，小的叫'琅琅'。"

听到头也不回的琉璃这样回答，周羽琏只觉一股暖流，猛地涌上了心头……

"她们的……父亲呢？"

"那谁知道！"

周羽琏刚刚温暖了的心，又被女儿关上卧房门之前的一句话，推进了冰窟窿。这也算是报应吧？周羽琏不禁苦笑了。她蓦然想起，自己的养母常常挂在嘴边的那句老话。

第二天凌晨，一向睡得晚起得也晚的周羽琏，莫名其妙地早早醒来，又是那么莫名其妙地走到了卧室的窗前……

香港半山别墅式住宅的矮墙外，那条高大凤凰树遮荫夹道的水泥路上，走着一个穿着米色薄风衣的高挑背影。周羽琏连那人手里提着一只不大的意大利皮箱都看清楚了，她不慌不忙却是义无反顾地向前走去。就从那个莫名其妙的瞬间开始，整整三十六年，徘徊在周羽琏梦中的，就是这么一个穿着米色风衣的背影……

扔下两个小宝贝就彻底消失了身影的琉璃，也没有动摇周羽琏朝九晚五到珠宝店坐镇的习惯。

李萍萍这才发现，孙岳桐那本密密麻麻写满了笔记的旧黑皮本子，不知道什么时候，已经从他们卧室的床头柜里不翼而飞了。

为了那两个从天而降、满嘴英文单词的小宝贝，李萍萍更加频繁地把时间滞留在周家的小楼里。她比周羽琏更快地了解了孩子们的生活习性，熟悉了她们从饮食到玩耍的种种要点。那位中年女佣人姓唐，是琉璃在波士顿唐人街雇来的广东籍偷渡客。唐姐好不容易跑到了大洋彼岸的某个地方，等待她前来团圆的丈夫，却死于一场建筑工地的脚手架倒塌事故。唐姐的丈夫也没有绿卡，基本得不到福祉和补偿。偶然遇见了需要照顾的香港大小姐琉璃，就从她第一个闺女出生、坐月子，到第二个闺女出生、坐月子……住在琉璃的公寓里，衣食温饱都有了着落。她说，一个孩子是带，两个孩子也是带。一带就是三年多……

当李萍萍用磕磕巴巴的广东话，试图打听出这两个小女孩的父亲是什么人时，果然还真就是琉璃对她母亲回答的那四个字："那谁知道！"单是唐姐见过到家来跟琉璃过夜的男子，同一时期就是四到五人。有白色的，有黄色的，还曾偶然出现过黑色的……为了被李萍萍一口一个"小宝贝儿"挂在嘴上的两个小妞妞，终于有一天，在两个老同窗、老朋友之间，爆发了前所未有的一场争执——

"女公子，你知道琉璃扔下这么小的孩子，到哪儿去了么？"

"我也正想问问你呢，琉璃的好干妈！"

"我是有件事情跟你商量。反正你也放不下店里的买卖，琳琳、琅琅小姐俩干脆就住到我那儿去得了。唐姐也一块跟过去，反正咱两家就隔着几个院子……"

"你甭想美事了李萍萍！告诉你，当年抢走了我的女儿，现在，你还想抢走我的外孙女儿吗？"

"你你你……好吧，看样子你是早就想说这句话了。你以为，让会计每个月往琉璃的账户上汇钱，就尽到了母亲的职责吗？这么多年，你还为她做过什么？"

"别以为我不知道，孙岳桐给琉璃的零花钱，比我给她的生活费要多得多！除了用钱来疼她，你们又为她做了什么？"

"好，抛开钱的问题不谈，琉璃为什么跟我们更亲近？羽琏你知道这是为什么吗？"

"……"

"多少年来，我和老孙根本就不忍心对你挑明这个残忍的话题。"

"您甭客气。请说说，还有什么残忍的现实，是我经受不住的？"

"琉璃刚刚懂事，就有人对她说，你爸爸妈妈结婚的时候，发生了他们双双殉情跳海的大事件。可是，事后只有你妈妈一个人活着……"

"琉璃从小就听到有人这么说了吗？我的天啊！这……难道全都要怪我么？"

"绝对不能怪你，亲爱的。可是，现在你多少能够理解琉璃为什么总在疏远你了么？"

"那你和孙岳桐都跟她说了什么？"

"我和老孙但凡能说的，都说了；不能说的，就怎么也不能说啊。"

"萍萍你说，琉璃她……是不是再也不会……回来了？"

"羽琏，别哭……"

"谁哭了？你见过周羽琏哭吗？动不动哭天抹泪的，是你！"

"行行行，你没哭！我是担心，琉璃现在比你，甚至比我和老孙，知道得更多了。"

"你是指我和陈陶的事情吗？那么，你和孙岳桐，到底还知道一些什么呢？"

"羽琏，我们知道，你和琉璃不一样的就是，你一生只爱过一个男人。我们不想打碎了你此生唯一的一场……爱情梦……"

"梦？那是一场……梦吗？"

"羽琏，就全当那是一场梦吧。"

"假定，当年就是一场'梦'，那么，琉璃是去追究那场'梦'的根源了吗？"

"真是冰雪聪明的琳琅阁女公子。可我也只是猜想而已……"

"你根据什么在猜想？具体是在猜想什么？"

"我们这哪儿是在谈话，简直是在'谈玄'了。民国三十五年，我们在决定出逃北平前的那天晚上，老孙跟你提到过的一本调查笔记，你忘了？"

"啊……还有印象。那本调查笔记怎么了？"

"我们也很久没有动过它了。琉璃扔下两个孩子走了以后，我才发现……它不见了。"

琉璃这次一走，又是几年没有音讯。孙岳桐眼看着就苍老了。

有时，李萍萍有意让琳琳、琅琅在丈夫面前蹦蹦跳跳，逗着姥爷高兴。孙岳桐开始还会笑笑，可越看那一天天长大的小琳琳，就越发引起了他对琉璃小时候那副模样的联想。孙岳桐不知道，失踪的那本写满调查记录的笔记本，到底将意味着怎样一场无情的对决？他很了解琉璃的性格。知道她也像自己的母亲一样，认定了要做到的事，绝不会善罢甘休。

终于有一天，孙岳桐倒在了自己宽敞、豪华的公司总裁办公室里。那是落地玻璃窗面对着维多利亚港一片碧海、点点白帆的漂亮写字间。在宽大的写字台上，一只精美的镀金小镜框里，是孙岳桐、李萍萍和琉璃在私家游艇上拍摄的彩色照片。公司的职员从来都认为，这是总裁最喜爱的一张"全家福"。

等到周羽琏赶到半岛私立医院的单人病房里时，李萍萍马上把她引导到床边。周羽琏努力克制着内心的紧张不安，她事前告诫自己，万万不能在病人面前，流露出伤心和绝望。

"没事儿，脸色挺好的嘛！刚才，你的经治医生亲口对我说，你不过是太累了。挣那么多钱干什么呢你说你？等你出了院，咱们仨带着两个小不点儿，一块到夏威夷钓鱼去……"

孙岳桐强迫自己挤出了一丝轻松的笑容："羽琏，我终于想明白，弄明白了……那次蒋介石让戴老板急着派我带着他的《中日全面和平实行案》到日本去，从头到尾的原因是什么了。这么多年，我终于全都想明白，弄明白了……"

"行了吧你，大特工！现在，国民党已经丢了大陆的江山，连那蒋家王朝都差点儿完蛋了，你还惦记他当年给你的那几张破纸干嘛？！"

"不，你要听我说……听我说完……因为你也是那段历史的见证人。"

"好好好，孙船长我听您说——"

许多年来，周羽琏一跟孙岳桐开玩笑，还会想起叫他一声"船长"。

"民国三十四年二月，在雅尔塔举行的美、英、苏三国首脑会议，没有邀请蒋介石参加。那年八月，三国发表敦促日本政府立即无条件投降的《波茨坦公告》时，竟然也没有邀请中华民国……老蒋对美、英、苏三国不邀请中国参加最后对日作战方针会议，当然很担心。他害怕日本与三国进行有条件投降的谈判，把保存汪精卫政府作为日本从中国撤军的条件。也很担心日本崩溃后，共产党势力难以控制，所以试图让日本在保留一定实力的情况下，尽快投降。戴笠指挥的军统组织得知日本政府中不少人求和情急，也想速建奇功。这才跨系统找到了我……后来，我出逃后，宪兵抓了个替罪羊向上头交差，那人被判的是汉奸罪。枪毙了，暴尸十天啊！多亏当时你不由分说，骗着我喝下大剂量的安眠药，偷梁换柱，把我装进棺材方才死里逃生。女公子你是对的。到今天，孙岳桐对你发自内心地说出这么一个'谢'字。"

"老孙，你就别跟羽琏扯这些个陈芝麻烂谷子啦！"

"萍萍啊，女人活一世，只要活得幸福；男人活一世，却要活得明白。我一定要把想说的话……赶紧说出来……"

"我听得明白着呢！可也还用不着'赶紧'嘛，咱们还有很

多的时间不是吗"

周羽琏强打着笑容,眼泪一个劲地往肚子里咽。她知道,孙岳桐是个知天命的人。他是在清算人生道路中最刻骨铭心的一笔糊涂账。

孙岳桐忽然闭上了眼睛,像是进入了梦乡。李萍萍和周羽琏一人握着他的一只手,陪伴在床边。到了下半夜,两人都觉得有些迷糊的时候,听到了孙岳桐急促的呼吸。李萍萍按了传呼护士的电钮还不放心,跑去亲自通知值班医生。就在这个时候,周羽琏发现,孙岳桐忽然睁开了眼睛。他目光闪闪,嘴唇蠕动着,却发不出清晰的声音了。周羽琏只觉得心中一阵痛楚……几十个小时前还生机勃勃的人,怎么说倒下就倒下了?她赶忙把耳朵凑近到孙岳桐的嘴边:

"OKINAWA……NAGAZAWA……帝王之盾……"

周羽琏不解:什么意思?第一组发音,像是一个日本地名;第二组发音,像是一个日本姓氏。跟"帝王之盾"有什么关系呢?孙岳桐留下了谜一样的一串发音。这一回,他真的走了……

李萍萍在学校时,本来是个文科很突出的学生。在陪伴琉璃成长的岁月里,她在相当程度上,充当了当年长森惠子在女公子身边的角色。琉璃小时候就像周羽琏一样,她喜欢听童话故事,讲故事的人不是妈妈,是教母李萍萍。等琉璃上学了,也是李萍萍为她的每一篇作文圈圈点点……

孙岳桐的事业大获成功以后,李萍萍除了迷恋珠宝收藏之外,闲暇用阅读打发时间。她活得比扛着百年老字号琳琅阁的周羽琏要潇洒、自在。卧房、客厅、凉台、厕所……到处都堆放着港台文艺书刊。一九六七年十月的一天,一篇文笔粗糙的纪实报道,无意中摄入了李萍萍的眼帘——《万里寻父为雪恨》:

"……有一天,Z小姐偶然发现了养父的一本老日记。那是他早年从大陆带到香港来的,记录着一九三六年一桩殉情迷案的调查。密密麻麻,断断续续的……"

这篇故事的开章单刀直入,很快进入了主题。李萍萍向来认为,香港是个浮躁的社会,被世人贬之为"文化沙漠"亦不为过。印刷品大都力求商品化的"短暂冲击"性效果,人们没有时间去欣赏那类充满细节描写、情感叙述的文学作品。

文章接下来简要地写道:这桩当时轰动大陆的"北戴河船上

婚礼殉情案",主角正是Z小姐的亲生父母。作者并没有详尽地揭示这位Z小姐的父母更加详尽的背景资料,却挑明了新娘子的娘家,曾是老北京的一家珠宝行。在新娘子穿着婚纱出场的时候,前来祝贺的客人中有人证实,确实看到了一颗红色的宝石,挂在她的脖颈上。

文章中的Z小姐,是一位衣着穿戴非常讲究的女性。她身材挺拔,操着一口无异于美国人的流利英语,人们普遍认为她是一位美籍华人。她只身来到日本冲绳,在繁华的那霸商业区中,租用了一套价格昂贵的公寓。每天,徘徊在高级餐厅、料亭、酒吧……渐渐,当地人对她产生了印象。仅仅因为与老板、店员或周围客人的几句攀谈,Z小姐向来是出手大方。白天,她还会去逛逛那霸大街上的一家家珠宝店。她与台湾人店主们用华语聊天,对欧美人店主们则用英语交流。同样是常常因为几句话的"投缘",便一掷千金地帮衬店家的生意。

那霸市经营珠宝生意的,只有为数不多的店主是日本人。在三十年代中期,曾有一位从本岛迁居到冲绳的中泽先生,与当地出身的结发妻子,生育了聪明漂亮的五个儿女。谙熟英语、汉语和马来语的中泽老板,经营以珊瑚和珍珠为主的高档珠宝。他为战后冲绳的旅游业与商业振兴,作出了有目共睹的贡献。还曾一度被推选为商会的会长,是当地公认的一位名士。如今,他已将店铺的经营交给了儿女们,自己在家颐养天年。可谓是家境富足、子孙满堂。但是,不速之客Z小姐的出现,彻底改变了一切……

Z小姐终于在一九七六年初的一天,当众揭开了自己神秘的面纱。她召开了一场记者招待会,用流利的英语向世人口述了一个"阴谋与爱情"的故事。故事中的男主角,正是那霸商业区那位白发斑斑、德高望重的中泽老板。

Z小姐富于感染力的演说,加之她向听众当场出示了若干幅老照片和三十年代的旧报纸,令半个世纪前发生在中国北方海滨那场惊天动地的假殉情案——真诈骗案,铁证如山,霍然眼前!她那相当具有说服力的一番推理,引起了听众十分浓厚的兴趣——

当时站立在游艇船头,无缘无故突然投海的"新娘",是诈骗团伙中一个身材与真新娘十分相像的女同案犯。她是个地地道道的日本人,东京出身,娘家姓"柳园"。从童年开始就受到过

严格的游泳训练，曾经是柏林奥林匹克运动会最后一轮被淘汰的日本国参赛选手之一。在诈骗犯罪现场，她是作为化妆师的助手混上婚礼游艇的。当时，虚假的新娘让满船在场来宾们看到的，仅仅是一个酷似真新娘的背影而已。

经过调查，当场便追随爱妻投海自杀的新郎，就是那位在那霸市深受社会敬重的珠宝商中泽次郎。他的中国名字，叫"陈陶"。其人真正的血统根本就不是日本，而是中国。祖籍是福建省福州市。不过，他的童年和少年岁月，是与身份为华侨的商人父母生活在印尼。青年时代，曾经留学日本某军校。他的一位军校同窗有文字记录证明，这位"痴情的新郎"因为自幼生活在亚热带的海滨，同样拥有一身高超的泳技。

在那场掀起了轩然大波的北戴河海滨之夜，其实，真正的新娘很可能是被人实施了印度一种古老的催眠术。然后经过高明的化妆之后，被诈骗犯的其他同伙们借着混乱和黑暗，堂而皇之地从举办婚礼披露宴的游艇，带回到了陆地……

作为最有力的证明，Z小姐朗读了养父那本调查记录中相关的文字：当时，为新娘服务的，还有一个白种人服装师。在参与这场阴谋之前，他受雇于天津的一家船舶修理公司，担任过机电技师。婚礼中游艇的突然熄火停电，就是他做的手脚。而当时那个负责为新娘做头发的印度男性，则是孟买著名的催眠术大师。至于那位担任化妆师的中年女性，至今则没有明确的下落。也许，在那场策划缜密的夺宝阴谋中，她的作用至关重要；也许，则是完全无足轻重的……

唯一费解的是不知什么原因，几天之后，罪犯们又将那位彻底失去了记忆的真新娘子"完璧归赵"，送回了她富有的北京娘家门口。为了证实自己的推理，这位表情沉着、语调冷峻的Z小姐，还对记者们讲了一个细节：自己的外祖母曾经亲口说过，当时她在家门口抱起昏昏沉沉的女儿时，很快就发现了一个难以解释的现象，曾经纵身跳海，又奇迹般归来的新娘，那身婚礼服的确是被海水浸泡过的。而她的头发呢，却没有一丁点海水的咸味。

目的呢？当记者们提问，这场阴谋的真正目的时，Z小姐简短地回答：为了新娘家传的一件稀世珍宝！案发之时，北京老字号珠宝行那颗从来秘不示人的宝石，就挂在新娘子的脖子上。当记者接着提问，Z小姐认为这场阴谋的主谋，到底是谁？Z小姐不容置疑地回答：现在化名"中泽次郎"的中国人陈陶。

作者为此大发感叹：原来如此，当年那场海上假殉情案的阴谋主使，正是用心极深的新郎子本人！显然，他和那位利用船上停电，速速变装成新娘子的日本女游泳健将，根本就不用担心在夜色的掩护下，轻松地游上相距不到几公里左右的海岸……

当不依不饶的记者们继续好奇地追问："那么，那件稀世珍宝，现在在哪里呢？"神秘的 Z 小姐沉默了片刻后："我将付出毕生的力量，为母亲找回那件属于她和故乡的珍宝！"

媒体自然是从来都不愿轻易放过那些或离奇怪诞、或催人泪下的"卖点"。他们开始围攻这段古老新闻中已经衰朽不堪的男主人公。骚扰性的追踪采访，几乎是从早闹到晚。冲绳那霸那家富丽堂皇的珠宝名店，被幸灾乐祸的记者们搅得根本无法正常经营。

终于，短短两个星期以后，故事中的男主人公就在他的私家游艇上，独自一人服下超量的安眠药。结束了这个交织着爱情、阴谋、财宝、血亲与复仇的故事……中泽次郎——陈陶，自杀前留下了用汉字书写的一个谜语：

"帝王之盾，一个红色的诅咒。"

那位曾经参与了夺宝阴谋的日本游泳女选手柳原智子，也在记者的追踪之列。出嫁后随夫姓了"大久保"的她，也被从一家小养老院中挖掘出来。她早已经无力面对媒体的围攻了——双目失明，半身瘫痪，意识不清，轮椅里的身体，缩成了一团……任何人都无法把这个仿佛正在一点点腐烂着的老太婆，跟当年那身材挺拔的游泳健将想象成同一个人。

据说她当年出嫁时，裹挟着令包括父母在内所有亲族诧异不已的丰厚嫁妆。人们都说，新娘子长得虽然其貌不扬，却是突然混得风光十足。去了一趟中国回来，真不知道她曾经交上了什么好运？

当地有老人还记得，支那事件爆发前，买下荷兰人一幢面海花园洋房的夫妇是从东京迁来的，高个子的太太喜欢下海游泳。当第二颗原子弹投在长崎之前，大久保智子就和她那位生得红唇皓齿的小丈夫，住在距离爆炸中心很近的那幢豪宅里。

在长崎，第二颗原子弹"胖子"的爆炸中半径内，有一个小神社。台阶上，永久地留下了一个成年的人类和一只小狗完整的剪影。这就是核能的巨大威力——瞬间消融了血肉之躯，使之化

作一幅渗透在坚硬花岗石板上的"水墨画"。这幅血肉之躯的画面，从此成为后世对核武器进行控诉的形象教材。

疗养院的医生告诉记者，这位大久保智子老太太在核爆炸发生时，幸好没有陪着丈夫去那座夷为平地的小神社遛狗。她留在家里的花园中，穿着一席印着黑底白色大朵紫阳花的漂亮浴衣。爆炸了，核辐射的强光因为白色的反射，相对保护了她的皮肤。而黑色的那一部分，便在她全身留下了灼伤。活是活下来了，浴衣面料上的花纹，几乎是原封不动地被"复印"在了她的皮肤上……据说当时那面料花纹的纹路清晰无比，令人望之惊骇不已！

文章在最后，给读者留下了一个意味深长的结尾：有人看到，背着昔日罪孽自杀身亡的冲绳那霸市大珠宝商下葬后，寂寥的坟墓前，曾经出现过那位神秘的Z小姐一身素青的身影……

这个故事的描写无论是真是假，都令李萍萍久久无法释然。自己到底是应该高兴？还是应该悲哀？人生往往就是一场残酷的玩笑，你越认真，后果就越沉重。琉璃也许找到了一个历史的结论，却放弃了生命中最宝贵的缘分——父女之情。为了破解自己生来便耿耿于怀的出生之迷，她不但成为一个在客观上杀死亲生父亲的凶手，自己的两个女儿，也因此不得不成长在没有爸爸和妈妈的家园里……

继三十年代"北戴河新人殉情事件"之后，时隔整整四十年，帝王之盾，又制造了一个骨肉相残的无情故事。李萍萍悲戚不已地想，万幸的是，琉璃在冲绳找到陈陶以前，孙岳桐就已与世长辞。他是不用再去感受这份无可奈何的内疚了。

她又一次陷入了犹疑：到底是应该把这篇文章交给周羽琏呢？还是继续隐瞒下去？看到萍萍姨姥姥唉声叹气的小琳琳，当时快七岁了。还不会读书写字的小丫头，擅自把那本沾着鼻涕眼泪的杂志，送到了外婆的手上……引来的，是周羽琏和李萍萍的最后一场口角，一场致命的口角——

"萍萍，孙岳桐临终前对我说了两个日语单词，是OKINAWA和NAGAZAWA。还有一个中文名词是'帝王之盾'。我琢磨了好久、好久，不解其意。现在，我全都明白了。"

"哇、哇、哇、哇……的，什么意思？"

"OKINAWA就是'冲绳'的日语发音，NAGAZAWA就是

'中泽'的日语发音。原来，孙岳桐和你早都知道了陈陶的下落。你们，为什么要一直瞒着我？李萍萍啊，你是不是还打算把这篇报道，继续隐瞒下去？从来都是你们两口子，还有琉璃什么都知道了，只有我一个人，被蒙在鼓里。只有我一个人……"

"羽琏你听我说，我其实很想让你看到这篇文章，看到琉璃对记者说的最后那句话……"

"我知道，你一直都想在我和琉璃娘儿俩中间和稀泥。真要谢谢你的良苦用心，这么多年，一边儿当干妈，一边儿当泥瓦匠。不过这次，谁想说和也没有用。我才不稀罕琉璃说什么要为我这个母亲'找到帝王之盾'呢，我根本就不稀罕那么一颗小石头子儿！"

"女公子啊女公子，难道你就那么不领琉璃的情，那么不理解她爱你的一颗心吗？"

"李萍萍，琉璃早就成了你和孙岳桐的女儿。不是吗？她对你们两口子的爱，早就超过了对我和陈陶的血缘之情。不是吗？她可以如此无情地为了一场陈年旧账，对亲生父亲进行复仇。她这简直就是见利忘义！是……禽兽不如！"

"周羽琏！你你你……你收回自己说过的话。不许你这样指责琉璃……"

说到这里，李萍萍已经觉得血往头上直冲，太阳穴"噗噗"直蹦。周羽琏却连看也没看李萍萍的脸，照旧沉浸在自己的激愤之中："琉璃这种凡事打破砂锅问到底的性格，你说到底是继承了谁的秉性？不就是孙岳桐和你，从小影响她的结果么？"

"羽琏，我知道你心里不平衡。早晚，你都要说出这样的话来。琉璃跟你不亲，你要怪到我和老孙的头上。如今，她逼死了陈陶，你更不会原谅我们了……"

"什么'家传的珍宝'？什么'帝王之盾'？统统都应该见鬼去！世间难道还有什么比大家都好好地活着，更宝贵的吗？假定陈陶当年真的参与了夺宝的那场阴谋，我不是好好地活到了今天么？就算陈陶千错万错，二战时冲绳岛经历了残酷战火的血洗，平民死伤都快超过了人口的一半。陈陶能够幸存下来，就不能让他继续再多活几天吗？萍萍你……你怎么了？"

当周羽琏转身看到李萍萍正在扭曲的面肌，方才打住了自己的滔滔发泄。可是，这一回晚了……

李萍萍中风了，从此一病不起。心里什么都明白，却只有流泪，说不出话来。有的时候，周羽琏发现她看着床头琉璃的照片，还是急欲对周羽琏解释什么，可无奈连手都举不起来……周羽琏是真的后悔莫及了。

只有一次，她猜中了李萍萍的心事，赶紧请来了航运公司的法律顾问杨律师。他把一份早已由孙岳桐本人签署的遗嘱，当着李萍萍的面亲手交给了周羽琏。这是留给琉璃的一份庞大的纪念：包括香港航运公司控股权和房产在内的全部财产，都将在他们夫妇过世后，自动转移到琉璃名下。直到这个时候周羽琏才明白，尽管这一切，包含着他们夫妻对北平那一场救命之恩的报答，但自己这个亲生母亲对琉璃的关爱，确实是远远比不上这对教父教母的舐犊之情。

可是，琉璃跑到哪里去了呢？李萍萍到底是知道眼下她确切的行踪呢？还是和自己一样，她也什么都不知道呢？怎样才能设法通知琉璃，回来看看这个世界上最疼爱她的教母呢？

坐在李萍萍的病榻旁，周羽琏日日夜夜紧紧地握着老同学的手，从来没有像此刻这般，愧疚苦苦地绞在心头。她此生最恐于经历的，就是生命的孑然离去——孙岳桐走了，李萍萍也将要走了。他们都是为了我周羽琏所不应忽略的母爱，痛心而亡。留下的，难道不应是我作为外祖母，应该弥补给琉璃的一份亲情么？

尽管如此，每每一想到那个孤独地死在冲绳海上小游艇里的陈陶，周羽琏就是在心里对自己念叨一百遍"陈陶该死"，结果，仍然是满怀说不出的苦涩。也许，一切都要怪那颗太具诱惑力和杀伤力的帝王之盾。正如露儿妈妈所说，世间大凡太稀罕、太金贵的宝贝，都是被妖怪附了体的精灵……

真正可恶的是那个阴谋的主使——小川悦子。如果不是她，不择手段地要争夺到帝王之盾，把陈陶卷进了那场阴谋，也就不会在多年后发生第二场悲剧……亲生女儿亲手要了她亲生父亲的命。想到这里的周羽琏说服自己，要把所有的仇恨，再一次都集中于远在东瀛的那个老对手身上！

上个世纪六十年代末，发生过一起令世界珠宝业和时尚业为之"惊艳"的事件——

一位被誉为"国宝"的好莱坞女星，曾经身着性感无比的一袭晚装，在媒体的团团包围下，展示出了一款价值连城的宝石手镯。她那裸露的手臂上，用白金镶满成色最佳的梯形配钻，围绕着五块通透碧绿的马鞍形素面翡翠。琳琅阁能够达成这一盛举，无疑是成功的一场商业战略。

世人大多有所不知，这是重拳出击打败了一家日本著名珠宝公司的珍珠钻石首饰之后，方才得到的一场险胜。对于外界来说，这家日本公司的败北，具体原因至今仍是一个谜团……

周羽琏很晚才得到了那位国宝级女星破天荒愿意戴上一款首饰公开亮相的情报。她立刻就雇佣了一家纽约的广告公司，就是两句话：

"我要不惜一切代价，撬掉那家日本珠宝公司。"

那家日本的珠宝公司为了这场超级广告战的实施，认认真真地做了将近半年多的准备。他们从首饰的设计、制作，到女星手臂的尺寸情报；从事前的感情联络，到购买保险、送货上门……日本人独特的行事作风，就是事无巨细、务尽完美。世人皆知，这位性格古怪的女星在英国女王的接见仪式上，都不曾佩戴一件首饰。想让她沾金触宝，谈何容易？当工作已经做到了万事具备的关头，半路里却杀出了个出手全然不讲套路的"香港琳琅阁"来！结果便是脾气任性出名的大美女临时变了卦……

那一次，全世界的眼睛看到的是，在好莱坞名星如云的派对上，"国宝"那丰满圆润的左腕上，戴着一只东、西方风格巧妙融合的翡翠钻石手镯——货真价实的一款珠宝首饰。

直到她不久香消玉殒，神秘死亡，很多年以后，这款神龙不见首尾的宝石手镯，仍然被人们津津乐道着。猜测和议论的焦点是，提供这款手镯的香港珠宝公司，为什么就不借此大肆宣传自家的品牌呢？那传说中的华裔商人到底是心怀什么目的，费尽心机却不了了之呢？

事后，用日本著名时尚评论家的话说：香港那个故作神秘的珠宝公司，不就是玩儿了个"不宣而战、突然袭击的流氓战术"么？马上就有海外华文报刊开始迎战，兴致勃勃地大打口水战。说什么"若说'不宣而战、突然袭击的流氓战术'，鼻祖不就是偷袭珍珠港的日本帝国海军吗？正所谓'商场如战场'嘛！"

尽管琳琅阁的一款首饰，终于戴在了那位超级女星的手腕上，对于周羽琏来说，胜败的真正意义绝不在利润。为了实现这场"佩戴权"本身的中间环节付出，超过了三十万美金。说得文雅一点，正所谓"醉翁之意不在酒"；说得通俗一点，便叫做

"卖了老婆买笼屉，不蒸馒头争口气"。

长久以来，想必只有中、日两位珠宝人的心灵深处，是唯一能够找到答案的所在吧？充满猎奇之心的伊万，近水楼台地从周羽琏手上，直接购得了那款曾经戴在"超级名人"玉腕上的翡翠钻石手镯。无疑，配上了当时的新闻照片，那便成为极具特殊人文价值的一件藏品。

小川悦子在东京，很快就看到冲绳珠宝商中泽自杀事件的报道。她没有想到的是十几年后，无情的"报应"，也降临到了她的家族……

在她的生命中，无疑延续着不甘善罢的大和民族的血液。担负起重振家业的重任，没有辜负亲生父亲的教诲——"七次倒下八次起"这句日本民间古老的格言，是她毕生的精神信条。在中国，她曾被歧视为是个"中日串秧儿"；回到日本，被歧视为是个"日中杂种"。她的童年和青少年，一直在孤独中煎熬。是父亲小川正一夫用培育一名武士的灌输，使得她挺过了那段不开心的岁月。在巨大的逆境和激烈的生存竞争中，最终获得了"日本珠宝女王"的桂冠。

她与从不曾谋面的琳琅阁女继承人周羽琏，有着惊人相似的性格与宿命。她们都曾一味地在追求出人头地、扬眉吐气，严重地忽略了对儿女富于亲情的抚养。

悦子唯一的儿子是由乳母和婆婆带大的，孩子跟祖母的感情，远远浓于同母亲的关系。他从小就习惯于有事便找无所不能的老子爵夫人商量……悦子最不愿意看到的结果还是发生了：儿子上大学，考入了东大的法律科。理所当然地沿着祖母指引的方向，步入了盘根错节、污泥浊水横流的日本政坛。母亲，仅仅成为他在仕途上洒下一笔笔竞选资金的摇钱树。

小川悦子从来没有感到对不起儿子。相反，她认为儿子选择弃商从政，就实施了他对母亲的报复。她与儿子之间，应该扯平了。自己对不起的只有一个人——孙子岩仓宪治。

这个孩子有着像女孩子般十指纤长的手，一双天生用以抚摸珠宝的手。为了保护这双手，悦子还曾经与儿子和媳妇大吵了一架。她坚决不同意宪治也去参加岩仓家族男子传统的必修课：剑道。

宪治什么也不知道，只是冤家路窄地在东京珠宝学院，遭遇到了周羽琏那个美丽的外孙女周琳琳。那是八十年代初期的事了……

悦子记得，当她接到了一个来自香港的电话，被告知宪治正在交往中的女友，竟是小川屋的死对头琳琅阁的直系后代，顿时就是一阵眩晕！这不是命运弄人么？天下那么多可爱的女孩子，我的孙子，为什么还是走不出这个古老恩怨的圈子？就像《西游记》里的故事，孙悟空一个跟头十万八千里，也蹦不出冥冥之中如来佛巨大的手掌心。

可是，怎么跟宪治解释一切呢？自己难道能够堂堂无愧地把过去的历史，统统都告诉他么？为人长辈，后代往往正是你人生的监察者。他们很可能不容你的言行，曾经沾染过普世所不齿的所为，无论曾经有着怎样可以理解的动机……

父亲正一夫生前对自己要求很严格，衣食起居、动行静止都极有规律。他自命是"每日三省吾身"，坚持写日记。他留在书房里的每一张纸，都被小川悦子带回了日本。当她在学习院接受教育以后，终于读懂了关于那颗红色钻石的由来，曾经属于清朝皇宫西太后的宝物，以及围绕着它的一连串诡异事件。日记写到了父亲命丧黄泉那一天的中午……

同样作为一个珠宝人，悦子能够理解父亲被占有欲所驱使的全部行为。这个世界上，如果连女儿都不理解父亲了，那他不就白白地断送了正值壮年的生命么？可是，宪治如何才能理解这看似"唯利是图"的一切呢？他太珍重儿女情长。不知怎么回事，在功力心十足的祖母身边长大成人，却长成了一个懦弱的"性情中人"。有时，宪治会令悦子不由自主地联想起那个多情的印尼华侨青年陈陶。

她曾经抱着一丝侥幸，希望依据自己的眼睛，来证明那个来自海外的电话，纯粹是个错误或是谎言。有一天，悦子让司机把车停在珠宝学院校门外，远远地注视着……

果然，悦子看到宪治和一个姑娘并肩走出校门。一眼，只需一眼，她就看到了当年那美丽得无可挑剔的身影——北戴河五彩缤纷的游艇上，身穿巴黎婚纱，老京城几乎家喻户晓的琳琅阁女公子。走在宪治身边的姑娘目光是那么清澈，如同英国作家柯林斯笔下印度月亮神额前的宝石。传承着祖辈那挺拔的身材和富于贵族气的肤色，脸庞上洋溢着单纯的欢笑。五官线条要比她那性格刚强的外祖母柔和得多，琳琅阁周家人那高贵的气韵，令小川

悦子一目了然。

　　她无奈地想，除了自己那位"生涯的对手"周羽琏之外，也许不会有谁能够培养出如此完美、鲜活的一件杰作来……就在一瞬间，悦子理解了宪治为什么会如此倾心眼前这个穿着一条旧牛仔裤的中国姑娘。从她身上，自然透出了血统优越，加之后天受到良好养育的健康与自信。

　　小川悦子不无自卑地联想，当年的老京城尽人皆知，周羽琏虽然是个出生在教会医院太平间里的孩子，但正如人们常说，女儿与母亲之间的血缘纽带，才是最直接的。血统就是血统——她的母亲蔡若茵，毕竟是大清帝国的名臣世家之后。那么，亲生母亲曾是一个职业娼妇的自己，是不是后天无论怎样付出努力，也永远不可能成为真正意义上的贵族呢？

　　谁都不知道悦子曾经很想对孙子表示，自己不再反对他与那个名叫周琳琳的女同学交往了。而且，还会尽力说服自己那满脑子政治功利的儿子夫妇，放弃计划中的一场战略联姻。不要再勉强宪治去和现任厚生省大臣的女儿相亲……可是，女孩子那方面首先表示，她要放弃岩仓宪治了。人家不辞而别，连毕业典礼都没有参加，就被她的外祖母派人接回了香港。

　　宪治在一次割腕自杀未遂之后，开始沉溺于酒精的麻醉。他让悦子尝透了"前功尽弃"的痛苦。一个未来的职业珠宝师，绝对不能养成酗酒的劣习。酒精中毒，必然会导致运动神经障碍，肌肉震颤。他的手，将会因此无法用镊子夹起那些小颗粒的宝石。悦子看到的是，宪治虽然没有再一次自杀的勇气，却也失去了再一次好好生活和恋爱的力量。

　　终于，有一天早上，端着一杯热牛奶的家政女工推开卧室的门，发现他已经失去了踪影……

　　因为媒体令人烦不胜烦的追踪报道，警视厅也曾组成一支近百人的警探队伍，不惜挥霍纳税人的银子，满世界地四处查访这个现任议员的公子。整整两年过去，音讯杳无。立专案侦查的刑警队伍，终作鸟兽散。跟着祖母长大的宪治，很快就不再被父母终日挂记在心头。儿媳妇在长期对婆婆经济上多有依赖的同时，却怀着她与宪治的母子亲情被剥夺的怨恨。宪治的失踪，令她的潜意识中，甚至生出了一丝……"报复的快感"。

　　只有悦子仍然不甘善罢，花钱委托了不下十家私家侦探所。

也算是功夫不负有心人，或说是重赏之下必有勇夫吧，一个外貌生得不太招人喜欢的职业侦探，打来了"报喜"的电话。悦子曾经在心里偷偷地给这位侦探起了个北京韵味的外号"老油条"。显然，老油条这回是独占鳌头，即将获得那高悬头顶的巨额寻人报酬了。

那一年，悦子已年近八十周岁了。司机、看护和秘书陪她一起赶了个大清早，与老油条同车前往富士山下的一个小镇。老油条一路喋喋不休，讲述着他是如何获得重大发现的来龙去脉，当然还有为之付出的辛劳汗水……悦子在宽大的后车座上半闭着眼睛，似听非听。渐渐地，竟不知不觉地被老油条的讲述吸引住了：

"夫人，我猜想，您过去一定来过这个距离东京不远的山区小镇吧？不过，也许时间久了，不记得罢了。虽然是属山梨县北都留郡管辖，离高尾山车站不过只有三站的距离而已。夫人过去撒下大网，南到冲绳，北至札幌……却没想到，宪治君跟您玩了个'灯下黑'的游戏。我找到宪治君的线索实属不易，却倒也是天意。他和那位周小姐留在老同学手里的一张照片，后面写着'上野原町留影'几个字……"

悦子刚一听到老油条提到"上野原町"这个地名，双手微微一阵颤抖……

五十年代，悦子确实是曾经带着童年的宪治，跟他那位上野原町出身的乳母一起，乘坐电车来到春天的小镇。郁郁葱葱的田野山间，能够采集到碧绿的三叶草和香味浓郁的野蒜。四月的蓝天下，欢天喜地的小宪治伸开一双小手臂，欢快地奔跑在河滩上。这个大都市里长大的孩子，跑出十几步远就会回头盼顾一下，担心乳母和祖母会突然在身后消失……那是悦子心中宪治最令人难忘的儿时神态。一个小人儿对大人充满天真的依恋和信赖，大人为此就会担负起对他一生的关怀和责任。

回想到这里的悦子，脑海中闪过一道电光：啊，宪治是不是跑到乳母的老家来了？自己怎么就没有想到这一点呢？竟一味简单地认为，那位老乳母去世多年，上野原町就跟宪治再没有任何关系了……一个人的记忆，有时就像是只筛子。留下的是别人并不在意，却是自己最珍贵的印象。

果然，老油条并没有提到那位乳母，而是指引着司机将车开出了小镇的中心区。然后，停在了一座横跨在两座山谷之间的水泥公路桥边。四周一片静悄悄，只有不知名的野鸟在茂密的枝叶间"啾啾"啼鸣。水泥公路桥头的栏杆上，刻着"鹤川桥"三个字。落差超过了三十米的桥下，淌过一脉湍急的碧流。老油条亲自搀扶着悦子凭栏朝桥下望去：

"夫人，您请看那里……就是河岸上的那幢小房子。过去，当地计划建个小水力发电站的，结果东京电力会社的核发电供电网铺设遍了整个上野原町。鹤川水力发电站的建设计划，自然就泡了汤。这间过去为发电站建造的小屋子，相当一段时间成了无主的'鬼宅'。大约是五年前，有个来自以色列的制陶艺术家向鹤川河岸的地主奈良家，租下了包括这间鬼宅在内的一千坪山林地。"

桥与河床的落差，令悦子有些眩晕。她竭力掩饰着自己的生理弱势，果然看到浮动着淡紫色薄雾的河谷之中，那间三角屋顶的洋风小房子，后面好像是有一座柴窑正升起缕缕青烟。悦子不禁一阵激动。直觉告诉她，自己已经距离分别几年的孙儿，近在咫尺了。宪治一定曾经把心爱的女朋友，带到自己心爱的地方来。最终，他还是回到了童年的记忆里……

一个已近八旬的老夫人，坚持一定要亲自走到河谷下面去，很让陪同者们费了一番心思。原计划是老油条在前开路，悦子和保健护士相携而行。可只有一条当地人俗称的"野兽小道"，曲折坎坷地通向河谷小屋。路面太窄，基本不允许两人并行。一侧是密密的原生林，一侧是七十度角的大斜坡。斜坡上密布着碎石，碎石间生长着各种灌木杂草。踏上荫凉不见天日的小道，耳畔便回响着河流演奏的激越音响。越往下走，音响越宏大……

老油条找来两根一米半的树枝，司机和秘书两个年轻力壮的男性，一人在前，握住树枝的前端，一人在后，也握住树枝的后端。让老夫人夹在两根树枝的中间，双手握住树枝的中段。保健护士则胆战心惊地紧随在后。这支奇怪的队伍，终于开始了艰难的跋涉。走在前面的老油条不断地发出高度负责的吆喝声："注意，有块石头。别让夫人绊倒了！""小心，要过独木桥了。夫人，不要害怕……"

区区不到一公里多的下坡路，一旦失足，就会滚下左侧的斜崖。经过将近大半个小时，河谷小屋终于近在眼前了。靠近房门口的墙上，挂着一块简陋随型的原木板子。上面用日文的平假名和英文字母，写着"尼克的窑"。小屋周围是一小片开阔的平地，主人随意种植的几架子瓜豆正在开花。菜圃周围,因为得到阳光的照射,悦子看到了久违的野生三叶草和野蒜……

冷不丁一黑一黄两只杂种狗,一声不吭就从半开的房门中冲了出来。刚才走在艰险山路上都没有摔跤的中年保健护士,被吓得一个屁墩儿跌坐在了潮湿的泥土地上。瘦高形似电杆的一位白种男人,出现在房子的拐角处。看样子,是从那座小柴窑转到门前的。胸前系着一条长及脚面的牛仔布围裙,头发是灰白色的,看上去,年龄快有小六十了。他用洋腔洋调的日语招呼道:"各位,初次见面。"

悦子一行的汗水都湿透了胳肢窝。他们接受邀请后,有些迫不及待地在小会客室里坐下,捧着无疑是产自屋后小窑的陶土茶碗,喝着鹤川河水煮出的咖啡。欣赏着两面墙壁架子上的陶制品,大大小小,形状各异,基本上都是碗。悦子有意识地用目光寻找着与宪治有关的蛛丝马迹……

"夫人,如果您不在意的话,可否请教您今年高寿?"

"再过半年,八十周岁。怎么样?也许可以自豪地说,我是光临贵窑年龄最大的客人吧?"

"夫人,说心里话,我很感动。"

在两只陶碗里,悦子终于发现了几十颗鲜艳的彩色陶珠,与那些自然釉色泽黯淡的碗、钵大相径庭。她微笑了:"这些陶珠虽小,制作难度一定不亚于这些碗吧?"

"夫人真是内行。烧不好的珠子,穿孔常常是不通的。"

"我是做首饰生意的,特别在意能戴在身上的作品。我想在您这里进点货,把它们加工成饰品,摆在柜台上看看客人的反应。如果不错,以后批量地来向'尼克的窑'下订单。"

"夫人,您是做高级珠宝首饰的。陶瓷珠子的素材不过就是泥土。相比之下,艺术气质不是太朴素了吗?"

"咦,尼克先生怎么知道我是做高级珠宝生意的?我还没有做过自我介绍呀。"

尼克一愣,顿时露出了几分难以掩饰的尴尬。转而,他故作幽默地咧嘴一笑:"是宪治君告诉我的。"

"宪治,他在吗?"

"宪治他说,他不在。"

"尼克先生,你这是在说日本语?还是在说孩子话?"

"夫人,请原谅我无可奉告。宪治君需要好好地放松一个时

期……"

"放松？他已经在您这里'放松'了好几年吧？"

"那是宪治君个人的选择，夫人。他抱怨过，自己的终生幸福，居然还不如一颗宝石值钱。"

"为什么他会这样认为呢？为了他的幸福，我能够舍弃家中所有的珠宝。"

"他说，有一颗名叫'帝王之盾'的红色钻石，就是迫使他和恋人天各一方的原因。无论是自己的祖母，还是那个姑娘的外祖母，她们都解不开这个历史的心结。"

"我听明白了，尼克先生。非常感谢您把这一切告诉了我。"

"假如……老夫人我只是说假如，您能够让我亲眼见识见识那颗传说中的红色钻石，我也许会帮助您说服宪治君，尽快地回到您的身边。请您千万别误会，我仅仅是好奇而已。因为我的祖父和父亲，都曾经是钻石打磨工匠。我虽然没有兴趣继承父辈的职业，但对稀有珍贵的珠宝，还是有着一种……发自本能的兴趣嘛。"

当犹太人说出了这几句话的时候，悦子分明从他的灰色瞳仁中，读出了几分掩饰不住的野心和贪欲。向来憎恶一切"要挟"的悦子强压着内心的愤怒，努力用充满悲哀的语气答道："尼克先生，您如果能够转告岩仓宪治，就对他说，那颗帝王之盾早已经不在我的手上了。东京大轰炸的时候，它就丢失了。"

悦子还想接着说："请您说服宪治回家来吧，祖母很想念他。"可她不能再说下去，生怕被人看见自己湿润的眼睛。于是背对所有人，好几分钟站在那两只盛着彩色陶珠子的碗前。然后，在秘书递过来的支票本上亲笔签了字，递给了尼克……

"尼克先生，请您把这两只碗，连同碗里的珠子都包装好。我买下了。"

"啊，一百万？太多了，夫人……"

"那您就送给在座的客人每人一只碗作留念吧。我想，'尼克的窑'不是个方便常来常往的地方。我想请求您……"

"夫人请说——"

"算了，什么都不说了。这件事情，的确是我对不起宪治。可是，历史无法重演一遍。就像您房门前流过的鹤川河水一样……"

就从那天开始,回到东京的悦子总是在幻想着,有一天,宪治手里提着满满一袋子野生的三叶草和野蒜,脖子上俏皮地挂着一串彩色陶珠,浑身泥土的气息。他站在自己的面前,一脸请求宽恕的笑容,却是自信一定能够得到宽恕的笑容……可这样的一天,这样的一个时刻,终究没有到来。

几个月后,悦子委托私家侦探老油条,再次到上野原町的鹤川河岸小屋去看一看。送回来的报告竟是,小房子和屋后的小柴窑,都已经被洪水连同河岸上的几百坪山林地一起,冲得无影无踪!

这是上游地区百年不遇的大雨所导致的灾难。地主奈良家的老爷子对着前来询问尼克去向的老油条,好一通悲鸣:那个烧碗的白人还欠着半年的地租没有交呢,反过来,为了自己的柴窑被洪水冲跑了,竟要求地主来赔偿损失!? 他也不想想,一夜之间,好几百坪的山林地,就这么"哗"地——没有啦!

老油条毕竟是个职业私家侦探,他反复地询问老地主奈良,听到的最后信息是,犹太陶艺家尼克是一个人离开这里的,压根就没有见过其他的人。这一回,宪治消失得连蛛丝马迹都没有了……

随着年事越来越高,小川悦子总是在思索帝王之盾那诡异的挟制力量。这是一颗没有给任何人带来过丝毫幸运,却又令人生死不惜、追寻百年的宝石。周羽琏为了它,不惜处处与自己作对,甚至牺牲掉了外孙女儿宝贵的初恋。她的女儿也是因为这颗宝石,不惜将自己的亲生父亲,活活地骂死在冲绳海湾的一艘小游艇上。还真富有讽刺意味呵,陈陶当年在北戴河的一艘游艇上,当众就"死"了一次。这一回,他仍是死在一艘游艇上。真的死了——孤伶伶的,连生命带名誉……

悦子回忆起年轻时代野心勃勃的自己,历历在目的是,陈陶当年曾经哭倒在自己脚下,求她一定要保住周羽琏的性命。万不能把她扔到大海中,斩草除根……在他们之间,已经产生了比宝石更珍贵的一颗结晶。悦子感叹,这颗阴谋与爱情的结晶"琉璃"——真是一个可爱的名字。如果她知道当年发生在陈陶身上的一切,也许就不会下手如此之重,如此地不依不饶。甚至不给亲生父亲中哪怕是十分钟为自己辩解的机会……

陈陶当年之所以会成为小川悦子手中的一枚棋子,主要原因是已被日军占领的印尼国内,居住着他的双亲和兄弟,他家在苏

门答腊有个百货批发行。为了让陈陶惟命是从,悦子曾经暗示他,在印尼的日本占领军中,一位高级长官的夫人是自己多年的常客。陈陶的家人,一定会得到他们的"特别关照"……

陈陶是遵照悦子的指令,从扮演一个情人开始,一步步实现着那场庞大、缜密的夺宝计划。令悦子没有想到的是,陈陶居然真心实意地爱上了琳琅阁的女继承人,还留下了一个最终把父亲送上身败名裂之路的女儿。她想,如果周羽琏和琉璃这对母女知道这场"绑架与被绑架"的事实真相,肯定就不会认为,陈陶是个如此"十恶不赦"之人了吧?

帝王之盾的可怕之处,是它令每个与之相关的人,各自保留着太多没有机会戳穿的真相。这些永远的秘密,便成了永远的夙仇。正如悦子始终深信不疑:父亲正一夫曾死于琳琅阁周家的一场"夺宝复仇记"……

小川悦子恨透了那个犹太陶艺家尼克。他竟敢捉弄、讹诈一位失去了孙儿的可怜的老祖母?!悦子生平最厌恶的,就是有人跟自己来这一套。日本剑道的原则,只能是力量与智慧光明磊落的对抗。

九十年代初期,珠宝市场上发生了一场帷幕重重的"钻石市场操纵案"。从表面上看,一个不见经传的小株式会社,以巨资买断了俄罗斯高档裸钻的输出市场。尽管仅仅三年而已,却打破了国际钻石市场以犹太珠宝商为主导者的传统格局。最初,对于日本的众多珠宝公司,这无疑是个大喜讯。犹太人长期以来不惜工本打进日本珠宝市场经营裸钻的十几家公司,因为架不住价格的骤降,纷纷败走出局。

钻石,这是一种"英雄不问出处"的东西。无论是产自南非、还是澳洲、俄罗斯……唯一的优劣标准,就是四个"C",别无其他。俄罗斯占世界第二的钻石产量,在国际市场上的地位举足轻重。这就是即便戈尔巴乔夫毁掉了伟大的社会主义苏联邦,钻石矿山的开采权,至今仍然为国有企业所牢牢控制的原因所在了。

远在香港的琳琅阁,当然不会对这春江水暖的源头一无所知。周羽琏很快就通过自己在东京的内线耳目,查清了操纵这场"排犹事件"背后的那只金手——小川屋的会长岩仓悦子,当时调动了他儿子在政界和金融界寡头们的实力人脉,把岩仓和小川两大家族在东京黄金地段的若干处房地产,做了一笔超出实际资产价值的抵押。正值泡沫经济导致令了日本房地产奇迹般地暴涨,这是一笔相当可观的天文数字的贷款。

在日、俄两个国家的上层关系中,交换条件是确保个人与集团利益均沾。在这一点上,悦子和周羽琏其实都是拿得起、放得下,信守"散财聚人"这个大道理,而不为小利斤斤计较的女中豪杰。于是,一场钻石大战,拉开了序幕——

以小川屋为后台老板的一个钻石品牌横空出世,其来势汹汹,珠宝史上堪称"史无前例":首先是电视广告铺天盖地。画面上,表情忧郁的东方美女,嘴角叼着一朵象征着西洋经典的深红色玫瑰。从美女的美目中,一滴晶莹的泪珠滚滚落下,正好落在玫瑰花蕊上……美女之泪,化作了一颗晶莹无比的钻石——真是集唯美之大成的广告杰作!

崭新的品牌"梦成真",在各大百货商场的珠宝柜台,只须普通的身份和收入证明,即可得到最长三十六个月分期付款的购买权益。当然,相比一次性付款,分期付款是需要支付银行贷款利息的,但仍受到了众多工薪阶层的欢迎:能够在一个很低的经济起点上,便圆了自己的钻石梦——尽管只是一个梦的开始……

"梦成真"钻石的首饰设计,经典、大方而又不失时尚。很快就以其平民化的经营战略,赢得了巨大的市场效益。每一个利益环节上的出力者,包括俄罗斯国家企业关键负责人的"谢礼",无一不在三年之内兑现了承诺。

如果说,最初是日本人赶走了犹太人,那么接踵而至的便是,无数日本国内中、小珠宝商的利益开始受损。他们手里那些成本高昂的钻石首饰逐渐陷入滞销,即使是也想参与什么"分期付款"的市场游戏,却没有银行或其他信誉良好的金融机构,愿意为之进行担保。就在那几年间,很多战后惨淡经营创立起来的中、小珠宝公司、品牌和店铺纷纷倒闭,有的不得不转型经营成本低廉的产品。例如中国的淡水珍珠和南美的水晶、玛瑙等半宝石饰品。

当"梦成真"钻石也吼吼吼地开进了香港,几大日本独资高级百货店"三越"、"伊势丹"等,也开始了他们那百试不爽的"梦战略"。包括琳琅阁在内的许多本地珠宝商家,当时也都曾深刻地感受到了被这股东洋巨浪所冲击的困惑……

在一个八旬老妇陷于偏执的潜意识中,悦子对一个犹太陶艺

家的报复之心，也许更大于对钻石市场利益的追求。这一点，则是连周羽琏永远无法看透的真正动因。她与小川悦子两人为了那颗帝王之盾结下的百年恩怨，即便是间接再间接地，还是如同两头狮子在林中的一场恶斗，毁坏了厮杀场地周围许多无辜小动物的家园……

— 第貳拾肆章 —

周羽琏记得，小的时候给自己讲了很多故事的，是一位技惊世界的珠宝神偷卡南。

有一天，她对琅琅说，想到西郊去走走。车子开出了深秋的北京城，正值"霜叶红于二月花"的好时节。平坦的柏油公路两旁，树龄还年轻的各种防风植物，洋溢着红色和金色的斑斓。远处的山脉，就像喝醉了丰收的佳酿……

琅琅没有想到，老太太原来是想到万安公墓去走一走。过去从来也没有听外婆提到，那个公墓和自己的家族亡灵有什么关系。倒是听外婆提起过曾外公和曾外婆，说是他们老两口在一九六七年隆冬的一天早上，被人发现死在了北京一个叫"东四十条胡同"的小平房里。

当时，邻里不是去找警察，而是招来了街道上夺了基层行政管理权的"造反派"。戴着红袖箍的一帮人似乎是因为需要处理的革命大事太多，就以"煤气中毒"的死亡事故为结论，把这双没儿没女的老人用三轮板车拉到火葬场，火化了事。

八十年代中期，盛年的周羽琏也和很多上个世纪四十年代晚期远离家园的人们一样，从香港回到了久别的北京故居。

胡同里的老槐树还像当年那样，把小白花朵撒得满路都是。两进的四合院那古老的青砖灰瓦、广亮大门、鼓型石头门磴、高门槛、大屋顶、长回廊，还有临街垂花檐下精美的砖雕花鸟……轮廓依依虽在，却是名副其实地"换了人间"。

原来祖父周玉和购置的老宅，住满了陌生的居民。当年朱红油漆的廊柱，早已斑驳不堪。东一处、西一处的，还被聪明的住户们拉上了铁丝或绳子，晾晒着被褥、衣裤、尿片。每一扇窗户上，都挂着自家缝制的印花布帘子。蜂窝煤和用以燃烧它的铁炉子，还有自行车和推小孩的藤车子……林林总总，几乎占据了长廊下的所有空间。

周羽琏曾在心里感叹，没有想到过去自己一家人的住所，新中国能够让它为七、八十口人遮风挡雨。也不知道在自己离去的几十年中，又有多少人生从这里出发，在这里结束？

有人指着周羽琏记忆中曾经堆放过柴火和储存过杂物的房子，告知这位远道归来、花发华服的港台同胞，那便是多年前"老两口煤气中毒身亡"的屋子。周羽琏发现，早已没有人知道，他们才是这座大院子的房主。露儿妈妈和小梗爹爹结束生命的那间小屋，也曾是大虎叔常常独自蹲在里面喝闷酒的地方。

还记得分别的最后一刻,大虎叔说:"小包袱卷儿,明儿个,你好好地给叔办个葬事。办得风风光光的,让街坊邻里都看看,咱也是体体面面一个琳琅阁的老人哩!"

大虎叔就在他自己"出殡"的头天夜里,匆匆地逃回了乡下老家。从此,她和这位老车夫天各一方,音讯永绝。

上着一把弹簧锁的那间小屋,听说住着一个外地来京读书的女大学生。因为租金很便宜,她表示并不害怕这是死过人的房间。

从过去周羽琏的那间闺房中,冒出了一位对往事尚有记忆的中年女人。她启发这位回大陆寻亲的老同胞,到北京民政局下属的火葬场去,查查档案。也许,那里还保存着有关的线索。负责接待的工作人员经过研究认为,海外人士不适合看到一个条件过于简陋的市民火葬场。就大包大揽地帮助周羽琏,去完成这个心愿。

奇迹真的发生了:原住北京东四十条的市民"周小梗"以及配偶的骨灰,确实曾经存在。所幸焚烧后不久,就被一个自称是亲戚的中年女同志认领走了。领取骨灰证明文件上的签名是"杜敏"。杜敏的下落,直到周羽琏那次不得不结束了在中国大陆的滞留,也没有得到落实。

小梗和露儿"煤气中毒事故身亡"的那一天,对于他们老两口来说,不是个平常的日子——五十二年前的同一天,雪花飘飘,呵气如兰。一颗酒红色的大金刚钻,走进了这个四合院,走进了琳琅阁周家几乎所有人的命运……

那一年,寻找周家老墓地的结果则是,那里早已被一片果实累累的桃园所取代。就从那个时刻开始,周羽琏决定,自己也要做个死后绝不留下任何坟冢、碑铭的人。她对两个外孙女做出了这样的嘱咐,希望自己的骨灰,今后能够撒在果树下的泥土里……当她今天突然提出要"到万安公墓去看一看"的愿望时,琅琅觉得颇难理解。老外婆不是对建坟造墓这样的归宿形式,一向不以为然的吗?

在万安公墓的大门口,花二十块钱可以请一位导游。显然,公墓的管理部门也很宽容这种服务的存在。自学成才的导游们,大都能够讲述万安公墓深厚的历史渊源,琅琅变得兴致盎然——万安公墓,实际就是一座占地八万六千平米的近现代人文历史博物馆。

　　导游是个身材矮小的四川小伙子，长着一双精明的眼睛。看得出，他很愿意为这驾着豪华进口汽车的祖孙两位客人服务，用努力避免南方口音的普通话，开始了口若悬河：墓园内有一条东西贯通的主路，这条主路串起分别以金、木、水、火、土命名的五块墓地。五个区没有等级分别，但墓穴有福、禄、寿、喜、荣五种规格，购买价格也不同……万安公墓也曾遭受过相当严重的破坏，北京市政府的有关部门，从一九七八年起就开始进行修复。请问两位女士……"

　　"小伙子，你可以叫我'老奶奶'，叫她'大姐姐'。"

　　听到周羽琏这样亲切地提示自己，导游小伙子露出一口雪白的牙齿，感动地笑了："谢谢奶奶。我姓周，您就叫我小周吧。"

　　"小周，你跟我们还是本家呢！"

　　"那真太巧了。我是想问奶奶和大姐，今天是来扫墓？还是挑选墓地呢？"

　　"既不扫墓，也不挑选墓地。我们是来……观光……不不不，只是来瞻仰瞻仰罢了。"

　　琅琅一时找不到个合适的词来说明入园的目的，这里毕竟是亡灵神圣的栖息之地。看得出，导游小周是个机灵懂事的小伙子。没走多远，他主动跑回到门房借来一张轮椅，让年迈的周奶奶坐上，自己亲自推着。琅琅心里觉得这轮椅有点脏，可是园子面积太大，也就把差点儿冒到嘴边的话，咽了回去。

　　在周羽琏记忆中，过去万安公墓的大门、门房和办理墓地契约的办公室，都曾是中国古典的建筑风格。门口有高大的石雕瑞兽、临门有一块"国民公立"盘龙石碑，上面大字阴刻着墓园名称。当年，这里较现在似乎更具宁静优美的园林景象。现在呢，这种中国风格被似有似无地保存下来，只是变得更具规模，更加郁郁葱葱了。二十世纪三十年代中期，万安公墓开园不久，园中的小树还没有参天……

　　只听非常敬业的业余导游小周正在背课文一般地侃侃道来："万安公墓地处香山脚下，远望山犹龙腾，逶迤而来；近拥西山晴雪、丹枫秋叶、玉泉塔影之美。因为这里土性滋润、草木繁茂，地产龟蛇、蕴藏灵奇，诚为建设墓园之极地。始建于民国十九年……也就是公历一九三〇年……"

　　周羽琏打断了小伙子的介绍："对不起小周，我想找到一座旧墓,六十年前的一座旧墓。"

半个多世纪前一座没有碑铭也没有被后人关照的老墓,早已无处可觅踪迹。循着周羽琏记忆中的方向,在陵园南侧一片人工绿化带中间,她看见了一株粗大、苍老的枣树。小周说:"这棵枣树可有年头了,听陵园的老职工说,它也是万安公墓的元老。不知道是怎么长出来的,可谁都舍不得砍了它。几十年了,也不知多少代员工都吃过它结的果子,可甜呢!"

周羽琏让琅琅和小周扶着自己离开轮椅,向那株被夹在松柏之中的老枣树走去。伸手抚摸着斑驳粗粝的树皮,眯起眼睛,久久地仰望着它伸向蓝天的婆娑的枝叶……她的心告诉自己:找到了,找到卡南叔叔了。

那天,从万安公墓回到家的周羽琏,像是打开了话匣子。她开始给两个外孙女儿讲卡南的故事,讲卡南当年给自己讲过的故事……讲故事,就是一代又一代的长辈能够给予后辈最亲近、最真切的文化遗产和思想传统。不久,琅琅就以通俗生动的文字,在一家青少年故事杂志上,发表了十几篇宝石的传奇故事。有的是她从外婆那里听来的,有的,则是她自己经过查阅资料,取材提炼,编撰而成。

周羽琏非常高兴,为此对琅琅大加奖励:送给了她一对古老的红宝石耳环。告诉她,这是两位曾外祖母中"出身官宦人家"的那一位留下的传家宝。周羽琏生来就喜欢会讲故事的人,从长森惠子先生到卡南叔叔……她鼓励琅琅朗读她自己写出的故事。琅琅声情并茂,芯儿和一向回家就喜欢躲在屋里瞎捣鼓的琳琳,每天晚饭后就主动跟在琅琅屁股后面问:今天你还开不开故事会呀?

当两个外孙女儿都一起坐在自己身边的时候,就是周羽琏无以形容的幸福的时刻。她深深预感到,自己不久即将舍下凡世的一切,去与难忘的故人们重逢。但是,她必须等到那一天,也一定能够等到那一天——帝王之盾重现江湖的那一天……

琅琅写过一个钻石的故事:每当人们看到那颗闻名于世的稀世珍品——哈罗达之月,就会联想到二十世纪最负盛名的好莱坞女明星玛丽莲·梦露,耳畔回荡着她在电影《绅士喜欢金发女郎》一片中的热唱:"钻石啊,你是女人最珍贵的朋友……"

有人说,梦露那甜蜜的歌声,改变了钻石的历史。过去对于

一般人来说,有如星星般可望而不可及的宝石之王——钻石,因为她那天真热情而又平易近人的演唱,钻石首饰本身,迅速地得以与平民阶层更亲近,更生活化了。

据说,梦露曾经留下了一帧丰胸前垂吊着"哈罗达之月"的玉照。相片上的她,性感的嘴唇还是那样半启着,一副动人的笑颜。哈罗达之月是一颗产自印度的极品色钻。世间传说:任何一个有幸佩戴过"哈罗达之月"的人,都会成为世界超级名人。梦露正是实现了这一预言的唯一女性。

琅琅的故事讲到这里,老外婆语出惊人地宣布:"我亲眼见过那颗'哈罗达之月'。而且,我还曾经拥有过它将近五个月。那时,它只是一颗没有镶嵌的裸石。很遗憾,我并没有成为世界超级名人。"

关于那颗世人传说最多的蓝色巨钻"霍夫",琅琅对外婆和姐姐发表了自己与众不同的调查结果:任何一件稀世珍宝,本身都不可能产生多么强大的所谓"磁场"。霍夫蓝钻亦是同样,那些把它形容成"灾难之星"的人,主要是出于对富有者、权势者的嫉妒心理。

例如,有人撰文有鼻子有眼地说:珠宝大盗达维鲁尼耶卖掉了从缅甸寺院中偷盗的蓝钻之后不久,就被疯狗撕成了碎片。真实的情况却是,那家伙活过了八十岁。还有严肃的史料证明,悲情地走上了断头台的路易十六夫妇,他们生前甚至谁也没有触碰过先王路易十四留下的那颗蓝钻。也许是因为玛丽·安德瓦涅特皇妃本来就不太喜欢过分华丽的首饰,那颗硕大的蓝钻只是作为皇家珍宝,一直被装饰在凡尔塞宫的一面墙壁上。

"世人把所有和霍夫蓝钻有关的人和事,进行了与'不幸'二字牵强附会的渲染和联系。"

听了琅琅的这一番高论,周羽琏不以为然地摇了摇头:"也许,琅琅对霍夫蓝钻的考证和结论,不无道理。但是,帝王之盾却是一个例外……"

— 第貳拾伍章 —

几年前，有家畅销小报上刊登了一篇意味深长的短篇报道：琳琅阁周羽琏老板周围的人早就发现，她频频出现在拍卖会场上，但真正举牌竞拍的东西并不多。她似乎一直在世界各地执著地寻找着什么……终于，一款纯手工打造镶嵌的黄金项链，造型是中国的传统图腾——凤凰。通体镶满了超过六百克拉的美钻……最近，它出现在了纽约的一场古典珠宝国际拍卖会上。不知道为什么，这只古老的凤凰，令周羽琏表现出了势在必得的强烈渴望。面对这件出处不明的拍品，她以高于起拍价十一倍的实力，荡平了所有竞拍对手而一鸣惊人。

在白俄珠宝收藏家伊万的眼中，琳琅阁周家就像是一个被施了魔法的家族。将近一个世纪了，它风风雨雨、颠沛沉浮，总是命悬一线在女孩子们的身上……

周羽琏对琳琳和琅琅这两个女孩子的培养，暗藏着自己的私心。就在香港人大都愿意把子女送到英语国家留学的时代，两姐妹高中刚毕业，都被外婆送到了那个与琳琅阁恩怨百年的国家——日本。大的专攻珠宝首饰设计，小的学习企业管理。后来，琅琅从明治大学的商学科毕业后，又考入波士顿麻省理工学院，攻读工商管理的研究生课程。

当伊万那天突然送来了东京银座二十一世纪珠宝艺术品拍卖会的图录以后，琳琳冷漠地表示：自己不会陪外婆到日本去——手头还有很多工作，再说，对这颗什么帝王之盾即将花落谁家，毫无兴趣。那不过就是所谓'珠宝传奇'中最无情、也最无聊的一个故事罢了……

周羽琏平时很少到琳琳的房间里去。嘴上不说，心里都明白，还是为了十几年前那桩"棒打鸳鸯"的往事，在祖孙两代心中留下了芥蒂。那天，老太太拿着破镜重圆的那张老照片，亲自敲开了大外孙女儿的门……

"琳琳，我要感谢你在潘家园的旧货地摊上，找到了这半张老照片。这真是一个奇迹——命运的奇迹，不是吗？"

"是呵外婆，真是个奇迹。"

"我想请你把这张曾经一分为二的老照片拼起来，装在质量最好的镜框里。这样，我的父母也就能够团圆了。尽管，我从来也没有见过他们。"

"是呵外婆，他们团圆了。"

"去年，为了那只明代的青花玉壶春瓶，东方拍卖行的瓷杂部经理还专程跑到我这儿来。说是起拍价最低也应该有三百万元，成交价估计要超过五百万呢！我对他说，不卖。这是留给我大外孙女儿的，她就喜欢这些老东西。被我摔碎了，真可惜。"

"是呵外婆，摔碎了真可惜。"

"以后也带外婆到旧货市场去逛逛，潘家园，是不是特好玩儿呀？"

"是呵外婆，潘家园特好玩儿。"

"这些单据，是二十年间支付给日本几家侦探社的寻人费用。也够买一件明代清花瓷了……可是，岩仓宪治那孩子，他到底在哪儿呢？"

"是呵外婆，他到底在哪儿呢？"

"就为了一颗不当吃、不当喝的小红石头子儿，琳琳，外婆对不起你。"

泪水，涌出了一辈子从未对任何人说过半句软话的周羽琏的眼睛……

终于人过九旬的时候，甚至连生前没疼没爱的儿子，都先于自己远去以后，每当夜深人静，黑暗，无边无尽的黑暗……小川悦子常常自问：为什么，神，会让我一个人活得这么长久？

此生，悦子自觉对不起的两个人，一个是她——妈妈；另一个，是孙儿宪治。建成一个伟大的罗马城，仅仅用了二十年时间，距离母亲上吊自尽的那一天，已经过去了八十年……悦子当然不会忘记，因为胜雄哥哥的离家出走，妈妈变得那么郁郁寡欢。她真的很希望妈妈把母爱分出一点，给自己这个亲生女儿。小悦子的要求，当然不过分。但是，妈妈望着女儿的眼光，竟是那么空洞、那么陌生。

于是，当着许多下人的面，她对母亲说了一句话，那曾经是胡同里的孩子起哄的骂人话："中国婊子。我娘就是个中国婊子！"

没有想到的是，两个时辰不到的时间，妈妈就变得那么冰冷。冰冷得无论多么热情的话语，也不可能再让她恢复体温了。宪治也没有给自己一个解释的机会，就那么生死不明地永远地背弃了深爱着他的祖母……

悦子自知，生命已是夕阳最后的一缕余晖。

已经为它付出了太多、太多……就像大虎叔说过的一样，那

不过就是"不当吃、不当喝的一颗小红石头子儿"罢了。可正是因为将近一个世纪的付出，如今，小川悦子除了重新得到那颗宿命的"帝王之盾"以外，余生，难道还有其他任何的意义么？

就在悦子迎来九十岁生日的那天，六本木街道深处的一个小神社中，一米半高的长方形黑色大理石碑正中，镶嵌着一张三十公分见方的瓷烧的照片。黑白两色的画面上，是已故东松宫亲王和一位身着西装的中年男子正在谈话。在他们的旁边，还坐着一位戴着眼镜，面容清癯的女性。碑的正面，楷书镌刻着"和平使者慰灵碑"七个大字。背面，则是一篇深情隽永的文字，记述了发生在昭和二十年春夏之交，日本战败投降之前一次未能实现的日中和平谈判，当时为之奔走呼号的中国人和日本人的名字……

秘书照例是要每天都为悦子会长摘读至少五份报纸。在行业报刊《宝石新闻》上，今天，有一篇很短的消息说，琳琅阁珠宝有限公司的终身董事长周羽琏女士，近日已在两位外孙女儿的陪同下莅临东京。这是她隐退近十几年来极少出访的其中一次……简洁而意味深长的一则文字。

为此，悦子更加坚信不移了，自己与那颗红色的精灵，今生的缘分还没有完结。这就是女儿和父亲两代人共同的命运——成于斯，败于斯，因斯而定千古枯荣……

当悦子再一次捧起那本《东京银座二十一世纪首届珠宝艺术品拍卖会图录》时，也终于参悟透了这一切的无情因果。用日本人的说法，收回帝王之盾，就是对人生的一场清算。哪怕，就是再经历一场东京大空袭的地狱之火呢？

十月的东京银座大街上，松屋、三越、高岛屋……最负盛名的高级百货商场沿街排列的大橱窗，正在展示今年秋冬的最新时装。这无疑是全亚洲最具品位、最棒的一条商业街了。装潢得永远是那样匠心独具，美不胜收。放在过去，这一切总是会令琳琳和琅琅兴奋无比。姐儿俩是每来必逛，非把钱花得互相借贷。还有宝冢剧团那五彩缤纷的大舞台……

这一次与以往不同，降落在岛国之后，琳琳、琅琅和外婆一起，下榻在银座大街附近一家五星酒店里。她们没有出门，为参加这场拍卖会，紧张地进行着准备工作。很快就得知，即将出现在这个拍卖会上最危险的竞拍对手，是一个叫做"小川屋"的株式会社。网页上的资料显示，这是一个创建于江户早期的日本老字号珠宝行。从江户中晚期开始，珍珠、珊瑚和翡翠一度被日本民间视之为是"富有、殷实"的象征。渐渐地，曾经属于欧洲贵族生活的钻石和各种有色宝石，开始逐渐走进了贵族阶级和庶民的生活……难能可贵的是每一个转折期，小川屋不但没有被潮流所淘汰，而是在继承传统的同时，热情、勇敢地引领着摩登的潮头。

小川屋不但顽强地生存了下来，也和北京的老琳琅阁一样，经历过涅槃的苦难重生。同样没有愧对先人，始终保持着与皇家宫内省良好的世交关系，并在全球公认寸土寸金的银座繁华地段，拥有以华美著称的珠宝本店，在日本的珠宝市场，享有着坚挺的名牌声誉。对"小川屋"这个名字，琳琅阁周家的女人们当然绝不陌生。同样，对小川悦子来说，琳琅阁更是一个在她心中重复过无数次的名字。

在东京这座亚洲最美丽、最富有的城市里，在一场举世瞩目的拍卖会前夜，有两个同样历尽沧桑而壮心不已的女珠宝人，在回顾着同一段往事，在仰望着同一轮失眠的月亮……

位于银座大街偏西的日本宝石协会会馆，为东京二十一世纪的第一届盛会隆重地拉开了序幕。

伊万一到会场，就听到本届拍卖会主办机构的会场主持人声称，为了力争将日本珠宝业连续十年之久的不景气"一气吹散"，特邀来人数众多的知名鉴赏家和艺术评论家。到场的参拍嘉宾，不但集中了全日本最具实力和名气的珠宝商与收藏家，世界各国名门珠宝世家和珠宝业后起之秀的巨子们，也闻讯越洋涌来……

伊万已知这次拍卖会，机遇大多会与自己失之交臂，还是依时来到了东京。只是这一次，他没有和周羽琏下榻在同一家酒店。仅仅为了看上"她"一眼，那颗令伊万魂牵梦系了一辈子的乌拉尔红钻——帝王之盾。他必须自讨苦吃地去承受一场终生抱憾的心理折磨，这也许是一般人所无法理解的收藏家内心那"相思"的渴求。那是何等地令人望眼欲穿，如炽如焚……

拍卖会的主办方为衣着光鲜、举止优雅的男女嘉宾们，准备了可以尽情享用的葡萄酒、啤酒和各种软饮料。品种繁多的时鲜水果、芝士、曲奇饼和果仁巧克力糖，也满足着小姐和夫人们贪吃零食的嗜好……

两位特殊人物的意外到场，在拍卖会开始前的酒会会场，掀起了一片小小的惊喜：时下东京社交界最为引人注目的一双尤物阿波姐妹，翩然盛装到场。提起这对来历诡异的"国宝级交际花"来，伊万也像其他在场的男人们一样，发出了会心的微笑……

阿波姐妹的真实姓名，连无处不钻的小报记者也不得而知。阿波姐姐年近四十了，阿波妹妹已经三十过半。她们对外的社会身份是职业模特，过的竟是令人瞠目结舌的奢华生活。但凡出门，便有专用直升飞机接送。她们的发型、穿戴、日用品以及做派举止，无不成为坊间津津乐道的话题。

伊万还听说，形影不离的阿波姐妹，最近经常在众目睽睽之下，跑到银座的小川屋本店大把大把地抛洒票子。尽管不难猜想，这无非也是一场商业"秀"，一个露骨的广告战术而已，还是吸引来了不少渴望得到异性瞩目的成年女客人。今天，阿波姐妹双双现身在珠宝拍卖会现场，打扮得令人为之喷舌！

伊万暗自感叹，那位阿波姐姐生得高大丰满，身材真可谓是惹火之极。难怪有八卦写手们形容她"就像一匹健壮、美丽的白色良种大洋马。令天下所有公子王孙，都恨不能跨上她，驰骋云端！"今天到场的她，一袭肉色的落地礼服裙，质地如同似有非有的空气一般。这使得她那一对超群出众的巨乳形态毕露。一头做成大卷大花的披肩金发（当然是染的），衬得肤色更加白里透粉。手里提着一只缀满小珍珠的软皮手袋，脖子上戴着一条南洋珍珠项链，每一颗珠径都达到了十七毫米以上……一目了然，阿波姐姐今天的服饰主题，是珍珠。

身材略显小巧玲珑的阿波妹妹呢，一袭黑色的落地礼服裙子，照样是突出了她一贯的特点"露"——整个脊背完全裸露，底线达到了接近臀沟的地方，迫使所有异性为之充满快乐地联想。她的一头乌发被高高盘悬在脑后，鬓角却飘动着看似随意而实在是精心制作出的几缕柔丝。她手里的提包是眼下成为话题的一款超级名牌，皇太子妃就是拿着同样的提包，出现在外事礼宾的场合。玉腕上是一块由她本人当众宣布"价值两千万日元"的钻石手表。天鹅一般线条优美的脖颈上，是一条总重量超过三百克拉的钻石项链。无疑，阿波妹妹今天的服饰主题，直奔……钻石。

从头到脚的晶莹璀璨与性感撩人，激动坏了在场几乎所有的照相机和摄影机镜头。它们围剿着这对姊妹花，即要瞄准她们的正面，又要瞄准她们的背面，忙得不亦乐乎！

阿波姐妹的翩然登场，成为拍卖会鼓舞人心的一场序幕。而她们并肩紧紧相随的，就是端坐在轮椅上的悦子夫人。今天的小川会长，一身高级京都植物染织的和服，那种独一无二的天然草绿色，表现出了高雅的含蓄。她身边那两位超级名媛，已经把足够分量的财富尽数亮出。乍一看，悦子会长请来如此光焰无际的两大美人陪伴在侧，真是一种不够明智的自我嘲讽。但明眼人很快就领悟了其中"残忍"的用心——只有极端浅薄的炫耀，才能够充分地反衬出老太太本身那坚如磐石的质的光辉！

随后到场的另一位亚洲珠宝界元老，便是最近与伊万关系变得有些微妙的老朋友周羽琏。她也同样是在两位天生丽质的成年女子陪同下款款到场的……啊，伊万又看到那一对清纯如同"D"色美钻的中国姐妹。这珠宝名门中的祖孙三位，过去从来没有同时出现在一个场合。也许正是为此，人群中发出了"嗡嗡"的议论声。

周羽琏在两个大女孩温顺的搀扶下，上身挺得笔直，缓缓徒步而行。一袭经典的香云纱真丝旗袍，质地就像柔软的黑色漆皮。被精心染成深褐色的头发，保持着中国传统的发式，挽成了一个鹅蛋大的发纂。年逾八十的老妇，脸上的皱纹少得让人们不禁猜想，华夏五千年的文化，肯定包含着最神奇的驻颜术。

伊万不禁再次暗自微笑了——在周羽琏的左边，是她的长孙女周琳琳。有些业内人士知道，她是个小有名气的古典派珠宝设计师。曾经在某届意大利国际珠宝设计大奖赛中，取得过一块银质奖牌。今天的她，上身一件工艺独特的蜡染唐装大襟布衣，下身一条海蓝色的真丝百摺裙。这一派充满怀旧感的婉约，让人联想到的是，上个世纪早期那批追求解放的中华女性先驱。

她的妹妹周琅琅，媒体对她时有绯闻描写。她算得上是个业余文学作者，抒情诗写得也还不错。传说，她才是如今琳琅阁珠宝王国中没有头衔的大老总。今天的琅琅，干脆是一件雪白的全棉T恤衫，下衬一条白色仔裤而已。唯一女性色彩的标志，就是她的大马尾辫上端，扎着一条飘逸的镂空花边而已。看上去，活像个要到海滨去度暑假的女大学生。

人们暗暗惊叹的是，琳琅阁这祖孙三人的身上，居然没有一件与珠宝有关的玩意儿！老伊万简直要为这位精明到家的老情人倾倒了——这就是东方巍然不动的哲学理念：色，即是空。

周羽琏想，旁人毕竟是知其一不知其二的。自己却多少能够猜测出，小川悦子今天那复古情调的和式服饰到底意味着什么？它就像是某种携带着历史暗示的载体。现在的她，只能是以一个百分之百的日本珠宝商，面对着一个百分之百的中国珠宝商。周羽琏读得懂这一切——她们，都不得不代表着双方的祖辈父兄，来清算这场百年的较量。

她，终于出现了……小川悦子远远地注视着周羽琏祖孙三人从容不迫地入场。

一晃，距离北戴河船上一别，整整六十五年。在她出现的刹那间，竟令悦子有些望而生畏了——如此的讳莫如深，如此的目空一切……周羽琏仿佛是在告诉小川悦子和所有人，自己的家族因为无所不有，所以全无所谓。她是在以身边那健康、本色、全无粉饰的亲外孙女儿，向小川悦子炫耀着人生的凯旋。

悦子不禁自嘲地想，我花重金雇来的，不过是日本名气最大的两个高级娼妇而已。而周羽琏身边那两个外孙女儿的存在，仿佛象征着天长地久的不屈的延续——民族的、家族的，周羽琏和她的琳琅阁，象征着她们那永不终止的振兴和永不作罢的复仇。

伊万独自走到拍卖会为来宾准备的酒水饮料吧台边，拿了一杯冒气的冰镇麒麟牌啤酒和两片芝士。在本届拍卖会上，最为引人瞩目的两件拍品，首推一顶宝石皇冠。一颗重达一百一十三点七克拉的巨大罕见的猫儿眼石镶在正中，周围分别被名贵无比的粉钻、白钻、亚历山大变色石所包围，总量也超过了一百克拉。还使用了将近二百六十克重的铂金……文字说明它是一家英国珠宝工房"历时三年方才完成的世界绝无仅有的欧洲帝政时代风尚的珠宝巨作……"起拍价仅仅定在了五千万日元——这是商家的战略，否则无法吸引众多的参与者加入投机与竞争。事实上，这是一件价值绝不低于一亿日元的好东西。

其次，便是那件名叫"帝王之盾"钻石项链。拍卖行把起拍价谦虚地定在了七百万日元。当然，若论后者，宝石本身的稀有程度和分量，都远在前者之下。尽管伊万看到，更多的参拍客人围在那顶猫儿眼钻石皇冠的防盗玻璃柜周围，他仍然沮丧地想，这两头亚洲珠宝界的老母狮，今天都下山了。在这样的角斗场上，不会留有任何自己这号"小狐狸"取胜的余地了。唉，专程此行，无非就是为了能够亲眼好好地看一看"她"……仅仅是看上一眼而已吧！

怀着几分悲哀的顾影自怜，伊万默默地选择了前排的一个座位。坐定后无意中一回头，惊讶得差点叫出声来：就在自己的背后，并排端坐着今天的一对怨家：周羽琏和小川悦子。她们各自被夹在一对成熟的大美女中间。两组人仅仅间隔着两个空位置。就这样，近距离地，遥遥地守望着对方……

本届拍卖会的首席拍卖师，是一位风度翩翩的"钻石王老五"。琳琳、琅琅都听说过，他被誉为是日本拍卖行业的一柄"金锤子"。近三十年来，东京拍卖界价格突破千万日元的艺术品，有一半以上是由这柄金锤子一锤定的音。

金锤子是一位美军占领时期出生的欧亚混血儿。这样的品种，在今天的日本并不少见。身材比一般纯种的日本人高大魁梧，充满了男性成熟的魅力。一向是燕尾服的领口黑白分明，配上一只漂亮的深红色领结，以浑厚而又性感的嗓音，煽动着场下女性拍客们的虚荣之火……

琅琅嘴角泛起坏兮兮的笑意，对琳琳说："这样的日本男人虽然像个花瓶，不过，如果他开口邀请我一起去喝杯咖啡，我也不会拒绝。"

前面那顶猫儿眼钻石皇冠，仅以高于起拍价一步的五千五百万日元落槌。低价摘走了这顶桂冠的竞拍者是个美国人。他为日本珠宝市场购买力的如此疲软，吹出了乐不可支的一声口哨。

伊万的身后是悄然无声的。显然，就像两只年迈世故、目光犀利的老苍鹰，她们隐藏着自己锋利的爪子，等待着、等待着……为了一件梦寐以求毕生的猎物，等待着发起最后的冲刺。

展示帝王之盾的职业女模，高级振袖和服上的图案是紫藤和古代的宫车。与服装模特正好相反，这位珠宝模特的身材小巧，夹脚的雪白足袋下蹬着一双金色的木屐。她双手以六十度角立起丝绒托盘，迈着幅度窄窄的内八字步，走得很缓慢。尽管在两天前就已经出现在拍品的预展上了，主办方为了强化客人的印象，重点拍品在竞拍之前，特意请客人再一次感受它们的耀眼璀璨。

周羽琏几乎不是用眼睛，而是用心在看。终于，帝王之盾，"她"走来了——穿过黑暗深长的历史隧道，正向这辉煌大厅中的自己，走来，走来，缓缓走来……

小川悦子也几乎不是用眼睛，而是用心在看，是的，帝王之盾，"她"终于来了——如同走出了血雨腥风的地狱之门，再一

次朝着自己依旧没有冷却的胸怀，走来，走来，缓缓走来……

伊万毫不怀疑，此时此刻，自己身后的周羽琏和小川悦子，都在努力掩饰着内心的激动，目光深邃地注视着"她"。尽管伊万并不清楚，一颗俄罗斯的宫廷瑰宝，在这两位亚洲女性之间，曾有过怎样具体的纠葛。但他知道，十几年前发生在冲绳那霸市的那场悲剧，就已经揭开了常人难以描绘的昔日渊源的一角……

周羽琏在心里感叹：啊，"她"还是和原来一样——如同一枚倒置的酒红色的盾……

小川悦子也在心里感叹：不错，是"她"。还是和原来一样——如同一枚倒置的酒红色的盾……

伊万只觉得心里一阵阵地发涩：我也终于亲眼见到"她"了……苦苦寻找了这么多年！名副其实，"她"就如同一枚倒置的酒红色的盾……

也不知哪位同样神秘的出品人，突然决定放弃"她"了。"她"被送到了东京银座二十一世纪的首届珠宝拍卖会上。曾几何时，"她"被配上了一条塔型项链，由六十克拉的上等白色钻石和粉、蓝、黄几色的钻石相陪衬，更加突出了那独特的光泽……原来如此，"她"是一种难以用语言形容的"红"——不像火，却令人联想到地狱的冰火；不像血，却令人联想到结冰的热血。

帝王之盾啊，"她"正无声地走来。向伊万走来。向小川悦子走来。向周羽琏走来……从乌拉尔山脉那倒塌的矿坑中，从叶卡德林娜女沙皇的金盾上，从烽火的欧洲大地，从森森的中国皇城，从盗贼、野心家、无数牺牲者的斑斑血迹中……从容不迫地走来了这颗宿怨重重的命运之星。

就在这个时候，东京几乎是绝无仅有的事故发生了——突然停电。拍卖会场的大厅里，原本为了渲染氛围和强化拍品效果的各种灯光统统熄灭；拍卖师身后侧面不远一幅为展示拍品细节的大屏幕，也彻底消失了电子图像。周羽琏看见，一个似曾相识的身影，出现在黑暗的大屏幕上——

发冠高耸，钗环晃动，裙裾飘飘……宫女枝枝的冤魂，从来就没有消失，没有沉寂。周羽琏无声地冷笑了：这一回，你是斗不过我的。小川悦子，难道你没有看见，"帝王之盾"的守护神，她来了吗?!

日本人无愧是这个世界上最守秩序、最自律的民族之一。谁也没有为了暂时的不便发出一声抱怨。周羽琏相信，他们谁也没有福分看见那位不屈不挠的伟大幽灵。小川悦子也认为，只有自己一个人看见了"她"——发冠高耸，钗环晃动，裙裾飘飘……这是第二次看见"她"了。第一次，在东京大轰炸后的六本木交叉点那焦黑的尸山旁边，"她"曾经无声地徘徊在余烟未尽的废墟上，像是在叹息着眼前惨烈无比的人间地狱……

此刻，"她"又出现了。为了什么呢？难道，也是为了那个"红色的诅咒"，那百年恩仇积淀如山的帝王之盾么？如果她真是中华民族的复仇女神，那么今天，鹿死谁手的故事，结局是不是已经没有悬念了呢？不不不，我小川悦子从不轻易言败。更何况，这是此生最后一场刀锋相见的对阵。爸爸的在天之灵，也会在冥冥之中助我一臂之力！

当灯光再次照亮了会场，伊万发现，黑暗中的小川悦子和周羽琏都纹丝未动。表现出有点坐立不安的，是那两位似乎还有其他约会排在后面的阿波姐妹。

……五千万。六千万。七千万……场下原本风起云涌的举牌人，正在随着竞拍金额的直线上升，迅速递减着……

八千万。八千五百万。九千万……

数字在接近一亿日元的时候，伊万发现身后那真正有备而来的对手，仍然没有动静。她们还在等待着，等待结束没有意义的铺垫。她们根本就不需要过早地介入。她们，是属于最后决战的角色。"九千万"的喊价声过后，会场出现了片刻的静止……

"一亿！"

身后终于有人出声了。她是今天的猎手之一，小川悦子身边的大阿波发出的信号。这对姐妹就像是在炫耀自己娘家的富有一样，故意回身对着现场采访的电视摄影机镜头，露出了得意的笑容……是应该露出笑容才对。今天，这颗起拍价区区七百万的红色古典钻石，令人惊叹地飙升到了一个亿！在这样一个泡沫崩溃、百业萧条的沉闷时期，显然，拍卖会主持机构的鉴定专家们，低估了她的人文价值。会场上，有人发出了低低的喝彩声。

琅琅只觉得自己的外祖母似乎化作了一尊雕像，自从那颗帝王之盾向她的视野中走来开始……

"一亿一千万。"

在外祖母的暗示下，琳琳开口了。琅琅倒吸了一口冷气。过

去，她对珠宝翠钻其实打不起真正的兴趣。周羽琏也不无遗憾地说过，自己的小外孙女儿虽然掌管着琳琅阁珠宝公司的家业，天生就像她们那位早早弃家出走的妈妈一样。今天，琅琅的价值观念不得不发生颠覆性的转变：珠宝，原来也是一种人生。

地球在铺天盖地的沙石泥土中，吝啬地向人类奉献出了比例如此微乎其微的瑰美馈赠——宝石。它们就如同茫茫人海中千里万里挑一的天才和精英，一经打磨，便更加光彩照人、价值连城。沙石泥土，就是沙石泥土；而宝石，就是宝石。无论几经地火的熔炼，岁月的消磨……

琅琅心想，也许，外婆打算领着我和姐姐去讨饭了。此行日本之前，外婆破天荒走进了琳琳那间弥漫着潘家园土腥味道的房间……于是，本来拒绝前来东京参加拍卖会的姐姐，转而无条件地成为老太太的死党。显然，她们对今天这场竞争，抱定了鱼死网破的决心。当琅琅正在思绪浮动之中，就听到旁边珠光宝气的小阿波用肉呼呼、甜腻腻的声音说："一亿两千万。"

"一亿三千万。"接口的还是琳琳，她的语气似乎隐含着愤怒。琅琅只觉得脑海中一片空白，浮现出的是一首被篡改的著名诗句：生命诚可贵，爱情价更高，若为钻石故，两者皆可抛。

"一亿三千万了。还有没有？一亿三千万……"

金锤子表现得有些激动不安了。无疑，这将是他职业生涯中一个金光闪闪的惊叹号啊！

"一亿五千万。"

这是一位老妇人稍稍有些发颤的嗓音。显然，到了这样的时刻，小川悦子不想再让身边那两个高级娼妇来代表自己了。金锤子终于开始控制不住内心的激动了："谢谢，谢谢悦子会长！一亿五千万……一亿五千万——还有没有？还有没有？一、二……"

整个会场，一时安静得就像坟墓一样。上百双眼睛，都被死死地吸牢在金锤子手中那柄小木锤的圆头上。仿佛那就是一枚即将落地开花的……广岛原子弹！

"一亿六千万。"

人们听到了一个底气厚重的声音。虽然带着外国人说日语的几分生涩，但吐字清晰、语气执著而倔犟。这下，会场开始进入歇斯底里了……

伊万从前面回过头来，就像盯着一个陌生人一样，不安地盯着周羽琏——自己的老朋友，今天一定是疯了？众所周知，若从单纯的商品价值来看，帝王之盾不可能、也不应该超过六千万日元的啊。有的人在后排站起来，不知所云地开始鼓掌……快举！这可真是一桩快举！仿佛这样一个天价的诞生，就能够把整个日本的珠宝业，拉出长久不振的低谷一般……

"一亿八千万。"

小川悦子一步又跳进整整两千万，竞拍价格到了甚至让主拍机构都感到不够合情合理的程度。金锤子像哑了一样，不吭声了。他甚至产生了几分怀疑：今天，剩下的最后两位竞拍者，是否都因为年事过高，令理性失去了有效的控制？

"为什么你不落锤！"

阿波姐妹中不知是哪一个，发出了一声尖锐的抗议。导致金锤子惶惶然举起了手中的木锤……

"两亿。"

就在这锤子即将接触台面的时刻，从拍卖会场后面的角落，发出了一个英语的报价声。音频不高也不亮，但所有人都听懂了这句美式英语——两亿。

同样，也是女性的声音。听不出这位女竞拍者有多大的年龄，但可以断定，那是一位成熟而自信的人物。人们反而因此镇定下来，会场一片寂静无声了——战场上杀出一匹陌生的黑马来……她是谁？

沉默沉默，还是沉默……最终，沉默被金锤子震撼人心的一声"砰——"，结束了！

除了周羽琏和小川悦子两人之外，所有的人都不由自主地站起来，用目光搜寻着那匹来路不明的黑马。同时，动因复杂的鼓掌声，暴风雨般地响彻了整个会场。台上，金锤子竟为自己那职业顶峰的一锤，热泪盈眶了。拍卖会主办机构的雇员们，在彼此互相热烈地握手，祝贺本届拍卖会超乎预想的大获成功。摄像机和照相机的镜头，又开始跌跌撞撞地一窝蜂向后面转移……

周羽琏和小川悦子的目光，平静地交叉相遇了——大半个世纪的重逢。

周羽琏突然发现，眼前这个和自己一样早早便失去了亲生父母的"女孩子"，并不是想象中的那样面目可憎。是呵，她已经很老，很老了。为了今天，为了那块名叫"帝王之盾"的红色的

小石头子儿，她那打着厚厚粉底的脸上，细密的皱纹仿佛写满了发生在将近一个世纪中的故事。周羽琏把身边琅琅的手提包拿过来，从里面抽出一叠一万日元的纸钞，轻轻放在了自己与小川悦子之间的空座位上——

"悦子小姐，民国二十五年，在北戴河……这是我欠你的新娘化妆费。"

伊万目送着空手而归的周羽琏在两个外孙女的帮助下，起身离去以后，又充满怜悯地回眸，望着那位端坐不动的百岁老妇人。他发现，香艳无比的阿波姐妹，因为完成了今天"份内的工作"，不知在什么时候，她们冷漠地抛下了白发苍苍的雇主，已经在会场上消失了芳影。只有老妇人独自端坐着，岁月并没有压弯她的脊背。和服又宽又硬的刺绣腰带，似乎也不允许她丝毫松弛下自己的筋骨。

一动不动的小川悦子在想：缘分呵，这就是小川家与帝王之盾的缘分。失之交臂，一次又一次……居然冒出了一个比自己和周羽琏更加疯狂的志在必得者？真是太有意思了——帝王之盾呵，明天，你又将携带着怎样的狂热、冷酷、贪欲……抑或是诗情画意，去操纵着那位不知名的拥有者的命运呢？

接着她自问：假如上帝允许自己的人生重来一次，还会为了这颗帝王之盾，放弃生命中宝贵的一切吗？自己的答案竟是：会的，还会的。物质不是精神，却是精神的起点。在这个起点之上，精神因此变得闪闪发光，沸腾不已。我们是珠宝人。那凝聚着人类文明精华与世间无限情感的宝石，值得我们为之代代传承，以死拼搏。然而，该结束的时候，就让它结束吧……

就像她那位意志坚强的父亲正一夫一样，即使是被砍掉了头颅，依旧纹丝不动，正襟危坐。称得上日本珠宝界叱咤风云的小川悦子，血液凝固了、意识凝固了。从此凝固了她坎坷多舛而从未屈服的一生。

── 第貳拾陆章 ──

当天下午，东京银座这场珠宝艺术拍卖会因为极富戏剧性的一幕，被电视和晚报炒得一团火热。客人退场时，因为拥挤而摇晃不止的摄像机镜头，好歹拍到了那匹"黑马"一晃即逝的画面：像是一位不再年轻的东方女性。头上戴着一顶欧洲古典风尚的帽子，大大的一副灰色墨镜，遮住了面孔的一半；她的身后，紧跟着一男一女两个拉丁人种的保镖，魁梧的身材和小麦色的皮肤，在一帮黄不黄、白不白、身材普遍偏矮的亚洲人包围下，大有鹤立鸡群之势。

日本和香港娱乐频道的电视主持人披露：为那颗"帝王之盾"落下两亿日元的神秘女豪客，是澳洲一家钻石矿山的控股股东。她的开采公司在世界同行业中，规模是屈指可数的……

也许，全世界电视机前的观众中，只有周羽琏注意到了一个细节：在那个不肯露出庐山真面目的东方女人头上，黑色纱帽沿的后侧，代替帽针斜插着两枚石榴石黄金簪子……古老的中国晚清工艺和造型，似曾相识——露儿妈妈生前的心爱之物。

周羽琏无声地露出了一丝苦笑。这就是珠宝的使命，它会由一代女人传承给下一代的女人。无论两颗小小的石榴石价值几许，一百年、两百年、三百年……故人已逝，春风依旧，流水落花，宝石常红。

二十一世纪的第二个圣诞之夜，北京一场悄然而至的薄雪，无声地覆盖了冬天一片萧条的院子。

宅急便的送货汽车在门外停下后，拼命地按喇叭。吸溜着清鼻涕水的小伙子，请跑来开门的芯儿在签收单上"劳驾签个名儿"。这是一件来自远方的圣诞礼物。琅琅拆开了外包装的牛皮纸，里面露出了一只黑色的绒布扁盒……

琳琳正陪着伊万爷爷和外祖母在暖洋洋的客厅里喝茶。一株琅琅和芯儿装饰的圣诞树，五彩缤纷，十分可爱。自从东京那场拍卖会以后，周羽琏就感到自己老了，老得不再想哭，也不再想笑；老得会在任何一个明天的早上，与那轮照耀了自己将近一个世纪的朝阳不辞而别……

"啊——帝王之盾！"

琅琅的一声尖叫，打破了房间里融融的宁静。不错，是"她"，真的是"她"。伊万和琳琳，闻声后同时呆若木鸡。只有周羽琏仍然端坐在圣诞树旁，仿佛这是一场……一场预期中的回归。

也许，那是因为当时拍卖会场上布置着做秀的灯光吧，琳琳觉得，一旦回到了日常生活的环境里，大名鼎鼎的帝王之盾，几乎很容易被误识成一块经过打磨的茶红色水晶。一种难以形容的感慨，也涌上了伊万的心头。从罗曼诺夫王朝到大清帝国；从中国的周家到日本的小川家……几百年来，无数人为之流血流泪、生死不弃的宝贝，此刻，竟被琅琅甚至有些漫不经心地托在手掌之中。"她"似乎失去格外激动人心的光芒，给人带来了一种名不副实的失望。与东京银座拍卖会留下的印象相比，帝王之盾，竟是如此出乎想象地朴素、平凡。

经过一场与帝王之盾的邂逅，琳琳忽然发现，无论是乱糟糟的潘家园，还是亮堂堂的拍卖会，都不过是个游戏场罢了。任何一件物质的意义，到头来不过还是"心志"的载体。你认为它价值多少，它就价值多少；命中它属于谁，它就属于谁。正所谓：梦里寻它千百回，蓦然回首，那小玩意儿，正在灯火阑珊处……

盛夏来临，周羽琏家院子里的月季开得五彩纷呈。

自从帝王之盾神秘地回到了周家，琳琳逛潘家园的心气，似乎不如以前那样旺盛了。琅琅则更多地闷在自己的房间里，在电脑前没完没了地敲打着键盘。周羽琏跟周围人的对话越来越少，和小点儿蔫蔫地待在一起的时间，越来越长……

琳琳、琅琅姐俩都没有发现，那张被意外拼接起来的老照片，老外婆那此生无缘相见的双亲，依旧透过某个被偶然定格的古老时空，在一只小小的雕花小叶檀镜框中幸福地微笑。他们背后那片神秘的阴影，正在不知不觉中渐渐消失。传说中宫女枝枝的幽灵，正在淡出这人世间漫长的纠结……

是啊，帝王之盾的故事，应该结束了。

阴历七月十五，是早已被大多数中国人所遗忘的盂兰盆节。周羽琏让两个外孙女把自己早在一个星期前布置的"作业"，拿出来接受检查。这是四十九盏用小木板和宣纸手工制作的水旱灯。

琳琳到底是个珠宝工艺的设计师，动手能力比较强。她的作品只有拳头大小，纤巧细致，造型准确；琅琅则是充满了诗人气质的，她的纸灯被水彩随心所欲地涂满了粉色、黄色、蓝色……

乍看上去，十分艳丽、热闹。周羽琏为两个女孩子各有千秋的表现，嘴角泛起了褒奖的微笑。外婆这久违的微笑，简直要令琳琳、琅琅姐妹俩"受宠若惊"了！

周羽琏特意让外孙女儿们为自己精心地梳妆打扮一番。一头银色的华发盘成圆圆的纂子，还是穿上那件香云纱黑旗袍，肩头，披上一条崭新的大红真丝披肩。令琳琳琅琅两姐妹大呼"精彩"的是，老祖母为自己涂了红、蓝、绿、紫、黄的五色指甲油——这就是宝石的颜色！

周羽琏说："我带你们姐俩儿去颐和园，过个盂兰盆节。"

琅琅把车开到颐和园门口时，已经是下午五点了。两姐妹用轮椅推着自认为是"天下最美丽的老外婆"，开始了傍晚的游园。逆行准备出园子的中外游客，都会含笑回头瞩目端坐在轮椅上的老妇人。还有人迅速地对着她举起照相机来……如同从电影银幕走出来的人物，她的穿戴打扮古典、高贵；她的神情气质，宁静、庄严。人们频频的回头率，令琅琅不由暗自得意。琳琳则想，如果他们中哪一位称得上"有眼有珠"，认出了外婆胸前名副其实的稀世珍宝，那就更有意思了。

夕阳西下，昆明湖水泛起一片金黄色的涟漪。只有地道的北京人知道，颐和园最美的时刻，是黄昏。

周羽琏叫琅琅把轮椅停在眺望玉带桥全景最好的位置，她喜欢余晖中这鬼斧神工的古老园林。颐和园，无疑是世界上最壮美、最精致的皇家园林之一。它在北京人的心里，可以说是一个"习惯中的奇迹"吧。静园了。周家祖孙三人仍然驻足在昆明湖畔，夏风无声地拂过水面，颐和园开始从白昼的喧嚣中，恢复了它原有的柔情与静谧……

周羽琏说："孩子们，放灯——"

为了这场美丽的冒险，琅琅的心兴奋得怦怦直跳。她从小就坚信不移，只要是外婆让做的事情，就是违反了天条也有说理的地方。她和琳琳一起跑到台阶下，逐一点燃了插在水旱灯莲花瓣中心的小蜡烛。一盏，又一盏……灯儿们在昆明湖水中，朝着桥洞的方向悠悠地、幽幽地飘去。如同一朵朵白色和彩色的宝石花，微微摇晃着，自然而然地排成了一支队伍，一支仿佛充满了思想闪光的队伍……

"原来盂兰盆节，也是一个满月的日子啊！"

周羽琏深情地注视着两个外孙女儿，她们兴高采烈地放完了河灯，低头望着灯光，抬头望着月亮，发出了少女般快乐的呼喊。

突然，老人的眼前一片霓彩斑斓……

玉带桥上华盖飘飘，人影憧憧。华盖下，坐着仪态万方的西太后老佛爷，身边一左一右，站着她的御前女官德宁郡主和大宫女枝枝。还有老老少少的臣子、太监和盛装的洋夫人们；还有自己的父亲、母亲、爷爷、奶奶、露儿妈妈、小梗爹爹和大虎叔；还有红颜薄命的袁府四姨太和风流倜傥的袁二公子；还有，小川正一夫和他的妻妾、儿女们；还有孙岳桐、萍萍、陈陶；还有……还有……

他们都正笑吟吟地隔着桥栏望着周羽琏，望着她胸前那颗在月色下放射出一束红光的帝王之盾。

一股疾劲的晚风忽地袭来，将周羽琏肩上那条鲜红的披肩卷走了……

当琳琳和琅琅从湖边返回到路基时，看见端坐在轮椅上的外婆正在无声地微笑，正在无声地流泪。那条红色的真丝披肩连同她胸前的帝王之盾，都已消失得无影无踪。

第二天的《京城晚报》刊登了一条小小的"奇闻异事"：几位颐和园护园的老头儿和保安员说，他们亲眼看见，昨儿晚上九点来钟，一轮圆月正当空时，玉带桥上人影如织，桥下灯火如潮。起先，他们都还以为是在拍电影呢。可四周静悄悄的，奇异的景观仅仅持续了不到两分钟，便烟消云散。虽说是有那么点儿"瘆人"，但，真的很美很美啊——昨天晚上昆明湖上那奇异的景观……

2001年秋初稿于日本富士山下
2011年夏定稿于北京

桃子写在后面的话

《帝王之盾》这部长篇小说，是我花时间最多，修改最苦，也是创作最愉快的一个故事。写写停停，整整十年，七易其稿，终不如意……

首先，"她"并非空穴来风，完全虚构。不知道这话会有几个读者愿意相信？二〇〇一年春，当我在东京银座的一个珠宝艺术品拍卖会上，亲眼看到这颗闪烁着酒红色幽光的巨钻，马上就联想到了那桩曾于民国初年，发生在北京的惊天珠宝诈骗案：一颗曾被开价四十万银，价格甚至吓退袁世凯的"老佛爷的红色大火油钻"，竟就被几个神出鬼没的小拆白党，用高妙非凡的手段盗走了。此案曾引起了四九城一片哗然。

我就是在拍卖会的图录上，看到了这颗红钻的名字和出身：她最初属于沙皇罗曼诺夫家族，曾被镶嵌在一面金盾的正中间，作为护国之宝而载入了俄国宫廷的史册，正式命名为"帝王之盾"。曾几何时，它流失出了俄国宫廷，于上个世纪初被德国皇后的使节作为国礼，赠送给了慈禧太后。那时的帝王之盾，据说是被挂在一只金项圈上的坠子，就像一枚倒置的盾。

在银座拍卖会的预展会场上，我曾久久地注视着已经换了新装的帝王之盾。这一次翩然现身的它，是被挂在一串晶莹的钻石项链正中间，依然就像一枚倒置的盾——本书封面上的图片，就是帝王之盾的实物。我没有那么多的钱，只能眼睁睁地看着"她"以高于起拍价许多倍的金额，被一个神秘的买家拿走了……从事珠宝工作多年的我，第一次为一颗古老的钻石浮想联翩。这，便是我的故事《帝王之盾》产生的原点。

故事中有些看似离奇的情节，都是确有其事的。如"神偷卡南"的那段故事，真实的情况是两个斯里兰卡人，通过残忍的外科手术把一条吸管和胶囊小皮球埋藏在身体里面，实施了一系列堪称出神入化的名门珠宝盗窃案。我还曾听到过一个传说，现实中的那颗帝王之盾，曾由昭和天皇的兄弟秩父宫亲王从中国带到了日本。也许，读过这本小书的历史知情人，有一天会将关于"帝王之盾"的有关信息，更多地披露出来。

素材、知识、感情，为我凝聚了这部题为"帝王之盾"的传奇。珠宝，一度对于我来说不过是商品而已。因为职业，每天过眼、抚摸、打理它们，价格再昂贵也不会激动我的心。然而，一旦发现了宝石对漫漫历史的无言见证，与人生悲欢离合的深刻纠葛，它们便开始闪烁情感、哲理和寓意的光芒。

因为与帝王之盾的邂逅，我开始越来越多地涉猎世界珠宝的人文知识，关注珠光宝气笼罩下那数不清的人性沉浮、悲欢情仇；因为这个故事，我也锤炼了自己对财富、虚荣的心理定力；因为这个故事，我与珠宝的不解之缘，才真正以文化和思想的形式结成……我希望，这个故事不但对于喜欢传奇作品的读者是一个奉献，更希望所有的珠宝人，都能因此而稍得启发，心有所动。

我们珠宝人，是一个少数的群体。但是喜爱珠宝的人，却是世上无法估算的"大众"。无论是贫穷的祖母留下那一片又薄又细的"韭菜叶儿"，还是富有的妈妈送给女儿作陪嫁的昂贵宝石项链……女性的一代又一代，常常就是以珠宝首饰作为情感的载体，传承着女性自身特有的基因密码。宝石的美丽、珍贵与坚挺，承载着人类焚烧的欲望和温暖的爱意。唯有文化，才能令这些冰冷的物质充满深远而优美的含义——这就是我创作《帝王之盾》的初衷。

据说巴尔扎克的作品中，出现过了大约两千个人物。就连给他做过衣服的一个裁缝，都因出现在其大作中而"流芳千古"了。但我不记得这位著作等身的大作家，是否提到过曾在他那一向乱得出奇的稿样上，一遍遍审阅文字的编辑们？借此一寸方圆我想告诉读者，无论《帝王之盾》是否一本好看的小书，我都要感谢自己的责编崔卓力。曾经只有她一个人相信我，一定能够让难产的"帝王"降生……

因为有她许久以来的守望和鞭策，我这个车祸后的抑郁症患者开始出版长篇小说。因为她一遍遍地"折磨"着可怜的美编们，我的三部长篇小说：《皇粮胡同十九号》、《紫姨》和这部《帝王之盾》，都拥有了公认漂亮的封面。她丝毫不与时下的浮躁为伍，仍然是那么执着地追求着完美。甚至令我这个在日本生活

了二十多年的人，都常常为之感到颇为费解。我想，卓力这样的知音，这样的责编，也许就是作者生命中的春雨吧……

感谢我和卓力的艺术家朋友杨安先生，为封面提写了这么好看的四个字。

桃子 2011 年 6 月写于富士山下

图书在版编目(CIP)数据

帝王之盾/桃子著. —北京:中国华侨出版社,2011.10
ISBN 978-7-5113-1635-6

Ⅰ.①帝… Ⅱ.①桃… Ⅲ.①长篇小说—中国—当代
Ⅳ.①I247.5

中国版本图书馆 CIP 数据核字(2011)第 188659 号

● 帝王之盾

著　　者/桃　子
出 版 人/方　鸣
责任编辑/崔卓力
封面书法题字/杨　安
形象包装/郭小军
版式制作/晓　月
责任校对/钱志刚
经　　销/全国新华书店
开　　本/710×1050 毫米　1/16 开　印张/23.5　字数/360 千
印　　刷/北京溢漾印刷有限公司
版　　次/2011 年 11 月第 1 版　2011 年 11 月第 1 次印刷
书　　号/ISBN 978-7-5113-1635-6
定　　价/38.00 元

中国华侨出版社　北京市朝阳区静安里 26 号　邮编：100028
法律顾问：陈鹰律师事务所　　编辑部：(010)64443056　64443979
发 行 部：(010)64443051　　传　真：(010)64439708
网　　址：www.oveaschin.com　E-mail:oveaschin@sina.com